詩經名物風華

中國海洋大學出版社
CHINA OCEAN UNIVERSITY PRESS

诗经名物风华

刘景曾 编著

中国海洋大学出版社

· 青岛 ·

图书在版编目（CIP）数据

诗经名物风华 / 刘景曾编著. -- 青岛 ：中国海洋
大学出版社，2023.9
　ISBN 978-7-5670-3461-7

　Ⅰ．①诗… Ⅱ．①刘… Ⅲ. ①《诗经》－青少年读物
Ⅳ．①I222.2

中国国家版本馆CIP数据核字(2023)第047058号

SHIJING MINGWU FENGHUA

出版发行	中国海洋大学出版社
社　　址	青岛市香港东路23号　　　邮政编码　266071
网　　址	http://pub.ouc.edu.cn
出 版 人	刘文菁
责任编辑	矫恒鹏
电　　话	0532-85902349
电子信箱	2586345806@qq.com
印　　制	青岛名扬数码印刷有限责任公司
版　　次	2023年9月第1版
印　　次	2023年9月第1版印刷
成品尺寸	210mm×285mm
印　　张	48.00
字　　数	1006 千
印　　数	1 ～ 1000
定　　价	698.00
订购电话	0532-82032573（传真）

发现印装质量问题，请致电 0532-67766587，由印刷厂负责调换。

前言

《诗经》是我国最早的一部诗歌总集。朱熹《诗集传》云："是以诸侯采之以贡于天子，天子受之而列于乐官，于以考其俗尚之美恶，而知其政治之得失焉。"《诗经》曾遭秦始皇焚毁，但未佚绝。至汉代虽有四家讲学《诗经》，唯毛家有《诗经》藏书，得以流传，人称"毛诗"。此后，学者对其进行大量考证阐发。影响较大的有汉代郑玄《毛诗笺》、晋代陆玑《毛诗草木鸟兽虫鱼疏》、晋代郭璞《尔雅注》附《尔雅图》、唐代孔颖达《毛诗正义》、宋代朱熹《诗集传》等。

清代《四库全书·六家诗名物疏卷》集合更多的类似著作，将《诗经》物种用类似的《尔雅注》分类方法列出，逐一疏释：天（星、雨等）、神（鬼、旱魃等）、时序（春、辰等）、地（隰、甸等）、国邑（宋、鲁等）、山（南山、崧等）、水（洲、淇等）、体（腹、齿等）、亲属（甥、姒等）、姓（姬、夏等）、爵位（君、相等）、

饮食（飧、羹等）、服饰（衾、冠等）、室（墙、梁等）、器（筐、网、笱等）、布帛（丝、布等）、宝玉（金、玉等）、礼（丧、酬等）、乐（琴、鼓等）、兵（弓、矛等）、舟车（辁、楫等）、色（朱、绿等）、艺业（钓、卜等）、夷（蛮、狄等）、兽（麟、羊、虎等）、鸟（鹊、鸠、雀等）、鳞介（鲂、蛇、贝等）、虫（阜螽、蝝、蟋蟀等）、木（栗、桐、漆等）、谷（黍、粱、藿等）、草（荇、蒲、蒌等）、杂物（羽、革、燎等）。

《诗经》涵盖了这 32 类物种。其中动植物类的 7 类物种，《诗经》大量使用比兴手法，从而创造丰富的意象，费解的隐喻，引出海量注疏。使国人图画难以下笔，即使动植物画也极少见。

中国有着世界上最具连续性的本草传统，本草学是最地道的博物学。《尔雅》《尔雅图》及《毛诗草木鸟兽虫鱼疏》，将中国古代的博物学提高到学术研究的高度了。至明代，《本草纲目》已达当时世界最高水平，该书载物种图 1109 幅，内含大量《诗经》物种。而在唐以后出现大量与《诗经》相关的少量本草图，却担当起博物教育的任务，该时期花鸟画中也陆续出现零散《诗经》

物种的画作。19世纪以前，日本学者选取其动植物部分用博物画形式描绘了它们的形象，成集后对《诗经》传播影响极大。在漫长岁月里，余下的25类之图画则少有画人涉猎。

有鉴于此，本书对一些人们容易接触到的器物，如器、布帛、宝玉、乐、兵等选取百种纳入书中。加上动植物250种，共313种。《诗经》中的人文部分物种图先行搁置，将来作续集内容。

这些物种，它们自身都有故事。本书用文字叙述它们与《诗经》的溯源，以及后世相关流传。用本身照片和白描古人本草图以识别该物种。用本草写意形式，引申文化含义，使之增加趣味、新颖感，以合孔子"诗可以兴，可以观，可以群，可以怨。迩之事父，远之事君，多识于鸟兽草木之名"。希冀引领人们进入五彩缤纷的《诗经》世界。饱观沃读图文，领悟前贤名篇，激扬道德，陶冶情操。这才是本书更高层次的追求。

此体例尚属学步，敬祈方家赐正。

附：说明

本书旨在弘扬传统文化和传播科学知识。有三点与前不同。

一、存世《诗经》的物种图不多（清代徐鼎辑本草图255种、日人渊在宽彩图150种）。本书按《尔雅》《本草纲目》之物种要求作图文。扩大物种至313种。

二、前贤《诗经》图集多以标本博物画形式，不加文章互参。本书每物种作一图一文，互补内容。文章扼要点评诗文，更注重对后世诗人发挥之影响。图以花鸟画形式，以利发挥诗文意象之美学意蕴。

三、附物种照片、白描本草图及古人画作，便于了解名物种画史。

本书有画作510幅，文章20万字。另辑照片本草图510幅。

詩經名物風華

目录

小雅

2.1 鹿鸣

2.3 彤弓

2.2 白华

2.4 祈父

詩經君子物風講

诗经·国风

詩經名物風華

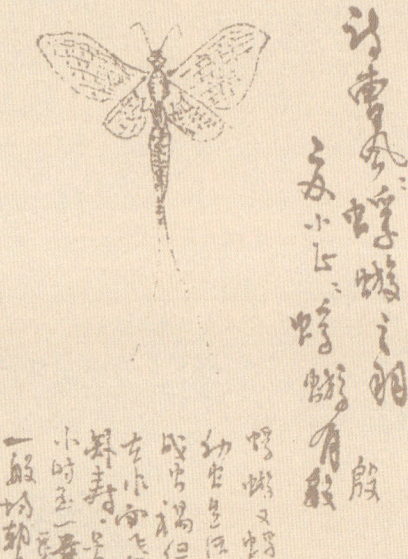

国风·周南

1.1.1.1 雎鸠——鹗
<small>jū</small>

——"关关雎鸠"唱出中国的情诗

名 称： 雎鸠，鹗，别名鸠，王雎，沸波，鱼鹰，食鱼鹰。但不是渔翁的鱼鹰（鸬鹚）。属隼形目，鹰科。按《诗经》之鸠，分指4个物种——鹗、红脚隼、斑鸠、大杜鹃。

功 用： 鹗取其骨骼入药，内服接骨。

文 化： 《诗经·周南·关雎》："关关雎鸠，在河之洲。窈窕淑女，君子好逑。参差荇菜，左右流之。窈窕淑女，寤寐求之。求之不得，寤寐思服。悠哉悠哉，辗转反侧。参差荇菜，左右采之。窈窕淑女，琴瑟友之。参差荇菜，左右之。窈窕淑女，寤寐求之。"这是我国首篇情诗，通篇描述爱情婚配三大过程。孔子在《论语》里说："关雎，乐而不淫，哀而不伤。"朱熹《诗集传》说："生有定耦而不相乱耦常并游而不相狎。"而《毛传序》："雎鸠，王雎，以为挚而有别。"拉上周文王夫妻生活。附会"后妃之德"，如细品诗文，以此猛禽咏情爱之句。结合后面中琴瑟钟鼓迎亲。所谓君子实系王候类，绝非平民。后世诗人亦多引用，如，先秦·屈原《离骚》："雄鸠之鸣逝兮，余犹恶其佻巧。"西汉·张衡《归田赋》："王雎鼓翼，仓庚哀鸣；交颈颉颃，关关嘤嘤。于焉逍遥，聊以娱情。"宋·朱明之《因忆灜楼读书之乐呈介甫》："忆昨灜楼幸久留，乾坤谈罢论雎鸠。它时已恨相从少，此日能忘共学不。南去溪山随梦断，北来身世若云浮。行藏愿与君同道，只恐蹉跎我独羞。"明·汪廷讷《种玉记·尚主》："偕伉俪，乐衾裯；歌燕尔，咏雎鸠。"明·张宁《雎鸠图》："净处偕行密处藏，河洲风寂水生香。幽闲意态知何似，记得周南第一章。"

直言"后妃之德"者，如明·马元震《王雎》："洲上看飞鸟，和鸣声应长。有时同啸藻，若个耦栖梁。一步一相顾，深情深自藏。神妃曾记曲，不比野鸳鸯。"另有咏鹗者如宋·曾巩《一鹗》："北风万里开蓬蒿，山水汹汹鸣波涛。尝闻一鹗今始见，眼驶骨紧精神豪。天昏雪密飞转疾，暮略东海朝临洮。"

款 识："关关雎鸠，在河之洲。"（《诗经·周南·关雎》）。画中以鹗雌雄唱和写真图之，纯属拟人手法。
鉴于有古人释为鱼鹰（鸬鹚）者，故再另幅鱼鹰图。

1.1.1.2 荇——莕
——"参差荇菜"古人爱情"三部曲"

(张)月绸·莕

名　称：荇，别名莕菜、凫葵、水镜草、莕丝菜、金莲儿。
科　属：龙胆科多年生浮水生草本植物。

功　用：全草入药。性味甘寒，清热利尿，消肿，解毒治寒热，热淋痛肿，火丹。除做药外，可观可食，莕菜，其叶形近于睡莲，其茎和叶均柔软滑嫩，可食用。《救荒本草》谓之"荇丝菜"，可"采嫩茎炸熟，油盐调食"。莕菜加米煮成粥（糁），是江南名菜。其花开时泛光如金，故又称"金莲儿"。亦堪观赏。

文　化：　　《诗经·周南·关雎》："参差荇菜，左右流之。窈窕淑女，寤寐求之。求之不得，寤寐思服。悠哉悠哉，辗转反侧。参差荇菜，左右采之。窈窕淑女，琴瑟友之。参差荇菜，左右芼之。窈窕淑女，钟鼓乐之。"

　　受《诗经》影响，后世诗作的'荇'穿插于情爱句中。如，南北朝·萧绎《采莲赋》："荇湿沾衫，菱长绕钏。"南北朝·吴均《登二妃庙》："折菡巫山下，采荇洞庭腹。"唐·杜甫《曲江对雨》："林花著雨胭脂湿，水荇牵风翠带长。"唐·王维《清溪》："漾漾泛菱荇，澄澄映葭苇。"宋·周邦彦《蓦山溪·湖平春水》："湖平春水，菱荇萦船尾。"明·袁宏道："荇藻凌乱，则箫板亦不复用。"明·叶小鸾《浣溪沙·初夏》："香到酴醿送晚凉，荇风轻约薄罗裳。"清·纳兰性德《摸鱼儿·午日雨眺》："涨痕添、半篙柔绿，蒲梢荇叶无数。"清·曹雪芹《杏帘在望》："菱荇鹅儿水，桑榆燕子梁。"鲁迅《莲蓬人》："芰裳荇带处仙乡，风定犹闻碧玉香。"

　　在大量"荇"诗中，作者熟练地结伴藻菱菡蒲芦苇兼葭，以诉说柔情，读者倍觉亲近入耳。此皆赖《诗经》之功。

款　识：《荇菜图》"参差荇菜，左右采之。"画面则暗以吴均诗《登二妃庙》之折菡采荇铺陈。另加鱼游叶底，或可左右游之。

款识：《荇虾图》"长须冲破荇芽青，湖上风来水气腥。"（明·程敏政诗句）

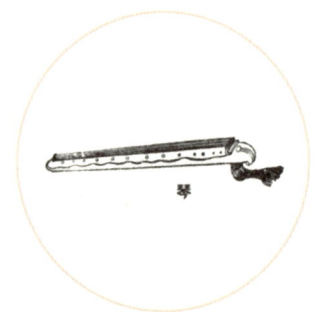

琴

1.1.1.3 琴
制造爱情佳话——琴挑

名称： 乐器名，也为姓。

用途： 1. 药用：琴非药物亦能医病。这是宋欧阳修以琴治病的经历。《送杨寘序》予尝有幽忧之疾，退而闲居，不能治也。既而学琴于友人孙道滋，受宫声数引，久而乐之，不知其疾之在体也。

2. 文化价值极高。

文化：　　1.《诗经》咏颂

《诗经·郑风·女曰鸡鸣》："琴瑟在御，莫不静好。"此诗皆夫妻之私房话。魏晋·嵇康："闻琴瑟之音，则听静而心闲。"即由此而生。

《诗经·周南·关雎》："参差荇菜，左右采之。窈窕淑女，琴瑟友之。"此诗以采荇起兴，言男女诚心相爱并隆重结婚过程。琴瑟二器可奏同调，喻和谐情深。对后世文人影响深远。

2. 后世佳句

西汉·张衡《四愁诗》："美人赠我琴琅玕，何以报之双玉盘。"魏晋·曹植："湘娥拊琴瑟，秦女吹笙竽。"南北朝·江淹："惭幽闺之琴瑟，晦高台之流黄。"唐·陈子昂："离堂思琴瑟，别路绕山川。"唐·王勃："月下调鸣琴，相思此何极。"

3. 琴制造爱情佳话

《史记·司马相如列传》载西汉文豪司马相如琴挑卓文君，二人终成眷属。

又，古琴曲《凤求凰》，演绎了司马相如与卓文君的爱情故事。"有一美人兮，见之不忘。一日不见兮，思之如狂。凤飞翱翔兮，四海求凰。无奈佳人兮，不在东墙。将琴代语兮，聊写衷肠……"无独有偶，《西厢记》中张生与崔莺莺也是用琴传递爱情。

款识： "献言"为《列仙传》借琴向汉武帝献忠言的故事作图。

款识："琴瑟在御，莫不静好。"（《诗经·郑风》句）

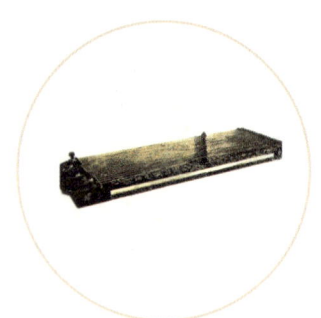

瑟

1.1.1.4 瑟
——妻子好合，如鼓琴瑟

名　称：乐器名，也为姓。

用　途：文化价值极高。

文　化：　　1.《诗经》歌咏

《诗经·鄘风·定之方中》："树之榛栗，椅桐梓漆，爰伐琴瑟。"（见桐篇）

《诗经·小雅·常棣》："妻子好合，如鼓琴瑟。"

《诗经·小雅·甫田》："琴瑟击鼓，以御田祖。"此诗意祭祀，祈福田祖。

《诗经·小雅·鼓钟》："鼓钟钦钦，鼓瑟鼓琴，笙磬同音。"此诗系奏乐场面。后人发挥，更增高雅气氛。

2. 名诗佳句

魏晋·曹植："湘娥拊琴瑟，秦女吹笙竽。"

魏晋·曹植："秦筝何慷慨，齐瑟和且柔。"

唐·李白："云间吟琼箫，石上弄宝瑟。"

唐·钱起："善鼓云和瑟，常闻帝子灵。"

唐·李商隐："锦瑟无端五十弦，一弦一柱思华年。"

唐·陈子昂："离堂思琴瑟，别路绕山川。"

宋·辛弃疾："宝瑟泠泠千古调，朱丝弦断知音少。"

宋·滕子京："帝子有灵能鼓瑟，凄然依旧伤情。"

金·元好问："望帝春心托杜鹃，佳人锦瑟怨华年。"

3. 成语解释

"胶柱鼓瑟"出自《史记·廉颇蔺相如列传》："蔺相如曰：'王以名使（赵）括，若胶柱而鼓瑟耳。括徒能读其父书传，不知合变也。'"

款识："我有嘉宾，鼓瑟吹笙。"（曹操《短歌行》句）图中所置皆亦酒亦歌之物。

钟

1.1.1.5 钟

名　称：钟为古时礼乐器、酒器、盛器。
　　　　《本草纲目》：诸铜器项下，含三代钟鼎彝器。

用　途：1.主治：霍乱转筋，肾堂及脐下痓痛，并炙器隔衣熨
　　　　其脐腹肾堂（大明）。古铜器畜之，辟邪祟（时珍）。
　　　　2.历史考古，音乐。

文　化：　　1. 与《诗经》物种相关诗歌，后世传承发挥
　　　　　《诗经·周南·关雎》："参差荇菜，左右
　　　　芼之。窈窕淑女，钟鼓乐之。"按，此诗言古时
　　　　恋爱结婚场景。
　　　　　《诗经·大雅·灵台》："于论鼓钟，于乐
　　　　辟雍。"按此诗言周文王在太学鼓钟之乐。
　　　　　《诗经·小雅·鼓钟》："鼓钟喈喈，淮水
　　　　湝湝，忧心且悲……鼓钟将将，淮水汤汤，忧心
　　　　且伤……鼓钟伐鼛，淮有三洲，忧心且妯。鼓钟
　　　　钦钦，鼓瑟鼓琴，笙磬同音。"按，此诗言在奏
　　　　乐中。思念君子而悲伤。
　　　　　《诗经·小雅·彤弓》："钟鼓既设，一朝
　　　　飨之……钟鼓既设，一朝右之……钟鼓既设，一
　　　　朝酬之……"按，此诗言因功受赏彤弓的欢乐场景。
　　　　　《诗经·小雅·白华》："鼓钟于宫，声闻
　　　　于外。"此诗言被废帝后闻声哀叹。
　　　　　2. 晨钟暮鼓使人警觉醒悟
　　　　　南北朝·庾信："戍楼鸣夕鼓；山寺响晨钟。"
　　　　唐·李贺："古刹疏钟度，遥岚破月悬。"宋·
　　　　陆游："百年鼎鼎世共悲，晨钟暮鼓无休时。"
　　　　　3. 以钟代表豪华生活
　　　　　唐·李白："钟鼓馔玉不足贵，但愿长醉不
　　　　复醒。"唐·杜甫："钟鼎山林各天性，浊醪粗
　　　　饭任吾年。"唐·白居易："迟迟钟鼓初长夜，
　　　　耿耿星河欲曙天。"
　　　　　4. 以钟代表时间以伴愁思
　　　　　唐·张继："姑苏城外寒山寺，夜半钟声到
　　　　客船。"唐·李商隐："来是空言去绝踪，月斜
　　　　楼上五更钟。"唐·孟浩然："东林精舍近，日
　　　　暮空闻钟。"

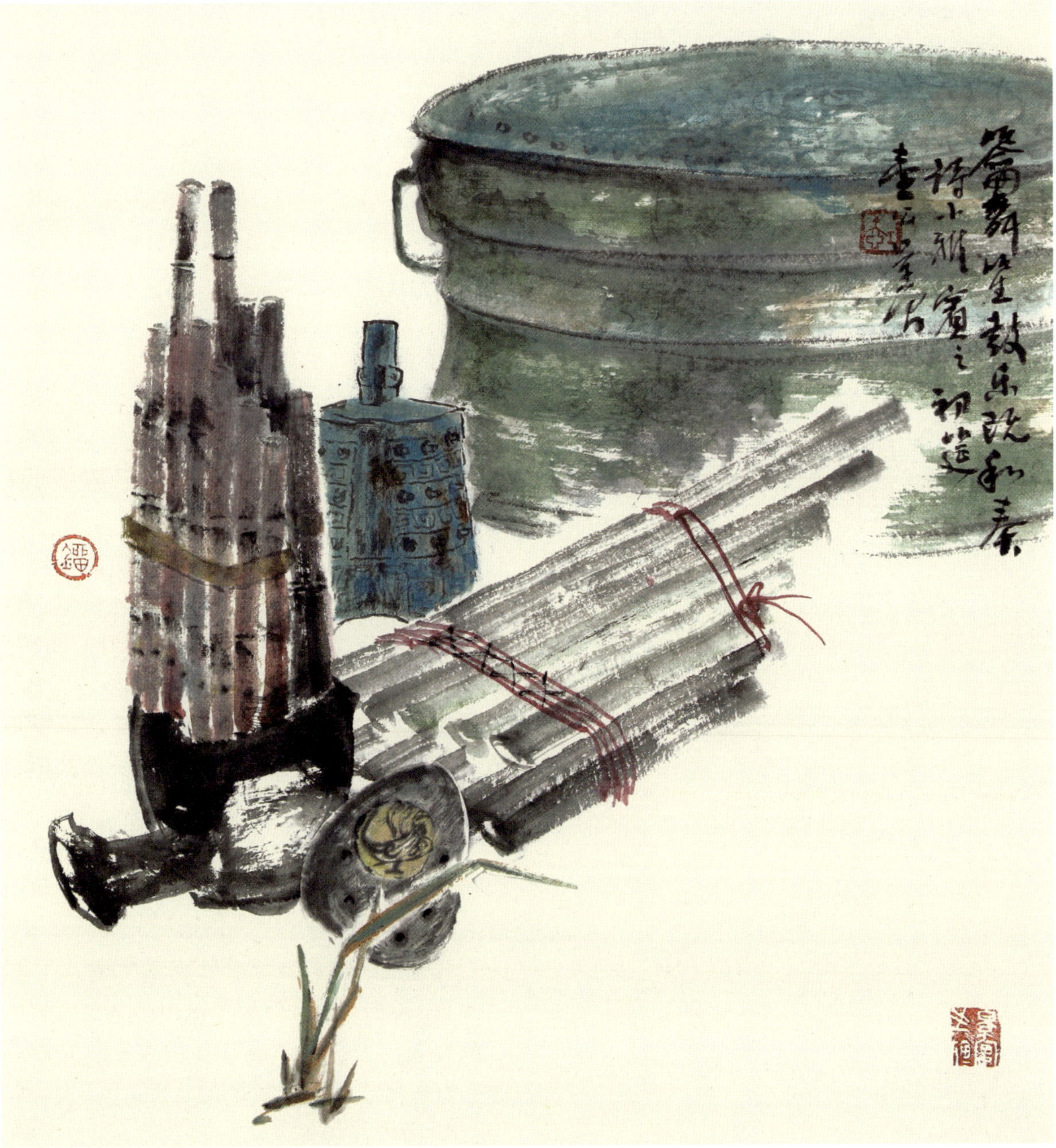

款 识："籥舞笙鼓，乐既和奏。"（《诗·小雅·宾之初筵》）

1.1.1.6 鼓
"鼓"——战乱的化身

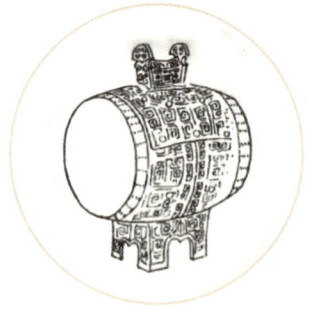

名　称： 鼓为乐器，最早用于祭祀。多为动物的皮或金属制成。

用　途： 鼓不能入药。但鼓乐会对人的心理健康造成应响。重低音会使心脏极不舒服。

文　化： 　1. 与《诗经》物种相关诗歌，后世传承发挥

《诗经·邶风·击鼓》："击鼓其镗，踊跃用兵。"按，此诗言用兵悲壮情景。后世文人渐渐将"鼓"当作战乱的化身。如唐·杜甫："戍鼓断人行，秋边一雁声。"唐·白居易："渔阳鼙（pí）鼓动地来，惊破霓裳羽衣曲。"唐·王昌龄："城头铁鼓声犹振，匣里金刀血未干。"

《诗经·小雅·伐木》："坎坎鼓我，蹲蹲舞我。"按，此诗言宴会亲友之乐舞。后人多发挥。

《诗经·商颂·那》："猗与那与！置我鞉鼓。奏鼓简简，衎我烈祖……庸鼓有斁，万舞有奕……"按，此诗言盛大乐队祭族场面。后人借"鼓"抒古风俗之情。

2. 名诗佳句

先秦·屈原："霾两轮兮絷四马，援玉枹兮击鸣鼓。"汉·刘彻："箫鼓鸣兮发棹歌，欢乐极兮哀情多。"南北朝·鲍照："箫鼓流汉思，旌甲被胡霜。"宋·范成大："桃奇满村春似锦，踏歌椎鼓过清明。"宋·陆游："箫鼓追随春社近，衣冠简朴古风存。"宋·辛弃疾："可堪回首，佛狸祠下，一片神鸦社鼓。"

款 识："窈窕淑女，钟鼓乐之。"（《诗·关雎》句）画面热烈祥瑞以应婚庆之喜。

1.1.2.1 葛
——今日养生品，古人织衣衫

名　称：葛，又名干葛、甘葛、粉葛、葛麻茹、葛子根、黄葛根、葛条根。科属：为蝶形花科藤本多年生落叶植物。

用　途：1. 药用

根入药。功能主治：升阳解肌，透疹止泻，除烦止渴。治伤寒、温热头疼项强，消渴，泄泻，痢疾，高血压，心绞痛，耳聋。其根、藤茎（葛蔓）、叶、花、种子（葛谷）亦供药用。

2. 经济

葛还有其它用途：如葛根做粉可食。至今已是常见保健商品。它的花亦可用于酒后。唐代韩翃《送王少府归杭州》诗云"葛花满地可消酒"。葛的嫩叶也可食用。

葛自古即是织布的纤维材料，成为重要经济作物。《周书》："葛，小人得其叶以为羹，君子得其材以为君子朝廷夏服。"汉·袁康《越绝书·越地传》："葛山者，勾践罢吴，种葛。使越女织治葛布，献于吴王夫差。"可见种葛乃古代国家行为。

文　化：　　1. 与《诗经》物种相关诗歌，后世传承发挥

《诗经·国风·周南》："葛之覃兮，施于中谷，维叶萋萋……是刈是濩，为絺为绤，服之无斁。"按，本诗句是叙述葛的长势旺盛，收获后做成布。

《诗经·小雅》："纠纠葛屦，可以履霜。"按，可见葛制衣和鞋当时已很流行。

2. 名诗佳句

唐·李白《戏赠郑溧阳》："素琴本无弦，漉酒用葛巾。"唐·杜甫《端午日赐衣》："细葛含风软，香罗叠雪轻。"唐·白居易《醉后狂言酬赠萧殷二协律》："天寒身上犹衣葛，日高甑中未拂尘。"宋·方回《喜雨》："竹户纸窗清洒洒，葛衫纱帐冷修修。"宋·陆游《夏日小宴》："试问炎歊在何许，夜阑翻怯葛衣轻。"

我国自周代后多次气候变冷，而葛衣只适夏服。加上善能御寒的棉花引进种植。葛衣渐退出生活。只有古人留下的诗文中，才能看到葛衣那数千载的辉煌。

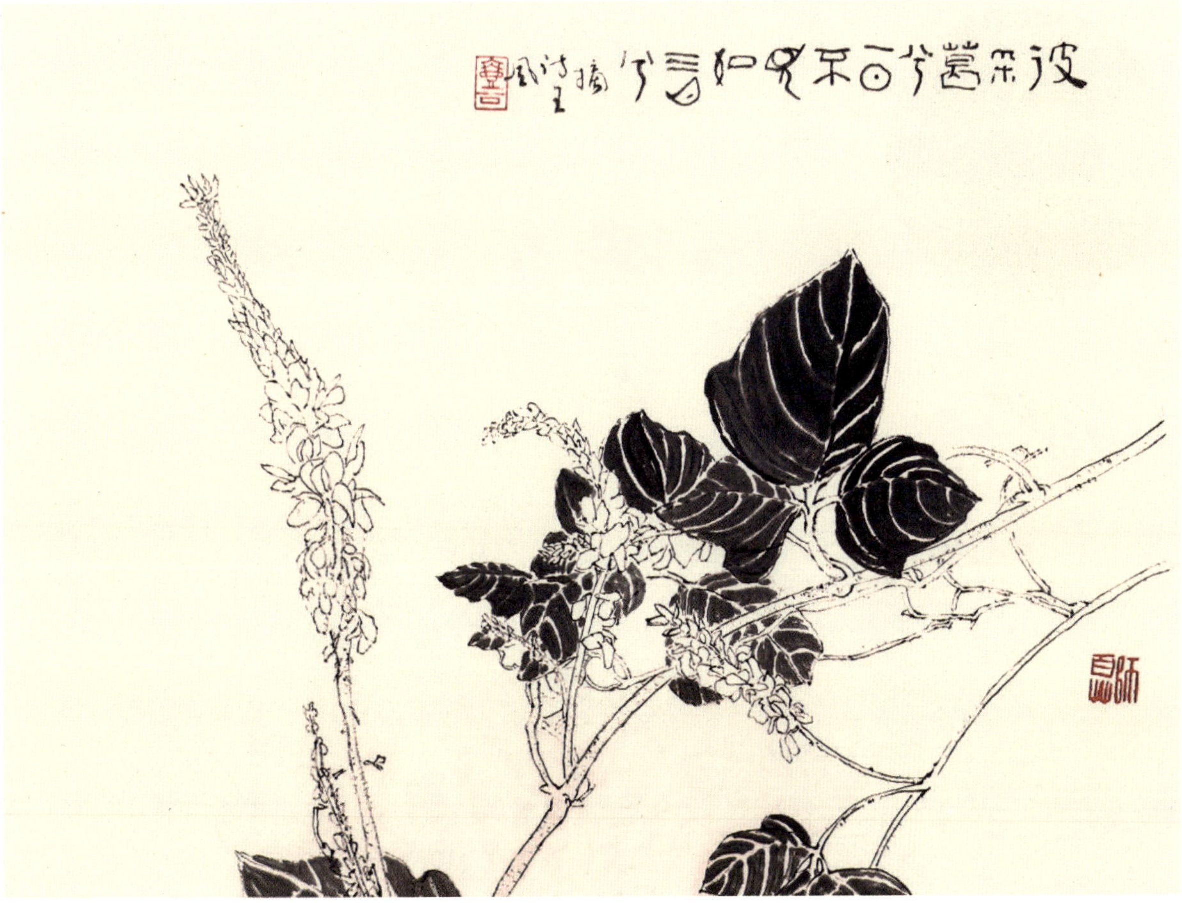

款 识：《葛图》落款为《诗经·王风》："彼采葛兮，一日不见，如三月兮。"该画采用古朴的白描绘制，
以人们熟知的《诗经》明句落款。

1.1.2.2 黄鸟——黄雀
——螳螂捕蝉，黄雀在后

名 称：黄鹂留、抟黍。科属：雀形目雀科。《本草纲目》雀项下……老而斑者为麻雀，小而黄口者为黄雀。

用 途：其肉入药。主治：冬三月食之，起阳道，令人有子。其卵、肝、脑亦供药用。

文 化：　　1. 与《诗经》物种相关诗歌，后世传承发挥

《诗经·周南·葛覃》："黄鸟于飞，集于灌木，其鸣喈喈。"按，此诗言割葛织布颂其勤劳。鸟喻欢快。后人诗近意者，如唐·杜审言："淑气催黄鸟，晴光转绿萍。"明·胡宗仁："黄鸟弄美响，日啼檐间树。"

《诗经·秦风·黄鸟》："交交黄鸟，止于棘。谁从穆公？……交交黄鸟，止于桑。谁从穆公？……交交黄鸟，止于楚。谁从穆公？"按，此诗借鸟落木哀悼为秦公殉葬者。后人诗近意者，如晋·陶渊明："荆棘笼高坟，黄鸟声正悲。"唐·高适："黄鸟翩翩杨柳垂，春风送客使人悲。"

《诗经·小雅·黄鸟》："黄鸟黄鸟，无集于榖，无啄我粟……黄鸟黄鸟，无集于桑，无啄我梁……黄鸟黄鸟，无集于栩，无啄我黍。"按，此诗借鸟啄喻盘剥谋生人。后人诗近意者，如宋·胡仲弓《哀黄鸟》："送汝入幽谷，惊魂何处飞。"

《诗经·小雅·绵蛮》："绵蛮黄鸟，止于丘阿……绵蛮黄鸟，止于丘隅……绵蛮黄鸟，止于丘侧。"按，此诗借鸟言役人疲极，得饮食车辆相助。后人诗近意者，如魏晋·阮籍："黄鸟东南飞，寄言谢友生。"

　　2. 成语典故

"螳螂捕蝉，黄雀在后。"此成语比喻目光短浅，没有远见。只想到算计别人，没想到别人在算计他。出处《庄子·山木》："睹一蝉，方得美荫而忘其身，螳螂执翳（yì）而搏之，见得而忘其形；异雀从而利之，见利而忘其真。"

款识："黄雀，黄雀，勿集于榖。"（《诗经·小雅·黄雀》）句。榖即构树。

1.1.2.3 卷耳——苍耳

名　称：卷耳，又名菤、地葵、猪耳、羊负来、野茄。为菊科一年生草本植物苍耳。

用　途：叶茎入药。

功用主治：祛风散热，解毒杀虫。治头风，头晕，湿痹拘挛，目赤、目翳，风癫，疔肿，热毒疮疡，皮肤瘙痒。其余根、花、带花苞的果实等亦入药。

文　化：　　1. 与《诗经》物种相关诗歌，后世传承发挥

《诗经·周南·卷耳》："采采卷耳，不盈顷筐。嗟我怀人，置彼周行。"按，该诗描写卷耳虽多，女子无心摘采，见大道更怀念远去亲人。此情调后人直接继承下来。

2. 名诗佳句

宋·张载《卷耳解》："觥罍欲解痡瘏恨，采耳元因备酒浆。"唐·杜甫："卷耳况疗风，童儿且时摘。"宋·王安石："关雎求窈窕，卷耳念勤劳。"宋·晁补之："欲书皇极彝伦事，不在《关雎》《卷耳》诗。"宋·黄庭坚："烦置酒，摘苍耳。"金·赵秉文："葛覃歌节用，卷耳颂求贤。"明·陈子升："江南曲羡田田叶，卷耳诗劳采采筐。"（以下诗中苍耳兼充灾难恶人灾星）战国·屈原《离骚》以芷兰喻君子，卷耳、蒺藜喻恶人。唐·李白："不惜翠玉裘，遂为苍耳欺。"宋·苏轼："高田生黄埃，下田生苍耳。"宋·文天祥："黄沙漫道路，苍耳满衣裳。"

款识：《卷耳图》"采采卷耳，不盈顷筐。"（《诗经·周南》句）

1.1.3.2 马——家马

始原·马

名　称： 驹、騋（lái）、骊、骐、驳、骆、骓、骍（xīng）、雒、骠等。仅在《诗经》中就有约 30 个名字。在所有物种中数量第一。科属：奇蹄目马科马属动物。

用　途： 1.药用：马肉入药功能除热下气，长筋，强腰脊。脯疗寒热萎痹。其余皮，骨，鬃，齿，心，肝，乳，蹄甲，胎盘，阴茎，皮下脂肪亦入药。
2.经济：可用于骑乘、军事、车驾、农耕、役用。

文　化： 马与人类密切，历朝历代，咏颂诗文可谓不计胜数。

1. 与《诗经》物种相关诗歌，后世传承发挥

《诗经·周南·卷耳》："陟彼崔嵬，我马虺（huī）隤（tuí）。"《诗经·邶风·击鼓》："爰居爰处，爰丧其马。"《诗经·周南·汉广》："之子于归，言秣其驹。"《诗经·小雅·鸳鸯》："乘马在厩，摧之秣之。"《诗经·小雅·吉日》："吉日庚午，既差我马。"按，选择午日为"马"的吉日，《诗经》为十二生肖午属马之最早的铺垫。

2. 名诗佳句

战国·屈原《离骚》："仆夫悲余马怀兮，蜷局顾而不行。"汉·佚名："使君从南来，五马立踟蹰。"魏·曹植："修坂造云日，我马玄以黄。"唐·韦元甫："木兰代父去，秣马备戎行。"宋·陆游："楼船夜雪瓜洲渡，铁马秋风大散关。"明·王守仁："月傍苑楼灯影暗，风传阁道马蹄回。"

3. 马与快的结合

马与午捆绑，午者阳火也，是冲击力、爆发力。就是一个快字了得。"关山度若飞""骁腾有如此，万里可横行。""春风得意马蹄疾，一日看尽长安花""马作的卢飞快"。

款识:《立马图》中置骏马惊立及猴与蜂环绕。
喻吉语立马封侯。使观者得猜想之乐。

1.1.3.3 金罍 ^{léi}

金罍

名　称：古代青铜彝器之一。

用　途：1. 药用：《本草纲目》云，入药诸铜器有毒。铜器
　　　　　盛饮食杀酒，主经夜有毒。煎汤饮，损人声。
　　　　2. 功用：《本草纲目》云，主治霍乱转筋，主肾堂
　　　　　及脐下痤痛，主并炙器隔衣熨其脐胸肾堂。又，古
　　　　　铜器畜之，主辟邪祟。

文　化：　　三代钟鼎彝器，主历年又过之，主在历史，
　　　　考古方面有重大意义。
　　　　　　1. 与《诗经》物种相关诗歌，后世传承
　　　　发挥
　　　　　　罍是中国古代一种大型盛酒的容器或盥洗
　　　　用的器皿或礼器。多用青铜或陶制成。本文"金
　　　　罍"应是青铜制。《诗经·周南·卷耳》："我
　　　　姑酌彼金罍，维以不永怀。"按，该诗是借金
　　　　罍之酒，表白对妻的思念。
　　　　　　2. 名诗佳句
　　　　　　随着时代变化，"金罍"青铜彝器退出生
　　　　活。但在描写燕筵、小酌、愤懑、思念、美景、
　　　　消忧、祭奠……都有其身影。
　　　　　　汉·班固："于是庭实千品，旨酒万钟，
　　　　列金罍，班玉觞，嘉珍御，太牢飨。"唐·李
　　　　白："流莺啼碧树，明月窥金罍。"唐·权德
　　　　舆："银烛煌煌夜将久，侍婢金罍泻春酒。"
　　　　唐·上官婉儿："翠幕珠帏敞月营，金罍玉斝
　　　　泛兰英。"宋·柳永："对佳丽地，信金罍罄
　　　　竭玉山倾。"宋·苏洵："晚岁登门最不才，
　　　　萧萧华发映金罍。"宋·戴复古："忆把金罍
　　　　酒，叹别来光阴荏苒。"宋·刘克庄："人言
　　　　酒是消忧物，奈病余孤负金罍。"元·胡奎：
　　　　"我酤酌金罍，遥望金罍山。"明·袁弘道：
　　　　"泉而茗者，罍而歌者……"

款 识：《金罍菊蟹图》此方罍为商代后期青铜彝器，清宫旧藏。内铸文清晰，外形华美。
款识诗句，唐·羊士谔："金罍几醉乌程酒，鹤舫闲吟把蟹螯。"堪配此图。

1.1.3.4 兕觥——酒具

sì gōng

名 称：印度犀、低密、乌犀角、独角犀。

科属：犀牛科独角犀属动物印度犀、爪哇犀、苏门犀。

用 途：1.药用：其角入药，功能清热，凉血，定惊，解毒。治伤寒瘟疫热入血分，惊狂，烦躁，谵妄。斑疹，发黄，吐血，衄血，下血，痈疽肿毒。其余肉，皮亦入药。

2.经济：观赏。

才三·兕

文 化：　1. 与《诗经》物种相关诗歌，后世传承发挥

《诗经·周南·卷耳》："我姑酌彼兕觥，维以不永伤。"

《诗经·豳风·七月》："称彼兕觥，万寿无疆。"

《诗经·周颂·丝衣》："兕觥其觩。旨酒思柔。不吴不敖，胡考之休。"

《诗经·小雅·桑扈》："兕觥其觩，旨酒思柔。彼交匪敖，万福来求。"上四首诗皆用兕觥（犀角杯）祝福颂寿。兕觥成为珍贵的吉祥物。后人拿来使用即可。

2. 名诗佳句

唐·卢仝："吾道岂已矣，为君倾兕觥。"

宋·佚名："鹤算延长，兕觥无极。"

宋·米友仁："兕觥频举。不醉君无去。"

宋·陆游："醉学究圣师饮百觚，俨然常斋庄。"

宋·刘学箕："遇酒酌彼兕觥，逢花赏其芳馨。"

明·霍与瑕："时酌金罍称兕觥，终吾之生以徜徉。"

清·张晋："跪奉兕觥把君手，殷勤愿为君子寿。"

清·郑国藩："邮筒远寄预徵诗，欲佐兕觥同介眉。"

3. 描写犀牛的成语

心有灵犀：现多比喻双方对彼此的心思都能心领神会。灵犀：旧说犀牛是灵兽，它的角中有白纹如线，贯通两端，感应灵异。出自唐·李商隐《无题二首·其一》："身无彩凤双飞翼，心有灵犀一点通。"

款 识：小暑《犀尊图》。系战国错金银犀尊，为容酒器。人评"淋漓尽致地表现了犀牛的整体特征"。
作者为之倾倒膺服。故作此图。

1.1.4.1 葛藟——野葡萄

lěi

名　称：藟、巨苽、蓷藟、千岁藟、野葡萄。
科　属：为葡萄科藤本植物葛藟。

用　途：葛藟形态与葡萄相似而较小。黑色果实可食可酿。张骞
出使西域带回葡萄后则被取代。
1. 药用：藤汁入药。性味无毒。
2. 功用主治：补五脏，续筋骨，益气，止渴。其根、果
实亦供药用。

文　化：　　1. 与《诗经》物种相关诗歌，后世传承发挥
　　《诗经·周南·樛木》："南有樛木，葛藟累之。
乐只君子，福履绥之。南有樛木，葛藟荒之。乐只
君子，福履将之。南有樛木，葛藟萦之。乐只君子，
福履成之。"按，该诗借葛藟攀大树而升高为新郎
祝福，或喻攀附君子得利，并为君子祝福。或义为
贵族与妻妾关系。
　　2. 名诗佳句
　　葛藟后世诗中攀附的代名词。如，汉·刘向：
"葛藟虆于桂树兮，鸱鸮集于木兰。"汉·班固：
"揽葛藟而授余兮，眷峻谷曰勿坠。"魏·曹植：
"种葛南山下。葛藟自成阴。"魏·孙绰："揽柏
木之长萝，援葛藟之飞茎。"晋·陆云："有集于林。
思乐葛藟。"唐·李华："葛藟附柔木，繁阴蔽曾
原。"明·孙一元："君身椅桐枝，妾身葛藟草。"
明·张宁："不愧关雎什，犹疑葛藟篇。"
　　另有诗是以葛藟写景的。如，魏·阮籍："葛
藟延幽谷，绵绵瓜瓞生。"唐·杜审言："紫藤萦
葛藟，绿刺冒蔷薇。"唐·元稹："琳琅铺柱础，
葛藟茂河滣。"明·李梦阳："葛藟离离兮石间，
雨冥冥兮山之幽。"明·张元凯："绳床悬石室，
空庭蒙葛藟。"

款识：《葛藟图》"绵绵葛藟，在河之浒。"（《诗·王风·葛藟》）

1.1.5.1 螽斯

名　称：斯螽、绿斯螽、蜇螽、蚣蝑，或名斯螽，常称为"蝈蝈"。科属：一种直翅目螽斯科的昆虫。其雄虫的前翅能发声。

用　途：《本草纲目》云，味辛，有毒。
主治：五月五日候交时收取，夫妇佩之，令相爱媚。

文　化：　　1. 与《诗经》物种相关诗歌，后世传承发挥

古代资源匮乏，人类时刻面临生存威胁，部落急需扩大人口规模，因而生殖就成了当时的头等大事。由于螽斯这种昆虫繁殖力极强，所以，诗人把它编进诗中，用以祝颂人多子多孙。画家多喜画"螽斯"。内含民族繁衍昌盛之祈盼。

《诗·周南·螽斯》："螽斯羽，诜诜兮。宜尔子孙，振振兮。螽斯羽，薨薨兮。宜尔子孙，绳绳兮。螽斯羽，揖揖兮。宜尔子孙，蛰蛰兮。"按，这是先民为祈求多子的一首民歌，也是婚礼上的祝福曲。

2. 名诗佳句

以下诸诗都在"宜尔子孙""多子多贵"上下功夫。如魏晋·张华："螽斯弘慈惠，樛木逮幽微。"唐·李白："仙风生指树，大雅歌螽斯。"唐·韩愈："乃令千里鲸，幺麽微螽斯。"明·葛高行文："羡螽斯之振振兮，吐玉英而树庭蕙。"明·余继登："螽斯徵瑞庆，麟趾叶祯符。"

附：宋《郊庙朝会歌辞》："申锡无疆，螽斯振振。""蛰蛰螽斯，宜孙子矣。""德如关雎，盛如螽斯。"

款识："螽斯羽，诜诜兮。宜尔子孙，振振兮。"（《诗·周南·螽斯》句）图之右侧萱草喻孝亲，左侧螽斯群鸣。是一幅孝亲宜尔子孙图。

拓歌·仁桃

1.1.6.1 桃

名　称： 为蔷薇科多年生植物。

用　途： 1. 药用：仁入药。性味甘酸，温。
2. 功用主治：生津，润肠，活血，消积。根及去掉栓皮的树皮、嫩枝、叶、花、成熟的果实、未成熟的果实、树脂亦供药用。

文　化： 　　1. 与《诗经》物种相关诗歌，后世传承发挥

　　《诗经·周南·桃夭》："桃之夭夭，灼灼其华。之子于归，宜其室家。桃之夭夭，有蕡其实。之子于归，宜其家室。桃之夭夭，其叶蓁蓁。之子于归，宜其家人。"按，《樛木》写男方娶妻。《桃夭》是女子出嫁时唱的歌。以浓艳的桃花比喻其容颜，以硕大桃实比喻其繁衍，以茂盛桃叶比喻其健康。

　　《诗经》还有《召南·何彼襛矣》："何彼襛矣？花如桃李。"《魏风·园有桃》："园有桃，其实之肴。"《大雅·抑》："投我以桃，报之以李。"

　　2. 名诗佳句

　　南北朝·张正见："独夭桃之灼灼，轻摇采于寒踪。"唐·李白："自怜十五馀，颜色桃李红。"唐·李贺："况是青春日将暮，桃花乱落如红雨。"唐·崔护："去年今日此门中，人面桃花相映红。人面不知何处在，桃花依旧笑春风。"五代·李煜："浪花有意千里雪，桃花无言一队春。"宋·黄庭坚："小桃灼灼柳鬖鬖，春色满江南。"

　　3. 桃花林引出了《桃花源记》的大量诗文

　　如，唐·王维《桃花源行》："春来遍是桃花水，不辨仙源何处寻。"唐·韩愈《桃源图》："世俗宁知伪与真，至今传者五陵人。"唐·张旭《桃花溪》："桃花尽日随流水，洞在清溪何处边。"宋·黄庭坚《水调歌头·游览》："溪上桃花无数，枝上有黄鹂。"

　　4. 桃木避邪的习俗

　　《左传》："桃弧棘矢，以除其灾。"《庄子》："插桃枝入户……而鬼畏之。"最熟悉的是宋·王安石《元日》："千门万户曈曈日，总把新桃换旧符。"

款识：《桃夭图》"桃之夭夭，灼灼其华。之子于归，宜其室家。"（《诗经·周南·桃夭》句）加喜鹊以示喜。按桃花嫩盛，当如东坡句："争开不待叶，密缀欲无条。"

1.1.7.1 兔——草兔

名　称：兔，又名草兔、欧兔、蒙古兔、东北兔等。为兔科兔属动物。

用　途：其肉、皮毛、血、骨、脑肝皆可入药。肉能补中益气，凉血解毒。肝能补肝明目。其肉可食，毛皮可用。

文　化：　　1. 与《诗经》物种相关诗歌，后世传承发挥

兔与《诗经》的渊源。《诗经·周南·兔置》："肃肃兔置（jū），椓（zhuó）之丁丁。赳赳武夫，公侯干城。"按，认真打桩按捕兔网，比喻国家精英尽力。

《诗经》里还有《王风·兔爰》："有兔爰爰，雉离与罗。"

《小雅·瓠叶》："有兔斯首，燔之炮之。"

《小雅·小弁》："相彼投兔，尚或先之。"

《小雅·巧言》："跃跃毚（chán）兔，遇犬获之。"按，多是写捕兔前后。后世相类甚多。

　　2. 名诗佳句

汉·佚名："茕茕白兔，东走西顾。"汉·佚名："兔从狗窦入，雉从梁上飞。"唐·李白："箭逐云鸿落，鹰随月兔飞。"唐·杜甫："拟身思狡兔，侧目似愁胡。"唐·王昌龄："少年猎得平原兔，马后横捎意气归。"

　　3. 兔与月的结合

晋·傅玄："月中何有，玉兔捣药。"唐·白居易："照他几许人肠断，玉兔银蟾远不知。"唐·李商隐："玉轮顾兔初生魄，铁网珊瑚未有枝。"

　　4. 兔是快速的象征

《吕氏春秋·离俗》："日行万里，驰若兔飞。"晋·崔豹《古今注》载："秦皇名马曰白兔。"魏·曹植："驰骋未能半，双兔过我前。"

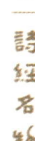

1.1.8.1 芣苢——车前
fū　yī

（锐）目纲·前车

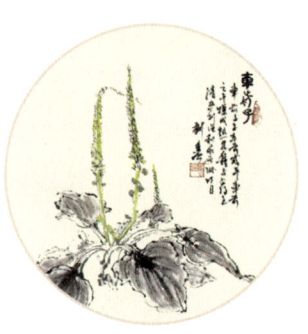

名　称：芣苢，又名马舄、当道、陵舄、牛舌草、车前草、虾蟆衣、牛遗、车轮菜等。为车前草科植物车前及平车前。

用　途：全草入药，功能利水清热，明目，祛痰。治小便不通、淋浊带下、尿血、黄疸、水肿、热痢泻泻、鼻衄、目赤肿痛、喉痹、乳蛾、咳嗽、皮肤溃疡。其种子即车前子。

文　化：　　《诗经·周南·芣苢》：“采采芣苢，薄言采之。采采芣苢，薄言有之。采采芣苢，薄言掇之。采采芣苢，薄言捋之。采采芣苢，薄言袺之。采采芣苢，薄言襭之。”按，此诗反复诉说一群妇女采集芣苢（车前）。有多个解释：一乃当时风俗；二是妇女采集芣苢可能因车前草多子象征多孕多子繁衍昌盛的缘故。后人据此场景吟唱颇多。唐·白居易：“芣苢春来盈女手，梧桐老去长孙枝。”宋·林希逸：“锦衣归后如相访，却要重论芣苢诗。”明·程敏政：“升升骐骥种，采采芣苢眷。”明·释函是：“芣苢何足采，兔罝吾所知。”其它采芣苢诗则另抒胸臆，如唐·王翰：“碧丛抽穗为芣苢，青蔓悬瓜若旨苕。一段天机精妙处，便堪持此换琼瑶。”宋·林希逸：“了得葛藤三昧，却参芣苢诸诗。”宋·程俱：“因公始识武侯鲭，盖地何当似芣苢。”元·郭翼：“芣苢新生盖地面，辛夷高开满上头。生憎雨恶兼风恶，转益朝愁复暮愁。”明·陈琏：“芣苢花残芥叶老，青莎何事犹芃芃。”清·屈大均：“岂伊是籧篨，臭恶还芣苢。”

　　车前自《神农本草经》开始，凡药典皆收录，作为常用药，也自然成了诗歌体裁。

　　唐·张籍：“开州午日车前子，作药人道药有神。惭愧使君怜病眼，二千里外寄闲人。”唐代·张祜：“坐拾车前子，行看肘后方。”清·全祖望：“讲堂细读仓公（古之神医）传，弟子愁吟芣苢诗。”

款 识：《芣苢图》"采采芣苢，薄言襭之。"是用衣襟装摘来的车前。清·顾太清《看钊儿等采茵蔯》
"采采茵蔯芣苢，提个篮儿小。"本图换个画法。款为"车前草喜在牛迹中生，故曰车前。（陆
玑《诗疏》云。）

1.1.9.1 楚——黄荆

名　称：黄荆，又名楛、布荆、山荆、牧荆、五指柑。为马鞭草科植物黄荆。

用　途：果实入药。功用：祛风，除痰，行气，止痛，治感冒，咳嗽，哮喘，风痹，疟疾，胃痛，疝气，痔瘘。又其根，枝，叶皆入药与提取芳香油。茎皮可造纸。

文　化：　　《诗经·周南·汉广》："翘翘错薪，言刈其楚。"《诗经》里还有："绸缪束楚，三星在户。"还有"扬之水，不流束楚。"以及"葛生蒙楚，蔹蔓于野……"等。这些诗中的"楚"指"薪柴"。而《尚书·舜典》云："朴作教刑。"郑玄注："朴，楚也。"《礼记，学记》云："夏楚二物，收其威也。"这就是旧时"教鞭"的来由。谚云："黄荆条下出好人。"

　　《史记·列传·廉颇蔺相如》："强秦之所以不敢加兵于赵者，徒以吾两人在也。今两虎共斗，其势不俱生。吾所以为此者，以先国家之急而后私仇也。廉颇闻之，肉袒负荆，因宾客至蔺相如门谢罪。"由此编出京剧《将相和》中有廉颇老将背负荆杖向蔺相如"负荆请罪"一场，最为脍炙人口。

　　后人诗中，黄荆被作为刑罚的象征。如，元·杨维桢："颜面似墨双脚鹳，当官脱裤受黄荆。"明·陶望龄："荆榛费诛斩。"明·王世贞："岂有沙门蓄四兵，空将四大施黄荆。"

　　黄荆耐旱，质地坚韧。当逢山开路时，必当披荆斩棘。南北朝·鲍照《拟行路难》："荆棘郁蹲蹲。"宋·郑国辅《凤洞》："斩开绿棘黄荆路，岩上采霞摇影动。"宋·陈文蔚："斩荆得遗址。"元·刘崧："塔前又报黄荆长，万一同来慰远期。"明·徐渭："红棘黄荆樵斧归，芭蕉学画指如椎。"明·王问："斩荆揉为枢。"

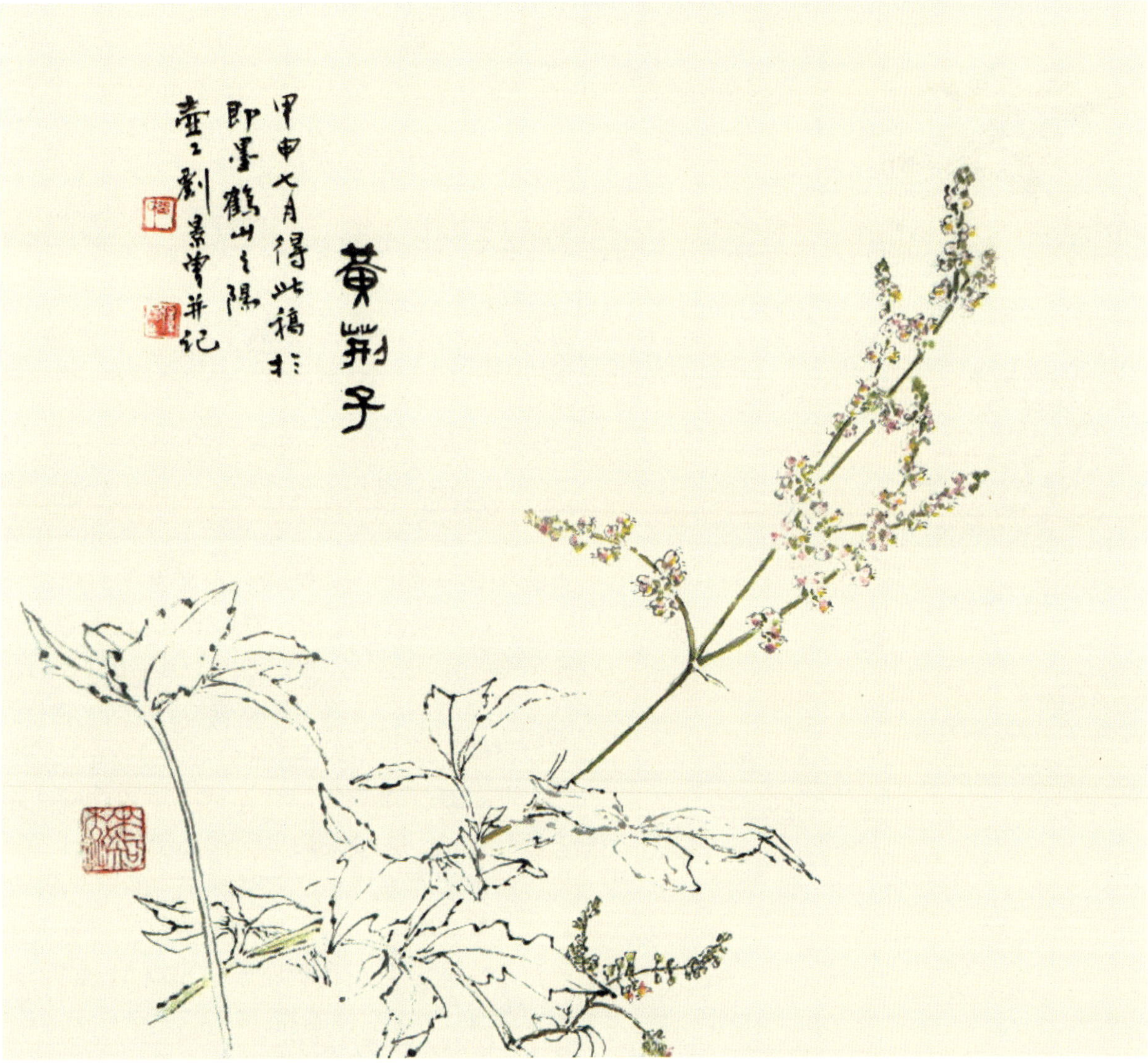

甲申七月得此稿於
即墨鹤山之阳
壺叟劉景曾并記

黄荆子

画 作："登鹤山之阳。得此白描稿。"

1.1.9.2 蒌——蒌蒿

端草药·蒿萋

名 称：购，蔏蒌、白蒿。菊科多年生草本植物蒌蒿。

用 途：其全草入药，《本草纲目》利膈开胃，杀河豚毒。其芽，茎，叶皆可食。《广群芳谱》蒌蒿根茎白，熟菹曝皆可食。

文 化： 《诗经·周南·汉广》："翘翘错薪，言刈其蒌；之子于归，言秣其驹。"该诗以在草木丛中选割蒌蒿，比喻在众多游女中找出最爱者。受其影响的相近诗句有，宋·项安世："翘翘蒌楚中，名字或行世。"宋·杨万里："芦荻中间一港深，蒌蒿如柱不成箸。"宋·方岳："岁月半行李，与君荆蒌间。"

蒌蒿是菜中美味。引得诗人争相吟咏，相关诗作甚多。楚·屈原："吴酸蒿蒌。"南北朝·萧衍："蒌草获再鲜。"宋·苏轼："久闻蒌蒿美，初见新芽赤。"宋·黄庭坚："蓴丝色紫菰首白，蒌蒿芽甜蘘头辣。"宋·陆游："旧知石芥真尤物，晚得蒌蒿又一家。"宋·范成大："荻笋蒌芽新入馔。"宋·洪咨夔："春酒荐蒌蒿。"宋·胡宏《同伯氏还乡》："江村沙暖蒌蒿长，味比枸杞新甘香。"宋·张耒："蒌蒿芽长芦笋大，问君底事爱南烹。"宋·袁说友："芦笋蒌蒿荐晚樽。"明·陆容："味杂槟蒌当酒醋。"

特别是蒿蒌配鱼为肴的诗句更是被广为流传。宋·苏轼："蒌蒿满地芦芽短，正是河豚欲上时。"这首提画诗引出类似诗句甚多。宋·辛弃疾《蒌蒿宜作河豚羹》："蒌蒿或济之，赤心置人腹。"宋·苏泂："蒌蒿登盘朝饭美，河鲀入市晚羹香。"宋·严有翼《戏题河豚》："蒌蒿短短荻芽肥，"宋·黄机："剩买蒌蒿荻笋，河豚已上渔舟。"

款 识：《蒌蒿图》用宋·苏轼《惠崇春江晚景二首》："竹外桃花三两枝，春江水暖鸭先知。蒌蒿满
地芦芽短，正是河豚欲上时。"作图两幅。

1.1.10.1 条——楸

名称： 条，又名栲，山楸。按，亦有说为柚树。
一般为灰楸，乃紫葳科楸树。

用途：《本草纲目》茎干直耸可爱，至上垂条如线，谓之
楸线。其木湿时脆，燥则坚，故谓之良材。变形轻，
宜作棋枰，家具，模型。
其树皮或根韧皮部入药治痈肿疮疡，痔瘘，吐逆，
咳嗽等。

文化： 《诗经·汝坟》："遵彼汝坟，伐其条枚。
未见君子，惄如调饥。遵彼汝坟，伐其条肄。
及见君子，不我遐弃。"该诗是借妇女在河边
（丈夫回家路）砍树枝以表达如饥似渴的思念
之情。在《诗经·终南》："终南何有，有条
有梅。"

《诗经·旱麓》："莫莫葛藟，施于条枚。
皆不及前者流传广泛。"

屈原《哀郢》："望长楸太息兮，涕淫淫
而若霰。"在这里屈原把《诗经·汝坟》亲人
思念引申为故国悲思。魏晋·陆机："升龙悲
绝处，葛藟变条枚。"唐·许浑："松楸远近
千官冢。"仍在演绎悲伤。

楸最入诗文的确是楸木棋盘，其雅名楸
枰，纹楸。众多诗家常借此说事。唐·杜牧：
"玉子纹楸一路饶，最宜檐竹雨萧萧。"（此
诗述日本王子与国人对弈事）。宋·郭印："楸
枰界千陇。"宋·洪迈："楸局收弯龙。"清·纳
兰性德："忽听楸枰响碧纱。"上述诗句中不
难看出，楸枰已成为文入迷恋的中国围棋的代
名词了。

由于楸树干正而长，古时常作行道树。
魏·曹植："斗鸡东郊道，走马长楸间。"唐·杜
甫："霜蹄蹴踏长楸间，马官厮养森成列。"
宋·朱敦儒："射麋上苑，走马长楸。"宋·姚
云文："记长楸走马，雕弓笮柳。"近年来，
我们的路边也出现了这种美丽楸树。

款识:《楸树图》"莫莫葛藟,施于条枚。"(出自《大雅·旱麓》)

鯿歙·鱼虾

fáng
1.1.10.2 鲂

名　称：鯿，鳊，法洛鱼，三角鲂。科属：鲤科鲂属。

用　途：1.药用：其肉入药功能《食疗本草》调胃气，利五脏。和芥子酱食之，助肺气，去胃家风。清谷不化者，作烩食，助脾气，令人能食。其余亦入药
2.经济：供食用，广泛分布，我国四大水系皆产。可养殖。

文　化：　　1.与《诗经》物种相关诗歌，后世传承发挥
　　《诗经·周南·汝坟》："鲂鱼赪尾，王室如毁。"此诗言鱼累尾红，喻为王室操劳过度。后来在忧国忧民的诗里大量出现。如唐·韦庄："黑头期命爵，赪尾尚忧鲂。"唐·雍裕之："劳鲂莲渚内，汗马火旂间。"唐·梁锽："赪鲂跃绮罗。"宋·吴泳："兵如溃堤蚁，民甚赪尾鲂。"（淡水鱼尾红——"赪尾"未必是劳累所致。）
　　《诗经》有鲂的诗句不少，旁及饮，美食，垂钓，捕捞，格物等，涉及颇丰。《诗经·小雅·鱼丽》："鱼丽于罶，鲂鳢。君子有酒，多且旨。"《诗经·陈风·衡门》："岂其食鱼，必河之鲂？"《诗经·小雅·采绿》："其钓维何？维鲂及鱮。"《诗经·齐风·敝笱》："敝笱在梁，其鱼鲂鳏。"《诗经·豳风·九罭》："九罭之鱼，鳟鲂。"《诗经·大雅·韩奕》："鲂鱮甫甫，麀鹿噳噳。"
　　后人跟进不胜枚举。魏晋·潘岳："华鲂跃鳞，素鱮扬鬐。"晋·陶渊明："鲂鲤跃鳞于将夕，水鸥乘和以翻飞。"唐·白居易："红粒陆浑稻，白鳞伊水鲂。"唐·韩愈："况住洛之涯，鲂鳟可罩汕。"宋·苏轼《观棋》："空钩意钓，岂在鲂鲤。"宋·陆游："上钓鲂鱼健欲飞。"明·汪广洋："鲂鱼始登荐，旨酒屡充觞。"
　　2.相关物种绘画
　　清代大画家八大山人画鱼，似鲂鱼，或为鲽类。其画造形甚工，用笔沉着多于灵动。少有的另类风格。八大山人当为画鲂之先，鲂亦为画史中之新物种。它摧动了该朝后世《海错图》的出现。八大山人画鲂照片附本文中。

款识：《鲂鱼赪尾图》"乌头因感白，鱼尾为劳赪。"（唐·白居易句）相传鱼过累尾变赤。《诗经》以此为王室服役的劳苦，后以此典形容人民的困苦和重负。

1.1.11.1 麟——长颈鹿
lín
传说中的仁兽——麒麟

名 称： 麟（lín），传说中仁兽名，即麒麟。雄者为麒，雌者为麟。又薛综注"大鹿曰麟"，即长颈鹿。为偶蹄目长颈鹿科长颈鹿属动物。

用 途： 长颈鹿产非洲，属珍奇动物，动物园供人观赏。

文 化： 麒麟在神话中地位显著，始于远古，盛及先秦。但并不知其真面貌。陆玑《毛诗草木鸟兽鱼虫疏》云："麟，麕身，牛尾，马足，黄色，圆蹄。一角，角端有肉。音中钟吕，行中规矩，游必择地，祥而后处，不履生虫，不践生草，不群居，不侣行，不入陷阱，不罹罗网。王者至仁则出。"在此麒麟被说成麕。至宋代《续博物志》中介绍了非洲的长颈鹿。至明代郑和远航带回了非洲的长颈鹿。这在《娄东刘家港天妃宫通番事迹记》中就记载郑和远航非洲的阿丹国贡麒麟即长颈鹿。还有同时期的《西洋番国志》《瀛涯胜览》亦有同样记载。还有日本人至今还称长颈鹿为麒麟。有考古学者提出，远古时中国曾有一种长颈鹿存在过，因气候变迁消亡。

《诗经·麟之趾》："麟之趾，振振公子，于嗟麟兮。麟之定，振振公姓，于嗟麟兮。麟之角，振振公族，于嗟麟兮。"此诗将麒麟与吉祥、仁德与贵族联为一体。先秦·佚名《获麟歌》："唐虞世兮麟凤游。"魏·曹植："走兽宗麒麟。"晋·刘琨："宣尼悲获麟，西狩涕孔丘。"唐·李白《古风·大雅久不作》："希圣如有立，绝笔于获麟。"以上诸诗都在歌颂麒麟。

麒麟与龙、凤、龟并称四瑞兽。但后世皇帝独喜用麒麟阁殿让功臣获得荣誉。引得诗人艳羡不已：唐·李白："文章献纳麒麟殿，歌舞淹留玳瑁筵。"唐·颜真卿："功成报天子，可以画麟台。"唐·卢纶："他日题麟阁，唯应独不名。"唐·高适："画图麒麟阁，入朝明光宫。"

在民俗文化方面，麒麟地位显赫，如麒麟送子，这与麒麟显身孔子降生有关。唐·杜甫："孔子释氏亲抱送，并是天上麒麟儿。"宋·向子諲："麟孙凤女。"表现在图画，吉语，工艺品等。又如建筑装饰，屋檐屋脊，石木雕刻皆具高贵避邪之意。此外，麒麟官袍、麟趾呈祥、凤毛麟角等皆颂祥瑞。

款识：《麒麟图》"麟之趾，振振公子，于嗟麟兮。"麒麟释长颈鹿。（《诗经·麟之趾》）背景加
线描麒麟。

詩經

君物風草

国风 · 召南

1.2.1.1 鹊——喜鹊

名　称：鹊、客鹊、飞驳鸟、干鹊、神女。
科属：鸦科，喜鹊属，喜鹊。

用途：喜鹊羽毛黑色，肩腹部为白色。喜鹊是益鸟，夏天食昆虫，如蝗虫、蝼蛄、金龟子、松毛虫等，其它时间是食谷类与植物的种子。
药用功效：其肉入药，性味甘寒。除热、消结、通淋、止渴。治石淋、胸膈痰结、鼻血。

文化：　　1. 灵鹊报喜——演绎出喜上眉（梅）梢

在《诗经·召南》中鹊首次亮相在喜庆内容中。喜鹊成双成对地在田间草地上跳跃追逐捕食害虫，人类便对它产生出了喜爱之情，它嘹亮而且单调的鸣声也就喻为吉兆。古籍《西京杂记》中有"干鹊噪而行人至"这样一句，必定是喜鹊报喜传说的原因了。《本草纲目》云："鹊，灵能报喜，故谓之喜。"《禽经》："人闻其声则喜。"一个喜字演出多少诗文。唐·白居易："有喜鹊频语，无机鸥不惊。"唐·韩偓："晴来喜鹊无穷语，雨后寒花特地香。"元·方回："乍睹阳乌色，频闻喜鹊声。"宋·王之望："有忧乌啼门，有喜鹊噪庐。"

其中鹊报喜最为常见。

宋·吕胜己："门前恰限行人至，喜鹊如何圣得知。"宋·辛弃疾："不免相烦喜鹊儿。先报那人知。"

喜上眉（梅）梢可以概括这些诗文。也有对此不以为然的句子。如宋·欧阳修："蜘蛛喜鹊误人多，似此无凭安足信。"宋·苏轼："半惊鸦喜鹊。自笑浮名情薄。"

2. 鹊巢鸠占——喜鹊文化发端

鹊巢鸠占源自《诗经·召南·鹊巢》："维鹊有巢，维鸠居之。之子于归，百两御之。"这是婚庆诗。女子像"鸠"一样，住到了男家"鹊巢"里。现实中，燕隼、八哥、布谷鸟的确能占鹊巢。

后世文人的理解发生了变异，鹊巢鸠占，很容易从字面上被认为某些人用不太光明正大的方法，占领别人的位置或者"房子"。宋·李觏（gòu）《闻喜鹊》："生平智力可料度，有巢往往输鸣鸠。"清·纪昀《阅微草堂笔记》："我自出钱租宅，汝何得鸠占鹊巢？"皆源于此，附：喜鹊吉语入画。

两只鹊儿面对面叫"喜相逢"；双鹊中加一枚古钱叫"喜在眼前"；一只獾和一只鹊在树上树下对望叫"欢天喜地"。流传最广的，则是鹊登梅枝报喜图，又叫"喜上眉梢"。

提画诗如宋·欧阳修句："腊雪初销梅蕊绽。梅雪相和，喜鹊穿花转。"

款 识：图为鹊登楷木，喻吉庆华贵。

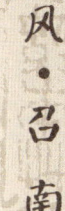

1.2.1.2 鸠——红脚隼

明简·鸠

名 称：鸠，红脚隼，青燕子，为隼形目，隼科小型猛禽。该禽总的数量不多。《本草纲目》：盖鹰与鸠同禅气化，故得成鸠也。《禽经》曰，小而鸷者皆曰隼，大而鸷者皆曰鸠。

用 途：可按参考《本草纲目》鹰、雕、鸦之骨入药皆治伤损接骨。烧灰存性，酒服。

文 化：　　《诗经·召南·鹊巢》："维鹊有巢，维鸠居之。之子于归，百两御之。"按，喜鹊建窝，鸠鸟来居。有人娶亲，用车百辆。从诗中描述的是贵族婚礼。但是，有学者认为这首诗旨在讽刺诸侯的喜新厌旧，抛弃原配妻子而新娶。"鹊巢鸠占"即出自这首诗，喜鹊筑巢，杜鹃、红脚隼等常在鹊巢中下蛋，母喜鹊一块孵化喂养。而小杜鹃、红脚隼等会把鹊雏挤出摔死，它们长大飞去。这就是成语"鸠占鹊巢"的来源。后来，这个成语被广泛使用。如明·顾璘："延绵桑梓区，颠倒鸠鹊垒。"

　　相反的是，历史上许多诗句鸠鹊共处，倒显示喜鹊的大度（因为此鸠乃斑鸠）。如南北朝·张骏："鸠鹊与鹂黄，间关相和鸣。"元·王奕："奎文阁下爇柴燎，柏林鸠鹊争飞鸣。"明·王永积："鸬鹚出没鱼同患，鸠鹊阴晴鸟各呼。"明·王廷相："鸠鹊随人喜，云霞隔苑幽。"清·弘历："重此晤青邱，俱来喜鸠鹊。"

款 识：《红脚隼图》"鹊巢常空置，隼雏自可居。"按，红脚隼不善筑巢，多用鹊鸦弃巢育雏。"鸠
占鹊巢"其情堪冤，今反其意而图之。

1.2.2.1 蘩——白蒿

名　称：蘩，皤蒿、由胡、莓母、旁勃、白艾蒿。为菊科，蒿属大籽蒿。

用　途：其全草入药，治风寒湿痹、黄疸、热痢、疥癞恶疮。嫩茎叶可供食用。《本草图经》云：此草古人以为菹（腌菜或酱菜）。

文　化：　　《诗经·召南·采蘩》："于以采蘩？于沼于沚。于以用之？公侯之事。于以采蘩？于涧之中。于以用之？公侯之宫。被之僮僮，夙夜在公。被之祁祁，薄言还归。"本诗描写的是一群健壮妇女为公侯采集祭祖用的蘩。其潜台词是，在那个时代，周天子重视祭祖之礼。《左传》云："蘋，蘩，蕴藻之菜，可荐于鬼神。"蘩，象征繁衍不息、生生不已，祭祖时要用蘩蒿，而且要用沼、沚、涧中生长的。诗中士子严格按照祭法要求去做，不计困难，纯纯坚定，如此民族必能壮大蓬勃。僮僮、祁祁，皆繁荣之象。

　　此外，《诗经·七月》："春日迟迟，采蘩祁祁。"《诗经·出车》："仓庚喈喈，采蘩祁祁。"意在表现蘩茁壮生长的样貌，以此可领悟其向上的时代意义。

　　采蘩，在后人诗里更得到进一步演绎和流传。

　　南北朝·庾信："何以誉嘉树，徒欣赋采蘩。"宋·石孝友："事苹蘩，工翰墨，才德兼全，人总道、古今稀有。"唐·佚名："蘋蘩礼著，黍稷诚微。"唐·徐夤："怅惕与霜同降日，蘋蘩思荐独凄然。"唐·鲍溶："恭承采蘩祀，敢效同车贤。"隋·佚名："蘋蘩芳滋，同谁掇之。"宋·袁甫："采蘩盈耳皆音节，盛乐何消待大雩。"唐·佚名："明德惟馨，蘋蘩可荐。"宋·苏辙："家法蘋蘩在，空堂始一虞。"唐·刘禹锡："按章清犴狱，视祭洁蘋蘩。"

　　采蘩还由祭祀行为引申为对先贤垂念。唐·许浑："清湘吊屈原，垂泪撷蘋蘩。"唐·沈佺期："采蘩忆幽吹，理棹想荆歌。郁然怀君子，浩旷将如何。"

　　最具特色的是，唐代·白居易《井底引银瓶·止淫奔也》一诗："井底引银瓶，银瓶欲上丝绳绝。石上磨玉簪，玉簪欲成中央折……感君松柏化为心，暗合双鬟逐君去。到君家舍五六年，君家大人频有言。聘则为妻奔是妾，不堪主祀奉蘋蘩。终知君家不可住，其奈出门无去处。岂无父母在高堂？亦有亲情满故乡。潜来更不通消息，今日悲羞归不得。为君一日恩，误妾百年身。寄言痴小人家女，慎勿将身轻许人！"

　　白居易在诗中赞许了两性的自由相爱。更同情为妾者的不幸遭遇，借祀奉蘋蘩来确认妻妾地位。无奈之下，作者只能告诫人们慎勿轻易许人。此诗对旧理教致害的警示作用不言而喻。

款识："春日迟迟，采蘩祁祁。"（《诗经·豳风·七月》）。陆玑《毛诗草木鸟兽虫鱼疏》以蘩为蒿。

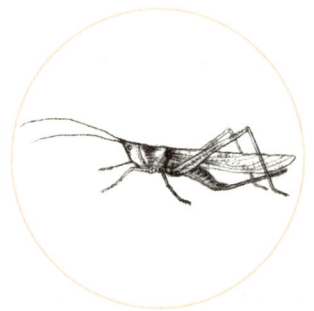

1.2.3.1 草虫——草螽(zhōng)

名　称：负蠜、草虫、常羊。雄者鸣如织机声，俗称织布娘。

科属：直翅目，螽斯科，草螽亚科。《本草纲目》："螽斯在草上者曰草螽，在土中者曰土螽……数种皆类蝗。"

用　途：止咳平喘，定惊，消积。用于支气管哮喘，百日咳，小儿惊风。

文　化：　　《诗经·召南·草虫》："喓喓草虫，趯(tì)趯阜螽。未见君子，忧心忡忡。亦既见止，亦既觏止，我心则降。陟彼南山，言采其蕨。未见君子，忧心惙惙。我心伤悲。亦既见止，亦既觏止，我心则夷。"郑玄注："草虫鸣，阜螽跃而从之。"《旧唐书·太宗纪论》："础润云兴，虫鸣螽跃。""虫鸣螽跃"再加上"言采其蕨"的时光催促，造就了深沉隐晦的情爱诗。

本诗的主旨有多种解释。

《毛诗序》："大夫妻能以礼自防也。"朱熹："其妻独居，感时物之变，而思其君子如此。"

后世借此诗发挥者如下。

唐·李咸用《草虫》："如缫如织暮幽幽，应节催年使我愁。"宋·朱继芳："谁知织妇意，方夏已思秋。"宋·范成大《草虫扇》："莫嫌络纬股鸣悲，解向寒窗促晓机。"清·韩崶："掉泥龟曳尾，趯草螽动股。"

回顾本文。草虫，阜螽，蕨菜，薇菜在自然界中，只是单纯的动植物，但是诗歌却赋予了它们更多的象征意义和灵魂。

《草虫》的多种含意，勾起画者的创作冲动，引来无数提画诗。宋·艾性夫《书马使君所藏草虫》："晋陵草虫妙天下，一幅千金不当价。"宋·仇远《草虫图》："昨夜南山雷雨霁，蛰室初开百虫起。"宋·苏颂《题画草虫扇子》："蠛飞蠕动诚微物，尺素轻盈谁画出。"宋·陈造《题草虫扇二首（其一）》："捩首一振怒臂，鼓翅双摇利锋。"宋·梅尧臣《观居宁画草虫》："今看画羽虫，形意两俱足。"宋·释惟一《题草虫图》："长茎短茎芳草翠，东个西个秋虫寒。"明·刘基《题水墨蓼花草虫》："为爱江头红蓼花，秋来独作草虫家。"明·高启《题松雪翁临祐陵草虫》："宣和遗墨画难工，唯有王孙笔意同。"这些妙句大多画境雅丽，内涵丰富，是千百年画作的宝贵参考资料。

款 识："嘤嘤草虫，趯趯阜螽。"（《诗经·召南·草虫》）

1.2.3.2 阜螽（zhōng）——螣、稻蝗

名称：阜螽（zhōng），蠜（fán），负蠜，螣（téng），蚱蜢，又名蚂蚱，为蝗科昆虫中华稻蝗等。南朝梁刘孝标：“夫草虫鸣则阜螽跃。”

用途：干燥成虫全虫入药，主治小儿急慢惊风，百日咳。由于蚱蜢本身有高蛋白，低脂肪，易繁殖，生长快等优点，近年来人工养殖兴起。它已登上人类餐桌。

文化：1. 蚱蜢入诗，以之寄托浓郁“乡愁”“相思愁”

《诗经•国风•召南•草虫》：“喓喓草虫，趯趯阜螽。未见君子，忧心忡忡。亦既见止，亦既觏止，我心则降。”这是一首思念长期在外丈夫的情歌。也暗含蚱蜢多子孙之强大繁殖力。后人借用，如三国•曹植：“趯趯狡兔，扬白跳翰。”唐•陈子昂：“趯趯竹竿，穆穆幽龙。”唐•白居易《秋虫》：“切切暗窗下，喓喓深草里。”宋•苏轼：“此虫趯趯长在此。”清•袁枚：“赵闻之，觉满身肉趯趯然，如欲颤者。”可谓精妙！

2. 自然风景中之蚱蜢

蚱蜢形态瘦长矫健，跳跃神速，生活在田垄间，常是大自然风景中的点缀。北魏•高燮：“草际跃过青蚱蜢，路旁蹲得老蟾蜍。”宋•苏轼：“秋来霜穗重，颠倒相撑拄。但闻畦陇间，蚱蜢如风雨。”宋•李祁：“翠带波萦水荇柔，红绡翅薄蜻蜓倦。蚱蜢雄踞臂怒张，汹汹欲向谁挑战。”元•仇远：“纷纷蚱蜢肆跳梁，款款蜻蜓齐点水。”元•方回：“有心觅句无心得，畦叟浇花蚱蜢飞。”明代•陈琏：“蜣螂蝼蛄总来集，亦有蚱蜢兼蚕螽。”清•周星誉：“一陂野葛花如雪，蚱蜢蜻蜓历乱飞。”

上述诗句中，蚱蜢如欢快生灵，点缀了大自然活跃且富有生气的景色。

3. 以集群而居为特色的蚱蜢，给人类生活骚扰——蝗灾

《诗经•小雅•大田》：“既方既皁，既坚既好，不稂不莠。去其螟螣，及其蟊贼，无害我田稚。田祖有神，秉畀炎火。”

这是周代的一首农事诗。诗中提到除杂草灭害虫（螣即蝗虫）的过程，说明当时已有蝗灾。

蝗灾遭农人深恶痛绝，夺取农人辛苦之所得，蝗虫所过，竟一片狼藉。到口粮食，断绝殆尽。

说唐太宗吞蝗是无奈，诗家呼喊亦是无奈。唐•王翰：“妖蝗群飞来，四野无嘉谷。”宋•陆游：“傍县人来涕泗翻，蝗灾暴虎不堪言。”清•陈式金：“召此飞蝗灾，蔽天势猛鸷。”清•陈恭尹：“阴风吹沙利如箭，蚱蜢横飞扑人面。”

面对蝗灾，百姓无奈，只能望眼欲穿。官家号呼，却弃之如敝履。由此看，蚱蜢之谓，在不同时代的诗词中，有了既可赞誉、亦可毁弃的评说。画作简介款为蝇头出土不急捕，羽翼已就功难施。欧阳修扑蝗诗句。

款识："蝇头出土不急捕，羽翼已就功难施。"（欧阳修捕蝗诗句）

1.2.3.3 蕨

名称： 蕨，蕨菜，蕨其，龙头菜，鳖脚。为蕨纲，凤尾蕨科多年生草本植物蕨。

用途： 其嫩叶入药功能，清热滑肠，降气化痰，治食膈，气膈，肠风热毒。蕨喜湿润阴凉的土壤、长在树下、春天采嫩叶来吃。《本草纲目》云："其茎嫩时采取，以灰汤煮去涎滑，晒干作蔬，味甘滑，亦可醋食。其根紫色，皮内有白粉，捣烂，再三洗澄，取粉作粗妆，荡皮作线食之，色淡紫而甚滑美也。"其根状茎富含淀粉，名蕨粉，可食用。

（绘）目炯·蕨

文化： 《诗经·召南·草虫》："陟彼南山，言采其蕨。"这首诗说的是蕨菜。《尔雅翼》云："蕨生如小儿拳，紫色而肥。"这个拳形嫩芽，就成了蕨菜特征。如唐·李白："不知旧行径，初拳几枝蕨。"宋·杨万里："只逢笋蕨杯盘日，便是山林富贵天。稚子玉肤新脱锦，小儿紫臂未开拳。"宋·敖陶孙："朝来食盘中，糁蕨初数拳。"宋·释绍昙："柔玉新拳春坞蕨，懒黄新缕晓溪芹。"这些诗记载了蕨菜的采收时间和当时形状。

《诗经·小雅·四月》："山有蕨薇，隰有杞桋。"引导后人诗里直将蕨薇为一物。如晋·刘琨《扶风歌》："资粮既乏尽，薇蕨安可食？"宋·陆游："一生幸免践危机，老境还山饱蕨薇。"宋·李复："俗尘叹久艰，故山多蕨薇。"明·王祎："鉴湖一曲非所望，家山自可采薇蕨。"这些诗记载了人们曾认为蕨薇一物。也有将《史记·伯夷列传》中伯夷、叔齐不食周粟，首阳采薇的典故引到诗中。如唐·李白："有耳莫洗颍川水，有口莫食首阳蕨。"唐·杜甫："食蕨不愿馀，茅茨眼中见。"唐·白居易："寥落归山梦，殷勤采蕨歌。"宋·释绍昙《采蕨》："拨云寻蕨到层峰，荆棘林中有路通。"宋·陈著《次韵演雅》："山下犹有蕨，邱中能无麻。"近人将这些野菜用来作文集的题目。郁达夫的《薇蕨集》大概就取此意。

款识："思归诚独乐，薇蕨渐春荣。"（黄庭坚诗句）

1.2.3.4 薇——野豌豆

名 称：薇，野豌豆，大巢菜，薇菜，垂水，野麻豌，巢菜。为科植物大巢菜。

用 途：1.药用：其全草入药，功用清热利湿，和血去瘀，治黄疸浮肿，疟疾，鼻血，心悸梦遗，月经不调。
2.菜用：《说文解字》："薇似藿，乃菜之微者也。"《诗经·召南·草虫》等多次提到的薇即可食的大巢菜。宋·苏轼："菜之美者，蜀乡之巢。"
3.肥田：《本草纲目》："蜀人秋种春采，老时耕转壅田，故薛田诗云：'剩种豌巢沃晚田'。"

文 化：　　《诗经·召南·草虫》："陟彼南山，言采其薇。"《诗经·采薇·小雅》："采薇采薇，薇亦作止。"《诗经·小雅·四月》："山有蕨薇，隰有杞桋。"此三段皆言妇女采摘现场。而演绎出的采薇故事却流衍不休。

　　汉·司马迁《史记·伯夷列传》武王已平殷乱，天下宗周，而伯夷、叔齐耻之，义不食周粟，隐于首阳山，采薇而食之。及饿且死，作歌。其辞曰："登彼西山兮，采其薇矣。以暴易暴兮，不知其非矣……"意思是说，武王兴兵伐纣，天下人都当周是天子，但是伯夷叔齐两个人认为以臣伐君是很无道的，耻于周朝为臣，为了义，决定不吃周朝地里种出的粮食，就隐居在首阳山，每天采集薇菜做食物，最后饿死，后世诗人遂以此吟咏气节。而"采薇"一词，则借指坚持节操的隐士。

　　战国·屈原《天问》："惊女采薇，鹿何佑？"魏·曹植："毛褐不掩形，薇藿常不充。"魏·曹丕："上山采薇，薄暮苦饥。"魏晋·陶渊明："饥食首阳薇，渴饮易水流。"唐·王维："遂令东山客，不得顾采薇。"唐·李白："采薇行笑歌，眷我情何已。"唐·杜甫："系书元浪语，愁寂故山薇。"唐·王绩："相顾无相识，长歌怀采薇。"宋·文天祥："饿死真吾志，梦中行采薇。"在众多诗文中，金·元好问《太原》诗最为令人唏嘘不已："南渡衣冠几人在，西山薇蕨此生休。"

　　另外，散文、诗词中常见的薇，如宋·周密："碧脑浮冰，红薇染露。"句中此薇非彼薇，当属观赏类花卉。

款识：“剩种豌巢沃晚田。”（宋人薛田句）

1.2.4.1 蘋——田字草

考圖·蘋

名称: 蘋,又名蘋草、大萍、苹菜、四叶菜、田字草、破铜钱、四眼菜、四叶草等。为苹科植物苹。

用途: 1. 药用:全草入药,性味甘,寒。功用主治清热,利水,解毒,止血。治风热目赤,肾炎,肝炎,疟疾,消渴,吐血,衄血,热淋,尿血,痈疮,瘰疬,
2. 野蔬:其嫩叶可熟食,或醋醃制。《吕氏春秋·本味》:"菜之美者,昆仑之蘋。"
3. 祭品:曾为祭祀用品《左传》:"蘋蘩蕴藻之菜,可荐于鬼神,可羞于王公。"目前沦为有害杂草。

文化: 《诗经·召南·采蘋》:"于以采蘋,南涧之滨……于以奠之?宗室牖下。"此文明确交代,水中采蘋用来祭祀贵族的先人。而水中之蘋,夏秋开小白花,更为俊美,故称白蘋。诗人多咏颂。南朝梁·柳恽:"汀洲采白蘋,日落江南春。"宋·张耒:"白苹烟尽处,红蓼水边头。"宋·陆游:"两岸白苹红蓼,映一蓑新绿。"明·刘基:"风起,风起,棹入白苹花里。"白蘋经历了从祭祀到风月的变化。

《诗经·小雅·鹿鸣·采蘋》:"呦呦鹿鸣,食野之蘋。我有嘉宾,鼓瑟吹笙。"此文乃筵宴嘉宾场景。成语:"鸣野食苹"(指诚心相待,同甘共苦),即由此而来。

战国楚·宋玉《风赋》:"王曰:'夫风始安生哉?'宋玉对曰:'夫风生于地,起于青蘋之末。'""青蘋风"指风之初起乍作,因宋玉《风赋》而得此称。后世遂用为咏风的典故。散文诗句:南朝·梁·庾肩吾《团扇铭》:"清逾蘋末,莹等寒泉。"唐·李峤《风》:"落日生蘋末,摇扬遍远林。"宋·晏殊《风衔杯·青苹昨夜秋风起》:"青苹昨夜秋风起。"

款 识：《蘋鱼图》"于以采蘋，南涧之滨。"（《诗经·召南·采蘋》句）

明镜·藻水

1.2.4.2 藻——杉叶藻

名 称：藻，杉叶藻，为杉叶藻科植物杉叶藻。

用 途：1. 药用：杉叶藻全草入药，功能清热凉血，生津养液。
2. 食用《广群芳谱》二藻皆可食。煮熟，挼（ruó）去腥气，米面糁蒸为茹，甚滑美。
3. 祭祀与装饰。

文 化：　　1. 歌咏诚敬

　　《诗经·召南·采蘋》："于以采藻，于彼行潦。"《诗经·小雅·鱼藻》："鱼在在藻，有颁其首。"《诗经·鲁颂·泮水》："思乐泮水，薄采其藻。"上述三段都是水中采其藻用于祭祀。故又《左传》："人有诚心，虽涧溪中之藻类，亦可荐于鬼神。"后遂用为咏典（藻成为水草的总称呼）。唐·杜甫："献芹则小小，荐藻明区区。"此用《左传》语意，以"荐藻"喻指自己出于诚心。唐·韩愈："蘋藻满盘无处奠，空闻渔父扣舷歌。"

　　2. 张扬文采

　　此类词卉如蕴藻、藻思、芹藻、藻翰、藻绘、藻鉴等相应诗。如魏·曹植："华藻繁缛。"晋·左思《蜀都赋》："杂以蕴藻，糅以苹蘩。"晋·陆机："或藻思绮合，清丽千眠。"南朝·梁·江淹："淹幼乏乡曲之誉，长匮芹藻之德。"（芹藻皆人才）宋·张嵲："重屋雕甍势欲翩，睿题藻翰揭中天。"唐·杜甫："持衡留藻鉴，听履上星辰。"

　　3. 极品装饰

　　《晋书·嵇康传》："不自藻饰，人以为龙章凤姿，天质自然。"古之君臣朝服皆绣藻饰以示清廉。

　　藻井。《风俗通》："殿堂室象东井形，刻作荷菱。荷菱，水物也，所以厌火。"《风俗通》说，在井形的天花板上刻绘藻类水草。大量见于殿堂等建筑物中。借此，人们祈盼神圣的水生植物会有防火、灭火功用。

款识："鱼在在藻，有莘其尾。"（《诗经·小雅·鱼藻》句）

1.2.4.3 筐

名 称：筐子，土筐，抬筐。

科属：筐，指竹子或柳条等编成的盛东西的器具。《诗经·召南·采苹》："维筐及筥"传："方曰筐，圆曰筥。"

筐

用途：是过去主要劳动工具。

文化：　　1. 与《诗经》物种相关诗歌，后世传承发挥

"筐"在《诗经》中多次出现。

《诗经·召南·采蘋》："于以采蘋？南涧之滨。于以采藻？于彼行潦。于以盛之？维筐及筥。于以湘之？维锜及釜。"

按，此言女奴为准备祭祀之劳作。

《诗经·周颂·良耜》："或来瞻女，载筐及筥。"

《诗经·小雅·鹿鸣》："吹笙鼓簧，承筐是将。"

《诗经·周南·卷耳》："采采卷耳，不盈顷筐。"

《国风·豳风·七月》："女执懿筐，遵彼微行，爰求柔桑。"

《诗经·采菽》："采菽采菽，筐之莒之。"

《诗经·摽有梅》："摽有梅，顷筐塈之。"

2. 名诗佳句

汉·贾谊《治安策》："俗吏之所务，在于刀笔筐箧，而不知大体。"晋·鲁褒《钱神论》："先生曰：'吾将以清谈为筐箧，以机神为币帛……'"南北朝·鲍照《拟行路难十八首》："徒飞轻埃舞空帷，粉筐黛器靡复遗。"唐·杜甫《园人送瓜》："倾筐蒲鸽青，满眼颜色好。"唐·钱起《酬长孙绎蓝溪寄杏》："懿此倾筐赠，想知怀橘年。"唐·白居易《观刈麦》："复有贫妇人，抱子在其旁。右手秉遗穗，左臂悬敝筐。"唐·皮日休《橡媪叹》："移时始盈掬，尽日方满筐。"元·赵孟頫《题耕织图二十四首奉懿旨撰》："烂然满筐筥，爱此颜色新。"明·于慎行《赐鲜枇杷》："绿萼经春开笼日，黄金满树入筐时。"

3. 成语

管窥筐举、筐箧中物、倾筐倒箧、倾筐倒庋、稍黩筐篚、倒箧倾筐。

款识："倾筐之趣"

1.2.4.4 筥
jǔ

名　称：圆形的盛物竹器。《诗·召南·采蘋》维筐及筥。

　　　传："方曰筐，圆曰筥。"

　　　又如：筐筥(方筐圆筥箕)。筥，箱也。亦盛杯器笼曰筥。

用　途：古时生活容器。

文　化：　　1. 与《诗经》物种相关诗歌，后世传承发挥

　　　《诗经·召南·采蘋》："于以盛之？维筐
及筥。"

　　　《诗经·周颂·良耜》："或来瞻女，载筐
及筥。"

　　　《诗经·小雅·采菽》："采菽采菽，筐之
筥之。"

　　　按，《诗经》中筐筥多配伍出现。用途、质
地类似。后人诗文亦同。

　　　2. 名诗佳句

　　　《左传》："苟有明信，涧溪沼沚之毛，蘋
蘩蕰藻之菜，筐筥锜釜之器，潢污行潦之水，可
荐于鬼神，可羞于王公。"唐·皮日休："自筐
及筥，我有牢醴。"唐·卢肇："提筐负筥，不
劳其劳。"宋·王安石："吾收满车兮弃者满筥，
谁吾与乐兮我公燕语。"宋·苏轼："新春便入
甑，玉粒照筐筥。"宋·李复《野蚕》："野茧
更彩不满筥，家蚁岁生无尽时。"元·许有壬：
"土羔新且嫩，筐筥荐纷披。"明·王守仁："探
秀涧阿入，萝阴息筐筥。"明·张萱："筐筥骛
脩衢，我独高枕卧。"清·姚燮："水阴横彴牛
承筥，墙上斜梯女执钩。"清·许传霈："草泥
郭索占鸿爪，筐筥剖擘比寒瓜。"

　　　3. 成语

　　　管窥筐举、筐箧中物、倾筐倒箧、倾筐倒庋、
稍黩筐筥、倒箧倾筐。

1.2.5.1 甘棠——棠梨

名 称：棠梨（《本草纲目》）又名杜、甘棠（《诗经》）、
杜梨、杜棠、野梨、唐梨。杕杜是赤棠（《集传》）
科属：为蔷薇科植物棠梨。

用 途：药用：为蔷薇科植物棠梨的果实，其果入药味酸
性寒，功用敛肺涩肠，治咳止泻。枝叶皆入药。
西南地区有食花蕾的习惯。古人有食嫩叶等习惯，
木材可制弓。

文 化：　　与《诗经》物种相关诗歌，后世传承发挥
《诗经·召南》："蔽芾甘棠，勿翦勿伐，
召伯所茇……"意思是茂密的棠梨树，不要
伤害它，那是召伯憩息的地方。召伯是周室
的大臣，政绩煊赫。他的住处值有该树。保
护此树是百姓怀念他的意思。这使人联想孔
子冢树人之楷树（黄连木），周公坟上的模
树。这些以树喻人的范例，给后来文人提供
了巧妙的表达方式。如唐·白居易《寒食野
望吟》："棠梨花映白杨树，尽是死生别离
处。"宋·范成大《碧瓦》："无风杨柳漫
天絮，不雨棠梨满地花。"是写清明的凄凉。
倒是棠梨叶子在诗里大为称颂自然美。宋·王
禹偁："棠梨叶落胭脂色。"宋·宋祁："叶
叶棠梨战野风，满枝哀意为秋红。"唐·王
翰："棠梨花白春似雪，棠梨叶赤秋如血。"
嫩叶可炸食，果可食，白色者较甜。棠、甘
都是甜的意思。以下可释棠梨。

款 识："蔽芾甘棠，勿翦勿伐，召伯所茇……"（《诗经·召南·甘棠》）甘棠为今棠梨，茇为草棚。
又，"有杕之杜，其叶湑湑。独行踽踽，岂无他人？"（《诗经·郭峰·唐风》）

(故)經圖·雀

1.2.6.1雀——树麻雀

名称： 嘉宾，家雀，瓦雀，宾雀，麻禾雀，黄雀（幼鸟）
为文鸟科动物麻雀。

用途： 1. 药用：其肉或全体入药功能壮阳益精，暖腰膝，缩小便，治阳虚羸瘦，阴萎。疝气，小便频数，崩漏带下。其血，脑，卵亦入药。
2. 危害：功过，在繁殖期，大量捕食昆虫，有益于农业，秋收时危害作物。在我国分布广泛，数量大。

文化：　　成语，雀角鼠牙。

　　《诗经·召南·行露》："谁谓雀无角？何以穿我屋？谁谓女无家？何以速我狱。"这是一场婚姻诉讼。雀因穿我屋而污为被告。

　　《战国策·宋卫策》："宋，康王之时，有雀生于城之陬。使史占之，曰：'小而生巨，必霸天下。'"后因以"雀"喻小而称霸者。清·黄遵宪《马关纪事其三》："恃众忘峰虿，惊人看雀角。"

　　成语，门可罗雀。

　　《史记·汲郑列传赞》："下邽翟公有言，始翟公为廷尉，宾客阗门；及废，门外可设雀罗。"

　　故事是说，下邽翟公在任廷尉时宾客满门。罢了官，门口冷落得可以张起网来捕捉鸟雀了。等他官复原职，那班宾客又登门。他感慨地写了"一生一死，乃知交情；一贫一富，乃知交态；一贵一贱，交情乃见。"足见官场多变，人情冷暖。后世诗人对此亦作吟咏。唐·白居易："雀罗谁问讯，鹤氅罢追随。"唐·陶翰："雄剑委尘匣，空门垂雀罗。"

1.2.6.2 鼠
——憎恶和爱怜共存的小精灵

名 称：鼠，又名首鼠、老鼠、家鹿（《本草纲目》云："岭南人食而讳之"）。
种属：为哺乳纲啮 nie 齿目鼠科动物中褐家鼠、黑家鼠、黄胸鼠等常见鼠类。

（张）日纲·鼠

用 途：它的全体或肉入药性味甘，平。功用主治，治虚劳瘦，膨胀，小儿疳积，烫伤，折伤，冻疮，疮肿。其皮，肝，肾，胆和脂亦入药。鼠与人争粮，传播疾病（特别是鼠疫，血吸虫病，布氏干菌病，鼠咬热等），曾为我国四害之一。

文 化：　　在对鼠的评价上，出现令人纠结的情感面对：憎恶与爱怜共存。

　　1. 主流文化中对鼠类的毁议

　　《诗经·行露》："谁谓鼠无牙，何以穿我墉。"

　　《诗经·相鼠》："相鼠有皮，人而无仪！人而无仪，不死何为？相鼠有齿，人而无止！人而无止，不死何俟？相鼠有体，人而无礼，人而无礼！胡不遄死？"（此段借鼠以讽恶人。）

　　《诗经·七月》："穹室熏鼠，塞向墐户。"（此段言人类烟熏防鼠。）《诗经·斯干》："约之阁阁，椓之橐橐。风雨攸除，鸟鼠攸去，君子攸芋。"（此段言人类夯墙防鼠。）

　　在《诗经》中五次提到老鼠，两次为偷盗，两次为防患。一次为讽喻。成了假恶丑的代表，堪为人类所不齿。后世诗家大抵宗之。如唐·杜甫："鸱鸟鸣黄桑，野鼠拱乱穴。"唐·柳宗元："须臾力尽道渴死，狐鼠蜂蚁争噬吞。"宋·葛长庚："饥鼠偷灯尾蘸油，悄悄无人影。"宋·辛弃疾："绕床饥鼠。蝙蝠翻灯舞。"明·文徵明："灯昏夜参半，饥鼠鸣古屋。"明·王象春："玉玦三提王不语，鼎上杯羹弃翁姥，项王真龙汉王鼠。"

　　2. 民俗文化中鼠类成吉祥物

　　鼠的灵性和生命力顽强，博得人们的喜爱甚至崇拜。

　　鼠，被列十二生肖之首。鼠，时近夜半（子时）活动，将天地间的混沌状态咬出缝隙，"鼠咬天开"，所以子属鼠，鼠排首位。

　　在古典小说中，英雄以鼠冠名。

　　东晋时期，民间就有了"老鼠推磨""老鼠荡秋千"的鼠戏表演。清代更为盛行。

　　图画中鼠伴葫芦。谐音得福得禄。

　　民间吉祥图案有五鼠抱钱，拖钱，推钱等形象。

　　最广泛流传的儿歌："小老鼠，上灯台，偷油喝，下不来。"以上可看出民间，对这小精灵是何等喜爱。

　　3. 珍贵的文房四宝——鼠须笔

　　《辞源》云："老鼠胡须作成的毛笔。"古代大书家张芝、钟繇、王羲之皆用鼠须笔。宋·苏轼："张撰《宝月塔铭》，使澄心堂纸、鼠须笔、李庭珪墨，皆一代之选也。"

款识："财运"

誰謂汝無
言誰無耳

出語隨名召馬名
齊白石

1.2.7.1 羊

骚犬·羊

名　称：别名羊，又名青羊，野羊。为哺乳纲偶蹄目牛科羊亚科动物，是人类的本性驯顺家畜之一。

我国主要饲养山羊和绵羊。绵羊较胖，毛绵密，头短。雄兽有螺旋状的大角，雌兽没有角或仅有细小的角。山羊细角。

用　途：1.药用：羊肉入药功能益气补虚温中暖下，治虚劳羸瘦，腰膝酸软，产后虚冷，腹痛，寒疝，中虚反胃。此外，其脑心肝肺肾胆胰肚脬，髓，睾，胆石，甲状腺，乳，血，骨，须，脂，蹄，胎亦入药。

2.食物与皮毛。

文　化：　　1.《诗经》中十余次提及羊（含各种羊）后人总能有所发挥

《诗经·召南·羔羊》："羔羊之皮，素丝五紽。"成语"素丝羔羊"是指清官廉吏。唐·李白："公卿如犬羊，忠谠醢与菹。"宋·朱熹："想象羊裘披了"，宋·王以宁："杖策拥羊裘"皆含此情愫。

《王风·君子于役》："鸡栖于埘，日之夕矣，羊牛下来。"跟风者重，文采各异。唐·王维："斜阳照墟落，穷巷牛羊归。"唐·杜甫："牛羊下来久，各已闭柴门。"唐·贾岛："不如牛与羊，犹得日暮归。"唐·欧阳衮："黯黯日将夕，牛羊村外来。"宋·岳珂："牛羊分暝色，禽鸟有春声。"

《诗经·小雅·无羊》："谁谓尔无羊，三百维群。"相近诗意如《敕勒歌》："风吹草低见牛羊。"唐·温庭筠："云边雁断胡天月，陇上羊归塞草烟"，皆大羊群。《国语》："兽三为群"。《说文解字》徐铉注："羊性好群"，由此产生"群众"，体现了中华民族注重群体的特征。

　　2.成语

亡羊补牢；歧路亡羊；羊肠九曲；羊续悬鱼；羊入虎群；牛羊勿践；羊羔美酒；牵羊担酒；肉袒牵羊；鼠穴寻羊；驱羊攻虎；系颈牵羊；羊触藩篱；千羊之皮，不如一狐之腋。

款识：附图《三羊开泰》，"羊"在古代与"祥"相通，"祥"也可写作"吉羊"，表示吉祥之意，羊是"祥瑞"的象征。古人年初在门上悬羊头，交往中送羊，以羊作聘礼，都是取其吉祥之意。画友子雨先生尤精画羊，今师之以为念。

1.2.9.1 梅

名　称：为蔷薇科植物梅。梅实，即青梅，味酸。盐渍的青梅的果实称作梅，经加工熏制的叫乌梅。

用　途：1. 药用乌梅入药梅实味酸，平，无毒。功能收敛生津，安蛔祛虫，治久咳、虚热烦渴、久疟久泻、痢疾变血、尿血、血崩、蛔厥腹疼、呕吐、钩虫病、牛皮癣、胬肉。

水果：食用可以除烦闷、安神。至少在 2,500 年前的春秋时代，就已开始引种驯化野梅使之成为家梅——果梅。1975 年，中国考古人员在安阳殷墟商代铜鼎中发现了梅核，这说明早在 3,200 年前，梅已用作食品。

2. 古时作调味品，《书经》云：若作和羹，尔唯盐梅。乌梅吃多了会损伤牙齿。古时梅子是代酪作为调味品的，系祭祀、烹调和馈赠等不可或缺的东西。

3. 观赏汉代以后才赏梅花。宋代梅花诗才大行其道。

文　化：　　《诗经·召南·摽有梅》："摽有梅，其实七分。求我庶士，迨其吉兮。"这是一位待嫁女子的诗。借梅实成熟程度，"迨其吉兮"，已见焦急之情。梅、媒声同，故诗人见梅而起兴。说白了即不要耽误良辰。

　　《诗经》中的梅都是果实，如《陈风·墓门》："墓门有梅"，《曹风·鸤鸠》："其子在梅"，《小雅·四月》："侯栗侯梅"。受其影响梅实诗亦颇流行。唐·柳宗元："梅实迎时雨，苍茫值晚春。"唐·韩偓："柳虚襄渗气，梅实引芳津。"宋·李龙高《梅实》："青子累累荐几何，眉颦齿软怎消磨。可怜只识闲滋味，不道酸心事尚多。"宋·甄良友："更有红梅实，调鼎告成功。"

款识："梅花开尽百花开，过尽行人君不来。不趁青梅尝煮酒，要看细雨熟黄梅。"　（宋·苏轼诗）

1.2.12.5 玉

名　称：《诗经》用名有：璧、圭、佩、瑱、璋、瓒、琼，琚、
瑶、玖、瑰、英、莹、琇珩、璓、冲牙、琚瑀。

定义：中国是世界上开采和使用玉最早、最广泛的
国家之一。名称也很杂，如水玉、遗玉、佩玉、香玉、
软玉等。新疆和田玉、河南独山玉、辽宁的岫岩玉、
陕西的蓝田玉，为中国的四大名玉。

玉石富含多种微量元素，如锌、铁、铜、锰、镁、钴、
硒、铬、钛、锂、钙、钾、钠等。

"玉石是远古人们在利用选择石料制造工具的长达
数万年的过程中，经筛选确认的具有社会性及珍宝
性的一种特殊矿石"。《说文解字》释玉为"石之
美者，玉也"。《辞海》则将玉简化的定义为"温
润而有光泽的美石"。

现代矿物学把玉分两大类：硬玉即翡翠，而软玉主
要是指新疆的和田玉等。从我国用玉的历史来看，
只是在商代以后才大规模使用新疆和田玉，而在此
之前各地使用的玉材基本上是就地取材的各种美石，
即广义的玉。

用　途：1.药用：其屑入药。性味甘，平。入肺经。功用主治：
润心肺，清胃热。治喘息烦满，消渴。外用去目翳。
2.经济：发展地区经济的重要组成。中国人重视玉器，
并且赋予其丰富的精神内涵。玉文化的研究可使人产
生直观的美感，这是玉指代美好事物的原因。

文　化：　与《诗经》物种相关诗歌。在《诗经》中，
与玉有关的资料近40处。

有以玉来形容容貌之美，如《召南·野有
死麕》："有女如玉"，比喻美丽的少女。"《魏风·
汾沮洳》："美如玉，殊异乎公族。"形容俊
美的贵族男子。《卫风·竹竿》："巧笑之瑳，
佩玉之傩。"形容洁白的牙齿。

不同角度的赞美之词，如《大雅·民劳》：
"王欲玉女，是用大谏。"这里的玉当"成就"
讲。《小雅·白驹》："毋金玉尔音，而有遐心"。
这里玉为珍惜之意。《秦风·终南》中有"佩
玉将将，寿考不忘。"赞美了秦襄公佩玉发出
的声音。《郑风·有女同车》中"将翱将翔，
佩玉将将。"提及她的佩玉相互碰撞声音。

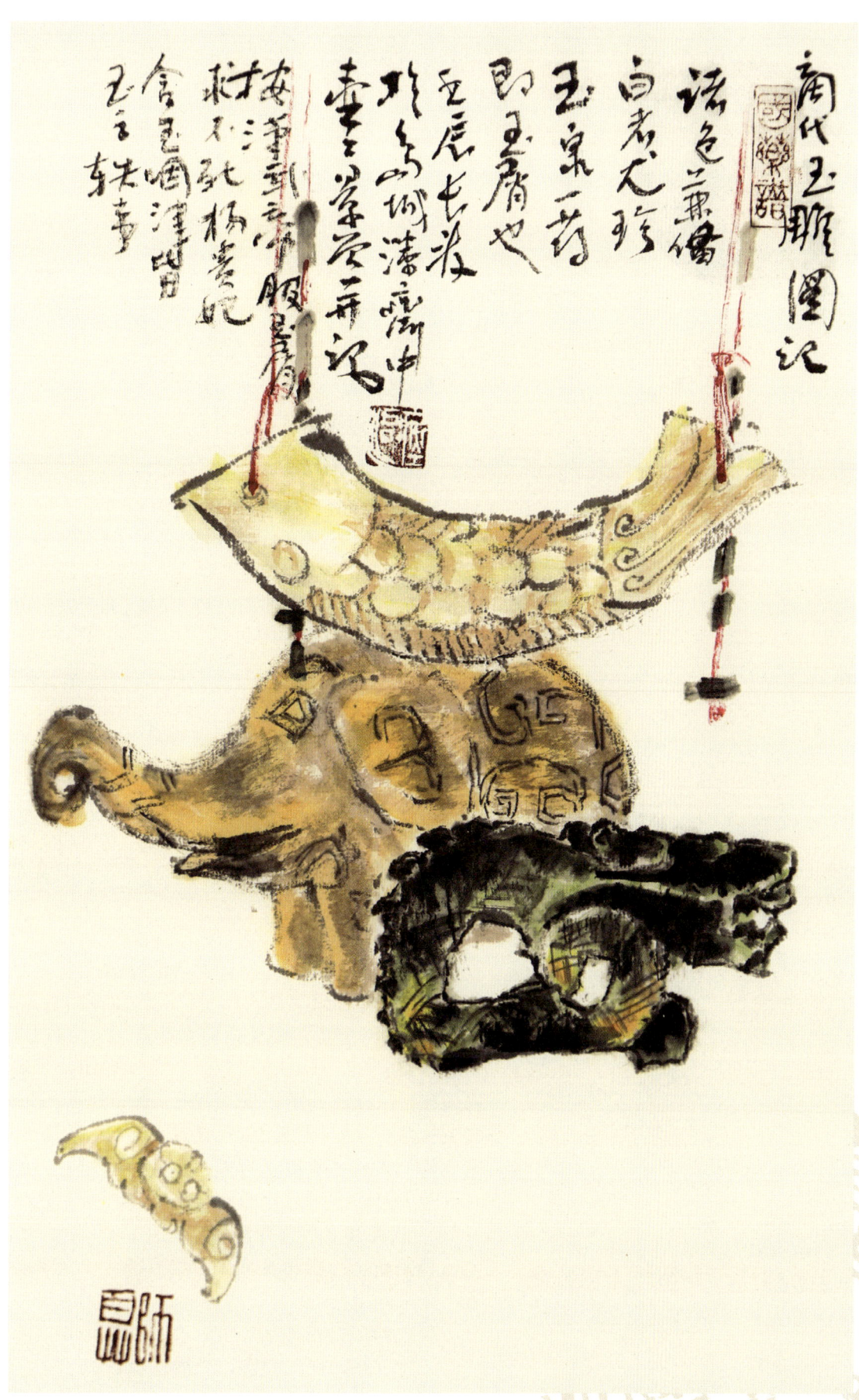

商代玉雕图记

语色兼备
白者无珍
玉亦寿考
即玉屑也
至屐长发
龟为小城潘露中
李三堂戊子并记

安津到平殷岁月
村有乳杨素批
含色响津普
五三轶事

款 识："商代玉雕图记"

1.2.12.1 麋—獐

jūn

獐

名 称：麇、麕、河鹿、牙獐、獐子等，为偶蹄目鹿科河鹿属动物獐。

用 途：1.药用：獐肉煮食入药功能补益五脏大风冷气，口僻，消渴。乳无汁。其余骨，髓，亦入药。《本草图经》獐之类甚多，麕总其名也。有有牙者，有无牙者，用之皆同。

2.经济：肉美味，可食用，皮革优，可代鹿皮。

文化：栖于河岸，湖边，湖心草滩，近水草苇丛处。形态优美动作灵活，善跳跃，能涉速水，食嫩叶杂草，宜观赏，旅游。

3.其它：有时到农田觅食，毁物。

文 化：　　1.与《诗经》物种相关诗歌

　　《诗经·召南·野有死麕》："野有死麕（jūn），白茅包之。有女怀春，吉士诱之。"但这篇真让人想入非非《野有死麕》还把幽会场景呈现了出来，可谓韵味无穷。

　　顾颉刚先生说："《召南·野有死麕》是一首情歌。"诗幽会前奏，野外有死麕，小伙子用白茅包好。少女春心动，小伙调笑。求爱的礼物都用"白茅"包裹，独具深意。茅在春秋以前其实是贡品，祭祀前先要将茅、酒曲和米饭一起制作祭酒。小伙子用祭神的茅草仔细包裹死麕，他对姑娘的情感是虔诚之爱。《论语·为政》："子曰：《诗》三百，一言以蔽之，曰：'思无邪'。"确有实据。

　　2.后世传承发挥

　　散文诗词：宋代写麕诗尤为流行。

　　宋·张耒："福昌古邦废已久，莽莽榛棘藏麕鼯。"宋·唐珏："野麕尚屯束，何物敢盗取。"宋·刘克庄："皆云麕且角，谁辨兽而仁。"宋·郭印："涧谷凝时麕鹿死，园林压处桑偷折。"宋·魏了翁："虎嗥川谷，麕惊林薄。"宋·范成大："鸟逐山公噪，惊麕仰望疑。"宋·韩元吉："鸡群真野鹤，麕角目祥麟。"然皆不及《诗经·召南·野有死麕》言简情真，感人至深。

　　3.相关著名成语介绍

　　沓来麕至：指纷纷到来。梁启超："至难至险之现象，沓来麕至。"

　　狼顾麕惊：指动荡不安。《新唐书·岑文本传》："恐江岭以南，向化心沮，狼顾麕惊。"

　　麕集蜂萃：坏人成群作乱。大王诚纵兵剽系。清·薛福成："麕集蜂萃，莫纪其数。"

款识："野有死麕（jūn），白茅包之。有女怀春，吉士诱之。"（《诗经·召南·野有死麕》）按麕即獐。

1.2.12.2 白茅

名 称：荑，茅，茅草，白茅菅，丝茅。其根又称兰根，茹根，地菅系，禾本科植物白茅。

用 途：1.药用其根茎入药功能：凉血，止血，清热，利尿。治热病烦渴，吐血，衄血，肺热喘急，胃热哕逆，淋病，小便不利，水肿，黄疸。叶，花序，花穗亦入药。
2.古人用以祭祀，搭盖屋顶，嫩芽可食。

文 化：　1. 祭祀专用草

　　在周朝王室祭祀神灵，非得要以白茅为工具。祭神祭祖先时，把酒淋到茅草上面，酒渗过茅草叶，然后洒落到地上或者神坛上，就算神仙和祖先喝过。自然成为圣洁灵草。如《诗经·召南·野有死麕》："野有死麕，白茅包之。有女怀春，吉士诱之。"这是一段情爱故事。男士用白茅包裹猎物獐诱发怀春女子爱慕。白茅寓清纯圣洁之意。宋·刘克庄："欲平绿林乱，先革白茅包。"宋·何梦桂："苞苴集周鸧，白茅尚包麋。"汪元量："白茅安用红锦包，虎皮难以裹羊质。"方回："彼自盟黄棘，吾宁藉白茅。"皆携《诗经》遗风。

　　2. 搭盖屋顶用草

　　屋顶乃与天神交流最近处。白茅圣洁最为契合。如《豳风·七月》："昼尔于茅宵而索绹。"此言割茅搓绳之忙碌也是为了修屋顶。《诗经》以后，茅屋诗亦多为其发挥。如唐·杜甫《茅屋为秋风所破歌》："八月秋高风怒号，卷我屋上三重茅。"唐·马戴："白茅为屋宇编荆。"宋·辛弃疾："旧时茅店社林边。"唐·贾岛："白茅草苦重重密，爱此秋天夜雨淙。汪藻茅茨烟暝客衣湿，破梦午鸡啼一声。"此类诗切中民生故流传广泛。

1.2.12.3 朴——槲树

名 称：朴樕，又名槲、朴素、槲素、樕朴，槲樕，金鸡树、大叶栎、槲栎、大叶柞、柞栎。系壳斗科落叶乔木槲。

用 途：1. 槲皮入药。治恶疮，瘰疬，痢疾，肠风下血。其叶、种子亦药用。功用主治：主治恶疮，瘰疬，痢疾，肠风下血。

2. 木材，坚密耐用，车舟器具。作酒桶佳。作薪炭佳。养柞蚕，制衣物。

3. 坚果可酿酒作饲料。味涩难入口，荒年可充食物。

文 化：《诗经·召南·野有死麕》：“林有朴樕，野有死鹿。”毛传：“朴樕，小木也。”《本草纲目》：“朴樕者，婆娑、蓬然之貌。其树偃蹇，其叶芃芃故也。”

唐·刘禹锡：“朴樕危巢向暮时，毰毸饱腹蹲枯枝。”宋·陆游：“禽吟阴森林，鹿伏朴樕木。呜呼吾徒愚，仆仆逐肉粟。”明·何景明：“忆昨路经岭徼来，佳植全稀多朴遬。”

《诗经·大雅·域朴》：“芃芃棫朴，薪之槱之。”这是写周文王出征前，烧柴祭神的场面。不久之前，槲还是山区常用薪柴。文人喻之平庸，或谦词。如唐·杜牧：“臣僻左小郡，朴樕散材，空过流年，徒生圣代。”宋·彭龟年：“出身仕官府，何幸依仁贤。朴樕本无庸，刻画几成妍。”章炳麟：“青臣朴樕不足齿。”

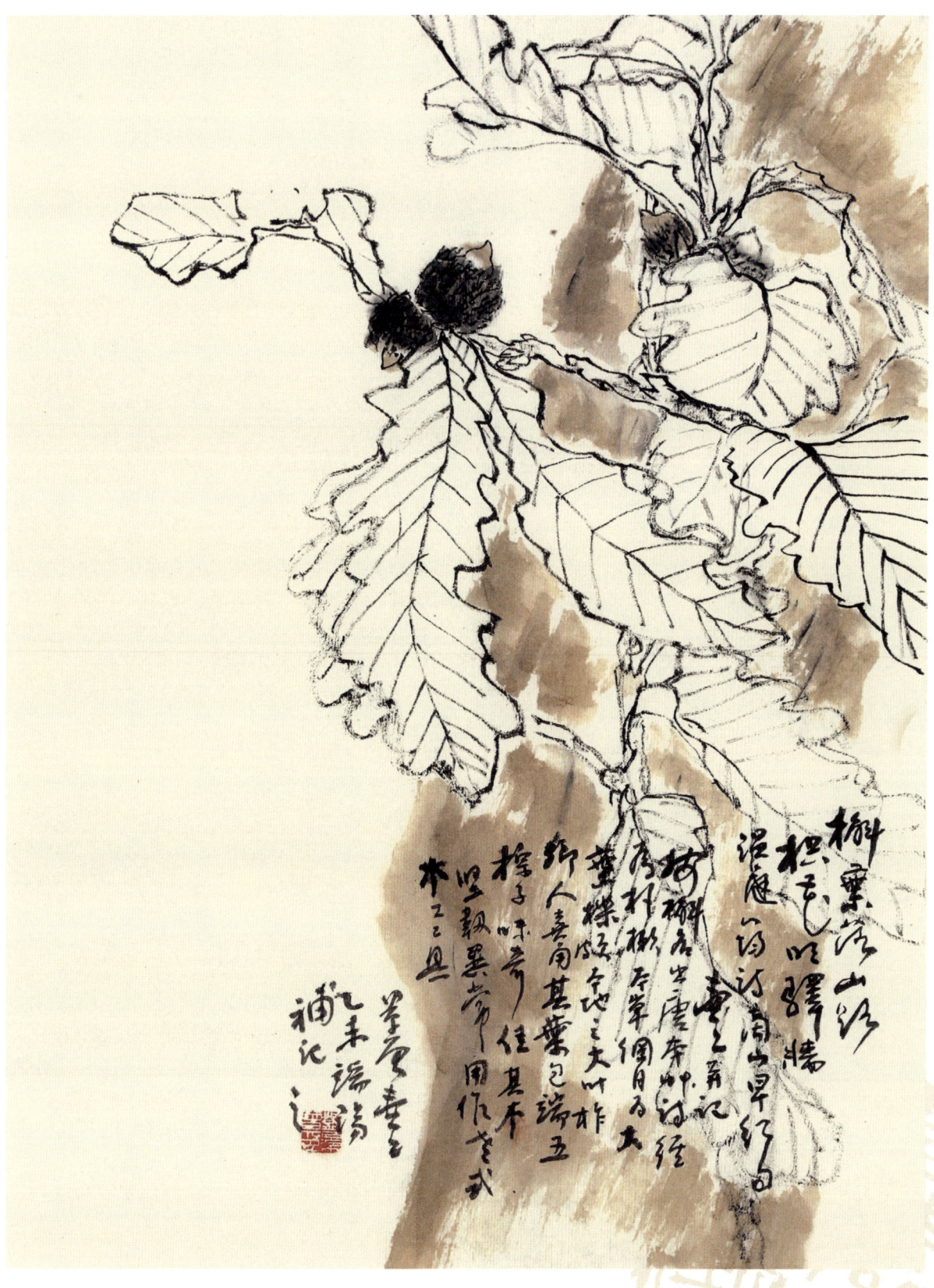

款识:《朴樕图》"槲叶落山路,枳花明驿墙。"(唐·温庭筠《商山早行》)

1.2.12.4 鹿——梅花鹿

名　称：鹿为鹿科动物梅花鹿或马鹿。

用　途：其角入药功用行血，消肿，益肾。治疮疡肿毒，淤血作痛，虚劳内伤，腰脊疼痛。
其皮、肉、血、尾亦入药。

文　化：　　1. 与《诗经》物种相关诗歌，后世传承发挥

《诗经》中鹿与婚姻。《召南·野有死麕》："林有朴樕，野有死鹿。白茅纯束，有女如玉。"这是《诗经·召南》中众多爱情故事之一。其中，死鹿颇费解。原来，古人婚礼纳征，用鹿皮为贽。《仪礼·士婚礼第二》："纳征，玄束帛，俪皮。如纳吉礼。"汉代·郑玄注："俪，两也。""皮，鹿皮。"由此可见，鹿皮是古人婚礼当中的重要贽礼，是年轻人结婚时少不了的东西。闻一多先生则据《野有死麕》进一步推论："上古盖用全鹿，后世苟简，乃变用皮耳。"出现十余次。

《秦风·驷驖》："奉时辰牡，辰牡（大公鹿）孔硕，公曰左之，舍拔则获。"此言秦襄公田狩之事。

《诗经》与曹操。《小雅·鹿鸣》："呦呦鹿鸣，食野之苹。我有嘉宾，鼓瑟吹笙。"此系燕筵之歌。我酒以乐嘉宾。一代文豪《短歌行》中照录此经典十六字。以为祝酒词。表达了曹操克艰度难，实现"周公吐哺，天下归心"的勃勃雄心。

《诗经》鹿的流布。《豳风·东山》："町疃鹿场，熠耀宵行。"《大雅·灵台》："王在灵囿，麀鹿攸伏。麀鹿濯濯，白鸟翯翯。"这些诗中的鹿代表着长寿好运。健壮奔跑，在我国许多诗中经常讲到。唐·顾况："鹿鸣志丰草，况复虞人箴。"唐·李白："秦鹿奔野草，逐之若飞蓬。"唐·温庭筠："果落见猿过，叶干闻鹿行。"唐·杜牧："雉飞鹿过芳草远，牛巷鸡埘春日斜。"元·张养浩："野鹿眠山草，山猿戏野花。"这些诗中读者依稀感到《诗经》的余韵。

吉祥画方面，鹿功劳大焉。把鹿和神龟以及仙鹤放在一起。这三种吉祥物代表着福禄寿为"三星呈瑞"；将六只鹿置一图中为"陆（路）平安"；将鹿鹤置一图中为"六合同春"。正合唐·李正封"鹤飞岩烟碧，鹿鸣涧草香"诗意。

2. 成语

逐鹿中原、秦失其鹿、心头撞鹿、标枝野鹿、鹿死不择荫、共挽鹿车、群雄逐鹿、鹿走苏台、马鹿异形、鹿死谁手、即鹿无虞、鹿驯豕暴、鹿裘不完、鹿皮苍璧、鸿案鹿车、指鹿为马。

款识："呦呦山头鹿，毛角自媚好。渴饮涧底泉，饥食林间草。"（宋·陆放翁诗）

(张)日桐·狗

1.2.12.6 龙、卢、犬——狗

名 称：狗，龙，卢，家犬，家狗，黄耳，地羊，为犬科犬属动物犬。按用途分为工作犬，玩赏犬。

用 途：1. 药用：狗肉入药功能补中益气，温肾助阳，治脾胃气虚，胸腹胀满，鼓胀腹肿，腰膝酸软，寒疟，败疮，久不收口。其余毛、心、血、肝、齿、肾、骨、宝（胃石）胆、脑亦入药。
2. 经济：皮毛御寒。肉体可食。是人类亲近的伙伴。可役使劳作。
3. 其他：副作用最突出的是传播致死的狂犬病。

文 化：　　1.《诗经》中狗称龙、卢、犬

寻觅狗的祖先。

据考证，我国最早的狗化石是距今 7000 年左右，浙江河姆渡新石器石化遗址所发现的。此外，有些遗址中还发现有狗的图案，仿制的白玉狗、木狗，甚至殉葬的狗。

　　2.《诗经》时代狗的饲养

甲骨文记有当时养狗的内容，至周代把狗分为田狗、吠狗、食狗。田狗——狗即狩猎犬。在当时，已驯养有打猎的狗。吠狗——看家狗。食狗——按《周礼·天官》："膳夫掌王之食饮膳羞……膳用六牲""食医掌和王之……六膳"。狗在六牲之中，作为肉食来源。

　　3. 成语

一人得道，鸡犬升天：传说汉朝淮南王刘安修炼成仙后，把剩下的药撒在院子里，鸡和狗吃了，也都升天了。后比喻一个人做了官，和他有关的人也跟着得势。（见《列仙传》）

"鸡犬之声相闻，老死不相往来"出自《老子》："邻国相望，鸡犬之声相闻，民至老死不相往来。"现在形容为相处虽近，彼此互不了解。

其他成语：

目兔顾犬、烹犬藏弓、丧家之犬、声色犬马、陶犬瓦鸡、鸡犬相闻、淮南鸡犬、鸡犬桑麻、鸡犬不宁、桀犬吠尧、将门无犬子、篱牢犬不入、驴鸣犬吠、蜀犬吠日、犬马之劳、犬牙交错、犬兔俱毙、犬牙相制、画虎类犬。

款 识："香蜜染成宫样黄，护花小犬难言离。"（宋·黄庭坚诗句）

1.2.13.1 唐棣——扶栘

名　称：别名又名扶栘，扶苏，棣，栘、栘杨、高飞、独摇。亦有作郁李，榆叶梅。朱熹、李时珍及《广群芳谱》皆释似白杨。一般认为唐棣为蔷薇科落叶多年生小乔木。

用　途：1.唐棣药用功用：树皮入药。《本草拾遗》："去风血脚气疼痹，踠损淤血，痛不可忍。取白皮火炙，酒浸服之。"
2.唐棣，落叶小乔木，梨果近球形或扁圆形，栽培供观赏。结果多而密，虽小但可食。亦可酿酒做果酱，果汁。另，木质坚硬有弹性，可制器具。或作嫁接砧木。

文　化：　　1. 与《诗经》物种相关诗歌，后世传承发挥
《召南·何彼襛矣》："何彼襛矣，唐棣之华！"该诗以唐棣之艳咏皇室嫁女。
《秦风·晨风》："山有苞棣，隰有树檖。"该诗以唐棣咏情人思念。
《郑风·山有扶苏》："山有扶苏，隰有荷花。"该诗以唐棣咏美男被靓女所思。

　　下面几首诗颇似《诗经》内容的发挥。唐·李白："棣华倘不接，甘与秋草同。"唐·郑轨："棠棣开双萼，夭桃照两花。"宋·李弥逊："急行已负梅花约，渐老长思棣萼亲。"

　　与其相似内容又同期的《论语·子罕》："唐棣之华，偏其反而。岂不尔思，室是远而。"该诗却以唐棣表达文人思念的纠结。后来写唐棣的诗大多是《论语》情感之思的余韵。如唐·张说："棣华歌尚在，桐叶戏仍传。"唐·杜甫："梅花欲开不自觉，棣萼一别永相望。"元·刘敏中："萱草堂前锦棣花。"宋·苏颂："感时谩缀茱萸佩，惜别应怜棠棣华。"明·高启："赐履已分无棣远，舞戈还见有苗来。"

　　2. 成语
棣华增映《晋书·张载张协传》："载协菲芳，棣华增映。"指兄弟二人皆人杰，友爱而共增辉。魏·曹植："窃慕棠棣篇，好乐和瑟琴。"是为引导。宋·王迈："寿椿齐百岁，常棣秀连枝"可为注脚。

款 识："何彼襛矣，唐棣之华。"（《诗经·召南·何彼襛矣》）丛中画一对喜鹊增婚嫁欢乐气氛。

1.2.13.3 李

名　称：李实、嘉庆子、玉皇李、李子。系蔷薇科、李亚科、李属多年生木本植物李。

用　途：1.药用其果实入药，功能青肝涤热，生津利水。治虚劳骨蒸，消渴腹水。叶、树胶、核仁、根皮亦入药。
2.栽培果树供食用，亦作观赏植物。

文　化：　　1. 与《诗经》物种"李"相关诗歌
　　《召南·何彼秾矣》："何彼秾矣，花如桃李。"后世传承发挥。如唐·李白："桃李待日开，荣华照当年。"宋·刘克庄："王姬何彼秾矣，美人清扬婉兮。"宋·张舜民："花如桃李人如玉，终日看花看不足。"
　　又《王风·丘中有麻》："丘中有李，彼留之子。彼留之子，贻我佩玖。"按此诗很像在李林留子赠佩以定情。又，《小雅·南山有台》："南山有杞，北山有李。"此为颂德寿之诗。又，《大雅·抑》："投我以桃，报之以李。彼童而角，实虹小子。"此为劝诫之诗。
　　2. 常见成语
　　李代桃僵。这则成语出自《乐府诗集·相和歌辞三·鸡鸣》："桃在露井上，李树在桃旁，虫来啮桃根，李树代桃僵。树木身相代，兄弟还相忘！"谓以桃李能共患难，喻弟兄应能同甘苦。桃树要受罪遭难了，由李树来代替，桃活李死，谓之"李代桃僵"。这是一个比喻，用来概括各种替代受过、受难的现象或做法。
　　僵：枯死。李树代替桃树而死，原比喻兄弟互相爱护互相帮助，后比喻以此代彼或代人受过。清·黄遵宪："芝焚蕙叹嗟僚友，李代桃僵泣弟兄。"清·钱谦益："君代用抵罪，李代桃僵"。明·凌濛初："李代桃僵，羊易牛死。"宋·宋祁："蹊桃得地偏相映，莫损清阴欲代僵。"
　　三十六计是我国古代兵家计谋的总结和军事谋略学的宝贵遗产，李代桃僵是三十六计之一。它的思路是，以少量的损失换取很大的胜利。例如京剧《赵氏孤儿》中，赵家被灭门，门客公孙杵臼与程婴商量救孤之计，将一婴儿与赵氏孤儿对换。后来孤儿报了大仇。即属李代桃僵。
　　成语集锦：桃李成蹊、瓜田李下、投桃报李、桃李争妍、桃李遍天下、艳如桃李、桃李之教、桃李门墙、瓜李之嫌、浮瓜沉李、公门桃李、夭桃秾李、正冠李下、桃李之馈、城中桃李、李白桃红、桃李春风、道旁苦李。

款识："老子之母适到李树下，而生老子。生而能语。母指李树曰：'以此杆为姓。'"

茶蒙·根薑

1.2.14.1 葭——芦 jiā

名称： 芦苇、苇、芦、芦竹、蒲苇、苇子草、禾杂竹、水芦竹。禾本目禾本科多年生草本高大植物。

用途： 1. 药用：根入药。茎、叶、嫩苗、箨叶、花等亦供药用。功用主治：清热，生津，除烦，止呕。治热病烦渴，胃热呕吐，噎膈，反胃，肺痿，肺痈。并解河豚之毒。
2. 经济：苇用于建筑，编席，编帘，叶可裹粽子。
3. 文化：苇膜烧得的灰，常用来标志、预测节气。后常来指代谊、交情、亲戚、亲眷。还同乐器笳。

文化： 　　1. 与《诗经》物种相关诗歌，后世传承发挥
　　《诗经·召南·驺虞》："彼茁者葭，壹发五豝。"《诗经·卫风·硕人》："葭菼揭揭，庶姜孽孽，庶士有朅。"《诗经》更多次提及葭。流传最广当属《诗经·秦风·蒹葭》："蒹葭苍苍，白露为霜。所谓伊人，在水一方。溯洄从之，道阻且长。溯游从之，宛在水中央。蒹葭萋萋，白露未晞。所谓伊人，在水之湄。溯洄从之，道阻且跻。溯游从之，宛在水中坻。蒹葭采采，白露未已。所谓伊人，在水之涘。溯洄从之，道阻且右。溯游从之，宛在水中沚。"蒹（jiān）：没长穗的芦苇。葭（jiā）：初生的芦苇。"在水一方""溯徊从之，道阻且长""宛在水中央"的幻境，这里联想到爱情，理想、事业、前途诸多方面的境遇，唤起诸多方面的人生体验，使蒹葭真正具有了难以穷尽的人生哲理意味。王国维曾将这首诗与晏殊的《蝶恋花》："昨夜西风凋碧树"相提并论，也可认为，正是因为诗人苦苦期盼迂迴前行持恒精神，故而存在于强悍的《秦风》之中。
　　2. 葭，春耶？秋耶？
　　李时珍："按毛苌诗疏云，苇之初生曰葭，未秀曰芦，长成曰苇。苇者，伟大也。芦者，色卢黑也。葭者，嘉美也。"据此应是春天，此时才能"苍苍""萋萋"。朱熹在释"彼茁者葭"云："苗生出壮生之貌""春田之际，草木之茂"；又，诗中"在水中央""在水中坻""在水之湄"皆北方枯水季节景现象。三证合参，仍是春天。但是后世诗人常将葭写秋景。唐·杜甫《蒹葭》："摧折不自守，秋风吹若何。"唐·杜甫《小至》："刺绣五纹添弱线，吹葭六琯动浮灰。"唐·杜牧："秋声无不搅离心，梦泽蒹葭楚雨深。"唐·薛涛："水国蒹葭夜有霜，月寒山色共苍苍。"唐·马戴："霜落蒹葭白，山昏雾露生。"宋·方回："文潜遗论在，霜露老蒹葭。"宋·许月卿："霜后蒹葭健，秋来洲渚多。"宋·柳永："葭苇萧萧风淅淅。"明·王中："清霜催橘柚，落日照蒹葭。"
　　亦有用之写春光。唐·李顾："春日溪湖净，芳洲葭菼连。"宋·王沂孙："残雪庭阴，轻寒帘影，霏霏玉管春葭。"宋·杨亿："蒹葭渐见凝清露，鶗鴂先惊歇众芳。"宋·周密："小雨分江，残寒迷浦，春容浅入蒹葭。"宋·方岳："后门穿过荷葭坞，春草池塘一迳苔。"
　　两方皆是名家名篇，多受《诗经·秦风·蒹葭》影响。只管言志。管他春耶、秋耶？

款识：《蒹葭图》款识为"蒹葭苍苍，白露为霜。"（《诗经·秦风·蒹葭》）

1.2.14.3 蓬——飞蓬

名　称：菊科飞蓬属二年生草本植物飞蓬。《本草纲目》："飞蓬乃藜蒿之类，末大本小，风易拔之，故号飞蓬。子如灰藿菜子，亦可济荒。"又魏略云："鲍出遇饥岁，采蓬实，日得数斗，为母作食。"西京杂记云："宫中正月上辰，出池边盥濯，食蓬饵，以被邪气。"

用　途：药用：入药，气味酸，涩，平，无毒。作饭食之，益饥，无异粳米。

文　化：　　1. 与《诗经》物种相关诗歌

　　《诗经·召南·驺虞》："彼茁者葭，壹发五豝，于嗟乎驺虞！彼茁者蓬，壹发五豵，于嗟乎驺虞！"按，驺（zōu）古代管理鸟兽的官。"彼茁者蓬"指出行猎是在蓬蒿遍生的原野，天高云淡，草浅兽肥，虽然猎物小猪不易被发觉，但猎人仍然能够"壹发五豵，以引出末尾的感叹句："于嗟乎驺虞"。此诗是赞美为天子管理鸟兽的小官吏驺虞的诗歌，抑或是赞美猎人的诗歌。《毛诗序》认为，这首诗是歌颂文王教化的诗作。

　　《诗经·卫风·伯兮》："自伯之东，首如飞蓬。岂无膏沐，谁适为容？"女为悦己者容，所爱之人去远不在，心里黯然，发如蓬草，也没有心思去整理。

　　2. 后世传承发挥

　　飞蓬生命力极强，长遍大江南北，骨子却有一副固执坚韧的心性。成为文人聚离的苍凉情怀倾诉的意象代表。如唐·王维："征蓬出汉塞，归雁入胡天。"唐·杜甫："秋来相顾尚飘蓬，未就丹砂愧葛洪。"五代·李煜："转烛飘蓬一梦归，欲寻陈迹怅人非。"宋·李清照："九万里风鹏正举。风休住，蓬舟吹取三山去！"宋·黄庭坚："贤愚千载知谁是，满眼蓬蒿共一丘。"鲁迅："可怜蓬子非天子，逃去逃来吸北风唐。"最令人动情者，属唐·李白："青山横北郭，白水绕东城。此地一为别，孤蓬万里征。孤浮云游子意，落日故人情。挥手自兹去，萧萧班马鸣。"

款识："孤蓬万里征。"（太白句）

詩
經
君
物
風
箏

国风·邶风

1.3.1.1 柏——侧柏

明锦·柏

名 称：侧柏，椈，黄柏、香柏、扁柏、扁桧、香树。

科 属：植物界裸子植物门，松杉纲，松杉目，柏科，侧柏属，常绿乔木侧柏。

用 途：侧柏耐旱，常为阳坡造林的树种，也是常见的庭园绿化树种，其材可供建筑和家具用，其种仁入药，可有养心安神、润肠通便之功。治惊悸失眠、遗精、盗汗、失眠、便秘。有滋补强壮之效。叶、枝节、树脂、根白皮亦可入药。

文 化：1. 柏树被视为坚定、圣洁的代言

《诗经·鲁颂·閟宫》："閟宫有恤，实实枚枚。赫赫姜嫄，其德不回……徂徕之松，新甫之柏。"

此篇颂扬鲁僖公建庙祭祀祝祷福佑。其中，徂徕之松，新甫之柏是指徂徕山的松树和新甫的柏树。柏是坚固不变之意。柏的苍翠常绿，亦是生命力旺盛的象征。

《诗经·商颂·殷武》有"陟彼景山，松柏丸丸。"句。此处柏为庙坛栋梁材。《礼记·杂记上》："畅臼以椈（柏），杵以梧。"孔子尤喜柏，今曲阜孔林中有大量千年之柏，且枝身长树，苍劲嶙茂，蔚成景观。

《宋书·武三王列传》："鲁郡孔子旧庭有柏树二十株，历经汉、晋，其大连抱。"

很多皇家坛庙、皇家园林、帝王陵寝、古寺名刹、名人祭祠处，都栽种有苍老遒劲、巍峨挺拔的古柏。据记载，秦始皇的骊山陵上就种植大量的松柏。后人有称诸葛亮祠尤被诗家青睐。如唐·杜甫："丞相祠堂何处寻，锦官城外柏森森。""孔明庙前有老柏，柯如青铜根如石。"

唐·李商隐："蜀相阶前柏，龙蛇捧閟宫。"宋·苏辙："曾看大柏孔明祠，行尽天涯未见之。"可见，柏树广受宠爱与敬仰。

2. 柏树也是一种骨气和气节的代言

宋·欧阳修："凛凛节奇霜涧柏，昭昭心莹玉壶冰。"宋·梅尧臣："辈柏移皆活，风霜不变青。"明·于谦："北风吹，吹我庭前柏树枝。树坚不怕风吹动，节操棱棱还自持。"

柏树斗霜傲雪、坚毅挺拔的性格，自古以来，被人们所尊崇，并以其常青常绿，作为人们心灵的寄托，种植在先人墓前。

1.3.1.2 鉴

名　称：鑑、鑒、鑱，古字写作"监"，后为"鉴"。
　　　　科属：古代鑑即铜盛水器，继则成铜镜。《神农本草经》
　　　　中有锡镜鼻，系铜锡合金。亦充药。

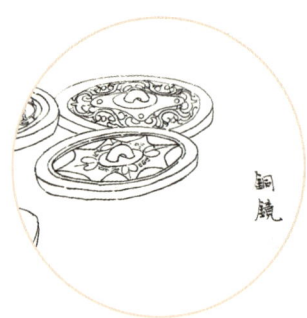

铜镜

用　途：1. 药用：功用主治《本草经》："主女子血闭，癥痕伏肠，
　　　　绝孕，生山谷。"
　　　　2. 文化：鼎彝之考古价值。

文　化：　　　1. 与《诗经》物种相关诗歌，后世传承发挥
　　　　　　《诗经·邶风·柏舟》："我心匪鉴，不可以茹。"
　　　　此诗以心不能像镜子样度物，来表答作者忧愁痛苦。
　　　　古镜多为青铜制成。有的刻有铭文，用以自戒。《庄
　　　　子·德充符》："鉴明则尘垢不止，止则不明也。"宋·
　　　　司马光："留为鉴中铭，晨夕思乾乾。"即意取自戒。
　　　　宋·刘学箕："冰轮揩鉴净，皓彩洋波流。"宋·苏
　　　　轼："谁教风鉴在尘埃。"宋·曹彦约："谁欤讼风伯，
　　　　挥扫鉴中尘。"以上诸诗借扫尘净鉴，也是意取自戒。
　　　　　　《诗经·大雅·荡》："殷鉴不远，在夏后之世。"
　　　　按鉴、借鉴、引以为鉴。具体地说，夏桀的亡国是商
　　　　朝的一面镜子。
　　　　　　历史中鉴的典故最出名的一段。《旧唐书·魏徵
　　　　传》："夫以铜为镜，可以正衣冠；以史为镜，可以
　　　　知兴替；以人为镜，可以明得失。"这段话，是对魏
　　　　征极高的褒奖。在历史上留下千秋佳话。唐·白居易：
　　　　"太宗常以人为镜，鉴古鉴今不鉴容。"唐·杜牧：
　　　　"后人哀之而不鉴之，亦使后人而复哀后人也。"宋·
　　　　欧阳修："兴亡治乱之迹，为人君者，可以鉴矣。"
　　　　　　鉴与水镜。古时，人们以水照面，铜器发明以后，
　　　　盛水以铜盆叫鉴。方便了以水照面，因此可以说盛水
　　　　的盆（鉴），就是最早的镜。后来出现铜镜。最早是
　　　　用来祭祀的礼器，然后才成为王公贵族才能享用的奢
　　　　侈品。到西汉末期铜镜就慢慢地成了人们不可缺少的
　　　　生活用具。也留下水鉴交结的妙句。宋·范仲淹："沧
　　　　浪清可爱，白鸟鉴中飞。"宋·张先："水天溶漾画
　　　　桡迟，人影鉴中移。"宋·郑伯熊："笋舆时得并溪行，
　　　　溪水秋来似鉴清。"元·王冕："明月忽自海底出，
　　　　皎如玉鉴当空悬。"
　　　　　　2. 成语
　　　　　　殷鉴不远、覆车之鉴、鉴往知来、以人为鉴、鉴
　　　　貌辨色、清冽可鉴、以古为鉴、鉴空衡平、知人之鉴、
　　　　知往鉴今、日月可鉴、洞鉴古今、神人鉴知、鉴机识
　　　　变、鉴毛辨色、洞鉴废兴。

1.3.1.4 席

名称：蒲席（荐），簟（diàn）竹席，苇席。

科属：用草或苇子编成的成片的东西，古人用以坐、卧，现通常用来铺床或炕等。陶弘景云："蒲席唯船家用之。状如蒲帆，人家所用席皆是菅草……"

用途：1. 药用：《本草纲目》："败蒲席，平。主筋溢恶疮。"（《别录》）又，簟亦供药用。

2. 经济：自古即是重要的生活用品。

文化：　1. 与《诗经》物种相关诗歌，后世传承发挥

在诗词中，席是席子或席卷、宴席、挂席的意思。

《诗经·邶风·柏舟》："我心匪席，不可卷也。"此诗言君子失意于君王，而初衷不变。《毛诗序》："言仁而不遇也。卫顷公之时，仁人不遇，小人在侧。"这使人联想到战国屈原，二者心境何等相似。

诗人惯以酒席意入诗。

如南北朝齐·谢朓："日暮有重城，何由尽离席。"隋·杨素："桂酒徒盈樽，故人不在席。"唐·王勃："九月九日望乡台，他席他乡送客杯。"

挂席代帆的出游。

如，晋·木华："于是候劲风，揭百尺，维长绡，挂帆席。"后人诗文中常以"挂席"代指扬帆行舟。如，南朝·谢灵运："扬帆采石华，挂席拾海月。"唐·孟浩然："挂席几千里，名山都未逢。"宋·苏轼："明日西风还挂席，唱我新词泪沾臆。"郁达夫："明朝挂席扶桑去，回首中原事渺茫。"

枕席是男女之事的代名词。

如，汉·佚名《孔雀东南飞》："儿已薄禄相，幸复得此妇。结发同枕席，黄泉共为友。"晋·潘岳："展转眄枕席，长簟竟床空。"唐·薛涛："只欲栏边安枕席，夜深闲共说相思。"

2. 成语

座无虚席、一席之地、席地而坐、割席分坐、席卷八荒、挂席为门、席卷而逃、扇席温枕、卷席而葬、自荐枕席、共君一席话，胜读十年书。

款识："行乞图——席钵即吾家。"

1.3.3.1燕——玄燕、家燕

名称：燕、家燕。为脊索动物门鸟纲雀形目燕科动物。

用途：1.药用：主治蛊毒鬼疰，逐不祥邪气，破五癃，利小便，熬香用之。疗痔，杀虫，去目翳。治口疮、疟疾。《本草纲目》："酸平，有毒。"引《别录》："胡燕卵主治卒水浮肿每吞十枚。燕肉，出痔虫。其余秦燕毛解诸药毒。"
2.古时气象观测指标。

文化：　　《诗经·邶风·燕燕》："燕燕于飞，差池其羽……燕燕于飞，颉之颃之……燕燕于飞，下上其音。"此诗以燕引出国君嫁妹难离之情。该情又引发后世大量咏叹寄情聚散的诗篇。如魏·曹丕："群燕辞归鹄南翔，念君客游思断肠。"唐·李白："此曲有意无人传，愿随春风寄燕然。"唐·杜甫："信宿渔人还泛泛，清秋燕子故飞飞。"唐·白居易："燕燕尔勿悲，尔当返自思。"唐·戴叔伦："燕子不归春事晚，一汀烟雨杏花寒。"宋·晏殊："燕子欲归时节，高楼昨夜西风。"
　　《诗经》里燕子多次出现，总是成双成对，才引起了有情人寄情于燕、渴望比翼双飞的思念，才有了晏几道"落花人独立，微雨燕双飞"的惆怅嫉妒，宴殊"罗幕轻寒，燕子双飞去"的孤苦凄冷，周德清"月儿初上鹅黄柳，燕子先归翡翠楼"的失意冷落，不一而足。更多的是表现爱情的美好，有情人成眷属之切。见燕尔新婚（《诗经·谷风》）、燕侣莺俦等成语。

款 识："敢以三春草，蒙称一品妃。"（明·汪于鼎诗）。按，当归曾被名一品妃。花中有燕喻意当归。

1.3.7.1 棘——酸枣
外虽多棘刺，内实有赤心

名　称：又名棘、山枣、野枣。科属：系鼠李科枣属多年生落叶灌木或小乔木酸枣。

用　途：药用其种子入药，性味甘，平。入心、脾、肝、胆经。功用养肝，宁心，安神，敛汗。治虚烦不眠、惊悸怔忡、烦渴、虚汗。其根皮、棘刺、叶、花、亦入药。此外，酸枣除药用外，还可食用，酸枣叶可制茶。

文　化：　1. 与《诗经》物种相关诗歌，后世传承发挥

　　酸枣诗文，自古多多。仅《诗经》中即载 11 处，如，凯风自南，吹彼棘心。诸子亦不乏语及。如孟子曰："舍其梧槚，养其樲棘。"这是以酸枣不成材兼味道差批评对方。可是酸枣经很多年栽培，无数次优化选种，酸枣由酸变甜，渐成大枣。这其间大枣与酸枣几乎通用。如唐·贯休："飕槭松风山枣落，闲关溪鸟术花开。"明·汪广洋："唯有秋风酸枣木，淡烟深锁斗鸡台。"

　　2. 成语

　　披荆棘是指斩的酸枣丛。当酸枣进化成大枣后，它仍留下一些棘刺，这时它已长成桐楸样有用之材。坚硬的紫红色枣木近皮处呈白色。后秦·赵整："北园有一树，布叶垂重阴。外虽多棘刺，内实有赤心。"此诗系古人借棘刺赤心之意象喻君子人格的高尚，亦是古人格致知之先行者妙笔。

款 识：酸枣图。款识为"酸枣垂北郭，寒瓜蔓东篱。"（唐·李白《寻鲁城……摘苍耳作》）诗句。
图中三雏鸡穿行于棘刺之间，似在寻诗觅句。

1.3.7.2 黄鸟——仓庚

名称: 别名黄雀、抟黍、皇、商庚、离黄、黄鹂、黄莺、黄袍、黄粟留。

科属: 系雀形目,黄鹂科动物黑枕黄鹂。

用途: 药用其肉入药功能。《食物本草》: "补益阳气,助脾。"
文化观赏。

文化:　　1. 与《诗经》物种相关诗歌,后世传承发挥

《诗经·邶风·凯风》: "睍睆黄鸟,载好其音。"
《诗经·豳风·七月》: "春日在阳,有鸣仓庚。"《诗经·小雅·出车》: "仓庚喈喈,采蘩祁祁。"《诗经·豳风·东山》: "仓庚于飞,熠耀其羽。"以上三首皆倾心描绘不同场景黄鹂鸣音羽色之美。晋·陆机: "鸣鸠拂羽相寻。仓庚喈喈弄音。"晋·陶渊明: "昔我云别,仓庚载鸣。"唐·王维: "紫梅发初遍,黄鸟歌犹涩。"唐·杜审言: "淑气催黄鸟,晴光转绿萍。"宋·王安石: "黄鸟数声残午梦,尚疑身属半山园。"宋·朱淑真: "黄鸟嘤嘤,晓来却听丁丁木。"明·胡宗仁: "黄鸟弄美响,日啼檐间树。"黄鹂音羽俱佳,后世诗家无不一吟诵。

最著名的诗。唐·杜甫: "两个黄鹂鸣翠柳,一行白鹭上青天。窗含西岭千秋雪,门泊东吴万里船。"两只黄鹂在翠绿的柳树间鸣叫,一行白鹭直冲向蔚蓝的天空。这首《绝句》是诗人住在成都浣花溪草堂时写的,描写了草堂周围明媚秀丽的春天景色。

诗歌以一幅富有生机的自然美景切入,给人营造出一种清新轻松的情调氛围。前两句,诗人以不同的角度对这幅美景进行了细微的刻画。翠是新绿,是初春时节万物复苏,萌发生机时的颜色。"两"和"一"相对;一横一纵,就展开了一个非常明媚的自然景色。这句诗中以"鸣"字最为传神,运用了拟人的手法把黄鹂描写得更加生动活泼,鸟儿成双成对,构成了一幅具有喜庆气息的生机勃勃的画面。而黄鹂居柳上而鸣,这是在静中寓动的生机,是一种自由自在的舒适,可见在黄鹂该诗中的神奇功能。

2. 成语

草长莺飞、燕约莺期、莺巢燕垒、莺啼鸟啭、燕侣莺俦、燕语莺呼、莺闺燕阁、燕燕莺莺、蜂识莺猜、柳莺花燕、蝶意莺情、莺吟燕儛、舞燕歌莺、莺莺燕燕。

款识："秋色佳"

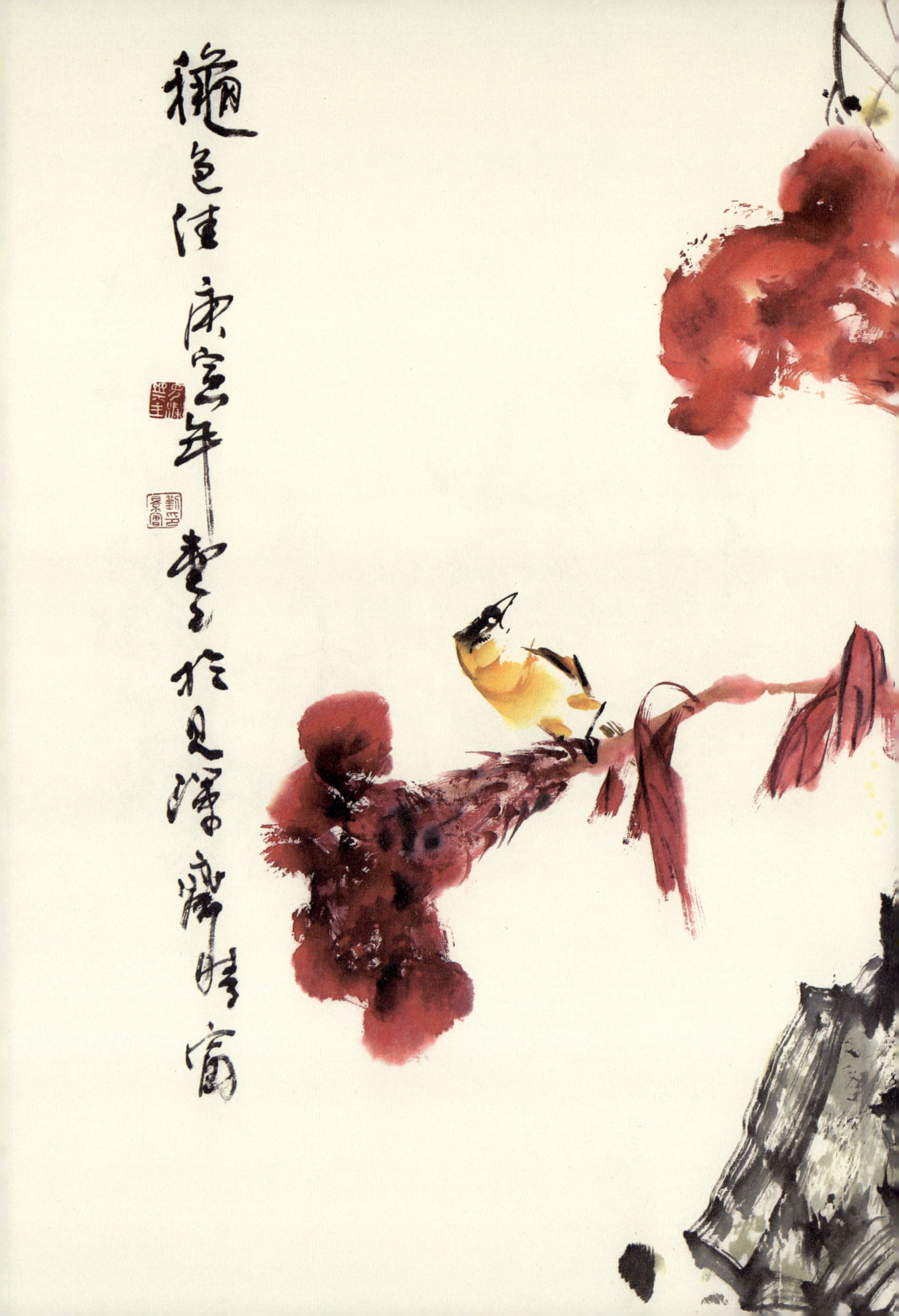

1.3.8.1 雉——翟、雉鸟
zhì

名称：雉、翟、雉鸟、华虫、疏趾、雉鸡、山鸡、野鸡等。
科属：为鸟纲鸡形目雉科雉属动物。

用途：1.药用：其肉或全体入药功能补中益气，治下痢。消渴小便频数。其余脑，尾羽，肝亦入药。
2.经济：其羽毛可作装饰品。其肉鲜美，可供饮食。亦供观赏。

文化：　　1. 雉与婚姻，情爱相关
《诗经·邶风·雄雉》："雄雉于飞，泄泄其羽……雄雉于飞，下上其音。"《诗经·小雅·小牟》："雉之朝雊，尚求其雌。后世诗家也借野雉声色之美，掺入情爱描述。"唐·王维："雉雊麦苗秀，蚕眠桑叶稀。"宋·刘克庄："野雉自双飞，离鸾半只栖。"宋·陆游："具牛将犊行，野雉挟雌鸣。"明·刘基："雉死为从雌，鹖死为斗力。"
　　2. 雉尾与祭祀舞蹈相关
《诗经·邶风·简兮》："左手执籥，右手秉翟。"唐·杜甫："云移雉尾开宫扇，日绕龙鳞识圣颜。"明·汤显祖："女儿竞戴小花笠，簪两银篦加雉翠。"宋·程珌："雉尾差参宝扇开，九霞双阙耸蓬莱。"可以看出，这些诗歌的一脉相承。
　　3. 与《诗经》物种相关散文
家鸡野雉（或家鸡野鹜）的典故。《晋中兴书》载，初庾翼书法与王羲之齐名。后王体盛行，连庾家子弟亦学王的书法。庾翼在信中说："小儿辈厌家鸡，爱野雉，皆学逸少（王羲之字逸少）书。"后遂用"家鸡野雉（鹜）"比喻书法的不同风格，以"厌家鸡"比喻喜欢新奇的东西。宋·苏轼："家鸡野鹜同登俎，春蚓秋蛇总入奁。"唐·柳宗元："闻道近来诸子弟，临池寻已厌家鸡。"再经演绎，野鸡成了暗娼的代名词。
　　4. 成语
呼卢喝雉、喝雉呼卢、家鸡野雉、麋骇雉伏、崇墉百雉、雉伏鼠窜、狎雉驯童、雉头狐腋、厌家鸡，爱野雉。

款 识："稚肥仲菊酒。"

明拓·瓠萧

1.3.9.1 匏^{páo}——葫芦

名　称：壶卢、匏瓜、壶、瓠瓜、甜瓠瓢、腰舟、匏瓠、葫芦瓜。

科　属：为被子植物门双子叶植物纲葫芦科葫芦属一年生爬藤植物。

用　途：1.药用：匏瓜果实去皮入药味甘凉，入肺、脾、肾经，功能利水，通淋，治水肿腹胀。黄疸，淋病。

2.经济：甜匏嫩时可供菜食。苦匏的用途就是从中间剖成两半做水瓢，民间将匏俗称瓢葫芦。渡水时可充救生衣。像本文之"匏有苦叶，济有深涉。"和屈原的"援抱瓜兮接粮。"也是此物。

3.文化：匏是古代所说的"八音"之一（含笙，竽）。匏樽是酒杯的意思，还是常见玩赏物件。

文　化：　1.与《诗经》物种相关诗歌，后世传承发挥

《诗经·邶风·匏有苦叶》："匏有苦叶，济有深涉。深则厉，浅则揭。有弥济盈，有鷕（yǎo）雉鸣。济盈不濡轨，雉鸣求其牡。雍雍鸣雁，旭日始旦。士如归妻，迨冰未泮。招招舟子，人涉卬否。不涉卬（áng）否，卬须我友。"诗中女郎到了出嫁年龄，满心盼望郎君前来求婚。文中以动物求偶的天性。表达人的异性间的一般需求——女子等待，男子主动。

《诗经·大雅·公刘》："执豕于牢，酌之用匏。食之饮之，君之宗之。"此文剖匏作酒具——匏爵。确为后世传承发挥。多写许多名句。如隋·佚名："匏爵斯陈，百味旨酒。"唐·方干："封匏寄酒提携远，织笼盛梅答赠迟。"宋·苏轼："驾一叶之扁舟，举匏樽以相属。"宋·黄庭坚："匏樽酌吾子，虽陋意不浅。"宋·苏颂："荐币礼同匏爵重，洁牲人比玉壶清。"宋·喻良能："匏樽细斟酌，华发足遨嬉。"

2.成语

匏瓜空悬、匏瓜徒悬、匏瓜空悬、匏瓜徒悬、照葫芦画瓢、依样画葫芦、掩口葫芦、打闷葫芦。

款识："福禄封侯"按，福禄即葫芦谐音。

1.3.9.2 雁——豆雁

名称：大雁、野鹅、𩿂鹅、僧婆。科属：为鸟纲雁形目鸭科动物豆雁，白额雁，灰雁。在我国雁类常见种为豆雁。这种雁上体褐色、下体白色。嘴黑，尖端有一黄斑，羽翼大多色浅，脚上有蹼。迁飞时队伍呈一字形或人字形。明·李时珍："雁状似鹅，亦有苍、白二色。今人以白而小者为雁，大者为鸿。"

用途：1. 药用：其肉入药。功用去风，壮筋骨，治顽麻风疾。其脂肪亦供药用。
2. 经济：曾是我国传统狩猎鸟类。肉，羽皆可用，属经济鸟类。

文化：　1. 与《诗经》物种相关诗歌，后世传承发挥
　　《诗经·邶风·匏有苦叶》："雝雝鸣雁，旭日始旦。士如归妻，迨冰未泮。"此诗是写一位少女在河边等待情人并渴望嫁娶的心情。先描写清晨河边的景色以起兴，大雁和鸣，旭日侧升，和美的景色撩动着少女心中的情思，情景交融，韵味悠长，进而抒发她渴望迎娶、早成新娘的急切心情。
　　《诗经·郑风·大叔于田》："两服上襄，两骖雁行。"《郑风·女曰鸡鸣》："将翱将翔，弋凫与雁"之句。以上句中的"雁"皆同物。
　　2. 雁的"德"——信礼节智
　　《本草纲目》提出雁有四德："寒则自北而南，止于衡阳，热则自南而北，归于雁门，其信也；飞则有序而前鸣后和，其礼也；失偶不再配，其节也；夜则群宿而一奴巡警，昼则衔芦以避缯缴，其智也。"
　　雁还是古代高贵礼品。如现存山东省博物馆，清代在嘉祥县出土的"孔子见老子"画像石中，老子、孔子皆宽衣博带，孔子手中捧有一雁。雁在古代是一种高贵的馈赠礼品，《仪礼·士相见礼》曰："下大夫相见以雁"。
　　3. 古人保护野生动物点滴
　　《后汉书·王符传》："后渡辽将军皇甫规解官归安定，乡人有以货得雁门太守者，亦去职还家，书刺谒规，规卧不迎。既入而问：'卿前在郡食雁美乎？'"皇甫规被讥问吃的雁味道。后用为讽贪官污吏之典。宋·苏轼："食雁君应厌，驱车我正劳。"作者对穷奢极欲，滥杀野生动物行为的强烈反对，尽在诗文中。
　　4. 成语
　　雁过留声、雁过拔毛、北雁南飞、雁足传书、沈鱼落雁、断雁孤鸿、鸿雁哀鸣、雁行有序、衡阳雁断、鱼贯雁行、雕心雁爪，鱼尾雁行、雁过长空、寄雁传书、鱼封雁帖、雁逝鱼沉、鱼书雁信、燕雁代飞、鱼沉雁静、雁素鱼笺、雁南燕北。

海蛤，日华子云，此是
雁食鲜蛤粪出者

款识："海蛤，日华子云，此是雁食鲜蛤粪出者。"

（汲）蛭渊·菁菜

1.3.10.1 葑——芜菁

fēng

名称： 须、蓚芜、芜、大芥、蔓青、葑苁、芥、诸葛菜、芜菁。科属为十字花科植物芜菁。

用途： 菜蔬。葑根大于芥菜，四时可食。春食苗，夏食心，秋食叶，冬食根。

1. 药用：块根及叶入药。功能开胃下气，利湿解毒。治食积本化，黄疸，消渴。热毒风肿，疔疮，乳痈。其余花，子亦供药用。

2. 经济：传统蔬菜。菜蔬，葑根大于芥菜，四时可食，春食苗，夏食心，秋食叶，冬食根。还可用来泡酸菜，或作饲料。高寒山区用以代粮。《周礼》文中"菁菹"就是用芜菁加工制成的腌菜，至今芜菁块根仍是熟食或制泡酸菜的常用菜蔬。

文化： 《诗经·鄘风·桑中》："爰采唐矣？沬之乡矣。云谁之思？美孟姜矣。期我乎桑中，要我乎上宫，送我乎淇之上矣。爰采麦矣？沬之北矣。云谁之思？美孟弋矣。期我乎桑中，要我乎上宫，送我乎淇之上矣。爰采葑矣？沬之东矣。云谁之思？美孟庸矣。期我乎桑中，要我乎上宫，送我乎淇之上矣。"这是一首恋爱诗青年男女借采葑幽会，相约送迎，细心入微，激情吟咏。令人久久不能忘怀。

相传诸葛亮所到之处，皆命士兵种植芜菁。这是因为刚长出的芜菁幼苗即可生食，叶伸展之后又可取来煮食，冬天地下长成的块根也是重要的蔬菜。故名之"诸葛菜"。后人赞允的诗如下。宋·李石："郡圃糊荒雪，家山阚浅沙。只今诸葛菜，何似邵平瓜。小摘情何厚，长斋气自华。官烹与私炙，随处即生涯。"宋·李廌《诸葛菜》："武侯战地记他年，战后犹当似率然。会向渭原惊仲达，尚应江碛感桓玄。背山左泽甘如彼，傍砌绕篱今可怜。莫问兴亡进羹茹，书生赢取腹便便。"

"葑"也曾是文人清贫高洁的象征。《邶风·谷风》"采葑采菲，无以下体。"言其困苦。后人诗中以"葑"为清贫高洁的象征。唐·刘禹锡："马家供薏苡，刘氏饷芜菁。"宋·李廌："顾余寸有长，葑菲误见采。"宋·黄机："野荠芜菁。"宋·张耒："芜菁至南皆变菘，菘美在上根不食。"宋·张耒："芜菁脆肥台葅辣。"宋·陆游："安得北窗风雪夜，地炉相对煮芜菁。"

款识："采葑采菲，无以下体。"（《邶风·谷风》）

(玫)纲圖·蔍菜

1.3.10.2 菲──萝卜、莱菔

名称：葵、芦葩、荠根、罗服、萝瓝、薑葵、紫菘、萝卜、紫花菘、温菘、萝葍、楚菘、秦菘、土酥、葵子、萝白、莱菔、罗服。
科属：为十字花科莱菔属一年或二年生草本植物。

用途：1. 药用：根入药。功用主治：消积滞，化痰热，下气，宽中，解毒。治食积胀满，痰嗽失音，吐血，衄血，消渴，痢疾，偏正头痛。其种子、叶亦供药用。
2. 经济：为我国主要蔬菜。荒年抵粮。

文化：　　1. 诗歌发挥为成语
　　"菲"在《诗经》时代是普通菜蔬。喻义清贫节俭。
　　《诗经·邶风·谷风》："习习谷风，以阴以雨。黾勉同心，不宜有怒。采葑采菲，无以下体？德音莫违，及尔同死。"该诗叙述贫家乍富，丈夫另娶新欢。怨妇的诉苦和责问。明·李梦阳在诗里大表同情。《葑菲叹》："菁菁田中葑，与与疆上菲。托根岂诚异，敷叶为谁美。采掇女心叹，遵路劳情理。鲜茎入素手，终朝不盈筐。置之独长悁，抆泪沾衣里。白华肇卑薄，谷风启怨诽。色衰使交离，弃美因下体。空瞻寸晷旋，倏见严飙起。"唐·李白："愿君采葑菲，无以下体妨。"清·蒲松龄："舍妹与君有缘，愿无弃葑菲。"这里"葑菲"是贫贱自谦。留下成语"无弃葑菲"。
　　"采葑采菲，无以下体"原意是采集蔓青和萝卜时，不要抛弃根部地下茎。后人转换为，对有可取之处的人要尽量收罗利用，不因其所短而舍其所长。宋·陈亮："旧部当尊之人，相马不失之瘦，采葑采菲取节焉。"清·赵翼："前辈留意人材，不遗葑菲如此。"留下成语"不遗葑菲"。
　　又："采葑采菲，无以下体？德音莫违，及尔同死。"采及葑菲：别人征求自己意见时表示谦虚的说法。清·李绿园："弟见世兄浪滚风飘，又怕徒惹絮聒，今既采及葑菲，敢不敬献刍荛。"留下成语"采及葑菲"。
　　《诗经·小雅·巷伯》："萋兮菲兮，成是贝锦。彼谮人者，亦以大甚。"贝锦：指锦文，比喻诬陷人的谗言；萋菲：通"萋斐"，文采相错杂，比喻谗言。《晋书·桓玄传》："若陛下忘先臣大造之功，信贝锦萋菲之说，臣等自当奉还三封，受戮市朝。"留下成语"贝锦萋菲"。
　　2. 与《诗经》物种相关成语
　　采葑采菲、葑菲之采、采及葑菲、卑宫菲食、浣衣菲食、恶衣菲食、无弃葑菲。

余兒時每冬日即買此花木糯味

考圖·葶

1.3.10.4 葶——荠菜

名 称：别名：葶、荠菜、扁锅铲菜、荠荠菜、地丁菜、地菜、靡草、花花菜、菱角菜等。
科属：为双子叶植物纲白花菜目十字花科荠属一年或二年生草本植物。

用 途：1.药用：功效和脾，清热，利水，消肿，平肝，止血，明目。主治痢疾、水肿、淋证、乳糜尿、吐血、衄血、便血、月经过多、目赤肿痛等。其带根全草入药。其余花，种子亦供药用。
2.经济：荠菜嫩茎叶作蔬菜食用，其味清香鲜美其中谷氨酸的作用和味精相同。荤素烹调均可，如清炒、煮汤、凉拌。荠菜饺子、荠菜馄饨、荠菜包子、作春饼及荠菜豆腐羹等。

文 化：　　1. 与《诗经》物种相关诗歌
　　《诗经·邶风·谷风》："行道迟迟，中心有违。不远伊迩，薄送我畿。谁谓荼苦，其甘如荠。宴尔新昏，如兄如弟。泾以渭浊，湜湜其沚。宴尔新昏，不我屑以。毋逝我梁，毋发我笱。我躬不阅，遑恤我后！"写弃妇不愿离开，以荠甘荼苦比喻新旧妇的现状。
　　2. 荠与早春
　　荠是春天返青最早的植物之一。是时荠由紫变绿，麦地尤多，踏青采荠，诗兴由然。唐·白居易："荠花榆荚深村里，亦道春风为我来。""今春唯有荠花开。"唐·朱庆馀："积润苔纹厚，迎寒荠叶稠。"宋·苏轼："荠麦余春雪，樱桃落晚风。"金·李献能："晓雪没寒荠，无物充朝饥。"宋·辛弃疾："城中桃李愁风雨，春在溪头荠菜花。"谷雨之前，众花未动，荠是不错的题材。
　　3. 荠与饮食文化
　　《尔雅翼》："荠之为菜最甘，故称其甘如荠。"嫩株至今仍有人采集食用，风味特佳，被誉为"野菜中的珍品"。《诗经》也用荠的甘味，来说明甘愿吃苦的心情。宋·陆游："食荠糁甚美，盖蜀人所谓东坡羹也"。《楚辞·离骚》所言"故荼荠不同亩兮"，表示荠菜和苦菜已栽培。吃荠菜可清涤肠胃，故《本草纲目》有"护生草"一名。
　　荠菜其色、香、味俱佳之特色，使历代文人墨客揄扬之诗咏吟不绝。唐·白居易："时绕麦田求野荠，强为僧舍煮山羹。"清·郑燮："三冬荠菜偏饶味，九熟樱桃最有名。"宋爱·陆游："长鱼大肉何由荐，冻荠此际值千金。"
　　《救荒本草》记载，荠菜在灾荒年月是代粮充饥之物。落泊文人都与荠菜结下了不解之缘。"诗圣"杜甫就靠"墙阴老春荠"度艰难的岁月。宋代著名政治家范仲淹，少年时常以荠菜充饥度日。他对荠菜有着深厚的感情，特地写下了《荠赋》："陶家瓮内，腌成碧绿青黄；措大口中，嚼出宫商角徵。"

款识：《荠菜图》

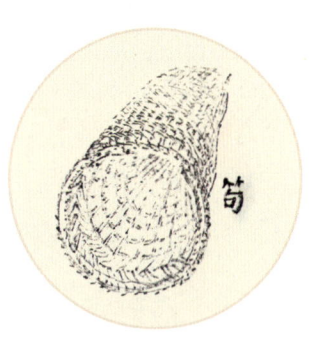

筍

1.3.10.5 笱 gǒu

名 称：《本草纲目》："徐坚《除学记》云：取鱼之器曰笱（音苟）曰罶（音留）曰罜（音孤）。"曰筌（音荃），曰罩（音抄）也。安放在堰口的篾制捕鱼器，大腹、大口小颈，颈部装有倒须，鱼入而不能出。

用 途：1. 药用：《本草纲目》主治；旧笱须：疗鱼骨哽，烧灰，粥饮服方寸匕。
2. 经济：古代常用捕鱼工具。

文 化：　　1. 与《诗经》物种相关诗歌，后世传承发挥

　　《诗经·齐风·敝笱》："敝笱在梁，其鱼鲂鳏……敝笱在梁，其鱼鲂鱮……敝笱在梁，其鱼唯唯。"此诗乃讽刺鲁桓公死后，其妻失德而无法约束。宋·陈舜俞："鸿薄青冥昔在笼，鱼忆沧浪今脱笱。"

　　《诗经·北风·谷风》："无逝我梁，无发我笱。"此诗乃弃怨妇哭诉当年与丈夫创业的艰辛。毛传："笱，所以捕鱼也。"汉·郑玄："偃水以为关空，以笱承其空。"《新唐书·王君廓传》："尝负竹笱如鱼具，内置逆刺，见鬻缯者，以笱囊其茎，不可脱，乃夺缯去。而主不辨也，乡里患之。"明·张景："且喜得禽离罗网鱼逃笱，匹马萧萧逐传邮。免戴南冠学楚囚。"

　　《诗经·小雅·小弁》："无逝我梁，无发我笱。"此诗句与前同，内容为讽刺幽王，斥责谗臣。此诗句少有的重复出现，后人类似诗句出现蛮多。如宋·苏颂："靡因梁笱获，谩污筌饵求。"明·祝允明："兔捷置施路，鱼肥笱在梁。"

　　还有一些笱的诗句。如唐·杜甫："儿去看鱼笱，人来坐马鞯。"唐·白居易："鹭临池立窥鱼笱，隼傍林飞拂雀罗。"唐·陆龟蒙："缺处欲随波，波中先置笱。"唐·皮日休："迎潮预遣收鱼笱，防雪先教盖鹤笼。"宋·陆游："残冰拥鱼笱，新暖入桑枝。"宋·梅尧臣："负笱渔郎去，将雏燕子秋。"宋·周必大："才思春江下濑船，腹藏经笱更便便。"宋·乐史："去年笱已长，今年笱又生。"宋·韩维："沈埋文俗间，有类鱼落笱。"宋·熊禾："野鹳窥渔笱，沙鸥避客船。"明·魏泽："笱舆冲雨过侯城，抚景依然感慨生。"

　　2. 与笱相关的词

　　梁笱、罾笱、竹笱、渔笱、笱妇、鱼笱、笱梁、寡妇笱、鱼笱门。

款 识："其鱼鲂鳏……敝笱在梁"（《诗经·齐风·敝笱》），又"鱼肥笱在梁"（祝允明句）。

按，古人用笱捕鱼多于水口，能得大鱼，今南方水田耕作时亦用笱捕鱼佐餐。

1.3.10.7 荼——苦苣菜
（tú）

名　称：荼、芑、荼草、选、游冬、野苦马、青菜、紫苦菜、堇菜、苦苣、苦荬、天香菜、老鸦苦荬、滇苦菜、苦马菜。

科属：为菊科田野自生之多年生草本植物。亦有释为茶者（《尔雅》郭璞注）。

用　途：1. 药用：全草入药。功用主治：清热，凉血，解毒。治痢疾，黄疸，血淋，痔漏，疔肿，蛇咬。根、花、种子亦供药用。

2. 经济：自古即为常见野菜。

文　化：　　1. 与《诗经》物种相关诗歌，后世传承发挥

《诗经·唐风·采苓》："采苦采苦，首阳之下。人之为言，苟亦无与。"此诗言采苦的人不要听谎言，走错路。又《诗经·邶风·谷风》："谁谓荼苦，其甘如荠。宴尔新婚，如兄如弟。"（见前文"荠"）又《诗经·豳风·七月》："采荼薪樗，食我农夫。"此诗言农夫采荼食，烧樗薪，的穷苦生活。《诗经·大雅·绵》："周原朊朊，堇荼如饴。"此诗言周原地肥沃，苦菜也甜。《周颂·良耜》："其镈斯赵，以薅荼蓼。荼蓼朽止，黍稷茂止。"此诗言除杂草以丰茂黍稷。

2. 荼是气节表露

诗词如唐·王质："苦菜，苦菜，空山自有闲人爱。"唐·元稹："向来看苦菜，独秀也何为？"宋·苏辙："茸茅竹而居之日啖荼芋，而华屋玉食之念不存于胸中。"宋·徐瑞："采苦南山下，载咏采苦诗。舍旃复舍旃，此味人得知。"明·黄正色："盘餐落落对瓜畦，杜撰人间苦荬齑。"此类官员诗以食荼为乐，清苦为荣，凛然可敬。

3. 苦菜的饮食文化

苦菜是荼的本义，其味苦，经霜后味转甜，故有"其甘如荠"、"堇荼如饴"。苦菜在古代称之为荼，就是我们大家现在所称的荼。经常吃紫花苦菜好，民间食用苦菜已有200年的历史。明代还将其列为救荒食品，那时的食法是：采苗叶炸熟，用水浸去苦味，淘洗净，油盐调食。紫花苦菜，开紫色花的，叶子背面有白色的绒毛，一般只有在合适的季节采摘才有用。在春夏季吃得最多的野菜，苦菜应该是排在第一位了。因它常见于路边、田埂或荒地，全国各地均有分布，容易采摘，做成菜肴端上餐桌，品尝。

4. 相关物种著名成语介绍

含辛茹苦、苦不堪言、咽苦吐甘、嘴甜心苦、宦囊清苦、齑盐杂苦、咽苦吞甘、攻苦食啖、蓼虫不知苦、如火如荼、荼毒生灵、秋荼密网、如荼如火、食荼卧棘、荼毒生民、含荼茹毒。

款识：《荼图》款为"采苦采苦，首阳之下。"（《诗经·唐风·采苓》）

1.3.12.1 狐

名 称： 狐狸、龙狗、毛狗。

科属： 为哺乳纲食肉目犬科狐属动物。

用 途： 1. 药用：肉入药。功能主治：补虚，暖中，解疮毒。治虚劳，健忘，惊痫，水气黄肿，疥疮。心、头、肝、胆、肠、四足亦供药用。

2. 经济：皮毛。

文 化： 1. 与《诗经》物种相关诗歌，后世传承发挥

《诗经·邶风·北风》："莫赤匪狐，莫黑匪乌。"此诗借狐乌之色喻官吏，寒冷喻国难。

《诗经·邶风·旄丘》："狐裘蒙戎，匪车不东。"此诗借狐裘蓬乱，喻心绪不安——车向别处去而没接她。

《诗经·卫风·有狐》："有狐绥绥，在彼淇梁。"此诗借狐慢步，喻贵族。

以上诸诗狐成为邪恶代表。后世诗家借此发挥诗句甚多。唐·韦庄："柏台多半是狐精，兰省诸郎皆鼠魅。"唐·韩愈："木石生怪变，狐狸骋妖患。"唐·柳宗元："狐鼠蜂蚁争噬吞。"宋·吴潜："报扫荡、狐嗥兔舞。"明·宋濂："家人共怪狐鬼惑，握粟出卜城南头。"

《诗经·桧风·羔裘》："羔裘逍遥，狐裘以朝。"此诗借狐羔裘表白怨妇之思念。

《诗经·秦风·终南》："君子至止，锦衣狐裘。"裘表白对秦君颂扬。

《诗经·小雅·何草不黄》："有芃者狐，率彼幽草。"此诗借狐蓬松皮毛，藏于草丛，喻己无衣御寒。

《诗经·小雅·都人士》："彼都人士，狐裘黄黄。"此诗借反毛狐皮，喻京都人之高贵。

以上诸诗狐裘成为最佳寒衣代表，后世诗家借此发挥诗句甚多。唐·岑参："散入珠帘湿罗幕，狐裘不暖锦衾薄。"唐·高适："营州少年厌原野，狐裘蒙茸猎城下。"唐·吕岩："凤茸袄子非为贵，狐白裘裳欲比难。"宋·黄庭坚："狐裘断缝弃墙角，岂念晏岁多繁霜。"诸诗以边塞诗用之最为贴切。

2. 成语

兔死狐悲、满腹狐疑、狐鼠之徒、狐群狗党、董狐之笔、狐兔之悲、狐疑不决、狐媚猿攀、狐藉虎威、狐裘蒙戎、狐唱枭和、鼠迹狐踪、进退狐疑、千金之裘。

款识："有狐绥绥，在彼淇梁。"（《诗经·卫风·有狐》）此诗借狐慢步，喻贵族。

1.3.12.2 流离
——鸮、枭、长尾林鸮

名 称：别名：鸱鸮、土枭、服、夭鸟、训狐、山鸮、画鸟、猫头鸟等。
　　　　科属：鸱鸮科长尾林鸮目前属国家二级保护动物。

用 途：1. 药用：其肉入药功能治噎食，惊痫。鼠瘘，恶疮。
　　　　2. 经济：夜间活动，捕食鼠类为主，及鸟，蛙，昆虫等。为益鸟。

文 化：　　1. 与《诗经》物种相关诗歌，后世传承发挥
　　　　《诗经·邶风·旄丘》："琐兮尾兮，流离之子。"
此诗写鸮少美大丑，喻女子抱怨感情始好今恶。《诗经·陈风·墓门》："墓门有梅，有鸮萃止。"此诗写恶鸮栖梅，喻讽统治者。《诗经》里鸮的恶名以直背到晚近。看后人这些诗都在痛骂不止。
　　　　唐·李白："管蔡扇苍蝇，公赋鸱鸮诗。"唐·李商隐："但须鸳鸯巢阿阁，岂假鸱鸮在泮林。"唐·元稹："鸱鸮诚可恶，蔽日有高鹏。"宋·何梦桂："墓梅萃彼鸮，葭露化为霜。"宋·王迈《再用韵和张仁仲史君》："马经定价增神骏，鸮亦怀音避恶名。"宋·胡仲弓："狂风吹覆凤凰巢，鸮鬼朝翔狐夜号。"明·王守仁："道旁之冢累累兮，多中土之流离兮，相与呼啸而徘徊兮。"
　　　　2. 被冤枉的鸮
　　　　《本草纲目》："枭长则食母，故古人夏至磔之，而其字从鸟首在木上。"贾谊："此鸟盛午不见物，夜则飞行，常入人家捕鼠食。"《周礼·秋官司寇》："硩蔟氏掌覆夭鸟之巢。"注云：恶鸣之鸟，咨询野人，则鸮、枭、鹏、训狐，一物也。鸺鹠，一物也。处处山林时有之。少美好而长丑恶，状如母鸡，有斑文，头如鸺鹠，目如猫目，其名自呼，好食桑椹。刘恂岭表录异云："北方枭鸣，人以为怪。南中昼夜飞鸣，与乌、鹊无异。桂林人家家罗取，使捕鼠，以为胜狸也。"
　　　　综上述，恶鸟理由是，相貌丑陋，夜间出没，鸣声难听，长则食母。此四项皆动物共性，非其独有，故不成立。即是大饥时近亲相噬。亦无奈之举。而益鸟理由是，夜间捕鼠，胜过狸猫。护林护粮，人类友好。
　　　　3. 相关成语
　　　　鸮的成语：鸱鸮弄舌，见弹求鸮，鸮啼鬼啸，鸮鸟生翼，鸮心鹂舌，鸮鸣鼠暴。
　　　　枭的成语：枭首示众，凤枭同巢，衣冠枭獍，化枭为鸠，枭蛇鬼怪，枭视狼顾，狐鸣枭噪，衣冠土枭。

款识：《飞鸮图》"翩彼飞鸮，集于泮林。"（《诗经·鲁颂·泮水》）

1.3.12.3 车

用途： 1. 药用：《本草纲目》载："车辇土主治恶疮出黄水，取盐车边脂角上土涂之（藏器）。行人暍死，取车轮土五钱，水调澄清服，一碗即苏。又小儿初生，无肤色赤因受胎未得土气也。取车辇土碾傅之，三日后生肤。"
2. 经济：是当时最主要交通工具和战时装备。

文化：　　西周时候，礼制已经基本建立。国人从上到下有明确的等级。等级制度在拥有城池、军队、车马、食物、殡葬待遇有着详细的规定。最能体现这种等级制度的是在车马方面。逸礼《王度记》："天子驾六，诸侯驾五，卿驾四，大夫三，士二，庶人一。"天子用六匹马来拉车，余者递减。《诗经》中用四匹马来拉车者较多。如，《车攻》："我马既同，四牡庞庞。"《干旄》："素丝纰之，良马四之。"《采薇》："四牡翼翼，象弭鱼服。"《小戎》："四牡孔阜，六辔在手。"《节南山》："驾彼四牡，四牡项领。"《吉日》："田车既好，四牡孔阜。"《六月》："四牡骙骙，载是常服。"《裳裳者华》："乘其四骆，六辔沃若。"《烝民》："四牡彭彭，八鸾锵锵。"

　　此外，《诗经》中还有多篇从不同角度诉说的诗句。如《何彼秾矣》："曷不肃雝，王姬之车。"《泉水》："载脂载辖，还车言迈。"《旄丘》："狐裘蒙戎，匪车不东。"《有女同车》："有女同车，颜如舜华。"《简兮》："有力如虎，执辔如组。"《山有枢》："子有车马，弗驰弗驱。"《载驰》"载驰载驱归唁卫侯。"《北风》："惠而好我，携手同车。"《氓》："淇水汤汤，渐车帷裳。"《大车》："大车槛槛，毳衣如菼。"《无将大车》："无将大车，祇自尘兮。"《车邻》："有车邻邻，有马白颠。"《出车》："我出我车，于彼牧矣。"《车辖》："间关车之辖兮，思娈季女逝兮。"《正月》："其车既载，乃弃尔辅。"《黍苗》："我任我辇，我车我牛。"《采芑》："其车三千，师干之试。"《绵蛮》："有栈之车，行彼周道。"《韩奕》："其赠维何、乘车路马。"《载见》："龙旂阳阳，和铃央央。"《庭燎》："君子至止，鸾声将将。"《泮水》："束矢其搜。戎车孔博。"《閟宫》："公车千乘，朱英绿縢。"以上各类内容如：推车，牛车，行猎，婚车，奔丧，思恋，外逃，铃声，渡河等，不胜枚举。足见车马是这种等级制度社会中重要角色。

款识：用汉画像砖拓车马图，其车形酷似诗经时代物。

1.3.13.1 虎——东北虎

名　称：别名：老虎、於菟、大虫。

　　　　科属：为哺乳纲食肉目猫科豹属动物。为 E 级濒危动物。属国家 1 级保护动物。

用　途：药用：骨入药。功用主治：追风定痛，健骨，镇惊。治厉节风痛，四肢拘挛，腰脚不随，惊悸癫痫，痔瘘脱肛。肉、牙、爪、胃、胆、筋、睛、脂肪，油亦供药用。

文　化：　　《诗经》中有十余处吟及虎，多直译为虎，另有释为虎皮弓袋或人名者。

　　　　　　《诗经·邶风·简兮》："硕人俣俣，公庭万舞。有力如虎，执辔如组。"此处用虎形容舞者之壮美。后世借壮美而诗，如魏·曹操："熊罴对我蹲，虎豹夹路啼。"唐·李白："节制非桓文，军师拥熊虎。"清·龚自珍："莽莽畿西虎气蹲。"

　　　　　　《诗经·郑风·大叔于田》："袒裼暴虎，献于公所。"此乃打猎时空手搏虎，献于公侯。以虎言勇，远播后世。如唐·李白："弓摧南山虎，手接太行猱。"唐·刘商："秋山年长头陀处，说我军前射虎归。"宋·苏轼："亲射虎，看孙郎。"

　　　　　　《诗经·大雅·常武》："进厥虎臣，阚如虓虎。"此处用虎臣形容猛士。类似句如宋·戴复古："万骑临江貔虎噪，千艘列炬鱼龙怒。"

　　　　　　《诗经·小雅·何草不黄》："匪兕匪虎，率彼旷野，哀我征夫，朝夕不暇。"此言叹其夫如野兽被驱赶远征。不能相聚。

　　　　　　虎符是中国古代统治者传达军事命令、征调兵将以及用于各项事务的一种凭证。使用时两半相合，即为"符合"，表示命令验证可信。

　　　　　　《史记》中记载，秦兵围困赵国，魏国信陵君为救邯郸，窃虎符，获军权，大破秦兵，救了赵国。郭沫若依此写出《虎符》的剧本。

　　　　　　《三国演义》中，诸葛亮趁南郡空虚，夺城得虎符，以此虎符诈调取了荆州，接着再用同法取了襄阳。兵不血刃就夺取了三处城池。

　　　　　　虎撑。传说药王孙思邈被虎拦住。虎张大着嘴，一块骨头扎入咽喉。他将铜环放入虎口中，手从铜环中央穿过拔出骨头并抹上药。救虎一命。留下"虎撑"美谈。

　　　　　　白虎。中国虎文化源远流长，它很早就成为中国的图腾之一。虎在十二生肖中行三，称为寅虎。白虎是神物，在中国传统文化中是道教西方七宿星君四象之一，根据五行学说，它是代表西方的灵兽，为白的老虎，象征着威武和军队，是正义、勇猛，威严的象征。

款识："心有猛虎，细嗅蔷薇。"按，译文也具风雅气息。

虎守杏林

释 文：虎守杏林，是美丽的古老童话，是前人对医德的渴求与赞颂。

1.3.13.4 爵——酒具

名　称： 爵，酒具。

用　途： 1.药用：参考1.1.3.3罍。《本草纲目》："铜器盛饮食杀酒，经夜有毒。煎汤饮，损人声。"
2.功用：《本草纲目》："主治霍乱转筋，肾堂及脐下㽲痛，并炙器隔衣熨其脐胸肾堂（大明）。折伤接骨，捣末研飞，和少酒服，不过二方寸匕。又盛灰火，熨脐腹冷痛（时珍）。"
3.考古价值极高。在历史、考古方面，有重大意义。

文　化：　　1. 与《诗经》物种相关诗歌，后世传承发挥

《诗经·邶风·简兮》："赫如握赭，公言锡爵。"此诗言舞者得酒一杯。《诗经·小雅·宾之初筵》："发彼有的，以祈尔爵。"此诗言饮酒一杯，以贺射箭中的。《诗经·小雅·宾之初筵》："酌彼康爵，以奏尔时。"此诗言射箭中的，得酒一杯。《诗经·小雅·宾之初筵》："三爵不识，矧敢多又。"此诗言三杯之礼不懂，就不能再饮了。

以上诸诗爵是酒杯。有赏赐之意。对后世诗作影响颇深，如魏·曹植："乐饮过三爵，缓带倾庶羞。"晋·陆云："我有好爵，既成尔服。"五代·冯延巳："醉里不辞金爵满，阳关一曲肠千断。"唐·柳宗元："朔风动易水，挥爵前长驱。"宋·白玉蟾："人爵未知天爵美，脂韦只道布韦非。"宋·胡寅："算爵商壶矢，忘杯泥夹棋。"

2. 爵的另一解释爵位

封爵、世爵，原本是指诸侯获封赐的封建等级，但在一些君主立宪国家，现在还有这种制度。相关诗文如，唐·刘禹锡："刺史临流褰翠帏，揭竿命爵分雄雌。"唐·卢照邻："不受千金爵，谁论万里功。"唐·刘驾："君来食葵藿，天爵岂不荣。"宋·杨万里："谁能不徼鬻爵恩，民乃不识田亩钱。"宋·刘克庄："封爵遂綦贵，青圭蔽珠旒。"宋·王质："白璧黄金爵上卿。"宋·陈宓："昔我先君子，受爵每惧盈。"

3. 爵与古代绘画

爵作为饮酒之器或"温酒器"。爵的形状非常奇特美观，饮用并不方便。它在古代礼器中，占有特殊而崇高的地位，应是重要祭器。陶爵流行于夏、商。铜爵流行于商和西周。宋代以来，以古物为研究对象的金石学兴盛起来，明代画家陈洪绶的《蕉林酌酒图》中就有用仿古爵杯饮酒的形象。

释 文：绝代富贵。按，爵绝谐音，戴胜鸟与代谐音，牡丹花开富贵。

1.3.13.5 榛

(金)日晡·子榛

名　称：别名：榛子。

科属：为桦木科榛属的落叶灌木或小乔木。

用　途：1.药用：种仁入药。功能主治：调中，开胃，明目。

2.经济：榛树的果实榛子是世界上"四大干果"（核桃、巴旦木、榛子、腰果）之一。

文　化：　　与《诗经》物种相关诗歌，后世传承发挥

《诗经·邶风·简兮》："山有榛，隰有苓。云谁之思，西方美人。"此句以榛苓起兴，言西周之兴盛。后人诗中之发挥为榛林亦泛指丛林繁茂。战国楚·宋玉《高唐赋》："榛林郁盛，葩华覆盖。"汉·枚乘《七发》："于是榛林深泽，烟云暗莫。"《魏书·崔浩传》："参居郡县，处榛林之间。"

《诗经·鄘风·定之方中》："树之榛栗，椅桐梓漆，爰伐琴桑。"此句指建宫处之绿化。后人亦借此咏旧时宫城。

唐·李白："苍榛蔽层丘，琼草隐深谷。"

明·戴良："披榛归北囿，墟里故依依。"

明·揭轨："东出榛莽间，宫城何窈窕。"

《诗经·曹风·鸤鸠》："鸤鸠在桑，其子在榛。"此句以布谷鸟喂雏言君子对儿子的始终如一。

《诗经·大雅·旱麓》："瞻彼旱麓，榛楛济济。岂弟君子，干禄其弟。"此句言国家兴盛，君子谦和祈福。后人思念此情，以诗文表达。

晋·陆云："通波激枉渚，悲风薄丘榛。"

晋·陶渊明："试携子侄辈，披榛步荒墟。"

晋·陶渊明："怅恨独策还，崎岖历榛曲。"

唐·高适："君子顾榛莽，兴言伤古今。"

宋·张耒："百年事往谁复省，一丘榛莽无人祭。"

此外，唐代许多诗家则借荆榛写荒凉景象。

如唐·杜甫："飘零迷哭处，天地日榛芜。"

唐·柳宗元："故池想芜没，遗亩当榛荆。"

唐·高适："豺狼窜榛莽，麋鹿罹艰虞。"

唐·白居易："向坟道径没荒榛，满室诗书积暗尘。"

唐·刘言史："乌鸢下空地，烟火残荒榛。"

唐·刘禹锡："汉寿城边野草春，荒祠古墓对荆榛。"

唐·元稹："荆榛栉比塞池塘，狐兔骄痴缘树木。"

唐·韦应物："榛荒屡冒挂，逼侧殆覆颠。"

唐·王珪："赫赫西楚国，化为丘与榛。"

唐·方干："二年战地成桑茗，千里荒榛作比闾。"

款识："瞻彼旱麓，榛楛济济。"（《诗经·大雅·旱麓》）

1.3.13.6 苓——甘草

名　称：别名：美草、蜜甘、蜜草、蕗草、国老、甜草、灵通、粉草、甜草、甜根子、棒草。
科属：双子叶植物纲豆目蝶形花科甘草属多年生草本植物。

用　途：1. 药用：其根入药。性味甘，平。入脾、胃、肺经。
2. 功用主治：和中缓急，润肺，解毒，调和诸药。炙用，治脾胃虚弱、食少、腹痛便溏、劳倦发热、肺痿咳嗽、心悸、惊痫；生用，治咽喉肿痛、消化性溃疡、痈疽疮疡，解药毒及食物中毒。本植物根茎上端的芦头部分（甘草头）、根的末梢部分或细小根（甘草鞘）、根或根茎内充填有棕黑色树脂状物质的部分（甘草节）皆入药。

文　化：　　1. 与《诗经》物种相关诗歌，后世传承发挥
　　《诗经·邶风·简兮》："山有榛，隰有苓。云谁之思，西方美人。"此诗系贵妇赞美舞师的句子。
　　《诗经·唐风·采苓》："采苓采苓，首阳之巅。人之为言，苟亦无信。"
　　此诗系劳苦人，勿轻信谎言，吃亏上当"为乃伪意"。按古人喜食甘草。其嫩叶可为菜蔬。本诗似为采嫩叶。其根色黄味甘，在诸药中其调和作用，使用率极高，故称国老。并常见于诗中。
　　唐·柳宗元："寓居湘岸四无邻，世网难婴每自珍。莳药闲庭延国老，开樽虚室值贤人。"
　　宋·辛弃疾："厄酒向人时，和气先倾倒。最要然然可可，万事称好。滑稽坐上，更对鸱夷笑。寒与热，总随人，甘国老。"
　　宋·郭诇："朴消大戟并银粉。疏风紧。甘草闲相混。及至下来，转杀他人，尔甘草、有一分。"
　　宋·梅尧臣："美草将为杖，孤生马岭危。南从荷蓧叟，宁入化龙陂。去与秦人采，来扶楚客衰。药中称国老，我懒岂能医。"
　　明·陈琏："宣德城南风日好，川上原来产甘草。长镵短钁争取之，嚼咽香甘夸国老。岂期生杂恶草根，草根相类应难分。寸茎入口致身毙，此物谁知能误人。"君不见黄精野葛产同穴，采者还须要精别。诗人谆谆告诫掘甘草者，品鉴真伪，勿为恶草伤害。
　　2. 甘草与医药
　　《淮南子》中说："甘草主生肉之药也。"陶弘景说："国老为帝师之称，虽非君而为君之宗。"唐代药王孙思邈曾经说："甘草解百毒，药如汤沃雪。"李时珍说："甘草协和群品，有元老之功，普治百邪，得王道之化，可谓药中之良相也。"公元前 400 年的《希波克拉底全集》中已记述了甘草的使用（希波克拉底是西方医学之父）。

款识："赤落蒲桃叶，香微甘草花。"（唐·贯休句）

（明）经图·慈乌

1.3.16.2 乌——乌鸦

名 称：寒鸦、乌、鸒、鹎鶋、鸦、楚乌、孝乌、元乌、鸭乌、慈乌、
慈鸦、哺公等。
科属：雀形目鸦科鸦属中数种鸟类。

用 途：1.药用：肉入药。性味酸咸，平，无毒。功用主治：补劳治瘦，
助气，止咳嗽，骨蒸羸弱者，和五味淹炙食之。胆亦供药用。
2.经济：乌鸦是最聪明的鸟类之一。嗅觉敏锐，能感受到腐
败气味，常会吃腐肉，多种害虫。喜欢薅其他动物毛。对环
境保护和作物有益。

文 化：　　1.《诗经》带头丑化乌鸦
　　《诗经·邶风·北风》："莫赤匪狐，莫黑匪乌。
惠而好我，携手同车。"此诗借狐赤乌黑（周代大官红
袍，小官黑袍皆昏君佞臣）号召逃离避祸。《诗经·小
雅·正月》："瞻乌爱止，于谁之屋……具曰予圣，谁
知乌之雌雄。"此诗借乌鸦诉国家败乱，百姓罹难，自
己遭谗失意之忧伤。该诗把乌鸦认为是不祥之鸟。出现
了各种的诗文。比如"乌合之众"，就用来比喻没有组
织，没有训练，像群乌鸦似的暂时聚集的团伙。《后汉
书·耿弇传》："发突骑辚乌合之众，如推枯折腐耳。"。
乌鸦喜欢群聚的特点被用来当成贬义词。再如唐·李白：
"乌鸢啄人肠，衔飞上挂枯树枝。"唐·高适："岂有
白衣来剥啄，一从乌帽自欹斜。"唐·李颀："月照城
头乌半飞，霜凄万树风入衣。"
　　2.乌鸦反哺的意义
　　"乌鸦反哺，羔羊跪乳"是儒家以自然界的动物形
象来教化人们"孝"和"礼"的一贯说法。因此乌鸦的"孝鸟"
形象是几千年来一脉相传的。《本草纲目·禽部·慈鸟》
中称："此鸟初生，母哺六十日，长则反哺六十日，可
谓慈孝矣。"此谓乌鸦"反哺慈亲。"晋·李密《陈情表》：
"臣密今年四十有四，祖母刘，今年九十有六，是臣尽
节于陛下之日长，报刘之日短也。乌鸟私情，愿乞终养。"
私人的尽孝，大于对朝廷的尽忠。该之所以成为名文，
与这一段十分动人"反哺慈亲"很有关系。唐·白居易《慈
乌夜啼》："慈乌失其母，哑哑吐哀音。"唐·白居易《慈
乌夜啼》："慈乌复慈乌，鸟中之曾参。"
　　3.乌鹊南飞的意义
　　汉·曹操《短歌行》："月明星稀，乌鹊南飞。绕
树三匝，无枝可依。"此诗言曹操如乌能飞而无枝可落，
亦非吉兆。后人此类诗多抒愁怀。如唐·杜甫《月三首》：
"南飞有乌鹊，夜久落江边。"唐·李山甫《月》："玉
桂影摇乌鹊动，金波寒注鬼神惊。"唐·张继《枫桥夜泊》：
"月落乌啼霜满天，江枫渔火对愁眠。"

款识：乌哺图

1.3.17.1 荑——白茅之芽

名 称：别名：茅、白茅、白茆、茅草、茅针、茅根。
科属：为禾本科白茅属多年生草本植物。

用 途：1. 药用：根茎可入药。性味甘、寒、无毒。
功用主治：清热利尿，生津解毒，还止血。
2. 经济：《本草图经》："春生芽（荑）……亦可啖，
甚益小儿。夏生白花，茸茸然，至秋而枯，其根至洁白，
亦甚甘美。"按茅根内含多种糖及淀粉故可荒年充饥。
又，其叶茎不易烂，可制绳及覆盖屋顶，故呼茅屋。
3. 其他：白茅已被认为是世界上最恶毒的 10 种杂草
之一。惹人喜爱的柔美身姿的背后是对整个生态系统
的侵占。

文 化：　　与《诗经》物种相关诗歌，后世传承发挥
　　《诗经·邶风·静女》："自牧归荑，洵美
且异。"此系爱情诗，靓女赠美丽的荑更显女之美。
　　如南北朝·谢灵运："原隰荑绿，柳墟囿散
红桃。"唐·温庭筠："拂尘生嫩绿，披雪见柔
荑。"唐·王维："桃李虽未开，荑萼满芳枝。"
唐·张九龄："林笋苞青箨，津杨委绿荑。"唐·
颜真卿："绿荑含素萼，采折自逋客。"唐·乔
知之："簪玉步河堤，妖韶援绿荑。"唐·羊士
谔："潭嶂积佳气，荑英多早芳。"
　　《诗经·卫风·硕人》："手如柔荑，肤如
凝脂，领如蝤蛴，齿如瓠犀，螓首蛾眉，巧笑倩
兮，美目盼兮。"此系借手，皮肤，五官咏美人
诗。后人从柔荑美指，转指娇嫩的花木等。
　　如唐·白居易："枝柔腰袅娜，荑嫩手葳蕤。"
唐·元稹："众真千万辈，柔颜尽如荑。"唐·
李咸用："红绡撇水荡舟人，画桡掺掺柔荑白。"
宋·晁公溯："君妇工烹调，刀几劳柔荑。"宋·
苏籀："柔荑纤纤擢绀袖，五云书势高崔嵬。"

诗经名物风华

款 识："拂尘生嫩绿，披雪见柔荑。"（唐·温庭筠句）

1.3.18.1 鱼网

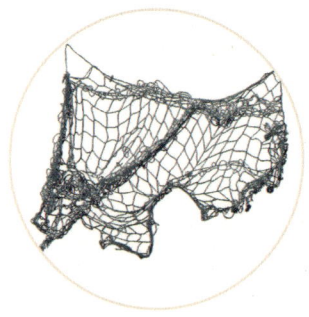

名　称：罟（gǔ）。
李时珍曰：易云庖牺氏结绳而为网罟，以田以渔。

用　途：1.功能：李时珍曰："鱼骨哽者，以网覆颈，或煮汁饮之，当自下。"陈藏器云："亦可烧灰，水服，或乳香汤服，甚者并进三服。"
2.经济：古时造纸原料。

文　化：　　与《诗经》物种相关诗歌，后世传承发挥
　　《诗经·邶风·新台》："鱼网之设，鸿则离之。燕婉之求，得此戚施。"诗以设网捕鱼而得蛤蟆，比喻女子想嫁美男，而配了丑夫。鸿，闻一多释为蛤蟆。戚施，释为驼背。后世诗家或循《诗经》意，或借物生情。
　　南朝·何逊："年事以蹉跎。生平任浩荡。方还让夷路。谁知羡鱼网。"
　　唐·杜甫："结缆排鱼网，连樯并米船。"
　　唐·吴融："鱼网裁书数，鹍弦上曲新。病多疑厄重，语切见心真。"
　　唐·沈彬："数家鱼网疏云外，一岸残阳细雨中。"
　　唐·郑谷："白鸟窥鱼网，青帘认酒家。幽栖虽自适，交友在京华。"
　　唐·聂夷中："鱼网不在天，鸟网不在水。饮啄要自然，何必空城里。"
　　唐·李嘉祐："山阳郭里无潮，野水自向新桥。鱼网平铺荷叶，鹭鸶闲步稻苗。"
　　宋·王安石："草际芙蕖零落，水边杨柳欹斜。日暮炊烟孤起，不知鱼网谁家。"
　　宋·黄庭坚："世上岂无千里马，人中难得九方皋。酒船鱼网归来是，花落故溪深一篙。"
　　宋·张侃："山川虽好侬不知，只知取利他何为。群居出巧结新网，名以拦江纵所施。"
　　金·元好问："逸少留半纸，鱼网非硬黄。亦有昙首帖，不辨作雁行。"
　　宋·文天祥："鸠居无鹊在，鱼网有鸿过。使遂睢阳志，安危今若何。"
　　元·白贲："曲岸西边，近水湾，鱼网纶竿钓槎。"

款识："丝疏黑锡轻，春好撇波去"（俚句）。

1.3.18.2 鸿——鸿雁

名称： 别名：大雁、野鹅。

科属：为雁形目鸭科雁亚科雁族雁属动物鸿雁。已被列入世界濒鸟类名录和红皮书。应保护。

用途： 与雁同。

文化： 《诗经·北风·新台》："鱼网之设，鸿则离之。"此诗意思是虽设网，而雁却离去。指婚嫁严重失败。

《诗经·小雅·鸿雁》："鸿雁于飞，肃肃其羽……鸿雁于飞，集于中泽……鸿雁于飞，哀鸣嗷嗷。"此诗意思是以鸿雁起兴，写官吏辛劳救济贫病鳏寡。

大雁这种飞禽，有着很好的象征和寓意。

金·元好问《摸鱼儿·雁丘词》："问世间，情是何物，直教生死相许？天南地北双飞客，老翅几回寒暑。"诗中说的就是大雁情。万里飞行，雁阵井然，最有序；终身一侣，天涯共飞最有情，它最懂情思；冬去春来，最有信。雁的这些习性和美誉，被古人作吉祥物。

魏晋·嵇康："目送归鸿，手挥五弦。"南北朝·佚名："鸿飞满西洲，望郎上青楼。"唐·王勃："人情已厌南中苦，鸿雁那从北地来。"唐·杜甫："鸿雁几时到，江湖秋水多。"唐·卢照邻："他乡共酌金花酒，万里同悲鸿雁天。"宋·苏轼："人似秋鸿来有信，事如春梦了无痕。"宋·陆游："伤心桥下春波绿，曾是惊鸿照影来。"宋·晏几道："归鸿无信，何处寄书得。"金·元好问："幽怀谁共语，远目送归鸿。"明·朱栴："两鬓成霜，天边鸿雁又南翔。"

款 识："鸿雁于飞，肃肃其羽。"（《诗经·小雅》）

1.3.18.3 戚施——中华大蟾蜍

[魏]日阉·玲蟾

名　称：苦蠪、蟾、虾 、蚵蚾、癞虾蟆、石蚌、癞格宝、癞巴子、癞蛤蟆、癞蛤蚆、蚧蛤蟆、蚧巴子、戚施。

科属：为两栖纲无尾目蟾蜍科蟾蜍属动物中华大蟾蜍或黑框蟾蜍。

用　途：1.药用：全体入药。功用主治：破症结，行水湿，化毒，杀虫，定痛。治疗疮、发背、阴疽瘰疬、恶疮、症瘕癣积、臌胀、水肿、小儿疳积、慢性气管炎。其头、皮、舌、肝、胆亦供药用，其眉脂（蟾酥）尤为药界重视。

2.经济：中药材生产。

文　化：　　1.与《诗经》物种相关诗歌，后世传承发挥

《诗经·邶风·新台》："燕婉之求，得此戚施。"此诗言女子得丑夫——癞虾蟆或罗锅。逐渐戚施由丑陋发展到兼邪恶之代表。汉·桓宽："故良师不能饰戚施，香泽不能化嫫母也。"魏·李康《运命论》："凡希世苟合之士，蘧蒢戚施之人，俛仰尊贵之颜，逶迤势利之间。"《魏书·阳固传》："蘧蒢戚施，邪媚是钦，既诡且妒，以逞其心。"《旧唐书·薛登传》："若开趋竞之门，邀仕者皆戚施而附会。"宋·苏轼："于焉长子孙，戚施且侏儒。"明·张萱："岂效戚施辈，俛仰长局蹐。"

2.月亮的代称

汉·佚名："三五明月满，四五蟾兔缺。"唐·李白："四郊阴霭散，开户半蟾生。"唐·杜甫："刁斗皆催晓，蟾蜍且自倾。"唐·李贺："古祠近月蟾桂寒，椒花坠红湿云间。"五代·顾夐："露白蟾明又到秋，佳期幽会两悠悠。"宋·晏殊："未必素娥无怅恨，玉蟾清冷桂花孤。"宋·周邦彦："水浴清蟾，叶喧凉吹。"明·刘基："玉釭开尽丹葩，画檐深宿蟾蜍影清。"清·金农："蟾蜍两岁照秋林，忽忽奚堪百感侵。"

3.相关物种吉祥之物

蟾为古代神话中是吉祥之物，旧时传说金蟾有三足为灵物，金蟾不仅仅是可以招财，还可用"蟾宫折桂"来比喻考取进士，传说中月宫住着三条腿的蟾蜍，蟾宫即"月宫"，于是，"富贵前程""名利双收"了。

款识："鱼网之设，鸿则离之。燕婉之求，得此戚施。"（《诗经·国风·邶风》）

詩經名物風華

国风 · 鄘风

1.4.2.1 茨——蒺藜

名　称：刺蒺藜、屈人、止行、豺羽、即藜、白蒺藜。
科属：蒺藜科蒺藜属一年生草本植物。

用　途：药用：蒺藜果实入药，味辛、苦，性平；归肺、肝肾经；体轻宣散，可升可降；具有平肝明目、疏肝解郁、祛风除湿的功效；主治头痛眩晕、目赤翳障、胸胁不舒、乳房胀痛、产后乳难、经闭、风疹瘙痒、白癜风、瘰疬恶疮。

文　化：　　1.《诗经》与该物种相关诗歌
　　《鄘风·墙有茨》："墙有茨，不可埽也。中冓之言，不可道也。"此诗乃讽刺宫中丑陋事。蒺藜在墙上也被污名。后人类似内容诗，如唐·柳宗元："古道饶蒺藜，萦回古城曲。"唐·李贺："未知口硬软，先拟蒺藜衔。"
　　又，《小雅·楚茨》："楚楚者茨，言抽其棘。"此诗乃大祭祀场面，将蒺藜的果实（棘）去掉。蒺藜恶草名被定案。后人类似内容诗如汉·东方朔《七谏》："江离弃于穷巷兮，蒺藜蔓乎东厢。"明·刘基："以聪为聋狂作圣，颠倒衣裳行蒺藜。屈原怀沙子胥弃，魑魅叫啸风凄凄。"唐·姚合："我仓常空虚，我田生蒺藜。"苏辙："定应此去添桃李，还似旧茔无棘茨。"
　　又，《小雅·瞻彼洛矣》："君子至止，福禄如茨。"此诗之茨乃茅屋顶的厚草。后代诗人诗中多喜用之。唐·杜甫："茅茨疏易湿，云雾密难开。"唐·钱起："泉壑带茅茨，云霞生薜帷。"元·卢挚："柳濛烟梨雪参差，犬吠柴荆，燕语茅茨。"元·汪元亨："乱云堆里结茅茨，无意居朝市。"
　　2. 相关物种著名成语
　　茅茨土阶、茅茨不翦、茨棘之间、土阶茅茨。

款识："汉兵奋迅如霹雳，虏骑崩腾畏蒺藜。卫青不败由天幸，李广无功缘数奇。"（唐·王维诗）。图中加马蹄印以增诗意。

1.4.3.1 象——亚洲象

名　称：别名：大象、亚洲大象、野象。
　　　　科属：为象科科象属动物象。在我国为一级重点保护野生动物。

用　途：1. 经济：长寿可达百岁。分布亚洲南部、我国云南南部。可供观赏、役使、作战、马戏表演。
　　　　2. 其他：在缺少食物时，野象会对人类造成危害。

文　化：　　1. 与《诗经》物种相关的诗词
　　　　《鄘风·君子偕老》："玼兮玼兮，其之翟也。鬒发如云，不屑髢也。玉之瑱也，象之揥也。"这是讽刺宣姜奢华的诗。揥是象牙制的篦发的簪。《魏风·葛屦》："佩其象揥。"《小雅·采薇》："象弭鱼服。"《鲁颂·泮水》："元龟象齿。"上述四首，都是说象牙，均系贵族之奢侈品。后人诗如唐·李咸用："象箸击折歌勿休。"唐·韦庄："翻持象笏作三公，倒佩金鱼为两史。"唐·李贺："双鸾开镜秋水光，解鬟临镜立象床。"宋·柳永："只与蛮笺象管。"
　　　　2. 大象灵兽说
　　　　几千年来，大象一直是温顺善良、聪明有灵性的动物，我国与象的渊源更是可以追溯到上古时期。据动物学专家考证，早在上古时期，河南就已经有野生大象了。传说中国历史上第一个驯服野象的人就是舜，"舜象传说"最早见于《尚书·尧典》，后来《孟子》和《史记》等典籍也有详细记载。大象被人们驯服，之后就成为了吉祥物。商代青铜器中就出现了有关大象的造型，其中最著名的就是象尊。象纹也一度成为流行，多见于青铜器、玉器、陶瓷上。同时，以象牙为原料的手工业也很发达，在乐器中有象管，在舞蹈中有象舞等，另外还有象簪、象珥、象笏、象觚、象环、象栉等用象牙制成的饰物。随着气候的逐渐变冷，大象向南移动。到了三国，江浙一带还有大象，曹冲称象里的大象就是来自江南，最后到我们现在的云南。象虽身大体重，但歌咏大象本身的诗不多，如战国楚·屈原《离骚》："为余驾飞龙兮，杂瑶象以为车。"唐·柳宗元："山腹雨晴添象迹，潭心日暖长蛟涎。"唐·王建："海人无家海里住，采珠役象为岁赋。"
　　　　3. 吉语谐音"祥""相"
　　　　象是灵兽，而且"象"又谐音"祥""相"，象纹就寓意着吉祥如意，出将入相。灵象现世则天下太平，即太平有象。诗如宋·陆游："太平有象无人识，南陌东阡捣麦香。"明清时的帝王就极钟爱太平有象的瓷器——象驮大（太）瓶（平）。我国寺庙中更为多见。

款识："牵手"

1.4.3.4 瑱

tiàn

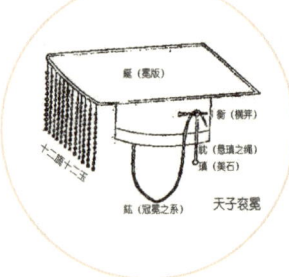

名　称：别名：充耳、琇莹。瑱（tiàn），古通填，"金精玉英填其里"。

用　途：1. 药用：其屑入药。功能主治：参酌玉项。
2. 经济：工艺品。
3. 文化：考古价值。玉文化是中国有特色的文化，各种玉器是中国文化发展过程中的一个重要组成部分。瑱，古人冠冕上垂在两侧的装饰物，用玉、石、贝等制成。汉·许慎《说文》："瑱，似玉充耳也。从玉，真声。"按，天子以玉，诸侯以石，字亦作磌。

文　化：　　1. 与《诗经》物种相关诗歌，后世传承发挥
　　玉是美化人之外表的饰物。《诗经》中提到的玉饰物主要是耳饰，即瑱、琇莹或充耳。
　　《鄘风·君子偕老》中"玉之瑱也"。诗言卫宣公的夫人宣姜佩戴着瑱。
　　《卫风·淇奥》："有匪君子，充耳琇莹，会弁如星。"男人将琇莹通过紞即彩带悬于耳边。
　　《齐风·著》："充耳以素乎而。"诗言新郎官佩戴着充耳。
　　《鄘风·君子偕老》："玉之瑱也，象之揥也。"诗言宣姜佩戴着瑱。
　　2. 名诗佳句
　　战国楚·屈原："瑶席兮玉瑱，盍将把兮琼芳。"南朝·江淹："承荣重兼金，巡华过盈瑱。"唐·李善注："盈瑱，盈尺之玉也。"
　　唐·陆龟蒙："或裁基栋宇，礴硞成广殿。或剖出温瑜，精光具华瑱。"
　　唐·杜牧："农时贵伏腊，簪瑱事礼赂。乡校富华礼，征行产强弩。"

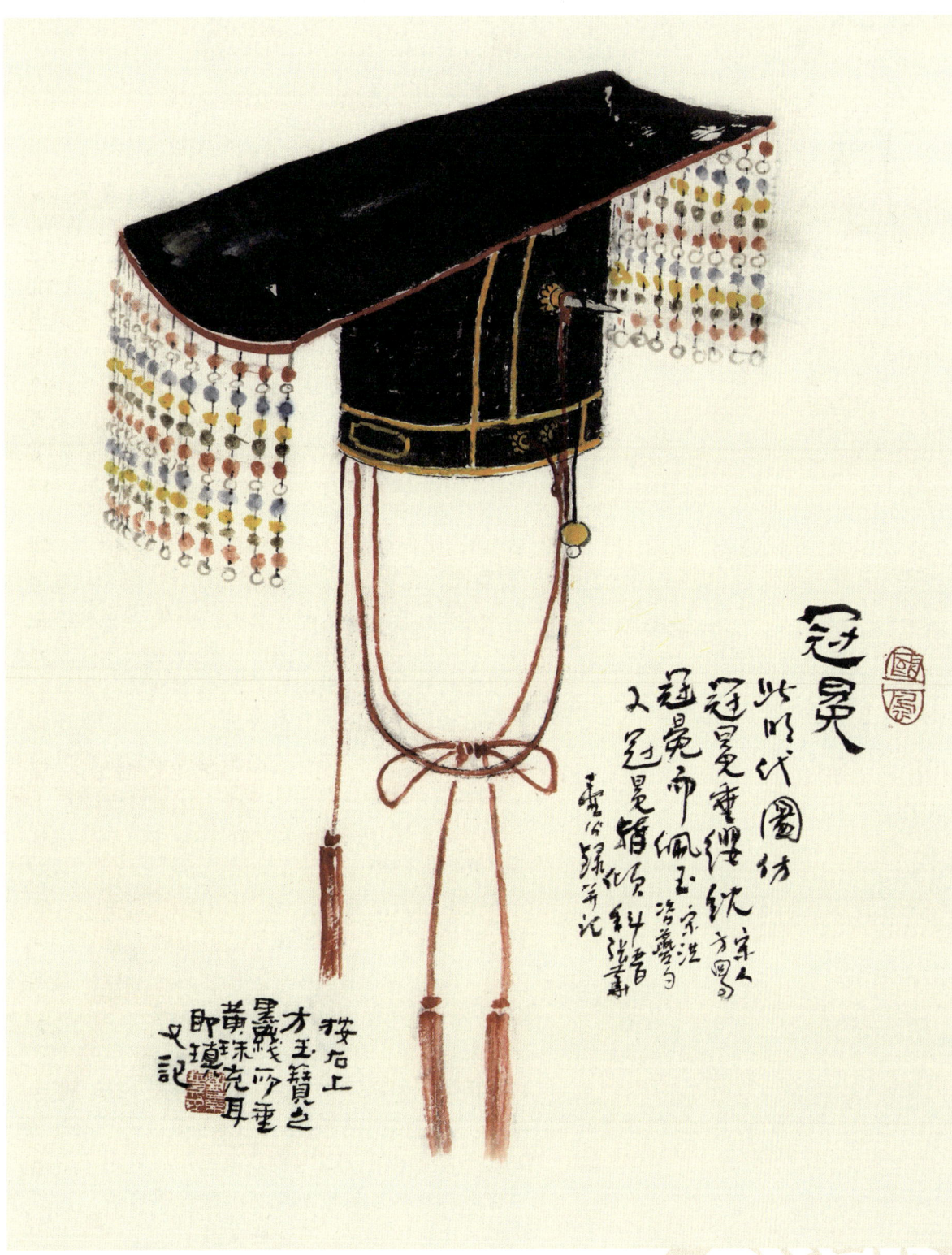

冠冕 此明代图仿

冠冕是垂缨绒 宋人方冠
冠冕而佩玉 洛阳为
又冠冕错况 纠缠章
雪公课等记

冠冕
此明代图仿
按右上
方玉赞之
墨践所垂
黄珠充耳
即琼充
文记

款识："冠冕，此明代图仿。"

（线）月绸·子丝菟

1.4.4.1 唐——菟丝

名 称：别名：蒙、王女、菟芦、鸮萝、兔丘、菟缕、菟累。

科属：双子叶植物纲管状花目旋花科菟丝子亚科一年生本寄生草本植物菟丝子。无根，全体不被毛。茎缠绕，细长。

用 途：1.药用（其全草入药味辛甘，性平，无毒。功能滋养性强壮收敛药，治阳痿，遗精，遗尿等症。治腰痛、口苦燥渴、明目、助筋脉，益气力。《扁鹊正书》中的菟丝子丸就是以菟丝子为主药，达到补肝益肾，助阳散寒功效的。外治白癜风、面黯。久服明目，轻身延年。

2.经济：本亚科植物种子含脂肪油及淀粉

3.其他：缠夺空间和养分，为害作物，农人皆翦除之。

文 化： 《诗经·鄘风·桑中》："爰采唐矣？沫之乡矣。云谁之思？美孟姜矣。"此诗借采菟丝子引出美女会桑林，抒发性的狂欢的甜蜜回忆，颇似仲春男女活动。由"采唐"演绎为"采花"。遂有相关诗文出现，明·高明："闲藤野蔓休缠也。俺自有正菟丝，亲瓜葛。"明·屠隆："既撇却兔丝了，岂复惹闲花草！"至今广为流传的民歌"路边野花不要采"，即原于此。

菟丝子天生自带妩媚，有着动人的情致，缠缠绵绵的菟丝子，一直以来都是爱情的主题。

《诗经·小雅·頍弁》："茑与女萝，施于松柏。"毛传："女萝，菟丝松萝也。"《古诗十九首·冉冉孤竹生》："菟丝生有时，夫妇会有宜。""与君为新婚，菟丝附女萝。""与君为新婚，菟丝附女萝。""菟丝从长风，根茎无断绝。"南朝梁·江淹："菟丝附女萝，引蔓故不长。"唐·李白："君为女萝草，妾作菟丝花。轻条不自引，为逐春风斜。女萝发馨香，菟丝断人肠。"

菟丝子不止于言情，唐·元稹《菟丝》诗，意在言志。"人生莫依倚，依倚事不成。君看菟丝蔓，依倚榛与荆。"人不能一直依靠别人，不自强，不努力，事事依赖别人，是成不了大事的。他认为应该"灵物本特达，不复相缠萦"。

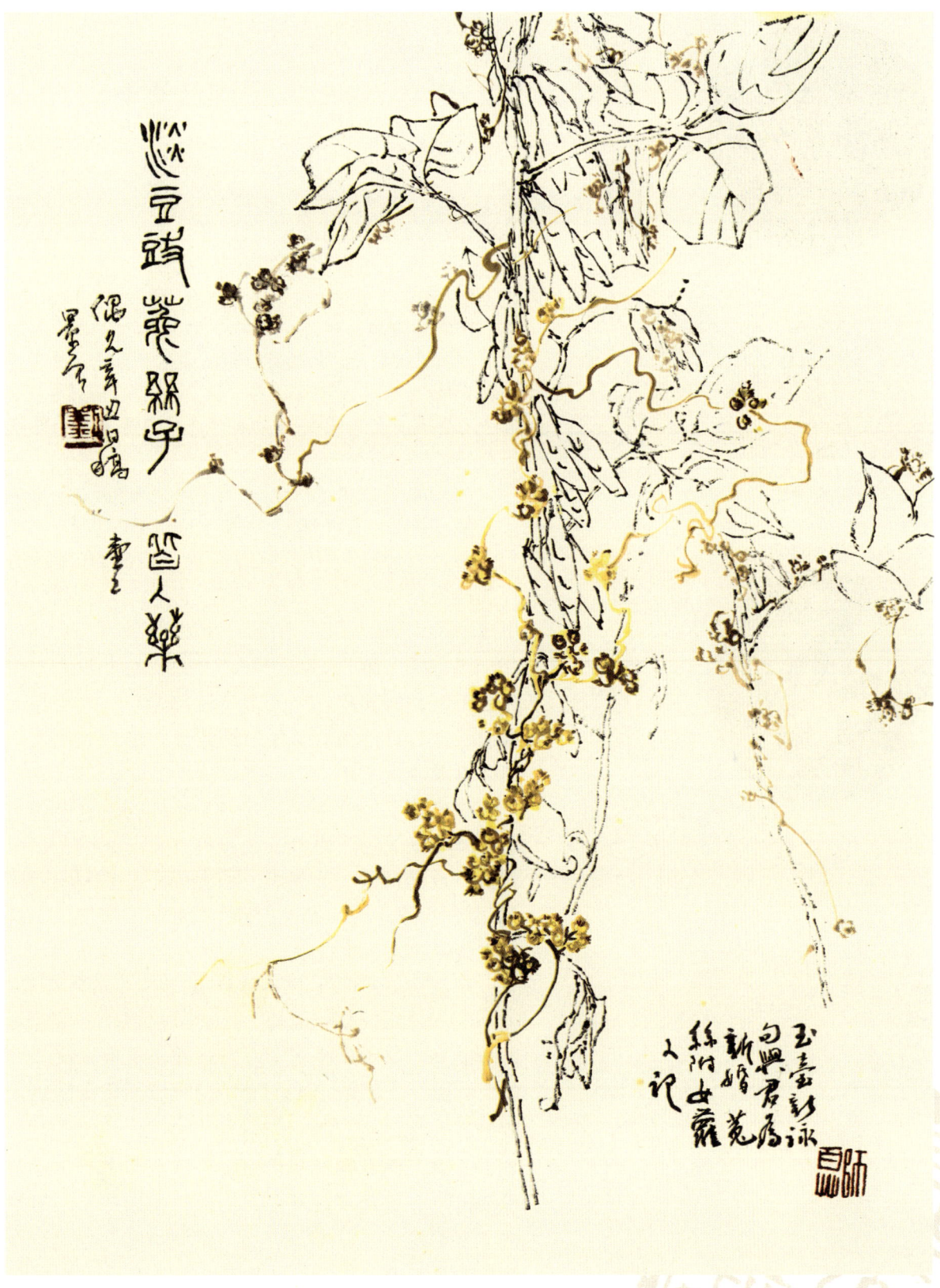

款识："与君为新婚，菟丝附女萝。"（《玉台新咏》句）

1.4.4.2 桑

名称： 别名：白桑、家桑、荆桑、黄桑。

科属：双子叶植物桑科桑属。

用途： 1.药用：根皮名桑根白皮，又名桑白，皮入药。性味甘、辛，性寒。归肺、脾经。泻肺平喘，利水消肿。主治用于肺热喘咳痰，水饮停肺，胀满喘急，水肿，脚气，小便不利。

2.桑是我国最早经济植物，古人居处必有桑，桑梓即故乡。

文化： 　　与《诗经》物种相关诗歌，后世传承发挥

　　桑是《诗经》中多见的物种，涉及20篇。历代涉桑根诗文典故也很多。其中影响最大是桑根推出成语"未雨绸缪"。

　　《诗经·豳风·鸱鸮》："迨天之未阴雨，彻彼桑土，绸缪牖户。"朱熹《诗集传》："我及天未阴雨之时，而往取桑根以缠绵巢之隙穴，使之坚固，以备阴雨之患。"事先做好准备，以防事故发生。比喻善于经营谋划，有备无患，防患于未然。也作"桑土之防""桑土之谋""桑土绸缪"。这就是"未雨绸缪"的来历。相关诗文有宋·叶适："诵桑土绸缪之句，尤在恩勤。"明·张居正："虽桑土绸缪，不劬如此矣。"

　　还有像唐·贯休："声绕枯桑，根在沙塞。"唐·陈陶："千年饮啄枯桑根。"宋·张扩："小试桑根犹耿介。"宋·陈与义："柿叶桑根俱不朽。"明·陈谟："桑根老人太清史。"在上述诗句里，皆能看到桑根深沉的文化积淀。

　　桑为人类贡献了一切。明·解缙："一年两度伐枝柯，万木丛中苦最多。为国为民皆是汝，却教桃李听笙歌。"按：岂止于此，桑根剥皮（桑白皮），叶被炒炙（桑叶），枝被炮制（桑枝），果被晒蒸（桑葚），树中结节（桑瘿），柴烧为灰（桑霜）。甚至寄生物（桑耳、桑寄生）统统入药。桑为人类贡献了它的一切。

款识："麦苗含穟桑生葚，共向田头乐社神。"（韩愈诗《赛神》句）

草會·草小

1.4.4.3 麦——小麦

名　称：来，麦子。为禾本科一年生或二年生草本植物。按播种期分冬小麦和春小麦。

用　途：1.药用：种子及面粉入药。性味：味甘，性凉。功能：养心安神，除烦。浮小麦：益气，除热，止汗。主治：治心神不宁、失眠、妇女脏躁、烦躁不安、精神抑郁、悲伤欲哭。浮小麦：治自汗、盗汗、骨蒸劳热。
麦麸、麦苗亦供药用。
2.食用：小麦是三大谷物之一，几乎全作食用。

文　化：　　根据《诗经》中提及的"麦"所代表的地区，说明公元前6世纪，黄河中下游已普遍栽培小麦。考古发掘，在一个西周中期用于填埋垃圾的灰坑里，考古人员发现了一批碳化的小麦颗粒说明至少在西周中期，小麦已经在国都镐京周围开始规模化种植。据以后史书记载，长江以南地区约在公元1世纪，西南部地区约在公元9世纪都已经种植小麦。到明代《天工开物》记载，小麦已经遍及全国，在粮食生产上占有重要地位。《周礼·天官·疾医》："以五味、五谷、五药养其病。"郑玄注："五谷，麻、黍、稷、麦、豆也。"王逸注："五谷，稻、稷、麦、豆、麻也。"王冰注："谓粳米、小豆、麦、大豆、黄黍也。"东汉末年郑玄对五谷的注解当时已经叫麦了。清·康熙《广群芳谱》："麦列谷物第一、众植物第一。"
　　诗词《诗经》有七篇提及麦，如《诗经·魏风·硕鼠》："硕鼠硕鼠，无食我麦。"
　　《诗经·鄘风·载驰》："我行其野，芃芃其麦。"《诗经·鄘风·桑中》："爰采麦矣，沫之北矣。"《诗经·大雅·生民》："麻麦幪幪，瓜瓞唪唪。"
　　《诗经》中多咏丰收之麦。后人演化出"瑞麦"唐·张聿："瑞麦生尧日，芃芃雨露偏，两岐分更合，异亩颖仍连。冀获明王庆，宁唯太守贤。仁风吹靡靡，甘雨长芊芊。圣德应多稔，皇家配有年。已闻天下泰，谁为济西田。"该诗中反复品味《诗经》歌咏盛世。类同者如唐·李峤："瑞麦两岐秀。"唐·白居易："岐秀麦分花。"《淳化中朝会二十三首（其一）》："芃芃嘉麦，擢秀分歧。"
　　成语：麦丘之祝、麦秀两歧、不辨菽麦、黍离麦秀、兔葵燕麦、智昏菽麦、黍油麦秀、麦饭豆羹、麦舟之赠、针尖对麦芒。

田家少闲月，五月人倍忙，夜来南风起，小麦覆陇黄。诗《观刈麦》

款识："田家少闲月，五月人倍忙，夜来南风起，小麦覆陇黄。"（白居易诗《观刈麦》）

鹌鹑·鹌鹑

1.4.5.1 鹑——鹌鹑

名称：别名：鹌鹑、鹑、鹌、罗鹑、赤喉鹑、红面鹌鹑。
科属：为鸟纲雉形目雉科鹌鹑属动物。

用途：1.药用：其肉入药。具有补中气，强筋骨，止泻痢之功效。常用于小儿疳积，下痢，百日咳。
2.食用：鹌鹑分布极广，品种繁多。其肉和蛋营养丰富，味美适口，驯化鹌鹑饲养始于唐代，有1200多年的饲养历史。讫今仍大量食用。清代程令章著《鹌鹑谱》，是我国唯一的一部关于鹌鹑的专著。

文化：　　1. 与《诗经》物种有关诗词

《诗经·鄘风·鹑之奔奔》："鹑之奔奔，鹊之彊彊。"《诗经·伐檀》："不狩不猎，胡瞻尔庭有县鹑兮？"以上鹑指鹌鹑。皆讥讽之意。后人写鹌鹑自然流露出这种讥讽感。如，唐·李白："君看海上鹤，何似笼中鹑。"唐·杜甫："乌几重重缚，鹑衣寸寸针。"唐·骆宾王："鹑服长悲碎，蜗庐未卜安。"唐·李贺："衣如飞鹑马如狗，临歧击剑生铜吼。"宋·岳珂："未舆讥代畜，不狩愧悬鹑。"

2. 饲养

唐宋时期，斗鹑在皇宫和民间都非常盛行。到了明代，已逐步发现其药用价值。《鹌鹑谱》书中对44个鹌鹑优良品种的特征、特性分别作了叙述。对饲养各法，如养法、洗法、饲法、斗法、调法、笼法、杀法以及37种宜忌等均有详细记载。

3. 与《诗经》物种相关成语

鹑衣百结、子夏悬鹑、鹑居鷇食、悬鹑百结、鹑衣鹄面、鹑鹊之乱、食藿悬鹑、百结悬鹑、鹑衣鷇食、鹑居鷇饮。

4. 与《诗经》物种有关吉语

如鹌鹑之鹌谐音平安的安。用瓷瓶（平）加鹌鹑（安）则成吉相画《平安》。如瓷瓶裂碎（岁）——《岁岁平安》。

款识："鹑之奔奔，鹊之彊彊。"（《诗经·鄘风·鹑之奔奔》）

（铁）日·柿·栗

1.4.6.1 栗

名 称：别名：板栗、木巽子、木奄子、栗果、大栗。
科属：为山毛榉目壳斗科多年生乔木植物。

用 途：1.药用：种仁入药。性味甘温。入脾、胃、肾经。功用主
治：养胃健脾，补肾强筋，活血止血。治反胃，泄泻，腰
脚软弱，吐、衄、便血，金疮、折伤肿痛，瘰疬。树根、
树皮、叶、外果皮、内果皮、总苞等亦供药用。
2.经济：栗木是优质木材。壳斗及树皮富含没食子类鞣质。
叶可作蚕饲料。种子营养丰富。是我国驯化利用最早的果
树之一，重要的经济植物。

文 化：　　与《诗经》物种相关诗歌，后世传承发挥
　　《诗经·秦风·黄鸟》："临其穴，惴惴其栗。"
后人将其发挥运用。如，汉·张衡："情好新交接，
恐栗若探汤。"宋·梅尧臣："至险可悸栗，至怪
可骇丧。"宋·高斯得："每思世路巇，身不寒而栗。"
　　又《南史·萧琛传》："上以枣投琛，琛乃取
栗掷上……琛即答曰：陛下投臣以赤心，臣敢不报
以战栗。"按此栗即竭诚尽力之意，可为诸诗注脚。
　　《诗经·鄘风·定之方中》："树之榛栗，椅
桐梓漆，爰伐琴桑。"此诗言繁茂，启发后人多方
表达。如唐·杜甫："山果多琐细，罗生杂橡栗。"
宋·陆游："丰岁鸡豚贱，霜天柿栗稠。"唐·鲍
溶："拾薪煮秋栗，看鼎书古字。"宋·洪咨夔："仰
看栗鼠度，危梢与云侵。"
　　《诗经·郑风·东门之墠》："东门之栗，有
践家室。岂不尔思，子不我即。"此诗言女子家境，
并愿男子到她家来。后世发挥，更为含蓄。如，唐·
李白："何时到栗里，一见平生亲。"唐·李咸用：
"月好虎溪路，烟深栗里源。"宋·文天祥："栗
里田园供雅兴，午桥钟鼓赏清时。"明·贝琼："有
村如栗里，准拟更移家。"
　　《诗经·小雅·四月》："山有嘉卉，侯栗侯梅。
废为残贼，莫知其尤。"此诗借佳卉栗梅无端被伐废，
言痛苦心情。后人相近者如汉·蔡邕《伤故栗并序》：
"适祸贼之灾人兮，嗟天折以摧伤。"
　　《诗经·周颂·良耜》："获之挃挃，积之栗栗。"
栗栗，众多之意。宋·王安石："栗栗涧谷风，吹
我衣与裳。"宋·赵蕃："驱逐百种怪，栗栗心胆惊。"

款识:"山有嘉卉,侯栗侯梅。"(《诗经·小雅·四月》)

1.4.6.3 桐——泡桐

名　称：泡桐、白桐、椅桐、黄桐、白花桐、花桐、大果泡桐、空桐木、荣桐。

科　属：玄参科泡桐属的泡桐。

用　途：1. 药用：其皮入药。功能主治：治痔疮、淋病、丹毒、跌扑损伤。果：化痰止咳，用于气管炎。其叶、皮、根、花亦皆入药。

2. 经济：分布广泛，根系发达，性耐旱脊薄，速生，适于大面积农林间种，用于环境保护绿化，供应木材，出口换汇，制作家具器皿等。

3. 其他缺陷：木材有泡或空心。

文　化：　　古往今来也很少赞美泡桐树的诗文。而梧桐倒更受人们的青睐的佳句车载斗量，但泡桐有着其他树种所不具备的品格。它耐旱，抗盐碱性强，不苛刻生长环境。它为人们蔽荫遮阳避风雨。它成材快，可供人做家具；它材质轻，纹理细腻，是做船和琴的好材料。它可入药，可谓一身奉献人类。

1. 与《诗经》物种相关诗歌也表达了这种精神

《诗经·鄘风·定之方中》："定之方中，作于楚宫。揆之以日，作于楚室。树之榛栗，椅桐梓漆，爰伐琴瑟。"该诗译文：定星十月筑新宫，度量日影测知方向开工。种榛、栗、梓、漆、椅与桐树、成材伐作琴瑟用。

《诗经·小雅·湛露》："其桐其椅，其实离离。"此诗言桐之繁茂。

2. 与《诗经》物种相关散文

早在远古时期，就有"神农削桐为琴"的传说。《墨子》："禹葬会稽之山，桐棺三寸。"《诗经》把泡桐和楸、梓等优良树材相提并论。

3. 泡桐与琴

泡桐木材轻软，有不易传热的特性，适宜制作乐器等用。昔神农氏"削桐为琴，绳丝为弦"，制琴以教天下之万民。五千多年来一脉相承，以桐木为制琴之良材。桐木松软，制作古琴面能使古琴的音色更美。常取桐木为琴面，以桐之柔配琴之阳，而梓木坚硬，制作古琴底能使古琴坚牢且不易变形。取梓木为琴底，以梓之刚配琴之阴，阴阳相合，琴体乃成，始得刚柔相济之音。可见古人从对桐木有种特殊的偏好，甚至"丝桐"一度成为琴之别号。存世最名贵的唐琴皆桐梓材。凡琴以梧桐为材，梧桐其生长期也较泡桐缓慢，故其做木材之功用较弱，而泡桐十年便可成材，且价格要远低于杉木，故泡桐代替梧桐制琴便顺其自然。

天开紫英
美禽来鸣
摘晏珠句
画诚刘三千记

款识："天开紫英，美禽来鸣。"（摘晏殊句）

1.4.6.4 梓

名　称： 别名：梓、木王、花楸、雷电木、木角豆、臭梧桐。
科属：紫葳科梓属多年生乔木。

用　途： 1.药用：根皮或树皮的韧皮部入药。性味苦，寒。入足少阳胆、足阳明胃经。功用主治：清热，解毒，杀虫。治时病发热，黄疸，反胃，皮肤瘙痒，疥疮。木、叶、实，亦可作药用。
2.经济：木材宜作车、船、家具，还宜作细木工雕刻和乐器用材。古人珍爱梓木，用桐木或杉木为琴面板，用梓木作琴底，法天地阴阳，称"桐天梓地"，视为制琴之大要。

文　化： 1.与《诗经》物种相关诗歌，后世传承发挥
《诗经·鄘风·定之方中》："树之榛栗，椅桐梓漆，爰伐琴桑。"
《诗经·小雅·小弁》："维桑与梓，必恭敬止。靡瞻匪父，靡依匪母。"此诗之桑梓先人所植。宋·朱熹："桑梓二木，古者五亩之宅，树之墙下，以遗子孙给蚕食，具器用者。"桑梓后来成为故乡之代名词。成就了大量佳句。如：
汉·王粲："白日半西山，桑梓有余晖。"
晋·陆机："辞官致禄归桑梓。"
南北朝·江淹："明发眷桑梓，永叹怀密亲。"
南北朝·鲍照："严恭履桑梓，加敬览枌榆。"
唐·柳宗元："乡禽何事亦来此，令我生心忆桑梓。"
唐·张说："枌榆恩赏洽，桑梓旧情恭。"
宋·苏辙："风流共道胜桑梓，邻里何妨种百根。"
宋·秦观："北眺桑梓国，悠然白云生。"
金·丘处机："无桑无梓无田宅。"
明·刘基："顾瞻望桑梓，慷慨起长叹。"
2.单用"梓"代替故土，古诗情调亦不减
如：唐·翁承赞："此去愿言归梓里，预凭魂梦展维桑。"
宋·楼钥："敬梓情逾厚，交梨论益明。"
宋·吴芾："老去我将归梓里，时来君合拜芝封。"
宋·卫泾："义襟阙梓里，孝养备兰陔。"
宋·魏了翁："一襟满贮梓城春。"
3.杞梓原指两种木材名字，后比喻优秀的人才
《国语·楚语上》："其大夫皆卿才也，若杞、梓、皮革焉，楚实遗之。"《晋书·陆机陆云传》："观夫陆机、陆云，实荆衡之杞梓。"于是成语"杞梓之林"就诞生了。
宋·苏轼："千章杞梓荫云天，樗散谁收老郑虔。"
宋·丁几仲："培杞梓，待时用。"
宋·毛滂："杞梓扶疏见，君王自作新。"
宋·喻良能："君才若杞梓，真能世其家。"
4.成语
敬恭桑梓、恭敬桑梓、桑梓之地、杞梓之才、荆衡杞梓、梓匠轮舆、荆南杞梓。杞梓之林。

款 识："乡禽何事亦来此，令我生心忆桑梓。"（柳宗元诗）

1.4.6.5 漆

名　称：别名：漆树。
　　　　科属：为无患子目漆树科漆树族漆属多年生落叶乔木。

用　途：1. 药用：其树脂加工后的干燥品入药。性味辛、温，有毒。入肝、脾经。功用主治：破瘀、消积、杀虫，治妇女经闭、瘀血、癥瘕、瘀血、虫积。其根、皮、心材、树脂、叶、种子，亦供药用。
　　　　2. 经济：漆是中国最古老的经济树种之一，籽可榨油，木材坚实，为天然涂料、油料和木材兼用树种。种子油可制油墨、肥皂。果皮可取蜡，作蜡烛、蜡纸。叶可提栲胶。叶、根可作土农药。漆液是天然树脂涂料，素有"涂料之王"的美誉。副作用：生漆可令人漆疮，当慎防。

文　化：　　1. 与《诗经》物种相关诗歌
　　　　《诗经·鄘风·定之方中》："树之榛栗，椅桐梓漆，爰伐琴桑。"
　　　　《诗经·秦风·车邻》："阪有漆，隰有栗。既见君子，并坐鼓瑟。"此诗言生活富裕，夫妇欢娱。
　　　　2. 漆园吏的影响
　　　　《史记·老子韩非列传》："庄子者，蒙人也，名周。周尝为蒙漆园吏。"庄周是东周战国中期著名的思想家、哲学家和文学家。道家学派的主要代表人物之一。古人习好以官职代人名"漆园吏"就不难受到文人的青睐了。如唐·独孤及："说剑常宗漆园吏，戒严应笑棘门军。"宋·梅尧臣："寄言漆园吏，已知鹍与鹏。"宋·苏轼："双庙遗风尚在，漆园傲吏应无。"宋·陆游："漆园傲吏养生主，栗里高人归去来。"元·王恽："人道漆园家世，王谢风流未远，培取桂枝芳。"明·唐寅："漆园椿树千年色，堂北萱根三月花。"
　　　　3. 汉语成语"如胶似漆"的出现
　　　　"如胶似漆"的意思是指像胶和漆那样黏结。形容感情炽烈，难舍难分，多指夫妻恩爱。初见于《史记·鲁仲连邹阳列传》："感于心，合于行，亲于胶漆，昆弟不能离，岂惑于众口哉。"相关诗文颇多精彩，如汉·佚名："以胶投漆中，谁能别离此。"唐·骆宾王："一心一意无穷已，投漆投胶非足拟。"唐·杜甫："宫中圣人奏云门，天下朋友皆胶漆。"唐·白居易："曩者胶漆契，迩来云雨睽。"唐·元稹："我实胶漆交，中堂共杯酒。"明·施耐庵《水浒全传》第二十回："那张三和这婆惜，如胶似漆。"还有另类含意的诗句，如汉·孔融："三人成市虎，浸渍解胶漆。"魏·曹植："胶漆至坚，浸之则离。"

东园漆树三丈长绿叶花韵枝昂藏虫蚁不食鸟不啄皮肤破碎成瘝疮

王冕诗

漆树

款识："东园漆树三丈长，绿叶花韵枝昂藏。虫蚁不食鸟不啄，皮肤破碎成疮痍。"（王冕诗）

牦牛相颗

1.4.9.1 旄——牦牛尾

_{máo}

名 称： 别名：牦牛、旄牛、毛犀、猫牛、竹牛、毛牛。

用 途： 1. 药用：角入药。性味酸咸，凉，无毒。功用主治：治惊痫，热毒，诸血毒。乳油亦供药用。

2. 经济：牦牛是藏族先民最早驯化的役畜，在衣、食、住、行当中处处都离不开它。

文 化：　　1. 牦牛的历史贡献

《说文解字》曰："牦，西南夷长毛牛也。"《山海经·北山经》中则描述曰："潘侯之山……有兽焉，其状如牛，而四节生毛，名曰旄牛。"牦牛性情温和、驯顺善良，在高寒恶劣的气候条件下，担负着"雪域之舟"的重任。为藏民族提供着生活（牛乳、牛肉、牛毛）、生产（运输、耕作）必需的资料来源。它还是藏族历史上重要的图腾崇拜物。

　　2. 与《诗经》物种相关诗歌，后世传承发挥

《诗经·鄘风·干旄》："孑孑干旄，在浚之郊。"此诗言卫大夫去会贤人（或情妇）。旄，即饰牦牛尾的旗杆。相近诗如宋·苏颂："公卿悉意奉诏旨，推贤好善如干旄。"宋·岳珂："不关富贵干旄恋，要看功名汗简香。"

《诗经·小雅·车攻》："建旐设旄，搏兽于敖。"此诗言周王打猎盛况。

《诗经·小雅·出车》："设此旐矣，建彼旄矣。"此诗言驾车远征之队伍壮大及急迫心情。近意者如南北朝·庾信："拥旄裁甸服，垂帷非被边。"唐·李白："帝子许专征，秉旄控强楚。"

　　3. 相关词语

旄节、白旄、旌旄、拥旄、朱旄、旄倪、羽旄、黄旄、采旄、竿旄、旄纛、旄丘、旄钺、素旄、牦旄、旄人、旗旄。

旄节：（1）古代外交使臣所持的符节。用作信物。诗文如《汉书·苏武传》："苏武执节在匈奴牧羊，节毛尽落。"南北朝·庾信："应念节旄稀，回轩入故里。"唐·卢照邻："节旄零落尽，天子不知名。"唐·王维："苏武才为典属国，节旄落尽海西头。"宋·梅尧臣："每逆龙鳞司谏净，又持旄节使阴山。"（2）镇守一方的长官所拥有的节，即兵权。南北朝·虞羲："拥旄为汉将，汗马出长城。"唐·骆宾王："将军拥旄宣庙略，战士横行静夷落。"唐·岑参："上将拥旄西出征，平明吹笛大军行。"（3）仙人之执节。唐·王维："仙官欲往九龙潭，旄节朱幡倚石龛。"

旄头：古代皇帝仪仗中一种担任先驱的骑兵。或为昴星。唐·李白："安得羿善射，一箭落旄头。"唐·高适："战酣太白高，战罢旄头空。"唐·岑参："轮台城头夜吹角，轮台城北旄头落。"

　　4. 成语

白旄黄钺、秉旄仗钺、白旄黄钺、羽旄之美。

诗经名物风华

款识："小憩"

大利奮
梅花先春
聲雁皆一聲

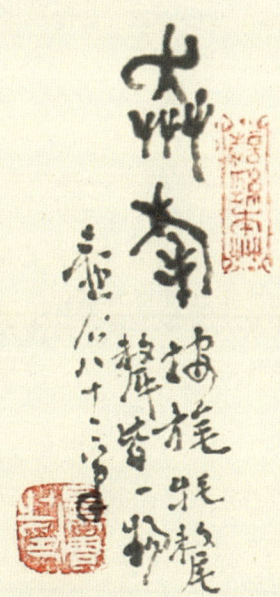

1.4.10.1 蝱——贝母

méng

名称： 名称：贝母、黄蝱、莔、空草、药实、苦菜、苦花、勤母。
科属：为百合科多年生草本植物卷叶贝母、乌花贝母或棱砂贝母等。

用途： 药用：鳞茎入药。由于它的鳞茎外观酷似贝壳，故名贝母。6月开花蓝紫色或黄绿色，亦为观赏植物。性味功用：贝母鳞茎性苦甘、凉。入肺经。功用主治润肺散结、止咳化痰。治虚痨咳嗽、吐痰咯血、心胸郁结、肺痿、肺痈、瘿瘤、瘰疬、喉痹、乳痈。

文化： 汉《神农本草经》中载贝母并无分类，至明《本草纲目》李时珍也未分类，到清《植物名实图考》提出川贝、浙贝两种。本文侧重川贝母。

《诗经·墉风·载驰》："陟彼阿丘，言采其蝱。"这是许国许穆夫人其故国灭亡，亲人被杀，又不能实施救援的悲愤交集的心情而写成此诗。意思是登山采贝母医治自己郁闷的病。此诗对后世医家文人留下深远影响，许多医籍收录贝母这项功效。《集效方》："治郁，胸膈不宽。"《本草别说》："治心中气不快多愁郁者殊有功。"后世诗人对贝母吟咏也离不开一个"病"字：宋·项安世《次韵寄谢杨制机》："囊中贝母烦分惠，独学仍愁旧病增。"宋·张载《贝母》："贝母阶前蔓百寻。双桐盘绕叶森森。"那更是诗人对贝母治病紧迫需求的写照。从贝母医病这一事例，可见《诗经》对华夏国故引导力之强大弥久。

詩經名物風華

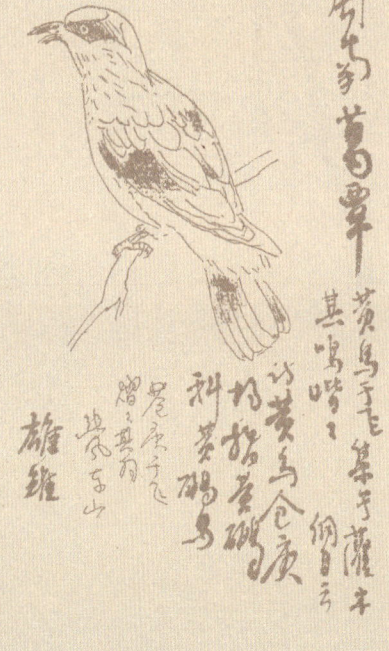

黃鳥于飛　集于灌木
其鳴喈喈

詩黃鳥
栖於灌木

国风·卫风

1.5.1.1 绿——荩草

名 称： 别名：荩草、菉竹、王刍、菉草、黄草、蓐、鸱脚莎、晋灼、菉蓐草、细叶秀竹、马耳草、马耳朵草。为禾本科植物。

用 途： 1. 药用：全草入药。性味苦，平。入肺经。功能主治：具有止咳定喘，解毒杀虫之功效。常用于久咳气喘，肝炎，咽喉炎，口腔炎，鼻炎，淋巴结炎，乳腺炎，疮疡疥癣。

2. 经济：汁液可作黄色染料，纤维可作造纸原料。

文 化： 1. 与《诗经》物种相关诗歌，后世传承发挥

《诗经·卫风·淇奥》："瞻彼淇奥，绿竹猗猗……瞻彼淇奥，绿竹青青……瞻彼淇奥。"绿竹如箦。按《水经注·淇水》该地汉以前多竹。晋·陆玑《毛诗草木鸟兽虫鱼疏》云："有草似竹，高五六尺，淇水侧人谓之菉竹也。"《本草纲目》认为即荩草。

《诗经·小雅·采绿》："终朝采绿，不盈一匊。"荩草可以染黄。古时为贡品，煮其枝叶，用以染黄色官服，诗中所言乃王侯驱使百姓采集场景。

此外，荩草茎可以做箱具。如唐·元稹："顾我无衣搜荩箧，泥他沽酒拔金钗。"

《诗·大雅·文王》："王之荩臣，无念尔祖。"此诗内容系效忠周文王，忘掉前朝（殷）。

按《尔雅·释诂》："荩，进也。"荩通"进"，进用，后引申为忠诚。又如荩臣（忠臣）、荩言（忠言）、荩谋（竭忠之谋）、荩猷（荩谋）。

荩臣入诗：

南北朝·谢朓："王臣咸荩。"

唐·钱起："忠荩不为明主知，悲来莫向时人说。"

宋·梅尧臣："曰主厥漕，王之荩臣。"

明·刘基："择用忠荩臣，俾之提纪纲。"

明·茅元仪："矫矫荩臣，夷之斨之。"

忠荩入诗：

宋·魏了翁："似闻甲乙选，参错吐忠荩。"

宋·苏颂："藩朝宣力由忠荩，彝鼎书功映古今。"

宋·宋祁："顺采思忠荩，宣谋叹巧劳。"

宋·薛嵎："去国遗忠荩，朝盘托讽深。"

宋·胡宏："无力献庙堂，使得致忠荩。"

2. 著名词语

荩箧、荩猷、荩献、荩筹、荩谋、诚荩、荩言、荩草、忠荩、亮荩、荩臣。

瞻彼淇奥
绿竹猗猗

诗卫风

款识："瞻彼淇奥，绿竹猗猗。"（《诗经·卫风·淇奥》）

1.5.1.2 竹——萹蓄

名 称：别名：萹竹、萹筑、畜辩、萹蔓、扁蓄、地萹蓄、编竹、
扁畜、粉节草、道生草、扁竹、扁竹蓼、乌蓼。
科属：蓼科蓼属一年生草本植物。

用途：1. 药用：全草入药。性味苦，寒。入膀胱经。功用主治：
利尿，清热，杀虫。治热淋、癃闭、黄疸、阴蚀、白带、
蛔虫、疳积、痔肿、湿疮。
2. 经济：主要以幼苗及嫩茎叶为食用部分，是中国民间
传统的野菜。嫩茎叶中含有蛋白质、碳水化合物及多种
维生素，干品中含钾、钙、镁等多种矿物质，其鲜品和
干品可用作牛、羊、猪、兔等的饲料。《救荒本草》："救
饥采苗叶，煠煮淘净，油盐调食。"此为荒年不得已而为。

文化：　　与《诗经》物种相关诗歌，后世传承发挥
　　《诗经·卫风·淇奥》："瞻彼淇奥，绿竹猗猗。
有匪君子，如切如磋，如琢如磨。瑟兮僩兮，赫兮
咺兮。有匪君子，终不可谖兮。瞻彼淇奥，绿竹青青。
有匪君子，充耳琇莹，会弁如星。瑟兮僩兮，赫兮
咺兮。有匪君子，终不可谖兮。瞻彼淇奥，绿竹如箦。
有匪君子，如金如锡，如圭如璧。宽兮绰兮，猗重
较兮。善戏谑兮，不为虐兮。"此诗内容为歌颂卫
国君。《尔雅》："竹，扁蓄。"《植物名实图考》："淇
奥之竹，古训为扁蓄。"《水经注》："淇川无竹，
唯王刍，萹草（扁蓄）。"
　　先秦·屈原："惜吾不及古人兮，吾谁与玩此
芳草。解萹薄与杂菜兮，备以为交佩。"此诗以美
人喻楚王，香草喻君子，杂菜，杂草喻小人。浪漫
的抒发忧国情怀。
　　元·刘永之："故人共宿幽斋小，扁竹花开映
紫蒲。"

1.5.1.3 圭

名　称：属性：本义指古代的玉制礼器，其名称、大小因爵位及用途不同而异。又指古代测日影的仪器"圭表"的部件，在石座上平放着的尺叫圭，用于测定节气和时间。

用　途：1. 药用：玉屑入药。功能主治：见璧，亦供药用。刀圭是中药工具，量药的器具。形如刀，尾端尖锐，中间下洼。《聊斋志异》："果出刀圭药啖生，顷刻，洞下三两行。"或代表药物、医术。明·瞿佑："吾君既获仙丹永命，吾等独不得沾刀圭之赐乎？"

2. 文化：观赏，考古。

文　化：

1. 与《诗经》物种相关诗歌，后世传承发挥

朱熹："圭璧，言其生质之温，宽宏裕也。"在文化精神方面喻义多多。

《诗经·卫风·淇奥》："有匪君子，如金如锡，如圭如璧。"后人顺势写出，如隋·佚名："爰洁粢盛，载严圭瓒。"宋·崔与之："歌咏淇奥诗，清修如圭璧。"宋·张嵲："酒罢各分端，圭琮粲琳琅。"宋·林景熙："隆隆隐隐佳气藏，列峰环拱效圭璧。"

《诗经·大雅·崧高》："锡尔介圭，以作尔宝。"唐·杜甫："圭臬星经奥，虫篆丹青广。"宋·司马光："裸圭夷玉清庙器，肯与环玦争玲珑。"宋·杨万里："庙器圭璋骨，儒林虎豹章。"宋·张元干："登于廊庙，圭璋浑全。"宋·刘克庄："封爵遂綦贵，青圭蔽珠旒。"看看这些庙堂人的体会。

2. 文人品德个性的形象代表

如唐·虞世南："玉树阴初正，桐圭影未斜。"唐·韩愈："法吏多少年，磨淬出角圭。"唐·刘禹锡："特达圭无玷，坚贞竹有筠。"唐·程长文："但看洗雪出圜扉，始信白圭无玷缺。"唐·陈昌言："类圭才有角，写月让成钩。"宋·王安石："德望完圭角，仪形壮陛廉。"宋·欧阳修："测圭知日永，占岁时时丰。"内涵颇有完人形象。

3. 医药手段的代表

如唐·韩愈："金丹别后知传得，乞取刀圭救病身。"唐·皮日休："环堵养龟看气诀，刀圭饵犬试仙方。"唐·李群玉："刀圭藏妙用，岩洞契冥搜。"宋·黄庭坚："刀圭勿妄传，此物非碌碌。"宋·王灼："药王菩萨知君是，乞取刀圭救病翁。"宋·陈普："刀圭乌喙甜如蜜，何况专攻欲尽精。"宋·方回："涉世磨治良玉出，刀圭点化大丹成。"

4. 成语

白圭之玷、不露圭角、筚门圭窦、玉圭金臬、彝鼎圭璋、奉为圭臬、重圭叠组、零圭断璧、圭角岸然、析圭分组、断圭碎璧、析圭儋爵。

款识："三圭重侯，听类神只。"（《楚辞·大招》）

璧

1.5.1.4 璧

名 称：别名：玉屑、白玉屑。
　　　　璧是古代中国用于祭祀的玉质环状物，凡半径是空半径的三倍的环状玉器称为璧。《本草纲目》玉项下："乃采访蓝田，掘得若环璧杂器形者，大小百余枚，捶作屑，日食之。"此乃软玉，实为角闪石或阳起石变质而成。

用 途：1.药用：玉屑入药。性味甘，平。入肺经。功用主治：润心肺，清胃热。治喘息烦满，消渴。外用去目翳。
　　　　2.文化：考古价值极高。

文 化：　　1. 与《诗经》物种相关诗歌，后世传承发挥
　　　　《诗经·卫风·淇奥》："有匪君子，如金如锡，如圭如璧。"此诗系颂国君文采、庄重、温和、近人。如圭璧为官禄意。如，魏·曹植："君王礼英贤，不吝千金璧。"唐·王维："再见封侯万户，立谈赐璧一双。"唐·温庭筠："威凤跄瑶簏，升龙护璧门。"宋·黄庭坚："北苑春风，方圭圆璧，万里名动京关。"
　　　　2. 著名相关典故
　　　　完璧归赵：本指蔺相如将和氏璧完好地自秦送回赵国。《史记·廉颇蔺相如列传》："赵王得楚和氏璧，秦昭王欲之……相如乃以诈绐秦王，复取璧，遣从者怀之，间行归赵。"后人亦赞颂有加。宋·杨时："秦庭徒被指，赵璧本无亏。"宋·丁谓："掩匣隋珠秘，开奁赵璧归。"金·元好问："少陵自有连城璧，争奈微之识碔砆。"
　　　　"匹夫无罪，怀璧其罪。"出自《左传·桓公十年》："初，虞叔有玉，虞公求旃。弗献。既而悔之，曰：'周谚有之："匹夫无罪，怀璧其罪。"吾焉用此，其以贾害也？'乃献之。又求其宝剑。叔曰：'是无厌也。无厌，将及我。'遂伐虞公。故虞公出奔共池。"原意百姓本无罪，因身藏璧玉而获罪。引申比喻有才能、有理想而受害。宋·郑獬："污辱不及身，灿灿嵬山璧。"宋·邵雍："山河虽好非完璧，不信黄金是祸胎。"
　　　　白璧微瑕：洁白的玉上面有些小斑点，比喻很好的人或事物有些小缺点。
　　　　南朝梁·萧统《〈陶渊明集〉序》："白璧微瑕者，惟在《闲情》一赋。"宋·李处权："青蝇休点污，白璧漫瑕疵。"宋·陈纪："愿此行、珍重不赀躯，无瑕璧。"
　　　　3. 相关成语
　　　　完璧归赵、中西合璧、白璧无瑕、珠联璧合、静影沉璧、怀璧其罪、尺璧寸阴、璧坐玑驰、和璧隋珠、日月合璧、镜圆璧合、楚璧隋珍、连城之璧、白璧青蝇、面缚衔璧、珠流璧转、鹿皮苍璧、夜光之璧、家骥人璧、贵阴贱璧、断璧残璋、奉为圭臬、残圭断璧、遗珠弃璧、白璧三献、珠投璧抵、视同拱璧、捐金抵璧、断珪缺璧、珠沉璧碎、断缣零璧、束帛加璧、视如拱璧、隋珠荆璧、连璧贲临、负薪投璧。

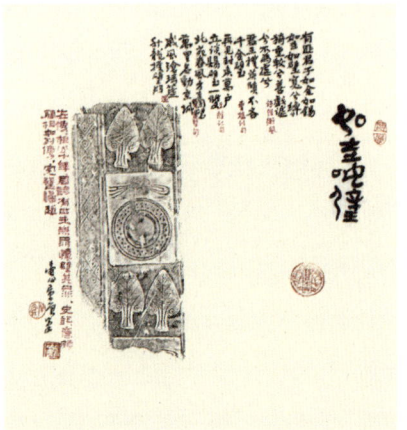

诗经名物风革

款 识："西周玉双纹龙璧造像。"

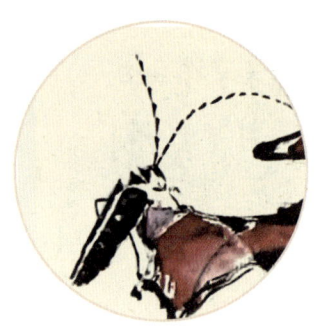

（张）目纲·牛天

1.5.3.1 蛴蛴

（qiú qí）

名　称：别名：桑蠹、蝎、蛣、崛、桑蝎、桑虫、蛀虫、桑蚕、铁炮虫、老母虫。
　　　　科属：鞘翅目天牛科昆虫星天牛、桑天牛或其他近缘昆虫的幼虫。

用　途：药用：干燥虫体入药。功能主治：活血，祛瘀，通经。治劳伤瘀血、血滞经闭、腰脊疼痛、崩漏、带下。

文　化：　　1. 与《诗经》物种相关诗歌，后世传承发挥
　　　　《诗经·卫风·硕人》："手如柔荑，肤如凝脂，领如蝤蛴，齿如瓠犀，螓首蛾眉，巧笑倩兮，美目盼兮。"
　　　　译文：手像春荑好柔嫩，肤如凝脂多白润，颈似蝤蛴真优美，齿若瓠子最齐整，额角丰满眉细长，嫣然一笑动人心，秋波一转摄人魂。
　　　　2. 名诗佳句
　　　　唐·和凝："蝤蛴领上诃梨子，绣带双垂。"
　　　　宋·陈宓："一生饱死同蝤蛴，夷齐至今民称之。"
　　　　宋·舒岳祥："得食时争喋，忽然各东西。天牛非觳觫，水马非駃騠。"
　　　　明·薛蕙："蜎蜎桑中蠹，戢戢托尔躯。"
　　　　宋·陈造："琼也领蝤蛴，懿也目秋水。"
　　　　宋·张耒："未必蝤蛴如素领，故应新月学蛾眉。"
　　　　明·徐渭："阏氏纵有菱花镜，断却蝤蛴那得妆。"
　　　　明·王彦泓："蜂虿又衔新妒口，蝤蛴还啮旧欢痕。"
　　　　清·刘墉："青锋祇欲饫蝤蛴，臂上守宫蔫未灭。"
　　　　清·沈谦："低鬟半侧蝤蛴项"。
　　　　清·孙原湘："袖中蜥蜴欢痕褪，发后蝤蛴啮印留。"
　　　　清·朱彝尊："领爱蝤蛴滑，肌嫌蜥蜴妨。"
　　　　3. 成语
　　　　楚腰蛴领，指腰肢纤细，颈项洁白如蝤蛴。形容女子体态之美。

1.5.3.3 蜃qín——蝉

名称： 别名：蜃（qín）、蝉、蜩、螗、蝭蟧、螗蜩、蜻蜻、茅蜩、马蜩、蜺（ní）、蚱（zhà）蝉、寒蜩等
科属：蝉科动物黑蚱等。

用途： 用途分类：《纲目》云古人用身后人用蜕。
药用：羽化后的蜕壳入药。味咸甘、性寒度，可清热、熄风、镇惊。
功能主治：益精壮阳、止咳生津、保肺益肾、抗菌降压、治秃抑癌等作用。常用于治疗外感风热、咳嗽音哑、咽喉肿痛、风疹瘙痒、目赤目翳、破伤风、小儿夜哭不止等症状。蝉蜕亦供药用。

文化： 1. 与《诗经》物种相关诗歌，后世传承发挥
《诗经·卫风·硕人》："齿如瓠犀，蜃首蛾眉，巧笑倩兮，美目盼兮。"此句指庄姜之华美绝伦。
《诗经·豳风·七月》："四月秀葽，五月鸣蜩。"此句指物候与农奴劳作。
《诗经·大雅·荡》："如蜩如螗，如沸如羹。"此句指民怨群起，如蝉鸣刺耳般激沸。
上述写蝉的《诗经》："多写其鸣叫。"至魏晋诗人将蝉赋予了感情色彩。内蕴丰富，试为分类：
（1）以蝉来喻自身心志纯洁，品德高尚。如：
魏晋·曹植在《蝉赋》里文："实澹泊而寡欲兮，独怡乐而长吟。"
魏晋·傅玄在《蝉赋》里言："美兹蝉之纯洁兮，禀阴阳之微灵。"
唐·虞世南的《蝉》："垂緌饮清露，流响出疏桐。居高声自远，非是藉秋风。"
唐·骆宾王："露重飞难进，风多响易沉。无人信高洁，谁为表予心？"
古人曾经说鸡有五种德行，晋·陆云："蝉也有五德，是文清廉俭信。"
（2）以蝉鸣作为秋天到来的信号。如：
魏晋·曹植："秋风发微凉，寒蝉鸣我侧。"
西晋·陆机："凉风绕曲房。寒蝉鸣高柳。"
魏晋·潘安："鸣蝉厉寒音，时菊耀秋华。"
唐·刘禹锡："昔看黄菊与君别，今听玄蝉我却回。"
南唐·李中："千里梦随残月断，一声蝉送早秋来。"
（3）通过写蝉鸣来衬托环境的幽静。如：
东晋·陶渊明："哀蝉无留响，丛雁鸣云霄。"
南朝·王籍："蝉噪林逾静，鸟鸣山更幽。"
唐·韩偓："庭树新阴叶未成，玉阶人静一蝉声。"
宋·辛弃疾："明月别枝惊鹊，清风半夜鸣蝉。"
清·袁枚："意欲捕鸣蝉，忽然闭口立。"
（4）蝉声游子引思乡之情。如：
唐·骆宾王："西陆蝉声唱，南冠客思深。"
唐·陆畅："落日早蝉急，客心闻更愁。"
唐·白居易："亦如早蝉声，先入闲人耳。一闻愁意结，再听乡心起。"
宋·朱熹："树叶经夏暗，蝉声今夕闻。已惊为客意，更值夕阳曛。"
唐·卢殷："深藏高柳背斜晖，能轸孤愁减昔围。犹畏旅人头不白，再三移树带声飞。"
唐·张乔："先秋蝉一悲，长是客行时。"
2. 成语
噤若寒蝉、金蝉脱壳、寒蝉凄切、蝉不知雪、蛙鸣蝉噪、仗马寒蝉、蟹匡蝉緌、蝉腹龟肠、蝉喘雷干、蝉蜕龙变、功薄蝉翼、蝉吟鹤唳、蝉联蚕绪、蝉脱浊秽、蝉衫麟带、蝉蜕蛇解、蝉联往复、蝉喘雷乾、玉翼蝉娟今蝉蜕殻、螳螂捕蝉、黄雀在后。

款识："清吟晓露叶，愁噪夕阳枝。"（刘禹锡句）

1.5.3.4 蛾——蚕蛾

(线)月朗·蠶

名　称：别名：蚕，天虫。
　　　　科属：为鳞翅目蚕蛾科动物。

用　途：1. 药用：其幼虫僵死即白僵蚕入药。性味辛咸，平。入肝、肺、胃经。功用主治：祛风解痉，化痰散结。治中风失音、惊痫、头风、喉风、喉痹、瘰疬结核、风疮瘾疹、丹毒、乳腺炎。蛹亦供药用。
　　　　2. 经济：蛾产卵繁殖蚕。

文　化：　1. 与《诗经》物种相关诗歌，后世传承发挥
　　　　《诗经·卫风·硕人》："螓首蛾眉，巧笑倩兮，美目盼兮。"按宋·朱熹《诗集传》："蛾，蚕蛾也，其眉细而长曲。倩，口辅之美也。"后人借词成诗，如宋·王之道："蛾眉螓首。舞雪娇回开冻候。"南朝梁·何逊："逐唱迴纤手，听曲转蛾眉。"唐·刘希夷："宛转蛾眉能几时？"宋·李纲："蛾眉修绿。"明·叶宪祖："几年羞把蛾眉扫，何期再咏《桃夭》。"
　　　　蛾眉后来就成了美貌女子的代称，并充满抱怨情愫。如战国楚·屈原《离骚》："众女嫉余之蛾眉兮，谣诼谓余以善淫。"唐·韦庄："妆成不画蛾眉，含愁独倚金扉。"宋·叶梦得："更尽杯中酒。美人不用敛蛾眉，"宋·王沂孙："淡妆不扫蛾眉，为谁伫立羞明镜。"
　　　　古人以蚕蛾喻嗣期绵绵。如宋·楼璹："蛾初脱缠缚，如蝶栩栩然。得偶粉翅光，散子金粟圜。岁月判悠悠，种嗣期绵绵。送蛾临远水，早归属明年。"宋·范成大："橘蠹如蚕入化机，枝间垂茧似蓑衣；忽然蜕作多花蝶，翅粉才乾便学飞。"
　　　　《诗经·豳风·七月》："蚕月条桑，取彼斧斨。"此言妇女治桑辛苦，皆为他人。后人秉此，写出绝妙好诗，如唐·李商隐："春蚕到死丝方尽，蜡炬成灰泪始干。"唐·于濆："野蚕食青桑，吐丝亦成茧。无功及生人，何异偷饱暖。我愿均尔丝，化为寒者衣。"唐·蒋贻恭："辛勤得茧不盈筐，灯下缲丝恨更长。著处不知来处苦，但贪衣上绣鸳鸯。"唐·王建："三日开箔雪团团，先将新茧送县官。已闻乡里催织作，去与谁人身上著。"元·王冕："老蚕欲作茧，吐丝净娟娟。"以上诸诗人皆怀悲悯之心。
　　　　2. 蚕蛾相关成语
　　　　蚕食鲸吞、蚕头燕尾、谷父蚕母、老蚕作茧、螓首蛾眉、淡扫蛾眉、宛转蛾眉、皓齿蛾眉、蛾眉曼睩、蛾眉螓首、蛾眉倒蹙。

款识："如蝶栩栩然""种嗣期绵绵"（宋·楼璹句）

一年兩度代枝柯 萬木羞
中若最多為國為民皆是油
却叱楓葉聽笙歌

較緝詩意余乘
雪生

1.5.3.6 鳣——鳇
zhān

草鲁·鱼鳣

名 称： 别名：鳇鱼、鲟鳇鱼、鱏鱼、鳣、含光、蜡鱼、黄鱼、
阿八儿忽鱼、颊鱼、玉版鱼、鲟鱏鱼。
科属：为鲟科鳇属动物。

用 途： 药用：肉入药。味性甘，平。入肺、肝经。
功能主治：病后体虚，筋骨无力，贫血，营养不良。其肝、
鳔亦入药。

文 化： 1. 与《诗经》物种相关诗歌，后世传承发挥
《诗经·卫风·硕人》："施罛濊濊，鳣鲔发发。"
此诗言卫庄公娶妻，国人赞其华美，撒网声及鱼跳
跃皆欢快之意。近意者如唐·杜甫："霁潭鳣发发，
春草鹿呦呦。"
《诗经·小雅·四月》："匪鳣匪鲔，潜逃于渊。"
此诗言在旅途遇变乱，又无法躲避之痛苦心情。
《诗经·周颂·潜》："有鳣有鲔，鲦鲿鰋鲤。
以享以祀，以介景福。"此诗言用鱼祭祀时之颂歌。
后代诗文中"鳣"多为吉祥意。晋·郭璞："鱼则
江豚海狶，叔鲔王鳣，鲭鯥腾鲉，鲮鳐鲍鲢。"晋·
嵇康："纤纶出鳣鲔，坐中发美赞。"唐·卢肇："灶
登蛟鼍，堂集鳣鲔。"
2. 与《诗经》物种相关典故——三鳣堂
《后汉书·杨震传》："杨震明经博览，屡召
不应，有鹳雀衔三鳣鱼飞集讲堂前，人谓蛇鳣为卿
大夫服之象；数三，为三台之兆。后果位至太尉。"
后每用以为典，指登公卿高位的吉兆。后世官场文
人喜作此类诗，如南朝·梁·简文帝："三鳣表服，
二鹿随轮。"宋·司马光："庭有三鳣集，门容驷
马过。"宋·王迈："三鳣堂前推老宿，百花洲上
见诸生。"宋·周必大："朝来冠雀衔三鳣，敢贺
先生自此升。"宋·孙锐："三鳣已集弘农兆，五
柳仍分彭泽芳。"明·陈汝元："三鳣集，一鹗翀，
向鸡窗挥霓吐虹。"
亦有诗中简称鳣堂，如宋·郑清之："鳣堂心
醉经，精神应满腹。"宋·葛立方："梦堕当涂风月，
披绛帐、欲指鳣堂。"
3. 鳣字相关的词语，有的和民俗吉语相似
枯鳣、祥鳣、枯鳣、鳅鳣、鳣岫、鳣庭、王鳣、
鹏鳣、鳣堂、鳣座、鳣舍、鳣序、蛇鳣。

诗经 卫风 硕人 句 壶工笔

施罛濊濊 鱣鲔发发

款识："施罛濊濊，鱣鲔发发。"（《诗经·卫风·硕人》）

1.5.3.7 鲟鱼

（张）日纲·鱼鲟

名　称：别名：鲔（wěi）、鳇（huáng）、鱏（xún）。
科属：为鲟科动物。

用　途：药用：性味甘，平。入手太阴，厥阴经。功能主治益
气补虚、活血通淋。

文　化：　　与《诗经》物种相关诗歌，后世传承发挥

古诗文中鲟大多见江河中，如《诗经·卫风》：
"河水洋洋，北流活活。施罛濊濊，鱣鲔发发。"
《诗经·小雅》："非鱣非鲔，潜逃于渊。"又
如，晋·张华："玄鹤降浮云，鱏鱼跃中河。"宋·
陈造："野鹿敢伯仲，江鲟让甘肥。"宋·杜曾：
"至清逃鲿鳝，极奥容鲟鱣。"明·苏仲："所
喜鲟与鳇，得之为尤物。"清·爱新觉罗·弘历：
"就中鲟鳇称最大，度以寻丈长鬐轩。"清·杭
世骏："水深不见碧浪横鱣鲟，但见渔子摈落桴
淀泞。"清·罗宏构："九月鲟鳇上峡游，千钱
一夜买矶收。"明·梁维栋："鲟鳇三月动云雷，
午夜狂风海上来。"

鲟生长于近海，为大型溯河洄游性鱼类，性
成熟以后进入江河。生活在长江中的中华鲟，每
年秋季 10-11 月份，性成熟个体溯江产卵，黏
附于砾石上孵化。幼鱼游到沿海肥育。近代分布
于近海及长江、珠江、闽江、钱塘江、黄河等大
江河。　目前黄河绝迹，珠江极少，长江现有量
较大。其被列为国家一级野生保护动物。

款识：附图《鲟鱼图》。提款："生酒鲟鱼脍，边炉蚬子羹。"（明李宪章句）此图为《海底世界》实物写照。

典木草·荻

1.5.3.8 菼——荻
tǎn

名　称： 别名：荻、荻草、荻子、霸土剑。

科属：为禾本科荻属多年生草本植物。《植物名实图考》："强脆而心实者为荻，矛纤而中虚者为苇。"又苇喜止水，荻喜急流。

用　途： 1. 药用：荻灰入药。味辛，微温。功能主治：治大骨节病，蚀痈疽恶肉。晋·陶弘景云："（冬灰）即今浣衣黄灰耳，烧诸蒿藜，积聚炼作之，性亦烈。又荻灰尤烈。欲销黑痣肬赘，取此三种灰和水蒸以点之，即去。"

2. 经济：荻草地上茎含有大量纤维，是单位面积内提供造纸纤维较高的植物。荻茎秆还可通过胶合压制成轻型板材，加工成代替木材和塑料的环保型新产品。

文　化： 1. 与《诗经》物种相关诗歌，后世传承发挥

《诗经·王风·大车》："大车槛槛，毳衣如菼。岂不尔思，畏子不敢。"此诗言夫妻被迫离异，在车上哭诉衷情。后人以荻抒此者甚多，如宋·刘过："荻雨芦风总是愁。"唐·白居易："菰蒋喂马行无力，芦荻编房卧有风。"

《诗经·卫风·硕人》："葭菼揭揭，庶姜孽孽，庶士有朅。"此诗言庄姜嫁卫公时之美丽华贵。芦荻高挑，众多陪嫁女子衣饰豪华，护送群僚貌美健壮。

后人大量的诗句，用以写景，特别是清秋景色。

汉·张衡："内阜川禽，外丰葭菼。"

两汉·蔡邕："步躧菼与台菌兮，缘层崖而结茎。"

南北朝·谢朓："汀葭稍靡靡，江菼复依依。"

唐·杜甫："请看石上藤萝月，已映洲前芦荻花。"

唐·郑谷："一尺鲈鱼新钓得，儿孙吹火荻花中。"

宋·王安石："鲥鱼出网蔽洲渚，荻笋肥甘胜牛乳。"

宋·苏舜钦："刺棹穿芦荻，无语看波澜。"

宋·黄庭坚："江鸥摇荡荻花秋。"

宋·范成大："荻芽抽笋河鲀上，楝子开花石首来。"

宋·王之道："谁使琵琶声到耳，轻赋荻花枫叶。"

清·朱彝尊："听说河豚新入市，蒌蒿荻笋急须拈。"

2. 与《诗经》物种相关散文

有据故事。宋·欧阳修《画地学书》："家贫，至以荻画地学书。"宋·刘克庄："母贤画荻课儿书。"明·刘基："有昔者必有今日……丹枫白荻，昔日之蜀锦齐纨也。"

3. 成语

画荻教子、然荻读书、以荻画地、画荻和丸、画荻丸熊、燥荻枯柴。

款识："一尺鲈鱼新钓得,儿孙吹火荻花中。"(唐·郑谷)

1.5.4.1 鸠——斑鸠

随秋·鸠

名　称：别名：斑雉、锦鸠、鹁鸠、祝鸠。
　　　　科属：鸠鸽科动物山斑鸠等。

用　途：1.药用：肉入药。性味甘，平，无毒。入肺、肾经。
　　　　功用主治：益气，明目，强筋骨。治虚损、呃逆。
　　　　2.经济：观赏。

文　化：　　1.与《诗经》物种相关诗歌，后世传承发挥
　　　　《诗经·卫风·氓》："桑之未落，其叶沃若。于嗟鸠兮，无食桑葚！于嗟女兮，无与士耽！士之耽兮，犹可说也。女之耽兮，不可说也。"此句为著名的弃妇诗。借物叙述自己恋爱、结婚、理家及被抛弃的过程和悲愤、后悔的心情。
　　　　《诗经·小雅·小宛》："宛彼鸣鸠，翰飞戾天。我心忧伤，念昔先人。"此句由鸣鸠高飞起兴，抒发不得志思念先人的忧伤心情。总之《诗经》之鸠吟出的忧伤悲愤之意象则常见于后世诗作之中。
　　　　魏晋·阮籍："鸒鸠飞桑榆，海鸟运天池。岂不识宏大，羽翼不相宜。"
　　　　唐·王维："屋上春鸠鸣，村边杏花白。"
　　　　唐·韦应物："微雨霭芳原，春鸠鸣何处。"
　　　　宋·苏舜钦："帘虚日薄花竹静，时有乳鸠相对鸣。"
　　　　宋·欧阳修："林外鸣鸠春雨歇，屋头初日杏花繁。"
　　　　宋·赵蕃："年年端午风兼雨，似为屈原陈昔冤。我欲于谁论许事，舍南舍北鹁鸠喧。"
　　　　宋·许棐："鸠雨细，燕风斜。春悄谢娘家。"
　　　　明·刘基："语燕鸣鸠白昼长，黄蜂紫蝶草花香。"
　　　　清·曹雪芹："孰料鸠鸩恶其高，鹰鸷翻遭罦罬。"
　　　　2.与《诗经》物种相关散文
　　　　战国·庄周："蜩与学鸠笑之曰：'我决起而飞，抢榆枋而止，时则不至，而控于地而已矣，奚以之九万里而南为？'"
　　　　汉·刘向："枭曰：'乡人皆恶我鸣。以故东徙。'"鸠曰："'子能更鸣，可矣；不能更鸣，东徙，犹恶子之声。'"
　　　　3.鸠的成语
　　　　鸠形鹄面、鸠车竹马、化枭为鸠、鹄面鸠形、鸠集凤池、跌弹斑鸠、雀喧鸠聚、邯郸斑鸠、鹰化为鸠。

款识："屋上春鸠鸣，村外杏花白。"（王摩诘句）

1.5.5.0 竹

名 称：别名：竹子、淡竹、水竹、甘竹。
　　　　科属：禾本科竹亚科多年生常绿植物淡竹。

用 途：1.药用：其茎甘去外皮，刮下竹丝即竹茹。竹茹入药，性味甘、凉。入胃、胆经。功用主治：清热，凉血，化痰，止吐。治烦热呕吐、呃逆、痰热咳喘、吐血、衄血、崩漏、恶阻、胎动、惊痫。又，其根茎、苗、箨叶、叶、竹卷心、竹沥、亦供药用。
　　　　2.文化：与梅、兰、菊并称为"四君子"，与梅、松并称为"岁寒三友"。从古至今文人墨客，爱竹咏竹者众多。

文 化：　　1. 与《诗经》物种相关诗歌，后世传承发挥
　　　　《诗经·卫风·竹竿》："籊籊竹竿，以钓于淇。"此句借竹竿钓鱼，表达对家乡的思念。后人追风，如汉·卓文君："竹竿何袅袅，鱼尾何簁簁！"唐·李商隐："竹坞无尘水槛清，相思迢递隔重城。"
　　　　《诗经·小雅·斯干》："秩秩斯干，幽幽南山。如竹苞矣，如松茂矣。"汉·佚名："冉冉孤生竹，结根泰山阿。"此诗借山巍林茂颂扬贵族所建宫室。
　　　　2. 相关成语释源
　　　　胸有成竹：心中有竹子的完整形象。比喻事前已有全面考虑安排。宋·苏轼："故画竹必先得成竹于胸中，执笔熟视，乃见其所欲画者，急起从之。"
　　　　罄竹难书：罪行太多，用尽所有的竹子也难于写不完。《旧唐书·李密传》："罄南山之竹，书罪未穷；决东海之波，流恶难尽。"
　　　　枯竹空言：指毫无用的古书和空论。汉·桓宽："诸生无能出奇计，抱枯竹，守空言。"
　　　　竹书纪年：古代的编年体史书，原书于竹简。
　　　　钻鱼上竹竿：钻鱼黏滑，难于上行。旧比喻求进艰难。宋·殴阳修："（梅圣俞）其初受敕修《唐书》，语其妻刁氏曰：'吾之修书，可谓猢狲入布袋矣'。刁氏对曰：'君于仕宦，亦何异钻鱼上竹竿耶！'"
　　　　3. 成语
　　　　罄竹难书、势如破竹、青梅竹马、胸有成竹、茂林修竹、竹报平安、竹篱茅舍、丝竹管弦、调弦品竹、竹杖化龙、芒鞋竹杖、急竹繁丝、品竹调弦、豪竹哀丝。

释文： 攀竹茹芳叶，宁虑瘵与瘴。
　　　　留连树蕙辞，婉娩采薇歌。

款识："雷丸竹之苓也"（苏恭句）。按，雷丸生于竹根中，如茯苓生于枯下。

1.5.5.1 桧——圆柏

名　称：别名：桧柏、栝、圆柏、刺柏、柏树。

科属：松柏纲松柏目柏科圆柏亚科圆柏，属多年生常绿乔木。圆柏，常绿乔木，树冠塔形，叶有鳞形、刺形两种。木材细致，有香气。

用　途：1.药用：叶入药。性味苦、辛，温。有小毒。功能主治：祛风散寒，活血消肿，解毒，利尿。用于风寒感冒、风湿关节痛、小便淋痛、瘾疹。
2.经济：木材宜作图板、棺木、铅笔、家具、房屋建筑材料、文具及工艺品等用材。树根、树干及枝叶可提取柏木脑的原料及柏木油。种子可榨油，或入药。

文　化：　　1. 与《诗经》物种相关诗歌，后世传承发挥

《诗经·卫风·竹竿》："淇水悠悠，桧楫松舟。驾言出游，以写我忧。"此诗言行舟出游以宣泄忧闷。后世相似的诗如：

南北朝·范云："桧楫难为榜，松舟才自胜。"

唐·李煜："君驰桧楫情何极，我凭阑干日向西。"

宋·宋祁："逗箭夕流催桧楫，赐花春豫忆云屏。"

2. 桧的长寿

如陕西合阳千年古桧，距今已有1500年以上的树龄，胸围四抱，高25米，非常壮观。

《广群芳谱》引《尔雅》："桧，柏叶松身"。沾柏松的光，桧成为为古诗词中的长绿长寿意象。

五代·齐己："万壑云霞影，千年松桧声。"

唐·李中："杉桧已依灵塔老，烟霞空锁影堂深。"

宋·苏轼："霜髯三老如霜桧，旧交零落今谁辈。"

宋·许弥安："紫极宫中晋朝桧，故老语我今千年。"

宋·白玉蟾："惊崖却立挨斜日，老桧前临接断烟。"

3. 桧与人名

桧释名是高雅吉祥的。自宋代秦桧因构害岳飞，卖国求荣。成为民族贼人，遭到千古唾骂后，再少见以此为名者。

4. 与桧相关词汇

桧柏、贞桧、霜桧、桧樾、桧树、桧楫、桧烟、翰桧、土桧、桧宅、桧木、桧檝。

款 识："淇水滺滺，桧楫松舟。驾言出游，以写我忧。"（《诗经·卫风·竹竿》）

1.5.5.2 松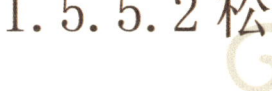

名称： 别名：支离叟、五大夫、君子树、乳毛、偃盖山。

科属：松柏目松科常绿或落叶乔木。

用途： 1. 药用：松节入药。性味苦，温。入心、肺经。功用主治：祛风、燥湿，舒筋，通络。治历节风痛、转筋挛急、脚气痿软、鹤膝风、跌损瘀血。其松根、松笔头、松叶、松花粉、松球、松木皮、松香、松油亦供药用。

2. 经济：采脂、提炼松节油，种子可食或供药用等。

文化： 1. 与《诗经》物种相关诗歌，后世传承发挥

《诗经·卫风·竹竿》："淇水滺滺，桧楫松舟。"

《诗经·郑风·山有扶苏》："山有乔松，隰有游龙，不见子充，乃见狡童。"

《诗经·小雅·斯干》："如竹苞矣，如松茂矣。"

《诗经·小雅·頍弁》："茑与女萝，施于松柏……茑与女萝，施于松上。"

《诗经·鲁颂·閟宫》："徂徕之松，新甫之柏。"

《诗经·商颂·殷武》："陟彼景山，松伯丸丸。"以上诸诗句，多言松之茂盛，质坚，高大，干直等溢美之词。后人亦发此幽情。如晋·左思："郁郁涧底松，离离山上苗。"明·王守仁："柏府楼台衔倒影，茅茨松竹泻寒声。"

《诗经·小雅·天保》："如月之恒，如日之升。如南山之寿，不骞不崩。如松柏之茂，无不尔或承。"此诗系古老的祝寿诗。借月日、山松之长久，并得到众人拥戴，可谓寿贵双全。此外还衍生出松鹤之交结。松多生干燥地，鹤为涉禽，食水生物，必居湿地，两物难相聚首。在诗文书画中大量出现。缘起中国吉语，松鹤皆瑞物，结合本诗松之多寿，成为松鹤延年内容的诗句。

如唐·李白："花暖青牛卧，松高白鹤眠。"唐·贾岛："绝顶人来少，高松鹤不群。"唐·白居易："带雪松枝翘膝胫，放花菱片缀毛衣。"

其次，松喻高洁品格。

如晋·刘桢："亭亭山上松，瑟瑟谷中风。"唐·孟浩然："岩扉松径长寂寥，惟有幽人自来去。"宋·苏轼："松间沙路净无泥，萧萧暮雨子规啼。"清·龚自珍："陶潜酷似卧龙豪，万古浔阳松菊高。"

最后，松凌风耐寒的本性。如汉·刘桢："岂不罹凝寒，松柏有本性。"南北朝·阴铿："远戍唯闻鼓，寒山但见松。"唐·刘长卿："泠泠七丝上，静听松风寒。"

2. 成语

凌寒类：松柏寒盟、松柏后凋。

气节类：松筠之节、贞松劲柏、松柏之志、玉洁松贞、石枯松老。

长寿类：鹤发松姿、松乔之寿、鹤骨松姿、松柏之寿、松菊延年。

茂盛类：松柏参天、苍松翠柏、竹苞松茂、松萝共倚、松柏之茂。

诗经名物风华

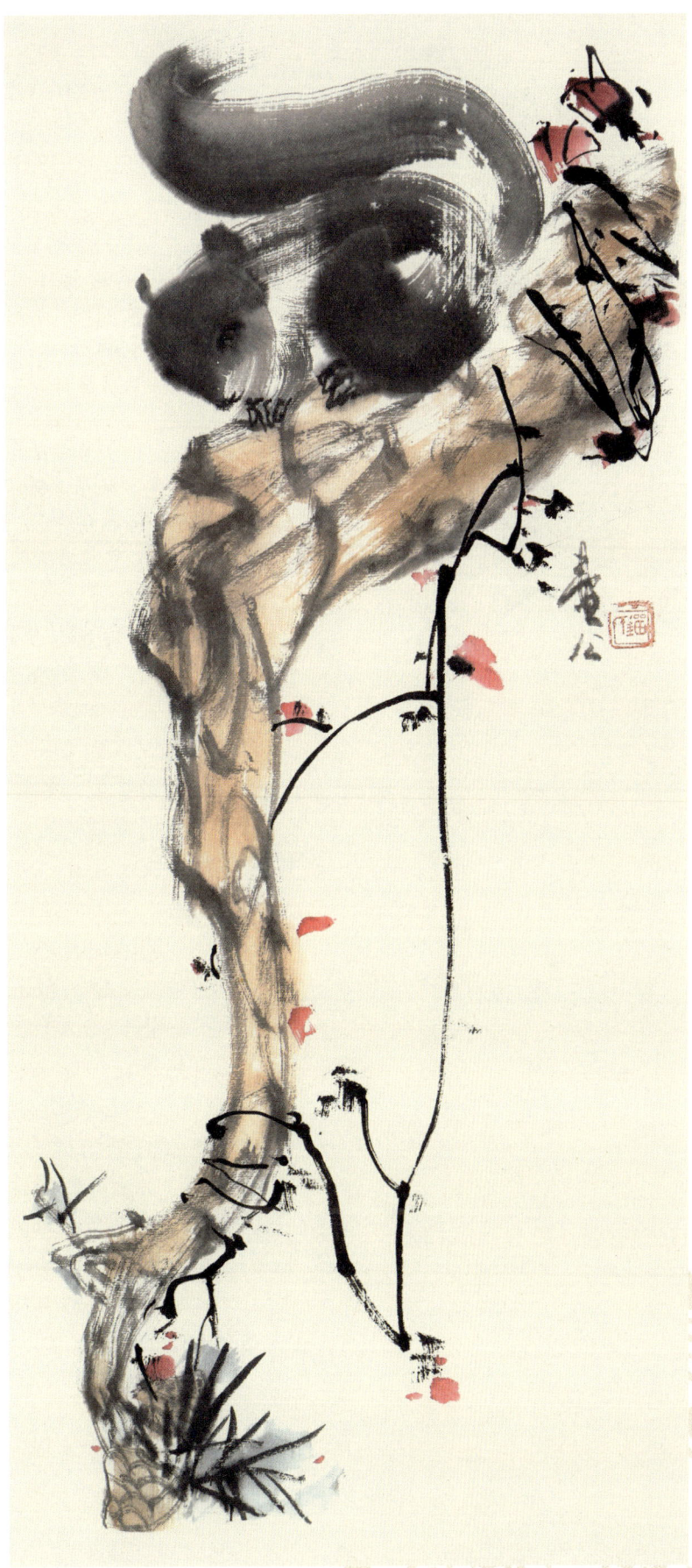

1.5.6.1 芃兰——萝藦
wán

名 称：别名：萝藦、藋（尔雅）、雀瓢、苦丸、白环藤、熏桑、鸡肠、羊角菜、羊奶科、细丝藤、过路黄、合钵儿、婆婆针线包等。

科属：为萝藦科多年生草藤。

用 途：1. 药用：全草或根入药。性味甘辛，平。功用主治：补益精气，通乳，解毒。治虚损劳伤、阳痿、带下、乳汁不通、丹毒疮肿。

2. 经济：萝藦因有乳汁，叶厚大，嫩时可食，堪称美味。

文 化：　　与《诗经》物种相关诗歌，后世传承发挥

因萝藦美味，不难勾动诗人心弦。

宋·李彭："闻说仙茅胜钟乳，移根远自西山阿。岂独客来尘意少，更觉夜眠幽气多。避谤何须求薏苡，去家不减食藦萝。候门稚子成群后，矍铄仍看马伏波。"

宋·朱松："牛羊触藩笋成竹，鹅鸳成群饱倒藤。一饭罗摩未为孽，要知我是在家僧。"

明·何吾驺："三载同君揽秋月，秋月澄澄盈乍缺。越王台上望罗摩，此时见月心应绝。"

萝藦因结果实形如羊角，内有带白毛的种子。可代棉花，以布包之可插针，故又名婆婆针包。《诗经·卫风·芃兰》："芃兰之支，童子佩觿。"萝藦的羊角样白骨朵果很像古时的锥形解结器具——觿或叫解锥。而当时也只有成人才能佩戴。

萝藦因该草繁殖强，长势旺盛，常见路边、旷野之间，可攀延数丈高。其种子如倾雪泻下甚壮观。诗人将其引申为攀附。在文末《萝藦图》中作了表达。

款 识："芄兰之支，童子佩觽。虽则佩觽，能不我知。"（《诗经·卫风》）

觽

1.5.6.2 觽
ㄒㄧ^{xī}

名 称： 别名：觽。

用 途： 觽（xī）古代一种解结的锥子，也用作佩饰。

文 化：　　最早古人结绳记事，觽就是用来解绳结的工具，用骨、玉等制成。后来发展成为一种配饰。在汉代，人们还会用玉和玉觽搭配着穿戴，当作饰品装点仪容。兼开瓶口、匣盖的工具。

1. 与《诗经》物种相关诗歌，后世传承发挥

《诗经·卫风·芄兰》："芄兰之支，童子佩觽。虽则佩觽，能不我知。容兮遂兮，垂带悸兮。芄兰之叶，童子佩韘。虽则佩韘，能不我甲。容兮遂兮，垂带悸兮。"

2. 名诗佳句

唐·韩愈："愿君恒御之，行止杂燧觽。"

唐·元稹："十岁佩觽娇稚子，八行飞札老成人。"

唐·皎然："我识婴儿意，何须待佩觽。"

唐·司空曙："年少通经学，登科尚佩觽。"

宋·刘克庄："尚记嬉游佩觽日，安知荏苒钓璜年。"

宋·方回："羁角朋从饰帨觽，成人可更戏桐圭。"

宋·方回："我诗市匠制锥觽，君集王朝粲璧圭。"

宋·黄庭坚："古来毕命黄金台，佩君一言等觜觽。"

款 识：觽为古人解结器，婚后男子即佩戴，恐乃结绳记事遗风。

1.5.8.2 谖——萱草
xuān
——自古能忘忧，中国母亲花

名 称：别名：谖草、黄花菜、宜男、鹿葱、忘忧草、疗愁等。
科属：为百合科多年生宿根草本。

用 途：药用：秋挖根干燥入药。性味甘凉。入脾肺经。功用主治利水，凉血。治水肿、小便不利、淋浊、带下、黄疸、衄血、便血、崩漏、乳痈。

文 化：　　与《诗经》物种相关诗歌，后世传承发挥
　　古代学者认为萱草使人欢乐忘忧。如三国·嵇康《养生论》："合欢蠲忿，萱草忘忧，愚智所共知也。"唐·白居易《酬梦得比萱草见赠》："杜康能散闷，萱草解忘忧。"宋·苏颂《本草图经》："萱草利心志，令人欢乐无忧。"明·李时珍："忧思不能自遣，故欲树此花，玩味以忘忧也。吴人谓之疗愁。"
　　大量古诗文把萱草忘忧与孝敬母亲一同吟诵。如《诗经·卫风·伯兮》："焉得谖草，言树之背。"宋·朱熹注："谖，忘也。谖草合欢，食之令人忘忧者。背，北堂也（母亲居处）。"意指古时游子远行之前，为母亲居处植萱草，以减轻母亲对儿子的思念，忘忧解烦。特别是孟郊《游子吟》的影响巨大。"萱草生堂阶，游生行天涯。慈母倚堂门，不见萱草花。"名句还有元·王冕《偶书》："今朝风日好，堂前萱草花。持怀为母寿，所喜无喧哗。"明·徐渭《萱草》："偶尔闲涂堂北影，却疑心上却忘忧。"后来，萱成为母亲之代称。明·朱权《荆钗记》："不幸楼庭殒丧，深赖萱庭训诲成人。"萱，指母。明·汤显祖《牡丹亭·传奇·闹殇》："当今生花开一红，原来生把萱楼再奉。"如母亲祝寿联："萱草挺秀辉南极，梅萼舒芳绕北堂。""蟠桃子结三千岁，萱草花开八百春。"经过千年争论，终于敲定了萱草为母爱的标志。萱草堪称中国的母亲花。

款 识：萱草图中草茂花挺，作画时适逢丁酉鸡年，遂取母鸡雏鸡入画，
以应《诗经》"焉得谖草，言树之背"之意。

1.5.10.1 木瓜

名　称： 别名：楙楂、木瓜实。

科属：蔷薇科。木瓜属落叶小乔木。

用　途： 1. 药用：果实入药。性味酸，温。入肝、脾经。功用主治：平肝和胃，去湿舒筋。治吐泻转筋。湿痹、脚气、水肿、痢疾。其枝、根、种子亦入药。

2. 经济：果不宜生食，经水煮或糖渍始可食。泡酒有舒筋活络之效。木瓜花丛粉白娴娜，枝干劲健，是重要观赏树木。再加上木瓜的色艳丽，味酸甘，香弥久，远胜群芳。成为人们永不忘怀的信物。

文　化： 　　与《诗经》物种相关诗歌，后世传承发挥

　　《诗经·卫风·木瓜》："投我以木瓜，报之以琼琚。匪报也，永以为好也。"意思是你将木瓜（微物）投赠我，我拿琼琚（重物）作回报。不是为了答谢，而是为了珍重情意永相好。此美言佳句数千年来广为流传，遂延深为男女相爱，赠答情物，终生不渝的标志性语言。并对后诗人产生影响，如唐·贾岛："欲买双琼瑶，惭无一木瓜。"唐·张九龄："木瓜诚有报，玉楮论无实。"

　　木瓜花美与体香给诗人带来另类遐思，如唐·王建："馆娃宫中春暮，荔枝木瓜满树。"唐·佚名："风吹榆荚叶，雨打木瓜花。"宋·朱敦儒："枕畔木瓜香，晓来清兴长。"元·李德载："木瓜香带千林杏，金橘寒生万壑冰。"元·石子章："外头花木瓜，里面铁豌豆。"

款识：《木瓜图》画中木瓜使用具象的意笔勾勒绘制，落款直白："投我以木瓜，报之以琼琚。"
整幅有陈旧感，以回应歌声的古老幽情。

1.5.10.2 木桃

名　称：**别名：**榅子、楂子、园子、毛叶木瓜、木瓜海棠、狭叶木瓜。

科属：为蔷薇科落叶灌木木桃。又《述异记》云："桃之大者名木桃。"认为是一种桃。《本草纲目》云："木瓜酸香而性脆，木桃酢涩而多渣，故谓之楂。"

用　途：1. **药用：**果实入药。功能主治：吐泻转筋，恶心泛酸，痢疾。

2. **经济：**木桃富含多种营养成分，有健脾消食、提高抗病能力的功效。副作用：味涩多渣，故名榅子。

观赏：木桃是一种春季看花（先花后叶，花色艳美呈紫、粉、白等及重瓣者）、秋季观果的多用途花果药用植物。

文　化：　　《诗经·卫风·木瓜》："投我以木瓜，报之以琼琚。匪报也，永以为好也！投我以木桃，报之以琼瑶。匪报也，永以为好也！投我以木李，报之以琼玖。匪报也，永以为好也！"此诗是男女恋歌。即对方赠物，我当报以珍品（玉器）。并非报答，而要永远留下美好的印象。此诗对后世历代诗文影响深远，成为家喻户晓之美谈。

　　南北朝·沈炯："木桃堪底用，寄以答琼瑶。"

　　唐·钱起："能迂骖驭寻蜗舍，不惜瑶华报木桃。"

　　宋·司马光："虽无木桃赠，投此寄情亲。"

　　宋·黄庭坚："木桃终报汝，药石理予颜。"

　　宋·梅尧臣："以子谕言多，重歌木桃章。"

　　宋·晁补之："平生寂莫凤将雏，惭愧木桃犹报璧。"

　　元·徐再思："春情投木桃，报琼瑶，风流为听紫凤箫。"

　　清·陈忠平："一握可能天地远，为谁裁剪木桃章。"

1.5.10.3 木李

名　称：别名：榠樝（楂）、蛮樝、瘟樝、木梨、海棠、
土木瓜、楂梓。

科属：蔷薇科楂梓属落叶灌木或乔木榠樝。《本
草纲目》云："榠楂乃木瓜之大而黄色无重蒂者也，
楂子乃木瓜短小而味酢涩者也，楂梓则楂类生于
北土者也，三物与木瓜皆是一类各种，故其形状
不甚相远。"

用　途：1.药用果实入药。性味酸，平。功用主治：消痰，
祛风湿。治恶心，泛酸，吐泻转筋，痢疾，风湿
筋骨酸痛。
2.经济：《本草纲目》"榠楂……可以进酒去痰，
道家生压取汁，和甘松、玄参末作湿香。云甚爽
神也……气辛香，置衣箱中杀蠹虫。"
3.文化：观赏其花果。

文　化：　　《诗经·卫风·木瓜》："投我以木李，
报之以琼玖。"（见《木桃》篇）原诗系恋
爱内容。后人则多角度释投桃报李。如：
　　南朝梁·萧统："有朋西南来，投我用
木李。"
　　宋·欧阳修："聊效诗人投木李，敢期
佳句报琅玕。"
　　宋·杨万里："木李抛将引琼玖，诗筒
从此走符移。"
　　宋·孔武仲："但将木李对琼瑶，余物
区区且安用。"
　　元·耶律楚材："每惭木李投君去，却
得琼瑶报我还。""和我新诗使予起，却得
琼瑰酬木李。"
　　元·胡奎："五月归从白玉京，琼玖安
能酬木李。"

款识："虽无木桃赠，投此寄情亲。"（宋·司马光句）

詩
經
名
物
風
華

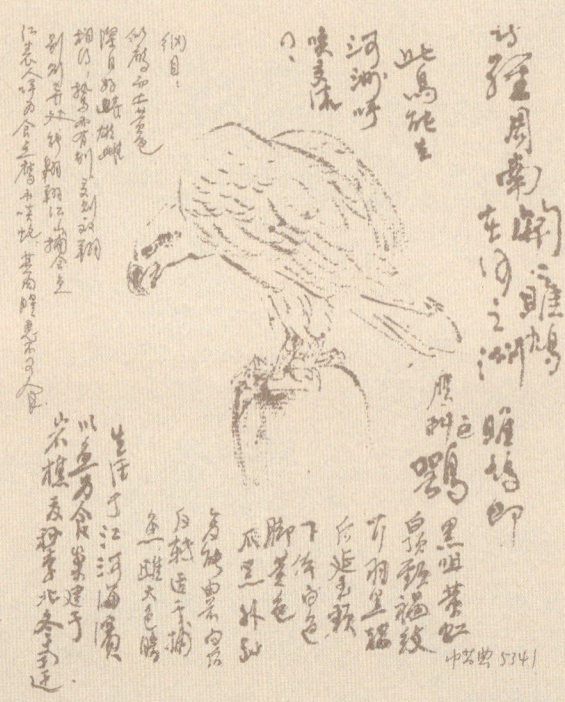

詩經周南關雎 關關雎鳩 在河之洲
窈窕淑女 君子好逑

中公典 5341

国风 · 王风

1.6.1.1 黍

名　称：别名：丹黍米。

科属：禾本科黍族黍属一年生栽培草本植物。《本草纲目》："黍乃稷之黏者，亦有赤白黄黑数种。"

用　途：1. 药用：种子入药。性味甘，无毒。主治益气，补中。治泻痢烦渴、吐逆咳嗽、胃疼小儿鹅口疮、烫伤。其根、茎亦供药用。

2. 经济：人类最早的栽培谷物之一，谷粒富含淀粉，供食用或酿酒，秆叶可为牲畜饲料。由于长期栽培选育，品种繁多。

文　化：　　1. 与《诗经》物种相关诗歌

《诗经》提到黍近10次，多与稷同现诗中，足见其在古代社会中的重要地位。

《诗经·豳风·七月》："黍稷重穋，禾麻菽麦。"

《诗经·王风·黍离》："彼黍离离，彼稷之穗……彼黍离离，彼稷之实。"

《诗经·小雅·信南山》："疆埸翼翼，黍稷彧彧。"

《诗经·小雅·閟宫》："黍稷重穋，稙稚菽麦。……有稷有黍，有稻有秬。"

《诗经·周颂·良耜》："荼蓼朽止，黍稷茂止。"

《诗经·小雅·楚茨》："我黍与与，我稷翼翼。"

《诗经·小雅·楚茨》："自昔何为，我艺黍稷。"

《诗经·小雅·出车》："昔我往矣，黍稷方华。"

2. 名诗佳句

先秦·左丘明《左传》又曰："黍稷非馨，明德惟馨。"汉·王粲《登楼赋》："华实蔽野，黍稷盈畴。"晋·左思《三都赋》："水澍粳稌，陆莳稷黍。"晋·刘琨《答卢谌诗》："彼黍离离，彼稷育育。"南北朝·沈约《梁雅乐歌·諴雅·三》："我有明德，馨非稷黍。"隋·江总《释奠诗应令》："黍稷非馨，苹蘩式昨。"唐·白居易《旅次华州，赠袁右丞》："政顺气亦和，黍稷三年丰。"唐·刘眘虚《浔阳陶氏别业》："愿守黍稷税，归耕东山田。"宋·方回《王御史野塘图歌》："水之上兮山之下，稷黍枣栗兮野塘之坞。"

款 识：依孟浩然诗句："故人具鸡黍，把酒话桑麻"作图。五物种中独缺主角"黍"甚
至款中仅有"把酒话桑麻"，以激观者反思。此外，另用鸡望蚕兴叹的小趣味搏
方家一哂。

1.6.1.2 稷

名称：别名：穄、糜。科属：禾本科黍族黍属一年生栽培草本植物。

用途：1. 药用：种子入药。性味甘，寒，无毒。主治益气，补不足。别录。治热、压丹石毒发热、解苦瓠毒、日华。作饭食，安中利胃宜脾，凉血解毒。根、茎亦供药用。

2. 经济：人类最早的栽培谷物之一，谷粒富含淀粉，供食用或酿酒，秆叶可为牲畜饲料。由于长期栽培选育，品种繁多。

文化：　　1. 与《诗经》物种相关诗歌，后世传承发挥

《诗经》提到稷竟达 10 次。

《诗经·豳风·七月》："黍稷重穋，禾麻菽麦。"

《诗经·王风·黍离》："彼黍离离，彼稷之穗……彼黍离离，彼稷之实。"

《诗经·小雅·信南山》："疆埸翼翼，黍稷彧彧。"

《诗经·小雅·閟宫》："黍稷重穋，稙稚菽麦……有稷有黍，有稻有秬。"

《诗经·周颂·良耜》："荼蓼朽止，黍稷茂止。"

《诗经·小雅·楚茨》："既齐既稷，既匡既敕。"

《诗经·小雅·楚茨》："我黍与与，我稷翼翼。"

《诗经·小雅·楚茨》："自昔何为，我艺黍稷。"

《诗经·小雅·出车》："昔我往矣，黍稷方华。"

2. 名诗佳句

汉·司马迁《高祖功臣侯者年表》："古者人臣功有五品，以德立宗庙定社稷曰勋。"汉·班固《霍光传》："臣宁负王，不敢负社稷。"汉·王粲《登楼赋》："华实蔽野，黍稷盈畴。"魏晋·左思《三都赋》："黍稷油油，稻莫莫。"魏晋·刘琨《答卢谌诗》："彼黍离离，彼稷育育。"南北朝·庾信《周五声调曲商调曲一》："苟利社稷。无有不尽怀。"

唐·李白《赠韦秘书子春二首（其二）》："终与安社稷，功成去五湖。"唐·骆宾王《为徐敬业讨武曌檄／代李敬业讨武曌檄》："是用气愤风云，志安社稷。"宋·欧阳修《相州昼锦堂记》："惟德被生民，而功施社稷。"元·赵孟頫《岳鄂王墓》："南渡君臣轻社稷，中原父老望旌旗。"明·海瑞《治安疏》："洁己格物，任天下重，使社稷灵长终必赖之者，未见其人焉。"

3. 成语

江山社稷。社是土地之神。稷，指农业之神。"社"和"稷"这两个神灵相近，人们便一起祭祀他们，久而久之形成了"江山社稷"的概念。代指国家，指国家与人民。又如社稷之役、社稷之器、社稷之臣、社稷为墟、宗庙社稷、稷蜂社鼠。

款 识："今年秋应熟，过从饱鸡黍。"（苏东坡句）。

1.6.2.1 鸡——家鸡

名　称：别名：家鸡、烛夜。
　　　　科属：鸡形目雉科雉族原鸡属。

用　途：1. 药用：干燥砂囊内膜入药。功用主治：消积滞，健脾胃。治食积胀满，呕吐反胃，泻痢。疳积，消渴，遗溺，喉痹乳蛾，牙疳口疮。肉、卵、血、肝、肠、胆脑、嗉囊卵壳等亦供药用。

2. 文化：鸡是十二生肖之一。在中国的传统文化中，凤的形象来源于鸡。《太平御览》："黄帝之时，以凤为鸡。"斗鸡在我国历史上久盛不衰，曾被人们作为消遣和夸豪斗胜的手段，人们信赖公鸡，是因为公鸡有信德，而雄鸡报时从不会报错，古人说这是"守夜不失时"，是信德的表现。

文　化：　　1. 与《诗经》物种相关诗歌，后世传承发挥

《诗经·郑风·风雨》："风雨凄凄，鸡鸣喈喈，既见君子。云胡不夷？风雨潇潇，鸡鸣胶胶。既见君子，云胡不瘳？风雨如晦，鸡鸣不已。既见君子，云胡不喜？"

汉·《毛诗序》："乱世则思君子不改其度焉。"也就是说，身逢乱世，人们往往更加思念品德高尚的君子。人们用"风雨如晦"比喻社会黑暗、前途艰难，"鸡鸣不已"则比喻在如此黑暗的环境中，君子仍不改自己的气节。

《诗经·郑风·女曰鸡鸣》："女曰鸡鸣，士曰昧旦。"

《诗经·齐风·鸡鸣》："鸡既鸣矣，朝既盈矣。匪鸡则鸣，苍蝇之声。"

2. 鸡鸣之句遍天下，皆受《诗经》影响

如东汉·班固："思古歌鸡鸣。忧心摧折裂。"东汉·曹操《蒿里行》："白骨露于野，千里无鸡鸣。"魏晋·阮籍《咏怀》："晨鸡鸣高树。命驾起旋归。"晋·陶渊明："狗吠深巷中，鸡鸣桑树颠。"唐·李白："半壁见海日，空中闻天鸡。"宋·王安石："飞来山上千寻塔，闻说鸡鸣见日升。"宋·苏轼："门前流水尚能西，休将白发唱黄鸡。"明·唐寅："平生不敢轻言语，一叫千门万户开。"清·黄遵宪："正望鸡鸣天下白，又惊鹅击海东青。"可谓历代名家皆有佳句。

款识：“对峙”

石上大吉

（张）目纲·牛

1.6.2.3 牛

名 称：黄牛、水牛、牦牛等家养牛，为偶蹄目，牛科，牛属动物。

用 途：1.药用：牛肉功用补脾胃，益气血，强筋骨，治虚损羸瘦，消渴脾胃不运。癥积、水肿、腰膝酸软。其骨、髓、血、脑、鼻、齿、甲状腺、睾、结石等皆入药。
2.畜用及肉用。

文 化：　　我国牛的驯化已有一万多年的历史。水牛在汉代司马相如《上林赋》有出现。现陈列在美国明尼阿波利斯艺术馆的卧态水牛铜像，是周代文物。

　　牦牛由野牦牛驯化而来。牛耕的普遍使用，推动了历史的进步。

　　1.与《诗经》物种相关诗歌，后世传承发挥

　　《诗经·王风·君子于役》："鸡栖于埘，日之夕矣，羊牛下来，君子于役。如之何无思？"这是描写怀念在外服役丈夫的心情。唐·杜甫："牛羊下来久，各已闭柴门。"唐·王维："萋萋春草秋绿，落落长松夏寒。牛羊自归村巷，童稚不识衣冠。"唐·杜牧："云光岚彩四面合，柔柔垂柳十余家。雉飞鹿过芳草远，牛巷鸡埘春日斜。"宋·文天祥："牛骥同一皂，鸡栖凤凰食。"

　　《诗经·小雅·黍苗》："我任我辇，我车我牛。"

　　《诗经·小雅·楚茨》："济济跄跄，絜尔牛羊，以往烝尝。"按，此处写祭祀。

　　2.牛的勤恳任怨

　　王安石曾写下《耕牛》："朝耕草茫茫，暮耕水濡濡。朝耕及露下，暮耕连月出。身无一毛利，主有千箱实。"宋代·李纲"但得众生皆得饱，不辞羸病卧残阳"的千古名句。唐·崔道融："雨足高田白，披蓑半夜耕。人牛力俱尽，东方殊未明。"

　　3.牛与田园生活

　　唐·李白："花暖青牛卧，松高白鹤眠。"唐·王维："斜阳照墟落，穷巷牛羊归。"宋·苏轼："村南村北响缲车。牛衣古柳卖黄瓜。"唐·张籍："陂中饥乌啄牛背，令我不得戏垅头。"宋·杨万里："童子柳阴眠正着，一牛吃过柳阴西。"宋·孔平仲："老牛粗了耕耘债，啮草坡头卧夕阳。"

君子于役不
日不月曷其有
佸鸡栖于桀日
之夕矣羊牛下
括君子于役
苟无饥渴
释文 君子于役
不日不月曷其有佸
鸡栖于桀日之夕矣
羊牛下括君子于役
苟无饥渴

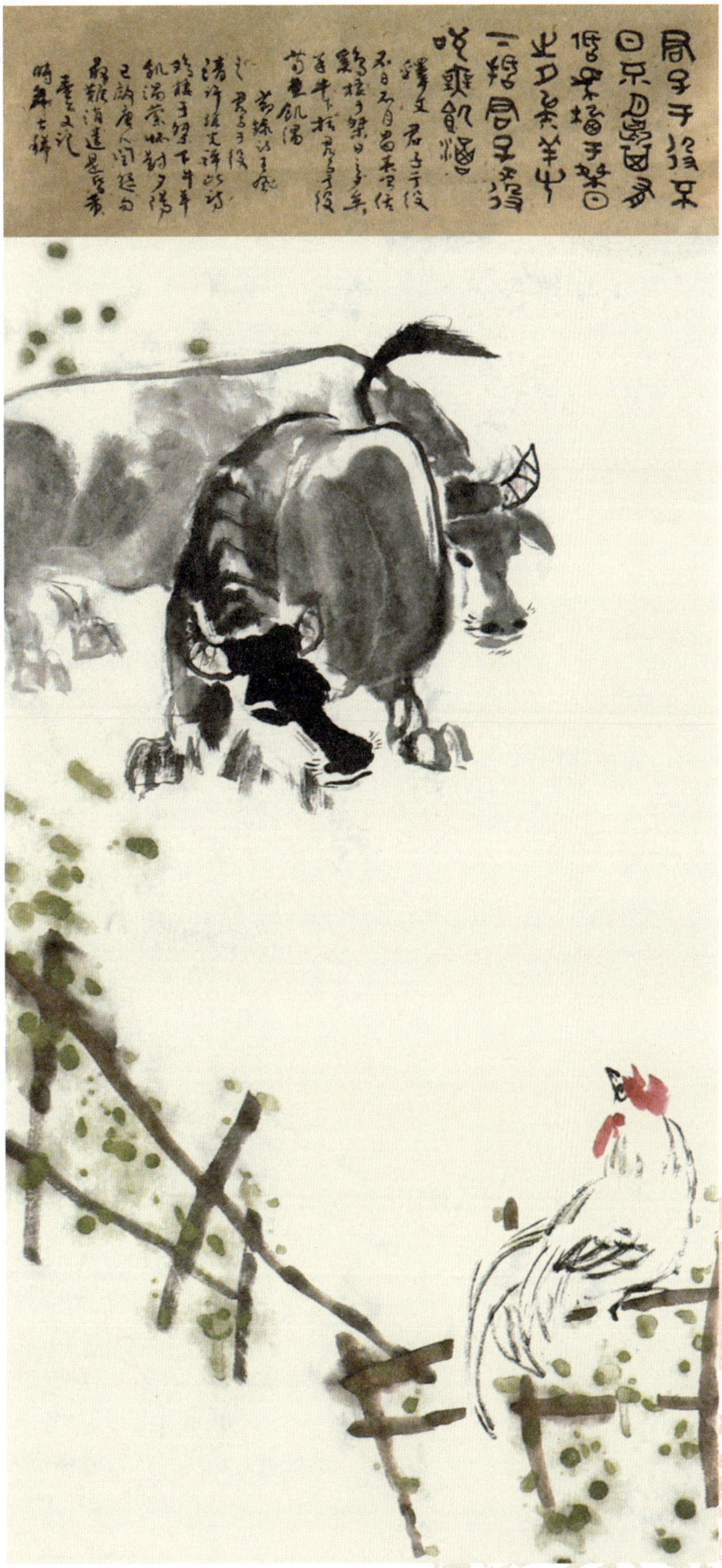

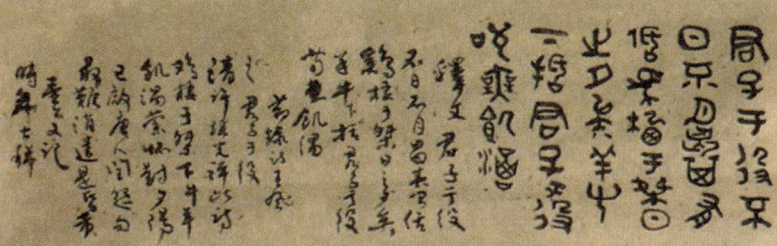

玄荽·黄蒲

1.6.4.1 蒲

名　称：香蒲，古时称蒲，又名睢、睢蒲、醮、甘蒲、蒲黄草、鬼蜡烛、水蜡烛、蒲草、莎草、板枝、蒲包草、金簪草、芦烛、芦油烛。为多年生落叶、宿根性挺水型的单子叶植物。全草入药。

用　途：功用主治治小便不利，乳痈。

文　化：　　蒲与人们生活有密切相关。因此，《诗经》多处提到。《小雅·鱼蒲》："鱼在在藻，依于其蒲。"《大雅·韩奕》："其蔌维何，维笋与蒲。"

　　蒲与荷、鱼、藻择水而居，皆风光之秀丽。画中蒲棒鸰鸰，风中招摇，亦诵其美。

　　香蒲通身是宝。它的白色茎名"蒲笋"，可鲜食，可腌制成"蒲菹"，可蘸醋食。"维笋与蒲"是指盛大宴会菜肴是竹笋。蒲是蒲蒻，即白嫩的蒲茎。可见蒲在古代与美味的竹笋同样高贵。《野菜谱》称其蒲儿根，俗称蒲菜，今菜市可购到。此外，《粥谱》载其嫩茎根茎，可食或取汁服或粥。

　　香蒲修长的叶子可编蒲席、蒲包、蒲扇、蒲团等。其花多绒，即蒲绒。可作垫子填充物。香蒲的果穗叫蒲棒。插在案头瓶中，另具风雅。蒲棒上部的黄色雄性花蕊即是蒲黄，是古老的中药，入药已两千年。

　　香蒲是古代文人保健药。如宋·刘克庄《友人病疮》："自检方书坐一床，教寻藁白采蒲黄。"宋代士大夫雅好保健品，当时各种"饮子"盛行。他们有传统医药知识，查对方书，斟酌脉证，对号入座，乐此不疲。

　　香蒲是端阳节的吉祥物。宋·崔敦："瑞麦登时物，香蒲荐寿祺。"元·舒頔："碧艾香蒲处处忙。"宋·黄裳："角黍包金，香蒲切玉。"文人舒怀，贯从佳节吐露。

　　香蒲叶其形似剑，故附会辟邪。明·唐寅《蒲剑》："三尺青青太古阿，舞风斫破一川波。"

款 识：《泽陂》"彼泽之阪，有蒲与荷。"（《诗经·陈风》）

1.6.5.1 蓷——益母草
tuī

名　称：别名：益母草、坤草、茺蔚、九重楼、云母草、森蒂、益母艾、红花艾、坤草、野天麻、玉米草、灯笼草、铁麻干。科属：管状花目唇形科益母草属。

用　途：药用：新鲜或干燥地上部分入药。性味苦、辛，微寒。入肝、心包、膀胱经。功效：活血调经，利尿消肿，清热解毒。主治：用于月经不调、痛经经闭、恶露不尽、水肿尿少、疮疡肿毒。

文　化：　　1. 与《诗经》物种相关诗歌，后世传承发挥
　　《诗经·王风·中谷有蓷》："中谷有蓷，暵其乾矣。有女仳离，嘅其叹矣……中谷有蓷，暵其脩矣……中谷有蓷，暵其湿矣。"此诗言女被丈夫遗弃之伤感心情。后人由忧而入药。如：
　　唐·佚名："百味炼来怜益母，千花开处斗宜男。"
　　宋·朱翌："曾子定应怜益母，曹公端解寄当归。"
　　明·李祯："草谁怜益母，花自媚宜男。"
　　清·朱中楣："采药盈筐怀益母，书符结缕佩宜男。"
　　其中，明·陈献章《益母草》诗叙述较全面："有草人不识，弃之等蒿莱。时来见任使，到口生风雷。溲也佐未足，益以蜜与醯。生者得其养，死者无遗胎。岐黄开本草，天札人所哀。一物具一周，神功不可猜。佳名夙所慕，广济真天才。"
　　2. 武则天的美容
　　《新唐书·则天武皇后》说武后"虽春秋高，善自涂泽，令左右不悟其衰"。唐·王焘《外台秘要》称之为"近效武则天大圣皇后炼益母草留颜方"。其功效特异。此药洗面，觉面皮滑润，颜色光泽。经月余生血色，红鲜光泽，异于寻常。如经年用之，朝暮不绝，年四五十岁妇人如少女。

1.6.8.2 萧——牛尾蒿

名　称： 别名：萧荻，牛尾蒿，荻蒿（《诗疏》）艾蒿（《说文解字》）萧荻、蒿（《尔雅》）、白蒿。
科属：菊科，蒿属。

用　途： 1. 药用：入药。功能主治：参照艾。
2. 经济：古人采为祭品，嫩时可食。

文　化： 　　1. 与《诗经》物种相关诗歌，后世传承发挥
　　萧在古诗中的多种含意，萧在《诗经》中5次提及。皆是人们珍爱。
　　《诗经·王风·采葛》："彼采萧兮，一日不见，如三秋兮。"此男子思恋之语。
　　《诗经·小雅·小明》："岁聿云莫，采萧获菽。"
　　《诗经·曹风·下泉》："冽彼下泉，浸彼苞萧。"
　　《诗经·小雅·蓼萧》："蓼彼萧斯，零露湑兮……蓼彼萧斯，零露泥泥……蓼彼萧斯，零露浓浓……"此言受人恩惠，感谢祝福之意。
　　《诗经·大雅·生民》："载谋载惟，取萧祭脂。取羝以軷，载燔载烈，以兴嗣岁。"此段诗言祭祖用萧和脂烤肉等，场景热烈。
　　2. 喜爱之物变恶秽代表
　　战国楚·屈原《离骚》："何昔日之芳草兮，今直为此萧艾也。"此后芝兰与萧艾成了善恶代表，限于时代，屈原未嗅到萧艾芳香宜人。致萧艾蒙冤年。诗如晋·陶渊明："幽兰生前庭，含薰待清风。清风脱然至，见别萧艾中。"唐·李白："松兰相因依，萧艾徒丰茸。"宋·赵立夫："芳兰委萧艾，嘉植梗稂莠。"唐·韩愈："白露下百草，萧兰共雕悴。"宋·林景熙："如何陵谷迁，芳草亦萧艾。"宋·赵必象："萧艾秽群芳，草木纷零落。"这里释萧艾（臭草名。比喻不肖或平凡无才），释萧敷艾荣（比喻凡事委曲求全，以致飞黄腾达）都含贬意。
　　3. 萧与凄凉景色
　　唐·顾况："苇萧中辟户，相映绿淮流。"宋·止禅师："闭门休叹故苑。杖藜游冶处，萧艾都遍。"宋·韩维："荒园寂寞无谁语，兰菊幽香没艾萧。"宋·高斯得："坐令众芳林，直为萧艾乡。"明·唐寅："头如蒜颗眼如椒，雄逐雌飞向苇萧。"

1.6.8.3 艾

考图·(二)艾

名 称：艾，又名冰台、艾蒿、医草、灸草、蕲艾、香艾等。

科属：为菊科多年生草本植物。

用途：药用：入药。功能主治：艾味苦、性温，无毒，入肝、脾、肾三经，具有温经止血、散寒止痛、祛风止痒之功效，适用于虚寒引起的月经过多、崩漏、痛经、妊娠下血、小腹冷痛等病症。

文化：
1. 与《诗经》物种相关诗歌，后世传承发挥

《诗经·王风·采葛》："彼采艾兮，一日不见，如三岁兮。"这是情歌，男子对采艾女的无限热恋。此诗多得后人同情。如宋·宋祁："惭君远寄相思句，不啻三逢采艾秋。"南北朝·谢朓："公子不垂堂，谁肯怜萧艾。"宋·黄庭坚："清风不来过，岁晚蒿艾间。"

奇怪的是战国·屈原："户服艾以盈要兮，谓幽兰其不可佩。"在此艾成了与幽兰对立的杂草。

2. 艾草引取"天火"

《本草纲目》曰："阳燧，火镜也，以铜铸成，其面凹，摩热向日，以艾承之，则得火。"随着火之起源而出现艾草记载。

3. 艾叶用于治病保健

唐药王孙思邈就常用艾，叶温灸足三里，活了一百多岁，讫今中医仍用艾灸治病。艾蒿叶熬汁，然后稀释沐浴，可除皮炎。艾蒿香枕头，有助睡功效。此外还可以驱蚊蝇。艾蒿还是一种食用植物，艾草可作艾叶茶、艾叶汤、艾叶粥、艾蒿馍、艾蒿糍粑糕、艾蒿肉丸等，以增强人体对疾病的抵抗能力。

4. 相关民俗：端午插艾

端午插艾是一项传统习俗。相传黄巢起义时，家家户户都插上艾草，保以平安。有诗记载，宋·文天祥："五月五日午，赠我一枝艾。"宋·殷尧藩："少年佳节倍多情，老去谁知感慨生；不效艾符趋习俗，但祈蒲酒话升平。"元·舒頔："碧艾香蒲处处忙。谁家儿共女，庆端阳。细缠五色臂丝长。"

款识：孟子云："九年之病，求三年之艾。"

1.6.10.1 麻——大麻

名　称：别名：大麻、汉麻、火麻、山丝苗、黄麻。
　　　　科属：荨麻目桑科大麻属大麻种，一年生草本植物。

用　途：药用：种仁入药。性味甘，平。入脾、胃、大肠经。功能主治：润燥，滑肠通淋，活血。治肠燥便秘、消渴、热淋、风痹、痢疾、月经不调、疥疮、癣癞。根、茎皮部纤维、叶、雄株花枝、雌株的幼嫩果穗亦供药用。

文　化：　　1. 与《诗经》物种相关诗歌，后世传承发挥
　　　　　麻在《诗经》中出现6次。
　　　　　《诗经·齐风·南山》："蓺麻如之何？衡从其亩。"
　　　　　《诗经·王风·丘中有麻》："丘中有麻，彼留子嗟。"
　　　　　《诗经·陈风·东门之枌》："不绩其麻，市也婆娑。"
　　　　　《诗经·陈风·东门之池》："东门之池，可以沤麻。"
　　　　　《诗经·豳风·九月》："九月叔苴，采荼薪樗。"
　　　　　《诗经·大雅·生民》："麻麦幪幪，瓜瓞唪唪。"
　　　上述诗文可以看出麻在国计民生中的重要地位。后人亦从此理。唐·韩愈："民者，出粟米麻丝，作器皿，通货财，以事其上者也。"南北朝·江淹："百年会有役，但愿桑麻成。"唐·杜甫："蜀麻吴盐自古通，万斛之舟行若风。"
　　　　2. 麻成了国盛民安的象征
　　　麻有"国纺源头，万年衣祖"之称。我国麻的使用居四大天然纤维——麻丝毛棉之首。《路史·后记》："神农，教之麻桑，以为布帛治麻为布，以作衣裳。"《淮南子》："伯余（黄帝）之初作衣也，緂麻索缕，手经指挂，其尤网罗，后世为之机杼胜复，以便其用。"在后人诗中，麻成了国盛民安的象征。唐·孟浩然："开轩面场圃，把酒话桑麻。待到重阳日，还来就菊花。"宋·范成大："昼出耘田夜绩麻，村庄儿女各当家。"宋·陆游："夹路桑麻行不尽，始知身是太平人。"宋·文天祥："远树乱如点，桑麻郁苍烟。"明·刘基："九州犹虎豹，四海未桑麻。"
　　　　3. 成语
　　　愁绪如麻、杀人如麻、披麻带孝、拖麻拽布、鸡犬桑麻、皂丝麻线、意乱如麻、纷乱如麻。

款识:"麻麦幪幪,瓜瓞唪唪。"(《诗经·大雅》)

詩經君物風華

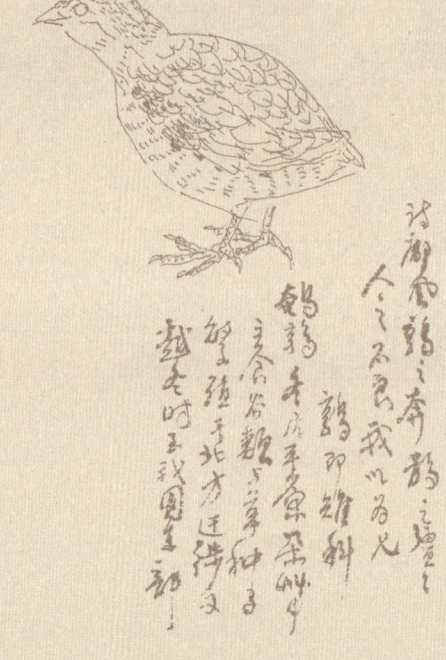

諸儒皆以鵪鵪之奔奔
今之不良我以為兄
鵪鵪率庶丰原雉科
主為谷類之華和子
鵪鵪奔北方連待之
雖妻時玉戴圉動

国风·郑风

1.7.1.3 檀——青檀

名　称：青檀，又名摇钱树，为榆科、青檀属植物。

用　途：1. 药用：入药。功能主治：去风，除湿，消肿。治诸风麻痹、痰湿流注、脚膝瘙痒、胃痛及发痧气痛。

2. 经济：茎皮、枝皮纤维为制造驰名国内外的书画宣纸的优质原料；木材坚实，致密，韧性强，耐磨损，供家具、农具、绘图板及细木工用材。可作石灰岩山地的造林树种。种子可榨油。

文　化：　　东汉造纸家蔡伦死后，他的弟子孔丹在皖南以造纸为业，偶见老的青檀树倒在溪边。树皮已腐烂变白，露出纤维，孔丹反复试验，终于造出有名的宣纸。

宣纸"四尺丹"，就是为了纪念孔丹，一直流传至今。由于安徽宣州青檀树资源稀缺，目前宣纸的质量价格皆受其影响，

1. 与《诗经》物种相关诗歌，后世传承发挥

《诗经·魏风·伐檀》："坎坎伐檀兮，置之河之干兮，河水清且涟猗。不稼不穑，胡取禾三百廛兮？不狩不猎，胡瞻（zhān）尔庭有县貆兮？"《诗经·郑风·将仲子》："将仲子兮，无逾我园，无折我树檀。岂敢爱之？畏人之多言。"《诗经·大雅·大明》："牧野洋洋，檀车煌煌，驷騵彭彭。维师尚父，时维鹰扬。"

2. 檀郎的诱惑

《晋书·潘岳传》："潘岳美姿容，尝乘车出洛阳道，路上妇女慕其丰仪，手挽手围之，掷果盈车。"岳小字檀奴，后"檀郎"即为妇女对夫婿或所爱幕的男子的美称。唐·温庭筠《苏小小歌》："吴宫女儿腰似束，家在钱唐小江曲，一自檀郎逐便风，门前春水年年绿。"南唐·李煜："烂嚼红茸，笑向檀郎唾。"唐·罗隐："应倾谢女珠玑箧，尽写檀郎锦绣篇。"

3. 檀板——乐队指挥

宋·李清照："玉瘦檀轻无限恨，南楼羌管休吹。"宋·晏殊："拍碎画堂檀板。"宋·林逋："幸有微吟可相狎，不须檀板共金尊。"宋·刘子翚："缕衣檀板无颜色，一曲当时动帝王。"按今之檀板似紫色。

款识:《青檀黄鹂图》 〔印〕

1.7.2.1 杞——旱柳
_{qǐ}

名 称：别名：杞柳、柳条、绵柳、簸箕柳、笆斗柳、红皮柳。
科属：杨柳目杨柳科柳属的一种植物。

用 途：1.药用：嫩叶或枝叶入药。功用主治：散风，祛湿，清湿热。治黄疸型肝炎、风湿性关节炎、湿疹。
2.经济：枝条细长柔韧，可编织箱筐等器物。杞柳制成的柳编制品款式新颖，种类繁多。杞柳主根少而深，是固堤护岸的好树种。

文 化：1. 与《诗经》物种相关诗歌，后世传承发挥

《诗经·郑风·将仲子》："将仲子兮，勿逾我里，勿折我树杞。"此恋歌，女子劝情人别来幽会，以免引起非议。

《诗经·小雅·四牡》："翩翩者雏，载飞载止，集于苞杞。"

《诗经·小雅·湛露》："湛湛露斯，在彼杞杞棘。"按，以下似指枸杞。

《诗经·小雅·四月》："山有蕨薇，隰有杞桋。"

2. 杞柳与人品善恶

宋·陈普《孟子·杞柳》："梓漆椅桐质本奇，用而为器始皆宜。倘令杞柳非柔顺，未必杯卷可得为。"

宋·黄庭坚将其喻人品。如诗："安能诡随人，曲折作杞柳。"唐·白居易："君爱绕指柔，从君怜柳杞。"

3. 歌咏杞柳的诗

晋·孙楚《登楼赋》："杞柳绸缪，芙蓉吐芳，俯依青川，仰翳朱杨。"唐·张说："杞梓滞江滨，光华向日新。"宋·张栻："群材欲封殖，杞梓看成林。"明·廖希颜："长日琴樽歌有杞，往时圭璧忆分桐。"明·宋濂："英英我杞梓，芃芃我棫朴。"

诗经名物风华

款识："杞柳绸缪，芙蓉吐芳。"

蟆色白

（俄）目纲·豹

1.7.6.2 豹

名　称： 别名：程、失剌孙、金钱豹、银钱豹、文豹。

科属：食肉目猫科豹属的大型肉食性动物。

用　途： 药用：骨入药。功用主治：追风定痛，强壮筋骨。治筋骨疼痛、风湿寒痹、四肢拘挛、麻木、腰膝酸楚。肉亦供药用。

文　化： 　　中国豹泛称为花豹（金钱豹）或豹虎。豹象征着威严、勇敢、力量、坚强、个性和毅力。豹的胆子也大，敢于进攻身体较大、凶猛的动物如雄鹿、公野猪等。豹篇的解释　古代兵书《六韬》中有《豹韬》篇。后因以"豹篇"借指兵书。唐·孟郊："虎队手驱出，豹篇心卷藏。古今皆有言，猛将出北方。"

　　1. 与《诗经》物种相关诗歌，后世传承发挥

　　《诗经·郑风·羔裘》："羔裘豹饰，孔武有力。彼其之子，邦之司直。"

　　2. 豹与军情

　　唐·王维："文螭从赤豹，万里方一息。"宋·徐瑞："豹林将军累世韵，龙冈文章千载名。"宋·陈人杰："平戎策就，虎豹当关。"宋·王迈："批鳞咈神龙，编须犯关豹。"宋·王正功："九关虎豹看劲敌，万里鹓鹏竚剧谈。"明·刘基："九州犹虎豹，四海未桑麻。"

　　3. 豹与勇悍

　　魏·曹植："狡捷过猴猿，勇剽若豹螭。"宋·邵雍："豹死犹留皮一袭，最佳秋色在长安。"宋·黄庭坚："腰斧入白云，挥车棹清溪。虎豹不乱行，鸥鸟相与嬉。"宋·魏了翁："如熊罴当道，如虎豹守阖。"

款识："勇剽若豹螭"（曹植句）

基會·凫

1.7.8.2 凫^{fú}——绿头鸭、野鸭

名 称： 别名：绿头鸭、鹜、沈凫、松凫、野鸭、野鹜、晨凫、大红腿鸭、凫鸭、大麻鸭、水鸭。

科属：鸟纲雁鸭目雁鸭科。能飞，群集生活。《广韵》："凫，水鸭也。"另一说凫是"家鸭"。又如：凫雏（幼凫）；凫雁（野鸭与大雁）；凫胫（野鸭的小腿）。

用 途： 1.药用：肉入药。功用主治：补中益气，消食和胃，利水，解毒。治病后虚、食欲不振、水气浮肿、热毒疮疖。羽毛亦供药用。

2.经济：肉食用及鸭绒。

文 化： 　　1. 与《诗经》物种相关诗歌，后世传承发挥

《诗经·郑风·女曰鸡鸣》："女曰鸡鸣，士曰昧旦。子兴视夜，明星有烂。将翱将翔，弋凫与雁。"按，此诗言官员夫妇生活之和谐。后之诗家用以写生活。如唐·杜甫："笋根稚子无人见，沙上凫雏傍母眠。"

　　2. 名诗佳句

南北朝·鲍照："凫鹄远成美，薪刍前见凌。"唐·卢照邻："钓渚青凫没，村田白鹭翔。"唐·马戴："亭树霜霰满，野塘凫鸟多。"宋·周邦彦："银河宛转三千曲。浴凫飞鹭澄波绿。"

　　受《诗经》鸡鸣影响，双凫隐晦表达情爱。南北朝·沈约："无因达往意，欲寄双飞凫。"唐·孟郊："浪凫惊亦双，蓬客将谁僚。"唐·乔知之："凫雁将子游，莺燕从双栖。"宋·强至："马鞍出带残更梦，却是双飞邬县凫。"宋·苏轼："倾盖相逢拚一醉。双凫飞去人千里。"

　　3. 典故

凫趋雀跃，比喻人欢欣鼓舞。唐·卢照邻："渔者观焉，乃具竿索，集朋党，凫趋雀跃……"唐·梁涉》："闻之者凫趋雀跃，见之者足蹈手舞。"形容喜悦欢娱之状。宋·苏轼："鼓吹未容迎五马，水云先已扬双凫。"明·朱权："天上晓行骑只鹤。人间夜宿解双凫。"

雕佩

1.7.8.4 佩

名 称： 古代系在衣带上的玉饰，玉佩。

用 途： 1. 药用：其玉屑入药。

2. 自周代开始等级制度，佩绶制度是礼仪制度的组成。周天子"佩玉节步"就是用挂在身上的佩使之节步稳行。

文 化：　1. 与《诗经》物种相关诗歌，后世传承发挥

《诗经·郑风·女曰鸡鸣》："知子之来之，杂佩以赠之。知子之顺之，杂佩以问之。知子之好之。杂佩以报之。"此诗言官员生活。玉佩系男子所好，妻子为其备齐。

《诗经》还有多处提到。如："佩玉琼琚""佩玉将将""佩玉之傩""贻我佩玖""佩其象掬""琼瑰玉佩""青青子佩"。

2. 名诗佳句

战国楚·屈原《离骚》："佩缤纷其繁饰兮，芳菲菲其弥章。"唐·白居易："金马门前回剑佩，铁牛城下拥旌旗。"唐·杜牧："佩得左鱼归"唐·徐铉："游女有时还解佩，青楼何处不留人。"宋·乐雷发："天涯那得随衿佩，试借升堂讲义钞。"

3. 成语

带牛佩犊：原指汉宣帝时龚遂诱使农民放弃武装斗争而从事耕种。后比喻改业归农。

倒冠落佩：脱下帽子，摘去佩玉。形容辞官还乡。

水佩风裳：以水作佩饰，以风为衣裳。本写美人的妆饰。后用以形容荷叶荷花之状貌。

我黼子佩：指夫妻同享荣华。

款识："青青子佩，悠悠我心。纵我不往，子宁不来？"（《诗经·郑风》）

考图·槿木

1.7.9.1 舜——木槿

名 称：别名：木槿、朝菌、椴、藩篱草。假借为"蕣"。
科属：锦葵科落叶灌木。

用 途：1. 药用：皮入药。功能主治：清热利湿，解毒止痒。治肠风泄泻、痢疾脱肛、白带、疥癣、痔疮。叶、花、果亦供药用。
2. 经济：木槿花作为一种食物食用。不仅可以油炸，而且可以煮汤。夏秋开花，花有白、紫、红诸色，朝开暮闭，栽培供观赏，兼作绿篱。茎的纤维可造纸。

文 化：　　1. 与《诗经》物种相关诗歌，后世传承发挥
　　《诗·郑风·有女同车》："有女同车，颜如舜华。将翱将翔，佩玉琼琚。彼美孟姜，洵美且都。"此诗是一对贵族青年的恋歌，诗中以男子的语气，赞美了女子容貌的美丽和品德的美好。
　　时当夏秋之际，木槿花盛开，诗中的男女一同出外游览。诗人从容颜、行动、穿戴以及内在品质诸方面，描写了这位少女的形象，同《诗经》中写平民的恋爱迥然有别。这也可以说是本诗的主要特色。魏晋·阮籍在他的诗中多次提及木槿花，其中有："木槿荣丘墓，晃晃有光色。"南朝梁·萧纲："石榴珊瑚蕊，木槿悬星葩。"唐·李绅："瘴烟长暖无霜雪，槿艳繁花满树红。"
　　2. 木槿花与韶华易逝
　　感叹木槿花花期短，更多的是对美丽稍纵即逝的惋惜。
　　唐·李商隐《槿花》："风露凄凄秋景繁，可怜荣落在朝昏。"唐·白居易："松树千年终是朽，槿花一日自为荣。"元·姬翼："暮落朝开木槿荣。"宋·欧阳修："菊死抱枯枝，槿艳随昏旭。"宋·朱继芳："身游城市发将华，眼见人情似槿花。"
　　3. 木槿花的象征意义
　　木槿花迎着朝阳开放，在日落时枯萎，夜间时是在养精蓄锐，为了第二天能开放得更美丽更饱满。热烈，顽强。靠默默地努力，养精蓄锐，韬光养晦，来激励自己努力奋斗。唐·李绅："瘴烟长暖无霜雪，槿艳繁花满树红。"唐·喻凫："断岸绿杨荫，疏篱红槿遮。"唐·王勃："槿丰朝砌静，筱密夜窗寒。"
　　4. 木槿花美化田园
　　宋·晏殊："紫薇朱槿花残。斜阳却照阑干。"宋·张舜民："水绕陂田竹绕篱，榆钱落槿花稀。"唐·于鹄："不愁日暮还家错，记得芭蕉出槿篱。"宋·范成大："十里西畴熟稻香。槿花篱落竹丝长。垂垂山果挂青黄。"五代·孙光宪："茅舍槿篱溪曲，鸡犬自南自北。"

款识：木槿，古人称之为舜。"有女同车，颜如舜华。将翱将翔，佩玉琼琚。"（《诗经·郑风》）

1.7.10.2 荷华

名　称：别名：莲、荷、芙蕖、芙蓉、水芝。

科属：毛茛目睡莲科莲属多年生水生草本植物。莲花后落瓣，莲蓬逐渐长。地下茎称藕。种子和地下茎均可食用。菡萏就是荷花的花蕾。

用　途：1. 药用：果实或种子入药。功用主治：养心，益肾，补脾，涩肠。治夜寝多梦、遗精、淋浊、久痢、虚泻、妇人崩漏带下。石莲子并能止呕、开胃，常用治噤口痢。其根茎及节部、叶及基部、叶柄或花柄、花蕾、花托、雄蕊、种皮、胚芽等亦供药用。

2. 经济：莲子为珍贵食品及营养品。莲藕是蔬菜和蜜饯果品。莲叶、莲花、莲蕊等也都是药膳食品。叶为茶的代用品，又作为包装材料。

文　化：　　1. 与《诗经》物种相关诗歌

《诗经·郑风·山有扶苏》："山有扶苏，隰有荷华。不见子都，乃见狂且。山有桥松，隰有游龙。不见子充，乃见狡童。"此诗言少女在外，没见恋人，却遭恶少调戏。又解，此诗乃恋人之歌。内含真爱。扶苏或为朴檄小树与且即狙（猕猴）指恶少。荷华、子都比喻恋人。此风拔高了荷花所喻品格之高尚。为后世立了标杆。

2. 荷花喻品格高尚

中国早在周朝就有栽培记载。荷花全身奉献人类。其出淤泥而不染之品格恒为世人称颂。"接天莲叶无穷碧，映日荷花别样红"就是对荷花之美的真实写照。荷花"出淤泥而不染，濯清涟而不妖，中通外直，不蔓不枝"的高尚品格，历来为诗人墨客歌咏绘画的题材之一。

3. 荷花的吉祥文化

孙中山先生、周恩来总理等多次提倡大力发展荷文化，并把友谊的种子传播到友好的邻邦。

由于"荷"与"和""合"谐音，"莲"与"联""连"谐音，中华传统文化中，经常以荷花（即莲花）作为和平、和谐、合作、合力、团结、联合等的象征；赏荷也是对中华"和"文化的一种弘扬。"荷（和）而不同""荷（和）为贵"共同组成了高洁的荷花世界。

款识："看取莲花净，应知不染心。"

1.7.10.4 游龙——红蓼

名 称： 别名：荭草、红草、天蓼、水荭、红蓼、辣蓼、家蓼、水红花。《本草纲目》引陈藏器曰："天蓼即水荭，一名游龙，一名大蓼。"

科属：红蓼是蓼科，蓼属一年生草本植物。

用 途： 1. 药用：全草或带根全草入药。功用主治：治风湿性关节炎、疟疾、疝气、脚气、疮肿。花序、果实亦供药用。

2. 经济：观赏和绿化环境，红蓼还是食疗的佐料。它和葱、蒜、韭、芥，并称"五辛"。

文 化： 1. 与《诗经》物种相关诗歌，后世传承发挥

《诗经·郑风·山有扶苏》："山有桥松，隰有游龙。"宋·朱弁："红蓼即《诗》所谓游龙也，俗呼水红。"

2. 红蓼入诗

唐·杜牧："犹念悲秋更分赐，夹溪红蓼映风蒲。"唐·白居易："秋波红蓼水，夕照青芜岸。"宋·陆游："老作渔翁犹喜事，数枝红蓼醉清秋。"明·吴承恩《西游记》："白苹红蓼霜天雪，落霞孤鹜长空坠。"

3. 红蓼入画

宋徽宗赵佶的名作《红蓼白鹅图》和清代马荃的《红蓼野菊图》均以红蓼入画。悉齐白石大师一人至少画过五幅红蓼——《红蓼双鸟》《红蓼群虾》《红蓼珍禽》《红蓼青蛙图》《墨叶红蓼》张张令人叫绝。

4. "卧薪尝胆"之"薪"

越王勾践"卧薪尝胆"的典故中，"薪"是红蓼。"卧薪"是"目卧则攻之以蓼"，刺激眼泪流。时刻提醒自己不要懈怠，不要忘记家仇国恨。

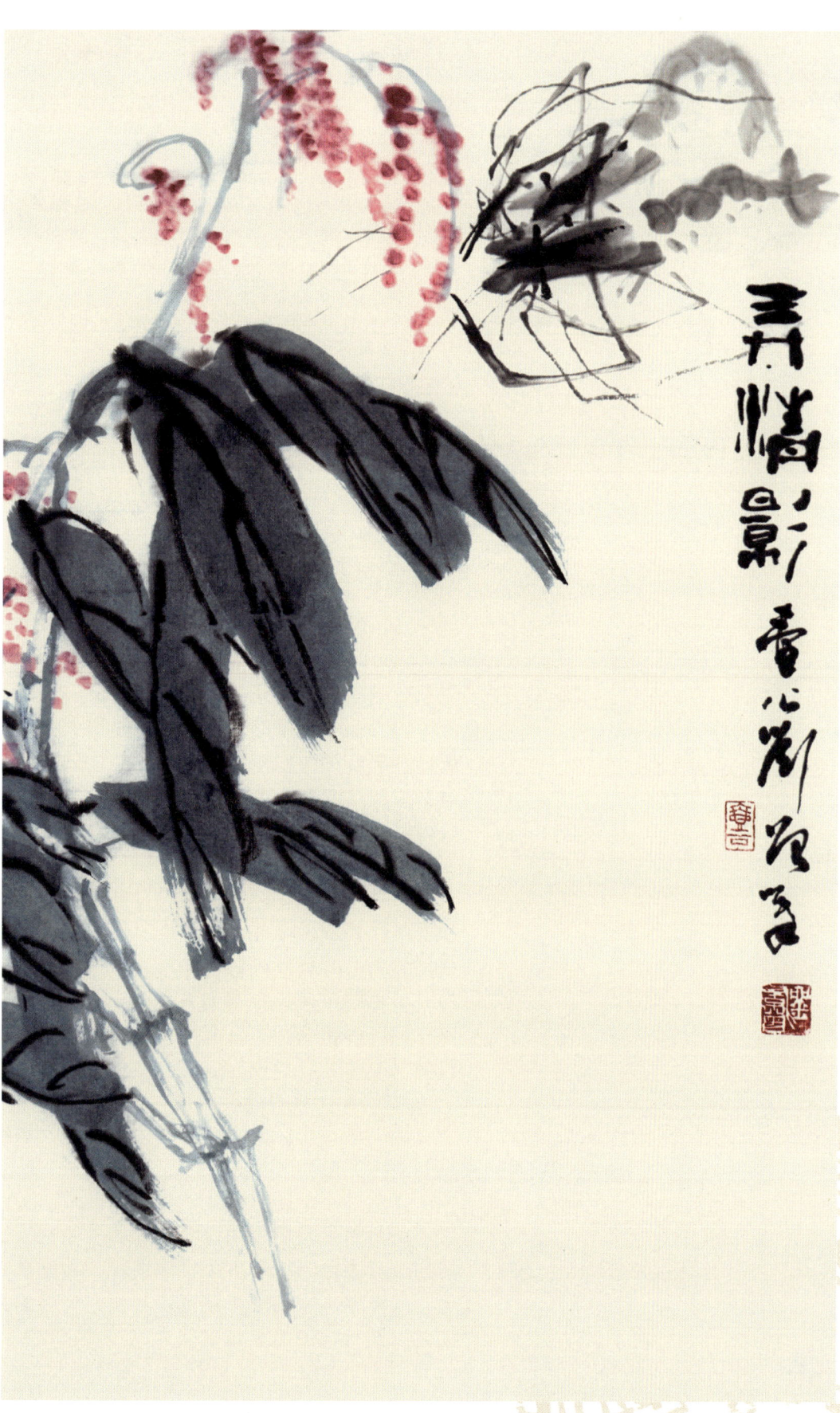

款识:《弄清影》

1.7.15.1 茹藘——茜草
lú

名称：别名：茜、茅搜、蒨、搜、蒨草、地血、牛蔓、染绯草、茜根、血见愁或风车草、四补草、西天王草、铁塔草、风车儿草、四岳近阳草、土茜苗、过山龙、染绛草、有驴伞子、金线草、苗根、有地苏木、活血丹、破血草、红根藤等。
科属：茜草科多年生攀援草本植物。

用途：药用：其根入药具有凉血活血、祛瘀以及痛经等功效，非常适合女孩子服用。功能主治：枝、皮、果、种亦供药用。《黄帝内经》载有四乌贼骨——藘茹丸，这是茜草入药的最早记载。《神农本草经》则载有茜根，明确了药用部分为根。随着现代研究的不断深入，茜草被报道的药理活性有止血、护肝、止咳祛痰、抗菌消炎、抗肿瘤、抗自由基和抗辐射、抗艾滋病病毒、免疫调节和免疫抑制等。

文化：　　1. 与《诗经》物种相关诗歌，后世传承发挥
　　《诗经》中的茜草——爱情的象征
　　《诗经·郑风·出其东门》："出其闉阇，有女如荼。虽则如荼，匪我思且。缟衣茹藘，聊可与娱。"该诗中的"茹藘"指的就是茜草，可做衣物染料。这里是说的是痴心男子回忆如荼姑娘衣裙上的染料。在古时候男女之间见面并不是光明正大的，而是十分隐晦的事情。自古以来，古今中外都有借物抒情的传统。
　　《郑风·东门之墠》："东门之墠，茹藘在阪。其室则迩，其人甚远。"在这里首诗中仍是由"茹藘"起兴，寄托了男子对女子的爱慕之意。唐·李商隐："茜袖捧琼姿，皎日丹霞起。"宋·吴文英："花满河阳，为君羞褪晨妆茜。"宋·姜夔："一春幽事有谁知？东风冷，香远茜裙归。"五代·孙光宪："客帆风正急，茜袖偎墙立。"
　　2. 茜曾是重要经济作物
　　徐广注《史记》载："茜，音倩，一名红蓝，其花染绘，赤黄也。"
　　《史记·货殖列传》："千亩厄茜，其人与千户侯。"这里所说的就是栀子和茜草，古代主要依靠这两种草本植物进行染色。栀子可以染成黄色，而茜草可以染成红色。从千亩这样的规模就可以看出，当时的社会对染色工艺以及布料的需求是多么大。《汉宫仪》："染园出厄茜，供染御服。"这里就是说栀子和茜草可以染御服。
　　3. 成语
　　缟衣茹藘。

款 识："缟衣茹藘，聊可与娱。"（《诗经·郑风》）

1.7.21.1 蕑——佩兰

jiān

名　称：科属：佩兰，泽兰、蕑兰、兰草、水香、都梁香、大泽兰。
又，或为华泽兰、马兰。为菊科兰草的茎叶。全草入药。
性味功用：性味辛平。主脾、胃经。功能清暑，碎秽，
化湿，调经。主治感冒暑湿，寒热头痛，湿润内蕴，
脘痞不饥，口甘苔腻，月经不调。

用　途：药用：其玉屑入药。功能主治：见前。

文　化：　　兰的名字古老而多争议。
　　《国风·郑风·溱洧》："士与女，方秉蕑
兮。"《毛传》："蕑，兰也。"《楚辞·离骚》：
"纫秋兰以为佩。"王逸注："兰，香草也。"
《汉书·司马相如传》："其东则有蕙圃，衡兰
芷若。"颜师古注："兰，即今泽兰也。"唐·李
白："寄君青兰花，惠好庶不绝。"唐·杜牧：
"幽兰思楚泽。"似是两种植物。宋·方岳："几
人曾识离骚面，说与兰花妄自开。"李时珍指出：
"兰有数种：香草、泽兰生水旁，山兰即兰草生
山中者。兰花亦有山中，与三兰迥别。"又说朱
子《离骚辩证》言："古之香草必花叶俱香，而
燥湿不变，故可刈佩。今之兰蕙，但花香而叶乃
无气，质弱易萎，不可刈佩，必非古人所止甚明。"
　　李时珍用《诗经》《离骚》中可秉可佩的香
草来断定是兰草，并引用朱熹的论断，才了结了
这个争论。
　　兰草一名出汉代《神农本草经》。《本草纲
目》也用此名，现代植物学也用此名，但后人又
名曰佩兰。也是附会能佩能秉的特点而取名。清
代名医叶天士《本草再新》中用佩兰为兰草之新
名称，对后世影响至深。
　　目前中医处方概用此名，可能出于与兰花相
区分的关系。

款识："扈江离与辟芷兮，纫秋兰以为佩。"（屈原《离骚》句）

1.7.21.2 芍药

名　称：别名：离草、余容、其积、解仓、可离、犁食、没骨花、
　　　　娄尾春、将离。
　　　　科属：毛茛目芍药科芍药属多年生草本植物。

用　途：1. 药用：根入药。功用主治：养血柔肝，缓中止痛，敛
　　　　阴收汗。治胸腹胁肋疼痛、泻痢腹痛、自汗盗汗、阴虚发热、
　　　　月经不调、崩漏、带下。
　　　　2. 经济：中药材及观赏。
　　　　中国的芍药栽培始于夏代。屈原的《离骚》中有"畦留
　　　　夷与揭车兮，杂杜衡与芳芷"，有人认为留夷即芍药。
　　　　有学者考证，汉时长安地区就有栽培芍药。江南芍药种
　　　　植的兴盛大概与唐代赏花的风潮有关。唐宋代时，扬州"芍
　　　　药名于天下，与洛阳牡丹俱贵于时"。
　　　　牡丹被称为花王。芍药被称为花相。

文　化：　　1. 与《诗经》物种相关诗歌，后世传承发挥
　　　　《诗经·郑风·溱洧》："维士与女，伊其相
　　　　谑，赠之以勺药。"按，春秋时，郑国每逢三月初
　　　　三，在溱水、洧水（今河南境内双洎河的上游）的
　　　　河边上盛会，小伙子和姑娘们，更是有说有笑，并
　　　　互相赠送芍药以表示情意。

　　　　　　离别赠物：芍药在古代也用以赠别情人或友
　　　　人。后以赠芍药作为爱情或离别的典故。诗如唐·
　　　　白居易："如折芙蓉栽旱地，似抛芍药挂高枝。"
　　　　唐·罗隐："芍药与君为近侍，芙蓉何处避芳尘。"
　　　　唐·杜牧："闲吟芍药诗，惆望久嚬眉。"元·赵
　　　　孟頫："芍药虚投赠，丁香漫结愁。"
　　　　　　2. 成语
　　　　采兰赠芍。

詩
經
君
物
風
華

訪大雅大明時維鷹揚

詩卿飛龍上讀公展仁滿壽王子

鷹科養鷹

国风·齐风

1.8.1.2 苍蝇——舍蝇

名　称：别名：舍蝇。
　　　　科属：昆虫纲双翅目蝇科

用　途：药用：其肉入药。《本草纲目》："拳毛倒睫，以腊月蛰蝇，干研为末，以鼻频嗅之，即愈。"

文　化：　　1. 与《诗经》物种相关诗歌，后世传承发挥

《诗经·齐风·鸡鸣》："鸡既鸣矣，朝既盈矣。匪鸡则鸣，苍蝇之声。东方明矣，朝既昌矣。匪东方则明，月出之光。虫飞薨薨，甘与子同梦。会且归矣，无庶予子憎。此言妻劝恋床国君早起上朝。"

《诗经·小雅·青蝇》："营营青蝇，止于樊。岂弟君子，无信谗言。营营青蝇，止于棘。谗人罔极，交乱四国。营营青蝇，止于榛。谗人罔极，构我二人。"此言奸佞误国，劝君勿信谗言。后世多从此意。如魏·曹植："苍蝇间白黑，谗巧令亲疏。"南北朝·鲍照："食苗实硕鼠，点白信苍蝇。"唐·李白："青蝇易相点，白雪难同调。"唐·韩愈《杂诗四首》："朝蝇不须驱，暮蚊不可拍。"唐·孟郊："日中视馀疮，暗锁闻绳蝇。"宋·舒岳祥："不是案头乾死萤，不是营营蝇止棘。"宋·李处权："青蝇休点污，白璧漫瑕疵。"

2. 蝇头与功名利禄

宋·苏轼："蜗角虚名，蝇头微利，算来著甚干忙。"宋·范成大："人世会少离多，都来名利，似蝇头蝉翼。"宋·陆游："灯前目力虽非昔，犹课蝇头二万言。"宋·柳永："蝇头利禄，蜗角功名"。宋·孙应时："蝇头深故帙，尘尾富名言。"

3. 成语

蝇营狗苟、蝇头小楷、狗苟蝇营、如蝇逐臭、青蝇点素、蝇营鼠窥蝇头蜗角、蝇名蜗利、青蝇之吊、蝇声蛙噪、蝇攒蚁附。

1.8.2.1 狼

名　称：别名：毛狗。

　　　　科属：食肉目犬科犬属。狼属于食肉动物，主要以鹿、羚羊、兔为食，也食用昆虫、老鼠等，能耐饥。狼是猎食动物。狼群以核心家庭的形式组成。狼属于典型的食物链次级掠食者。头狼会身挺高，腿直，神态坚定，耳朵是直立向前。在人类社会中，存在着狼仇恨与狼崇拜两种观念。追溯远古，某些民族先人对狼充满敬意，把这种动物作为自己部落的标志——这就是所谓的图腾。

用　途：药用：肉入药。功用主治：补五脏，厚肠胃。治虚劳，祛冷积。其甲状腺体、脂肪亦供药用。

文　化：　　1. 与《诗经》物种相关诗歌，后世传承发挥

　　　　《诗经·齐风·还》："从两狼兮，揖我谓我臧兮。"此言猎人相遇共同驱兽，互相赞扬。

　　　　《诗经·豳风·狼跋》："狼跋其胡，载疐其尾。公孙硕肤，赤舄几几。狼疐其尾，载跋其胡。公孙硕肤，德音不瑕？"此言豳地人用狼老陋不堪讽刺统治者石甫。后世文人对狼是一片叫骂。如汉·蔡文姬："出门无人声，豺狼号且吠。"魏·曹植："鸱枭鸣衡扼，豺狼当路衢。"唐·李白："流血涂野草，豺狼尽冠缨。"宋·陆游："阵云高、狼烽夜举。"宋·胡铨："欲命巾车归去，恐豺狼当辙。"清·曹雪芹："子系中山狼，得志便猖狂。"

　　　　2. 成语

　　　　狼吞虎咽、狼烟四起、狼虫虎豹、狼狈为奸、狼狈不堪、豺狼野心、鹰视狼顾、杯盘狼藉、声名狼藉、鹰挚狼食、引狼入室、狼子野心、狼羊同饲、狼奔豕突、如狼似虎、狼顾鸱张、狼前虎后。

1.8.5.1 柳——垂柳

名　称：别名：垂柳、小杨、杨柳、青丝柳、线柳、吊柳、水柳、清明柳。
　　　　科属：杨柳目杨柳科柳属多年生木本植物。

用　途：药用：根及须根入药。功用主治：利水，通淋，祛风，除湿。治淋病、白浊、水肿、黄疸、风湿疼痛、黄水湿疹、牙痛、烫伤。枝和根的韧皮、叶、花、具毛的种子亦供药用。

文　化：　　1. 与《诗经》物种相关诗歌，后世传承发挥
　　　　柳树也是我国被记述的人工栽培最早、分布范围最广的植物之一，史前甲骨文已出现"柳"字。中国植柳已有 4000 多年的历史。

　　　　《诗经·小雅·采薇》："昔我往矣，杨柳依依。今我来思，雨雪霏霏。"在古代有多种含意：

　　　　柳树因通"留"，故有惜别之意。如唐·王之涣："羌笛何须怨杨柳，春风不度玉门关。"唐·狄焕："翠色折不尽，离情生更多。"唐·李白："此夜曲中闻折柳，何人不起故园情。"

　　　　柳树有对女子阴柔赞美之说。如唐·崔橹《柳》："骨软张郎瘦，腰轻楚女饥。"唐·杜牧《新柳》："无力摇风晓色新，细腰争妒看来频。"唐·方干《柳》："摇曳惹风吹，临堤软胜丝。"唐·韩翃："春城无处不飞花，寒食东风御柳斜。"

　　　　唐·刘禹锡："杨柳青青江水平，闻郎江上唱歌声。"唐·李峤《柳》："杨柳郁氤氲，金堤总翠氛。"

　　　　2. 成语
　　　　傍花随柳、颜精柳骨、傍柳随花、花街柳巷、章台杨柳、柳烟花雾、柳莺花燕、花明柳暗柳街柳陌、折柳攀花、章台之柳、柳眉凤眼、移花换柳柳暗花明、残花败柳、寻花问柳、花红柳绿、杨柳依依、分花拂柳。

1.8.7.1 稂^{láng}——狼尾草

名　称：稂、狼尾草、童粱、董蓈、庚草、狼茅、狗尾草。
科属：禾本科。

用　途：1. 药用：其全草入药。功能主治：明目，散血，治眼目赤痛。其根亦供药用。
2. 经济：狼尾草危害禾苗的恶草。如稂莠（杂草败禾）比喻害群之人。
主要危害：与农作物争夺水分、养分和光能；杂草是作物病害和虫害的中间寄主；降低农作物产量和品质；影响人、畜健康；增加管理用工和生产成本；果园杂草的优势种之一，危害严重。

文 化：　1. 与《诗经》物种相关诗歌，后世传承发挥
《诗经·小雅·大田》："既方既皂，既坚既好，不稂不莠。"（见 1.8.7.1 莠篇）
　2. 名诗佳句
唐·白居易："禾黍与稂莠，雨来同日滋。"唐·贯休："稂莠蚀田髓，积阴成冬雷。"唐·皮日休："三秀间稂莠，九成杂巴濮。"宋·张耒："岂独无良苗，稂莠亦飘忽。"宋·苏轼："娟娟缺月隐云雾，濯濯嘉禾秀稂莠。"明·刘基："农夫植嘉谷，所务诛稂秕。"明·宋濂："终然采芭虋，难可混稂莠。"

1.8.7.2 莠——狗尾草

yǒu

锦博·子草莠

名　称：莠、狗尾草、光明草、阿罗汉草、狗尾半支（《纲目拾遗》），谷莠子、洗草、犬尾草、犬尾曲。《本草纲目》："莠，秀而不实，故字从秀。穗形象狗尾，故俗名狗尾。"

科属：禾本科狗尾草属植物。

用　途：1. 药用：其全草入药。功能主治：除热去湿，消肿，治痈、疥、癣、赤眼。其根、枝、皮、果、种亦供药用。

2. 经济：狗尾草最早作为饲料种植，以后逐步驯化栽培谷子（即未去壳的小米），谷子的祖先就是狗尾草。

文　化：　　1. 与《诗经》物种相关诗歌，后世传承发挥

《诗经·齐风·甫田》："无田甫田，维莠骄骄，无思远人，劳心忉忉。无田甫田，维莠桀桀。无思远人，劳心怛怛。"此句言农田不作，莠草不除。思念远人，劳神忧心。后人仿之，如宋·刘克庄："去莠莆田成沃壤，种花寒地亦春风。"宋·魏了翁："甫田之田骄骄莠，大国之郊濯濯山。"宋·吴芾："良田方苦莠骄骄，甘雨如何阖九霄。"宋·王迈："从此心田去稂莠，沐侯化雨及时耕。"

《诗经·小雅·正月》："好言自口，莠言自口。"此言莠言即恶语。后人借此成诗。唐·贯休："稂莠蚀田髓，积阴成冬雷。因知咋舌人，千古空悠哉。"

《诗经·小雅·大田》："既坚既好，不稂不莠。"此句言农田管好，除草去虫。

2. 名诗佳句

宋·司马光："润唯藜莠得，烂与蕙兰并。早晚浮云豁，逍遥赋晚晴。"

宋·苏轼："佳谷卧风雨，稂莠登我场。陈前漫方丈，玉食惨无光。"

宋·邵雍："农家种谷时，种禾不种莠。奈何禾未荣，而见莠先茂。莠若不诛锄，禾亦未成就。又况雨霈时，沾及恩一溜。"

宋·梅尧臣："稂莠非所殖，嘉禾共一田。"

元·王冕："引萝苦其树，存莠伤其禾。"

明·刘基："衡门长藜莠，坏壁穿荆棘。"

3. 成语

良莠不齐、不稂不莠、稂莠不齐、良莠不分、良莠混杂。

款识："荒圃鸡豚乐，雨墙禾莠生。"（唐·李约句）

图18—4 中山王墓出土重鋂式
金银狗项圈

1.8.8.2 环——鋂
_{méi}

名　称：**别名**：鋂。

　　　　科属：古代犬项圈呈大连环状的装饰物。或为装饰品。

用　途：1. 药用：参酌玉屑。

　　　　2. 文化：观赏，旅游，教育，思想，艺术，宗教，信仰。

文　化：　　1. 环与《诗经》物种相关诗歌，后世传承发挥

　　　　《诗经·齐风·卢令》："卢令令，其人美且仁。卢重环，其人美且鬈。卢重鋂，其人美且偲。"此诗言环贵犬贵以显人贵。后人响应不多。如宋·宋祁："舞骖均耳耳，鋂犬斗令令。"宋·梅尧臣《甘陵乱》："围城几匝如重鋂，万甲雪色停皑皑。"

　　　　2. 环的玉器解释

　　　　《说文解字》："环，璧也。"《礼记·经解》："行步则有环珮之声。"《礼记·玉藻》："孔子佩象环五寸。"唐·柳宗元："闻水声，如鸣佩环。"明·宋濂："腰白玉之环"。

　　　　南北朝·范云："献环润玉塞，归珠照琼辕。"唐·卢仝："摧环破璧眼看尽，当天一搭如煤炱。"南北朝·何逊："环佩出长廊。"

　　　　3. 环的另类解释

　　　　南朝梁·沈约："回环气象。"唐·张九龄："运命惟所遇，循环不可寻。"唐·寒山："蚁巡环未息，六道乱纷纷。"

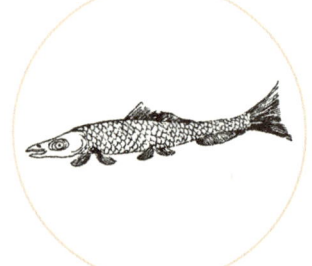

1.8.9.3 鳏
guān

名　称：即鲩鲲、鳏鱼、黄颊、生母鱼。鳏，本意是指一种大鱼。故曰鳏，引申指无妻或丧妻的男人，今有成语"鳏寡孤独"。
科属：鲤科鳏属。

用　途：1.药用：其肉入药。功能主治：暖中益胃。
2.经济：食用。

文　化：　　鳏寡孤独的来历。泛指没有劳动力而又无人赡养的人。语出《孟子·梁惠王下》："老而无妻曰鳏，老而无夫曰寡，老而无子曰独，幼而无父曰孤。此四者，天下之穷民而无告者。"《汉书·武帝纪》："朕嘉孝弟力田，哀夫老既孤寡鳏独或匮于衣食，甚怜愍焉。"参见"鳏寡孤独"。

1. 与《诗经》物种相关诗歌，后世传承发挥

《诗·齐风·敝笱》："敝笱在梁，其鱼鲂鳏。齐子归止，其从如云。"

《诗·小雅·鸿雁》："爰及矜人，哀此鳏寡。"按《毛传》："老无妻曰鳏，偏丧曰寡。"

2. 名诗佳句

魏·曹植："辞献减膳。以服鳏独。和气致祥。时雨渗漉。"唐·李商隐："俣俣行忘止，鳏鳏卧不瞑。"唐·皮日休："舜唯一鳏民，冗冗作什器。"宋·刘克庄："墨客共延素娥桂，鳏翁未遗细君柑。"宋·吴儆："问君有何好，甘作老鳏叟。"宋·陆游："身如病木惊秋早，心似鳏鱼怯夜长。"

3. 成语

鳏寡孤独、鳏鱼渴凤、鳏寡茕独、恫鳏在抱。

款 识：纲目云"鱓鱼，唉鱼最毒。池中有此不能畜鱼。"予按：鱓鱼即鳜鱼。

1.8.9.4 鱮——鲢鱼

^{xù}

名　称：别名：鲢鱼、白鲢、跳鲢、鲢子鱼等。
科属：鲤形目鲤科鲢属。《本草纲目》："状如鳙，而头小形扁，细鳞肥腹。"

用　途：1. 药用：肉入药。功能主治：温中益气，利水；用治久病体虚、脾胃虚寒、溏便、皮肤干燥者，水肿、乳少等症。亦供泽肌肤的养生食品。
2. 经济：中国淡水四大家鱼（青、草、鲢、鳙）之一。已在中国各地广泛实行人工养殖，在淡水鱼产量中占有重要地位。

文　化：　　与《诗经》物种相关诗歌，后世传承发挥
《诗经·齐风·敝笱》："敝笱在梁，其鱼鲂鱮。"

《诗经·小雅·采绿》："其钓维何？维鲂及鱮。维鲂及鱮，薄言观者。"

《诗经·大雅·韩奕》："孔乐韩土，川泽吁吁，鲂鱮甫甫，麀鹿噳噳，有熊有罴，有猫有虎。"按《诗经》中言鱮必伴鲂（形长、形方对比美）后人也仿此例。如，汉·佚名《枯鱼过河泣·枯鱼过河泣》："作书与鲂鱮，相教慎出入。"宋·苏辙《和子瞻凤翔八观八首·石鼓》："鲂鱮岂厌居溪谷，自投网罟入君俎。"宋·陆游《游镜湖》："鲂鱮来洋洋，凫雁去拍拍。"宋·晁说之《趋府马上悠然思陈无己三兄成诗寄之》："鲂鱮书懒寄，天公贱可论。"宋·宋祁《惠民堤河晚瞩》："鲂鱮逃空罶，凫鹥泊迥村。"宋·齐唐《句》："梗柟非给燎，鱮鲂必施罛。"清·黄遵宪《和钟西耘庶常德祥律门感怀诗》："相戒鲂鱮休出入，吞声私泣过河鱼。"

诗中有鱮无鲂倒觉清新，如宋·苏轼《石鼓》："我车既攻马亦同，其鱼维鱮贯之柳。"

宋·刘学箕《感事怀人送春病酒晓起五首·其一》："波肥溪鱮壮，风暖谷莺娇。"

款识："我车既攻马亦同，其鱼维鳏贯之柳。"（东坡句）

詩經名物風華

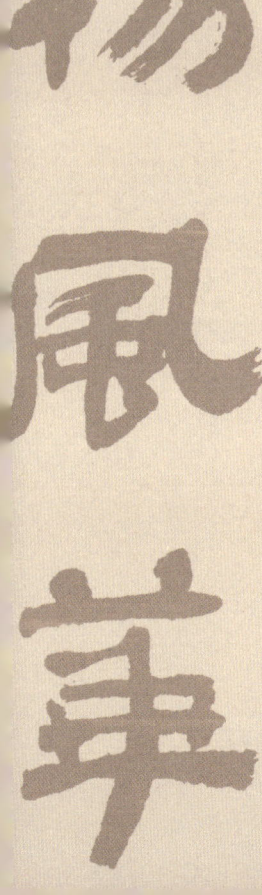

国风 · 魏风

1.9.2.1 莫——酸模

名 称：别名：酸模、须、蕸芜、山大黄、当药、山羊蹄、
酸母、牛耳大黄、酸汤菜、黄根根、酸姜、酸
不溜、酸溜溜、莫菜、酸木通、鸡爪黄连、田
鸡脚、水牛舌头、大山七。
科属：蓼目蓼科酸模属多年生草本植物。

用 途：1.药用：根入药。性味酸，寒。功用主治：清热，
利尿，凉血，杀虫。治热痢，淋病，小便不通，
吐血，恶疮，疥癣。叶亦供药用。
2.经济：酸模，分布于中国南北各省、朝鲜、
日本、俄罗斯、欧洲及美洲等地。全草供药用，
嫩茎、叶可作蔬菜及饲料。《蜀本草》："又
有一种，茎叶俱细，节间生子，若芜蔚子。"

文 化：　　与《诗经》物种相关诗歌，后世传承
发挥

　　《诗经·魏风·汾沮洳》："彼汾沮洳，
言采其莫。彼其之子，美无度。美无度，
殊异乎公路。"此为妇女赞美的诗。

　　《诗经·周南·葛覃》："葛之覃兮，
施于中谷，维叶莫莫。"此处之莫莫乃茂
盛之意，不是酸模。

1.9.2.2 藚——泽泻

<small>xù</small>

名　称：别名：泽泻、水泽、芒芋、鹄泻、泽芝、及泻、天鹅蛋、天秃。

科属：沼生目泽泻科泽泻属多年生水生或沼生草本植物。

用　途：药用：块茎入药。功用主治：利水，渗湿，泻热。治小便不利、水肿胀满、呕吐、泻痢、痰饮、脚气、淋病、尿血。叶、果实亦供药用。

文　化：　　1. 与《诗经》物种相关诗歌，后世传承发挥

《诗经·魏风·汾沮洳》："彼汾一曲，言采其藚。彼其之子，美如玉。美如玉，殊异乎公族。"此为女子赞美异性之句。

汉·刘向《九叹》："筐泽泻以豹鞹兮，破荆和以继筑。"

唐·黄麟《游登高山》："天雄峻塔凌穹漠，泽泻巍阶铁护栏。"

宋·王安石《既别羊王二君与同官会饮于城南因成一篇追寄》："与山久别悲匆匆，泽泻半天河汉空。"

宋·赵光义《逍遥咏》："泽泻池塘灌药畦，太清云黯步红霓。"

宋·李光《次韵补之药名十绝代（其九）》："应喜秋来甘泽泻，牵牛时复自蹊田。"

明·陆嘉淑《和阮亭绿雪诗》："燕中泽泻卤，吐漱常恨咸。"

清·殷兆镛《建宁》："诗心梦揽天湖景，药笼思收泽泻花。"

2. 各家论述

宋·寇宗奭《本草衍义》："泽泻，其功尤长于行水。"《本经》又引扁鹊云"多服病人眼涩，诚为行去其水。今人止泄精，多不敢用。"

款识："彼汾一曲，言采其藚。"（《诗经·魏风·汾沮洳》）

典森禽·狸狗

（张）日纲·貉

1.9.6.2 貆——貉

huán hé

名称：别名：貉、金毛貛、狸。郭璞注："貆（huān），豪猪也。"貆古同"貛"。
科属：食肉目犬科貉属。

用途：1. 药用：肉入药。《本草图经》："主元藏虚劣及女子虚惫。"
2. 经济：貉的毛皮极其珍贵，拔去硬毛的貉子皮即轻软暖为"貉绒"。《论语·子罕》："子曰：'衣敝缊袍，与衣狐貉者立，而不耻者，其由也与？……'"宋·陆游："虽无狐貉温，要免沟壑忧。"明·杨基："狐貉不外饰，而足御大寒。"

文化：　　与《诗经》物种相关诗歌，后世传承发挥
《诗经·魏风·伐檀》："不稼不穑，胡取禾三百廛兮？不狩不猎，胡瞻尔庭有县貆兮？"此系伐木者讽刺不劳而获的贵族诗句。后世响应者众。如宋·苏辙："未可厌畋猎，田中有走貆。"宋·晁补之："不狩何由有貆特，钱镈须勤晚方积。"宋·宋祁："坐观民瘼无他画，庭列貆鹑目眩筋。"宋·张耒："诗人亦多事，屑屑计鹑貆。"元·王逢："一国三公狐貉衣，四郊多垒鸟蛇围。"

　　成语"一丘之貉"，本义同一山丘上的貉，常用来喻同类无所差别。古人用得很多，如"古与今，如一丘之貉"（《汉书·杨恽传》），"今古一丘之貉，不知谁凤谁枭"（清·吴伟业《偶成》）。今人多用贬义。宋·王灼《用旧韵送普守赴阙》："蛮触蜗两角，古今貉一丘。"宋·蔡肇《题朱之纯谷阳园》："古今一丘貉，贵贱百年客。"宋·朱继芳《陈令君增诚斋三三径为十二径次韵》："四家三径各风流，今古悠悠貉一丘。"宋·苏轼《过岭》："平生不作兔三窟，今古何殊貉一丘。缅怀百年后，贤愚一丘貉。"宋·刘宰《东禅百韵》："秦楚蜗两角，跖夷貉一丘。"汉·焦赣《易林·复之屯》："悬貆素飡，食非其任画作分析。"按，此系《诗经》演绎出。

款识："平生不作兔三窟，今古何殊貉一丘。"（宋·苏东坡）

1.9.7.1 硕鼠——大仓鼠

名 称：名称：硕鼠即鼫（shí）鼠、大仓鼠、大腮鼠、搬仓鼠，雀鼠。

种属：为哺乳纲啮齿目仓鼠科动物。

三国吴·陆玑："硕鼠即《尔雅》鼫鼠也。"汉·许慎云："鼫鼠，五技鼠也。今河东有大鼠，能人立，交前双脚于颈上跳舞，善鸣，食人禾苗，人逐则走入空树中。"明·李时珍："蜀人谓之俊鼠，取其毛作笔，俊亦大也。"按鼫鼠是专吃农作物的田鼠。

用 途：它的全体或肉入药，参酚鼠。

文 化：　　1. 与《诗经》物种相关诗歌，后世传承发挥

　　《诗经·魏风·硕鼠》："硕鼠硕鼠，勿食我粟……硕鼠硕鼠，勿食我麦……硕鼠硕鼠勿食我苗。"此指大仓鼠，在《诗经》中五次提到老鼠，两次为偷盗，鼠成为恶丑的代表。后世宗之，如南北朝·鲍照："食苗实硕鼠，点白信苍蝇。"晋·郭璞："五能之鼠，技无所执。应气而化，翻飞驾集。诗人歌之，无食我粒。"

　　2. 名诗佳句

　　唐·李白："拂床苍鼠走，倒箧素鱼惊。"唐·杜甫："鸱鸟鸣黄桑，野鼠拱乱穴。"唐·曹邺："官仓老鼠大如斗，见人开仓亦不走。"宋·罗大经："陋室偏遭黠鼠欺，狸奴虽小策勋奇。"明·龚诩："灯火乍熄初入更，饥鼠出穴啾啾鸣。啮书翻盆复倒瓮，使我频惊不成梦。"

詩經名物風華

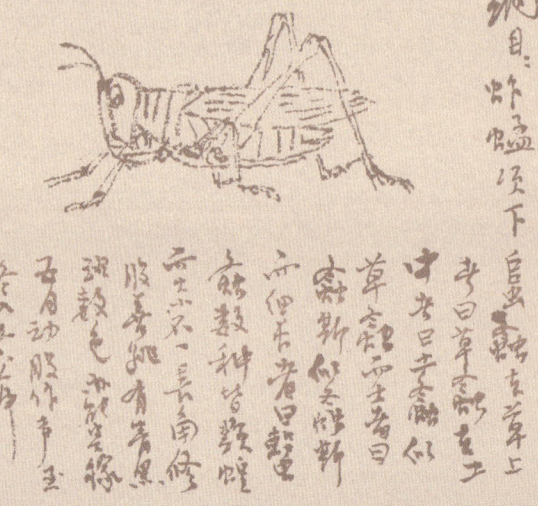

綱目：蚱蜢項下曰莎雞主草上
中秋曰莎雞飛能鼓翅作工工
草蟲而主草也似斯螽
莎斯似斯螽斯而斯
斯螽斯草曰螽雞
六偃斯者曰螽
能鼓翅作聲雄
而生不一長南修
股善細有青色
強毅色如鼠色繰
五月動股作聲鳴
也入其公母

国风 · 唐风

1.10.1.1 蟋蟀

名　称： 别名：促织，俗名蛐蛐、夜鸣虫、将军虫、秋虫、斗鸡、促织、趋织、地喇叭、灶鸡子、孙旺、土蜇、"和尚"。

用　途： 经济：蟋蟀是中国重要农业害虫，它们破坏各种作物的根、茎、叶、果实和种子，对幼苗的损害特别严重。蟋蟀为一直是主要的民俗昆虫，意思是说，人与蟋蟀间的互动方式业已成为一种民俗文化。古人发现蟋蟀争斗的习性后，就到野外捕捉蟋蟀，蓄养并观赏其争斗，期间还多有赌博。个别地区斗蟋蟀是经济支柱。

文　化：　　与《诗经》物种相关诗歌，后世传承发挥

《诗经·豳风·七月》："七月在野，八月在宇，九月在户，十月蟋蟀入我床下。"

《诗经·唐风·蟋蟀》："蟋蟀在堂，岁聿其莫。今我不乐，日月其除。无已大康，职思其居。好乐无荒，良士瞿瞿。"之后的诗词歌赋中，也常能看到蟋蟀的身影，期间的描写大多以哀婉悲凉、吟秋畏霜的纤弱姿态出现。如唐·白居易："斜月入前楹，迢迢夜坐情。梧桐上阶影，蟋蟀近床声。"宋·米芾："砧声送风急，蟋蟀思高秋。"宋·陆游："蟋蟀独知秋令早，芭蕉正得雨声多。"元·善住："西风吹蟋蟀，切切动哀音。"清·尤侗："湿萤游古屋，蟋蟀悲秋菊。"汉·佚名："晨风怀苦心，蟋蟀伤局促。"

1.10.2.1 枢——刺榆

刺　榆
1.花枝　2.雌花　3.雄花　4.坚果

名　称：别名：荎、柘榆、梗榆（《广雅》）、刺椰（《浙江天目山药植志》）。其枝有刺，叶如榆，故名刺榆。
　　　　科属：荨麻目榆科刺榆属。

用　途：1.药用：功能主治，痈肿，根皮，树皮合醋捣烂敷患处。治水肿，嫩叶可作羹食。
　　　　2.经济：嫩叶可食，可植绿篱，可制牛车，各种农具，皮可制绳袋。

文　化：　　1.与《诗经》物种相关诗歌，后世传承发挥
　　　　《诗经·唐风·山有枢》："山有枢，隰有榆。子有衣裳，弗曳弗娄。子有车马，弗驰弗驱。宛其死矣，他人是愉。"此诗言贵族传播及早享乐生活。
　　　　2.名诗佳句
　　　　《说文》："枢，户枢也。"《易·系辞》："枢机之发。"注："制动之主。"释文："门臼也。"《吕氏春秋·尽数》："流水不腐，户枢不蝼，动也。"按，后世诗文作中枢，核心意。
　　　　唐·宋之问："枢掖调梅暇，林园艺槿初。"唐·李吉甫："淮海同三入，枢衡过六年。"宋·仲并："寰区望弥切，枢笔寄非轻。"宋·曾巩："枢庭承远派，郎位袭清尘。"宋·王禹偁："表海镇峥嵘，枢臣辍禁庭。"　元·吴当："编户渝名籍，枢兵窜隶奴。"元·王士熙："翰府联芳远，枢庭奕叶光。"明·区怀瑞："喑哑千夫废，枢机八阵藏。"明·董其昌："枢密将真拜，冰衔尚薄酬。"明·屈大均："南越分三道，枢机在岭西。"清·沈桂芬《题恭邸朗润园图十六韵》："枢机参密笏，朝野庆明良。"

款 识："老人七十仍沽酒，千壶百瓮花门口。道傍榆荚仍似钱，摘来沽酒君肯否。"（岑参诗《戏问花门酒家翁》）

1.10.2.2 枌——榆

名　称：别名：榆树、枌、白榆、白枌、零榆、枌榆、榆钱树、钻天榆、钱榆、家榆。
科属：荨麻目榆科榆属。

用　途：1. 药用：树皮或根皮的韧皮部入药。功用主治：利水、通淋，消肿。治小便不通、淋浊、水肿，痈疽发背，丹毒、疥癣。其叶、花、果实或种子亦供药用。
2. 经济：制作家具、器械等。其质坚韧，难解难伐。所以用榆木脑袋来比喻人思想顽固。

文　化：　　1. 与《诗经》物种相关诗歌，后世传承发挥
　　《诗经·唐风·山有枢》："山有枢，隰有榆。子有衣裳，弗曳弗娄。子有车马，弗驰弗驱。"
　　《诗经·陈风·东门之枌》："东门之枌，宛丘之栩。子仲之子，婆娑其下。榖旦于差，南方之原。"枌为白榆。
　　2. 榆的名句
　　晋·陶渊明："榆柳荫后檐，桃李罗堂前。"唐·骆宾王："边烽警榆塞，侠客度桑干。"唐·韩愈："杨花榆荚无才思，惟解漫天作雪飞。"唐·岑参："道傍榆荚仍似钱，摘来沽酒君肯否。"唐·刘禹锡："莫道桑榆晚，为霞尚满天。"宋·王禹偁："漆燕黄鹂夸舌健，柳花榆荚斗身轻。"
　　成语"失之东隅，收之桑榆"。所谓在日出的东方吃了败仗，在日落的西边却得到了胜利。《后汉书·冯异传》："始虽垂翅回溪，终能奋翼渑池。可谓失之东隅，收之桑榆。""榆枋之见"用以比喻浅薄的见解。《庄子·逍遥游》："鹏之徙于南冥也，水击三千里，抟扶摇而上者九万里……蜩与学鸠笑曰：'我决起而飞，抢榆枋，时则不至而控于地而已矣，奚以之九万里而南为？'"
　　3. 成语
　　榆木脑袋、桑榆暮景、日薄桑榆、榆暝豆重、豆重榆暝、蓬户桑枢、桑枢瓮牖、桑户蓬枢、原宪桑枢。

款 识："东门之枌，宛丘之栩。"（《诗经·陈风·东门之枌》）

1.10.2.3 栲^{kǎo}——毛臭椿

名 称：别名：毛臭椿、苦楮，山樗，鸭椿，亦似樗或漆树。

科属：无患子目苦木科臭椿属落叶乔木。

文 化： 　1. 与《诗经》物种相关诗歌，后世传承发挥

《诗经·唐风·山有枢》：“山有栲，隰有杻。子有廷内，弗洒弗扫。子有钟鼓，弗鼓弗考。宛其死矣，他人是保。”

《诗经·小雅·南山有台》：“南山有栲，北山有杻。”

　2. 名诗佳句

唐·元结：“登高峰兮俯幽谷，心悴悴兮念群木。见樗栲兮相阴覆，怜梌楢兮不丰茂；见榛梗之森梢，闵枞櫙兮合蠹。”唐·皮日休：“危巢末累累，隐在栲木花。”宋·王安石：“君诗爱我亦古意，秀眉昔比南山栲。”宋·舒岳祥：“曾行栲源路，相访竹溪频。”宋·许琼：“岂无严霜，先彼长栲。”元·李延兴：“春容耀桃李，川色润栲杻。太行入青云，千峰淡如帚。”

栲栳，一种用竹子或柳条编的盛东西的器具，形状像斗，亦称“笆斗”，栲栳在诗文中颇多见。如宋·苏轼：“海南奇宝。铸出团团如栲栳。曾到昆仑。乞得山头玉女盆。”明·王鏊：“栲栳墩前酒一杯，良辰胜友好徘徊。”

椴博·树椴

1.10.2.4 杻——椴

niǔ

野山参的生命之伞

名称：椴，又名杻。《诗经》，叶上果根，辽椴。为椴树科落叶乔木。其根入药。

用途：椴树科，味苦性温，能祛风活血，治跌打损伤。

文化：　椴叶可做饲料。其树著白花时尤美，可作观赏树。木材可雕刻及各种器具。其木白质细，过去是作火柴的好材料，更是木刻家所爱。其树皮纤维极韧，可制绳索，或编织物，谓之"椴麻"。由于椴树的叶覆盖严密，叶形尖长颇似菩提树叶，北方庙宇常植，以替代菩提树，常受僧侣信士膜拜垂爱。

　　中国古代椴树系常见树木。如《山海经》："其（英山）上多杻橿。"《诗经·唐风·山有枢》："山有栲，隰有杻。"《诗经·小雅·南山有台》："南山有栲，北山有杻。乐只君子，遐不眉寿。乐只君子，德音是茂。"这里的杻就是椴。在这首欢宴颂歌里，借栲杻歌颂君子长寿安康，德誉日隆。眉寿是指长寿者的眉中毫毛秀出，是长寿的同义词。

　　此外，名贵中药老山参常生在椴树下，很早就被医药学家和诗人重视。如南朝·陶弘景《名医别录》引《高丽人参赞》："三桠五叶，背阳向阴。欲来求我，椴树相寻。"唐·陆龟蒙："五叶初成椴树阴"。清·赵翼《人参诗》也说"分阴椴树翠"。于是，大家都把椴树当作野山参的生命之伞。

款 识：《椴树图》取椴树开花时节写生，一树白花，细蕊盖树，伸出长舌般的苞片，（这是椴树的外
部特征）。画中飞动的小鸟，更显勃勃生机。

1.10.4.1 椒——秦椒

名　称：椒，秦椒、蜀椒(《神农本草经》)、南椒、巴椒、汗椒、陆拔、汉椒、川椒、点椒。它就是大名鼎鼎的川菜主调料——花椒。为芸香科落叶灌木。果皮入药。性味辛，温，有毒。入脾、肺、肾经。功用主治：温中散热，除湿，止痛，杀虫，解鱼腥毒。治积食停饮、心腹冷痛，呕吐、癥呃、咳嗽气逆、风湿寒痹、泄泻、痢疾、疝痛、齿痛、蛔虫病、蛲虫病、阴痒、疮疥。

用　途：花椒自古是我国重要调味品香料。如战国楚·《离骚》："杂申椒与菌桂，怀椒糈而要之。"宋·苏轼《监试呈诸试官》："调和椒桂酽，咀嚼砂砾磋。"

文　化：　　《诗经·唐风·椒聊》："椒聊之实，蕃衍盈升。彼其之子，硕大无朋。椒聊且，远条且。"意思是花椒繁茂，赞美妇女多子古代人口是立国之本。《诗经·周颂·载芟》"有椒其馨，胡考之宁。"意思是椒酒溢香献祭，祖宗保佑安宁的意思。唐·李百药："椒桂奠芳樽，风云下虚室。"同意《诗经·陈风·东门之枌》："视尔如荍，殆我握椒。"是仲春清晨青年男女聚会，娇美如花的姑娘以心相许，赠花椒以表心迹。古人喜谐音以近义。如以"莲"代"怜"，以"丝"代"思"，以"藕"代"偶"，以"题"代"啼"。该诗以椒代交，交情好也。可能是最早的运用了。

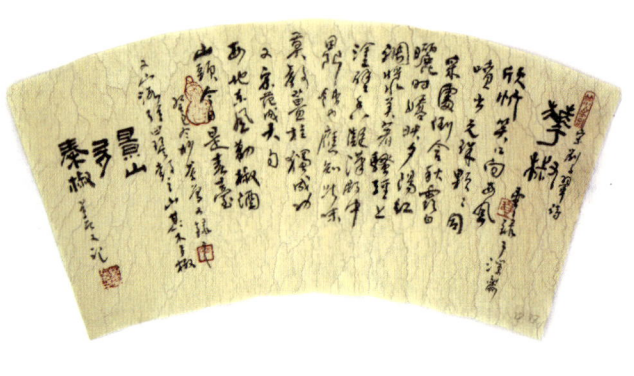

丹剥翠人衣芳气迴远新堤
调鼎用颀君更采摘

裴迪沁椒园
壬戌年秋月景清绿

1.10.8.1 鸨——大鸨

名 称：鸨，鸨科，头小颈长，鸟纲鸨科动物，中型和大型狩猎鸟类，比雁略大，背上有黄褐色和黑色斑纹。

用 途：药用：其肉入药。功能主治：《饮膳正要》："补益人，去风痹气。"

文 化：

1. 与《诗经》物种相关诗歌，后世传承发挥

《诗经·唐风·鸨羽》："肃肃鸨羽，集于苞栩。王事靡盬，不能蓺稷黍。父母何怙？悠悠苍天，曷其有所？肃肃鸨翼，集于苞棘。王事靡盬，不能蓺黍稷。父母何食？悠悠苍天，曷其有极？肃肃鸨行，集于苞桑，王事靡盬，不能蓺稻粱。父母何尝？悠悠苍天，曷其有常？"此言长期在外服徭役者之痛苦呼声，文中借鸨离土地集于栩树以起兴。后世诗中用鸨亦多悲感。如唐·杜甫："连筏动裹娜，征衣飒飘飘，急流鸨鹢散，绝岸鼋鼍骄。"明·刘基："穷愁白发真相得，悲感青春最苦多。水暖菰蒲沙鸨集，月明洲渚榜人歌。"宋·宋庠："芰莲俱野色，凫鸨各秋声。"宋·陈造："鸟乌啼松行，雁鸨下沙碛。"

2. 成语

狐绥鸨合、鸨合狐绥。

款识："肃肃鸨羽，集于苞栩。"（《诗经·唐风·鸨羽》）

栩

1.10.8.2 栩——栎

名　称：别名：栎、橡、杼（zhù）、柞树、柞栎、枥、橡栎、橡子树、紫栎、橡碗树、青刚、黄麻栎、栎子树。

科属：壳斗科栎属落叶乔木或灌木。

用　途：1. 药用：果实入药。功用主治：涩肠固脱，治泻痢脱肛，痔血。根皮或树皮、壳斗亦供药用。

2. 经济：主要价值供制造车船、农具、地板、室内装饰等用材。种子富含淀粉，可供酿酒或作家畜饲料，加工后也可供工业用或食用；壳斗、树皮富含鞣质，可提取栲胶；朽木可培养香菇、木耳。

文　化：　　1. 与《诗经》物种相关诗歌，后世传承发挥

《诗经·唐风·鸨羽》："肃肃鸨羽，集于苞栩。王事靡盬，不能蓺稷黍。父母何怙？悠悠苍天，曷其有所？"

《诗经·小雅·黄鸟》："黄鸟黄鸟，无集于栩，无啄我黍。"

《诗经·小雅·四牡》："翩翩者雕，载飞载下，集于苞栩。"

《诗经·陈风·东门之枌》："东门之枌，宛丘之栩。"

《诗经·秦风·晨风》："山有苞栎，隰有六驳。"此句之"栎"也指麻栎。

充满《诗经》味的含"栩"诗：

唐·徐夤："栩栩无因系得他，野园荒径一何多。"宋·司马光："瞻彼南山，有椐有栩，维叶湑湑。"南北朝·谢灵运："交交止栩黄，呦呦食萍鹿。"宋·史弥宁："两地河山费蘧栩，吟窗何日勘尘编。"

　　2. 成语

栩栩如生、樗栎庸材、栎阳雨金、栎樗之材。

款 识："黄鸟黄鸟，无集于栩。"（《诗经·小雅·黄鸟》）

1.10.8.3.1 粱——小米

名称： 别名：粟、禾、穈、芑、谷、谷子、小米。

科属：禾本科狗尾草属。

用途： 1. 药用：其种仁入药。功能主治：和中，益肾，除热解毒。治脾胃虚热、反胃呕吐、消渴、泻泄。其陈粟米、粟奴、粟芽、粟糖、粟米泔水亦供药用。

2. 经济：古人主粮。《韵会小补》："粱，粟类，米之善者，五谷之长，今人多种粟而少种粱，以其损地力而收获少也。"《周礼注疏》："犬味酸而温，粱米味甘而微寒，气味相成，故云犬宜粱。"

文化： 　　1. 与《诗经》物种相关诗歌，后世传承发挥

　　《诗经·唐风·鸨羽》："肃肃鸨行，集于苞桑，王事靡盬，不能蓺稻粱。父母何尝？悠悠苍天，曷其有常？"按此系服徭役者之悲声。后人诗如，明·徐威："诸子新粱肉，群经旧井田。"

　　《诗经·小雅·黄鸟》："黄鸟黄鸟，无集于桑，无啄我粱。"按此系佃农劳累思乡之苦楚。后人诗如，宋·史尧弼："纷纷燕雀稻粱急，往听鸑鷟鸣岐阳。"

　　《诗经·小雅·甫田》："黍稷稻粱，农夫之庆。报以介福，万寿无疆。"此系农奴主之乐。诗中联用稻粱后人多采纳。如唐·杜甫："国马竭粟豆，官鸡输稻粱。"宋·苏轼："炎歊六月北窗凉，更觉甘如饭稻粱。"唐·李商隐："侵宵送书雁，应为稻粱恩。"

　　2. 名诗佳句

　　唐·王驾："鹅湖山下稻粱肥，豚栅鸡栖半掩扉。"唐·王维："南园露葵朝折，东谷黄粱夜春。"唐·陈子昂："鸿雁来紫塞，空忆稻粱肥。"宋·王安石："客舍黄粱今始熟，鸟残红柿昔曾分。"宋·黄庭坚："功名黄粱炊，成败白蚁阵。"明·刘基："争先赴稻粱，宁顾野人机。"清·龚自珍："避席畏闻文字狱，著书都为稻粱谋。"

　　3. 成语

　　膏粱厚味、膏粱年少、膏粱纨袴、黄粱美梦、一枕黄粱、黄粱一梦、膏粱锦绣、膏粱子弟、纨袴膏粱、膏粱文绣。

　　黄粱美梦：宋·蔡戡："白璧人可在，黄粱梦已回。"宋·洪适："谁肯甘心迷簿领，不如袖手傲家乡，高枕熟黄粱。"宋·张辑："人世事，纵轩裳。梦黄粱。"

　　膏粱子弟：宋·司马光《资治通鉴》："李冲对曰：'未审上古以来；张官列位；为膏粱子弟乎；为致治乎？"宋·陈造："贤劳肯羡膏粱子，醉眼蓬腾坐妓围。"宋·姜特立："彼哉膏粱徒，藜藿非知音。"清·黄燮清："嗟彼豪华子，素餐厌膏粱。"

341

款识："黄鸟黄鸟，无集于桑，无啄我粱。"（《小雅·黄鸟》）

1.10.8.3.2 粱——蜀黍、高粱

名　称：别名：蜀黍、高粱、木稷（jì）、藋粱、芦穄、蜀秫、芦粟、荻粱、番黍。
科属：禾本目禾本科一年生草本植物。

用　途：1.药用：其种仁入药。功能主治：《本草纲目》："温中，涩肠胃，止霍乱。黏者与黍米功同。"根亦供药用。
2.经济：北方重要粮食作物。子实红褐色，可食，亦可酿酒、制淀粉。

文　化：　　《本草纲目》记："蜀黍北地种之，以备粮缺，余及牛马，盖栽培已有四千九百年。"

1. 与《诗经》物种相关诗歌，后世传承发挥

《诗经·唐风·鸨羽》："王事靡盬，不能蓺稻粱。父母何尝？"按此系服徭役者之悲声。《诗经·小雅·黄鸟》："无集于桑，无啄我粱。"《诗经·小雅·甫田》："黍稷稻粱，农夫之庆。报以介福，万寿无疆。"此系农奴主之乐。诗中联用稻粱后人多采纳。按诗中粱亦释为高粱、蜀黍。

2. 名诗佳句

宋·孔平仲："蜀黍林中气惨淡，黄牛冈头路曲折。"

宋·韩琦："高穗有时存蜀黍，善耕犹惜卖吴牛。"

元·方回："婆人冒杀气，感寒多两伤。贵者不其然，所患由高粱。美石能发痼，芳草能发狂。喜怒不中节，邂逅身亦亡。"

明·湛若水："上士厌糠粃，狗马饫高粱。芝兰翳草莽，荆杞生高堂。"

清·曾习经："蜀黍霜匙滑，巴菰露叶香。"

清·蔡廷兰："农夫拜官赐，一祷逢甘澍。早谷余高粱，晚季卜秋穫。"

清·黎士弘："缯币东来千万轴，单于城畔高粱肉。"

清·牟峨："村于丛柳疏边出，人自高粱绿里来。"

清·张玉纶："芳名传蜀黍，嘉种遍辽东。盛夏千竿绿，当秋万穗红。影全迷渭竹，色欲艳江枫。漕运天仓满，飞随海舶风。"按，此诗倾情于高粱之爱。

款识："蜀黍即高粱"。

1.10.8.4 稻

名　称： 稻，《诗经》又名稌，李时珍认为稻是"粳、糯之通称"。糯米为一年生草本禾本科稻糯的种子。

用　途： 糯米入药性甘温，入脾胃肺经。功能补中益气，治消渴溲多，白汗，便泄。糯稻根须味甘平，入肝肺肾经，功能益胃生津，退虚热，止盗汗。粳米在这方面类似糯米。

文　化： 　　稻是古老的粮食，《史记·夏本纪》："令益予众庶稻，可种卑湿。"郑玄《飨礼注》："凡酒，以稻为上，黍次之，禾又次之。"
　　稻是生民之本。稻的耕种收运藏，都受到诗人的注视和用情。《诗经》记载和后世诗作可谓一脉相承。
　　《诗经·小雅·甫田》："乃求千斯仓，乃求万斯箱。黍稷稻粱，农夫之庆。报以介福，万寿无疆。"
　　《诗经·豳风·七月》："八月剥枣，十月获稻。"
　　唐·杜甫《忆昔》："稻米流脂粟米白，公私仓廪俱丰实。"
　　宋·章甫《飓稻行》："今年惭愧好天色，飓稻得风尤省力。"
　　宋·罗公升《尝稻》："楚稻仲秋熟，珠玑碗面浮。已谙藜藿味，敢作稻粱谋。"
　　宋·梅尧臣《稻畦》："浅浅碧水平，青青稻苗长。"
　　宋·范成大《四时田园杂兴》："新筑场泥镜面平，家家打稻趁霜晴。"
　　宋·苏轼："稻凉初吠蛤，柳老半书虫。"
宋·范成大："薄暮蛙声连晓闹，今年田稻十分秋。"

诗经名物图华

款识："老鼠爱大米"。

稻穗黄欲卧
更听新蛬静默鸣
复听歌声随

宋范成大诗句
辛酉夏至龙
愚采

乙太·蘞蔄乌

1.10.11.1 蘞——乌蔹莓

liǎn

名称： 蘞，草名，似栝楼，叶盛而细。它和葛藤都是蔓生植物，必须依附在大树上才能生存。

文化： 　　与《诗经》物种相关诗歌，后世传承发挥

《诗经·唐风·葛生》："葛生蒙楚，蘞蔓于野。予美亡此，谁与、独处？葛生蒙棘，蘞蔓于域。予美亡此，谁与、独息？角枕粲兮，锦衾烂兮。予美亡此，谁与、独旦？夏之日，冬之夜。百岁之后，归于其居。冬之夜，夏之日。百岁之后，归于其室。"此系一位妇人悼念丈夫的诗，按，古人贯以攀蔓植物喻妻女，夫妻相互依存。宋·张嵲："女萝依青松，蘞蔓相绵延。"明·张邦奇："风摇蘞蔓响高檐，装裹残书手自签。"宋·姚勉："域蘞未绿拜无人，千里素车那复见。"

　　宋·陆游："霜余蔬甲淡中甜，春近灵苗嫩不蘞。采掇归来便堪煮，半铢盐酪不须添。""径绕茶冈北，桥连芡浦东。虫镂乌桕叶，露湿豨蘞丛。"

款识："寒气隐龙爪，紫珠映陌头。"

詩
經
君
物
風
華

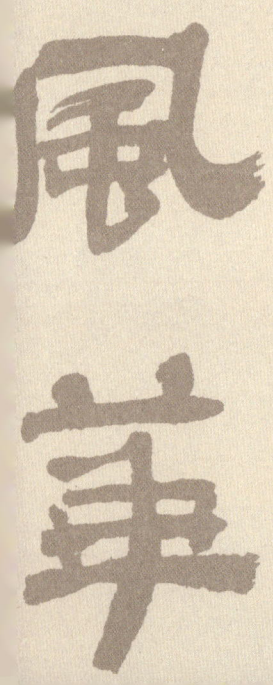

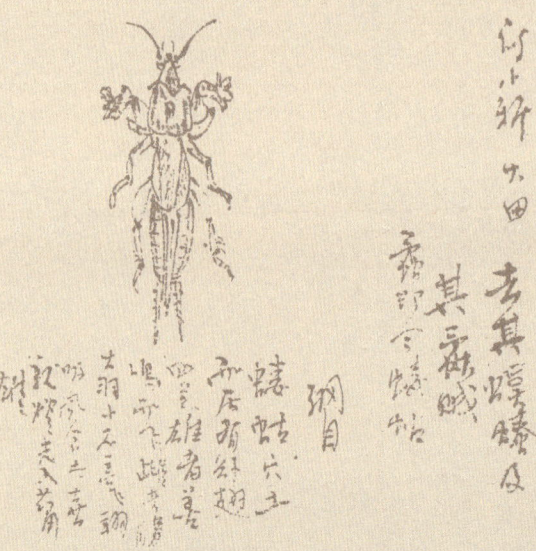

国风·秦风

始原·龙

1.11.3.1 龙

文化：　　在《礼记·礼运》中，龙与凤、龟、麟一起并称"四灵"。

海内外华人均以"龙"为中华民族的象征。

1. 与《诗经》物种相关诗歌，后世传承发挥

《诗经·秦风·小戎》："龙盾之合，鋈（wù）以觼（jué）軜（nà）。"按，龙盾指画龙的盾。

《诗经·周颂·载见》："龙旂阳阳，和铃央央。"

《诗经·周颂·閟宫》："龙旂承祀，六辔耳耳。"

《诗经·商颂·玄鸟》："龙旂十乘，大糦是承。"《荀子·赋》："天下幽险，恐失世英。螭龙为蝘蜓，鸱枭为凤凰。"东汉·许慎《说文解字》："龙，鳞虫之长，能幽能明，能细能巨，能短能长，春分而登天，秋分而潜渊。"《尔雅翼》释龙："角似鹿，头似驼，眼似兔，项似蛇，腹似蜃，鳞似鱼，爪似鹰，掌似虎，耳似牛。"宋人郭若虚在《图画见闻志》中也表达了类似的观点。

2. 名诗佳句

战国楚·屈原《离骚》："为余驾飞龙兮，杂瑶象以为车。"汉·佚名《孔雀东南飞》："青雀白鹄舫，四角龙子幡。"宋·黄庭坚："雷惊天地龙蛇蛰，雨足郊原草木柔。"唐·李白："吾欲揽六龙，回车挂扶桑。"唐·韩偓："若教临水畔，字字恐成龙。"

1.11.5.1 梅——楠木

（铰）目烟·楠

名　称：别名：楠木、楠树、雅楠、桢楠。
　　　　科属：毛茛目樟科楠属多年生常绿大乔木。

用　途：1.药用：木材及枝叶入药。功用主治：治吐泻转筋，水肿。
树皮亦供药用。
2.经济：楠木是中国特有的珍贵木材。楠树属国家二级
保护植物。
《博物要览》载："楠木有三种：一曰香楠，又名紫楠；
二曰金丝楠；三曰水楠。"多用作棺木或牌匾。宫殿及重
要建筑之栋梁必用楠木。楠木木材优良，为建筑、家具
等的珍贵用材。器具除做几案桌椅之外，主要用作箱柜。
楠木木材和枝叶含芳香油，蒸馏可得楠木油，是高级香料。

文　化：　　1. 与《诗经》物种相关诗歌，后世传承发挥
　　　　《诗经·邶风·摽有梅》："摽有梅，其实七兮。
求我庶士，迨其吉兮。摽有梅，其实七兮。求我庶士，
迨其今兮。摽有梅，顷筐塈之。求我庶士，迨其谓之。"
本诗描写未嫁的女子感叹青春逝去，渴望有男子及时
来求婚。诗以落梅比喻青春消逝，尤以落梅的多少暗
喻时光变换，层层递进表达出内心强烈的感情。
　　　　《诗经·秦风·终南》："终南何有？有条有梅。"
　　　　《诗经·小雅·四月》："山有嘉卉，侯栗侯梅。"
　　　　《诗经·曹风·鸤鸠》："鸤鸠在桑，其子在梅。"
　　　　2. 名诗佳句
　　　　唐·皮日休："此时枉欠高散物，楠瘤作樽石作
垆。"宋·王安石："在木曰楠榴，刳之可曰皿。"
宋·苏轼："旧种孤楠老，新霜一橘枯。"宋·陆游：
"檐角楠阴转日，楼前荔子吹花。"宋·蔡襄："万
家裁制须得宜，譬若梗楠迎大匠。"宋·文同："双
楠高耸绿氤氲，密叶长柯荫四邻。"宋·蒋堂："手
植梗楠二千树，时当庆历五年春。"宋·乐雷发："梗
楠兰芷今何在，空使行人误旧闻。"元·姬翼："豫
章楠梓有何辜，受斤斧、伤残无数。"清·弘历："具
瞻楠架四库贮，且喜芸编三面罗。"

款识："可怜颜色好阴凉，叶剪红笺花扑霜。"（摘自白居易《石榴树》）

1.11.7.1 驳——驳、木姜子

名　称： 别名：驳马树、木姜子、梓，榆。

科属：樟树科常绿乔木木姜子类或梓榆类。《诗集传》："驳，梓榆也，其皮青白如驳。"唐·孔颖达《毛诗正义》："其树皮青白驳荦，逴视之似驳马。"为杂色。驳马，传说中的一种形似马而能吃虎豹的野兽。诸释多语焉不详。有释鹿皮斑木姜子者，取其脱皮斑驳。

用　途： 药用：木姜子入药。功能辛温燥湿。

文　化：　1. 与《诗经》物种相关诗歌，后世传承发挥

《诗经·秦风·晨风》："山有苞栎，隰有六驳。未见君子，忧心靡乐。如何如何，忘我实多！山有苞棣，隰有树檖。未见君子，忧心如醉。如何如何，忘我实多。"此弃妇之怨声。（或君臣之弃、朋友之弃）受其影响的诗句如，唐·李白："六驳食猛虎，耻从驽马群。"唐·王建："云驳花骢各试行，一般毛色一般缨。"明·罗玘："县官身骑六驳马，短亭五里长十里。"宋·刘克庄："无驳杂者其色，不磷缁者其德。"

2. 名诗佳句

唐·杜甫《夜听许十损诵诗爱而有作》："紫燕自超诣，翠驳谁剪剔。"

唐·张九龄《祠紫盖山经玉泉山寺》："薜驳经行处，猿啼燕坐林。"

唐·白居易《玩半开花赠皇甫郎中（八年寒食日池东小楼上作）》："浅深妆驳落，高下火参差。"

宋·苏轼《王晋卿所藏著色山二首其一》："宿云解驳晨光漏，独见山红涧碧时。"

宋·宋祁《咏石》："锦驳苔文露，虹浮玉气明。"

明·李东阳《石鼓歌》："骤看笔势寻风骨，细剔苔痕认斑驳。"

清·纳兰性德《明月棹孤舟·海淀》："丹碧驳残秋夜雨，风吹去采菱越女。"

款 识："山有苞栎，隰有六驳。未见君子，忧心靡乐。"（《诗经·晨风》）

1.11.7.2 檖——豆梨

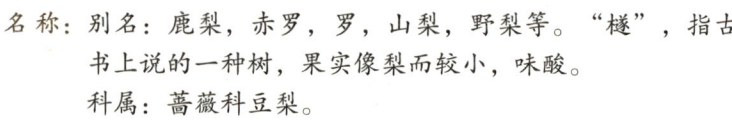

名　称：别名：鹿梨，赤罗，罗，山梨，野梨等。"檖"，指古书上说的一种树，果实像梨而较小，味酸。
科属：蔷薇科豆梨。

用　途：1. 药用：其果入药。功能主治：《本草图经》载，其煨食治痢。其叶、花亦供药用。
2. 经济：旅游、可观赏，水果供食用。

文　化：　　根据古代文献《诗经》《夏小正》记载和近代考古资料分析，梨在我国的栽培至少应在3000年以前。

　　我国自古就有"孔融让梨"和"推梨让枣"的典故，也有"寻芳尚忆琼为树，蠲渴因知玉有浆"的咏梨佳句。传说魏徵之母咳嗽日久，做成甘甜适口梨膏糖。

　　1. 与《诗经》物种相关诗歌，后世传承发挥

　　《诗经·秦风·晨风》："山有苞棣，隰有树檖。未见君子，忧心如醉。如何如何，忘我实多。"此诗乃被抛弃者之怨诗。

　　2. 名诗佳句

　　唐·岑参："忽如一夜春风来，千树万树梨花开。"唐·杜甫："庭前八月梨枣熟，一日上树能千回。"宋·晏殊："燕子来时新社，梨花落后清明。"宋·欧阳修："寂寞起来搴绣幌。月明正在梨花上。"宋·李清照："能留否？酴醾落尽，犹赖有梨花。"

　　3. 成语

　　杏雨梨云、梨花带雨、梨园弟子、哀梨蒸食、付之梨枣、灾梨祸枣、交梨火枣、推梨让枣、祸枣灾梨、梨眉艾发、枣梨之灾。

　　附，梨园，中国唐代训练乐工的机构。原是唐代都城长安的一个地名，因唐玄宗（唐明皇）李隆基在此地教演艺人，后来就与戏曲艺术联系在一起，成为艺术组织和艺人的代名词。

款识："山有苞棣，隰有树檖。未见君子，忧心如醉。"（《诗·秦风·晨风》）

1.11.7.3 晨风——燕隼

名　称：别名：晨风即燕隼，又称鹯（zhān）鸟，属于鹞鹰一类的小猛禽。
科属：鸟纲隼形目，隼科隼属动物。

用　途：1.药用：其头入药。功能主治：头风目眩颠倒。痫疾。其肉，骨亦供药用。
2.经济：以麻雀等为食。分布广，种群数量少，属国家二级重点保护野生动物。

文　化：　1. 与《诗经》物种相关诗歌，后世传承发挥

　　《诗经·秦风·晨风》："鴥彼晨风，郁彼北林。未见君子，忧心钦钦。如何如何，忘我实多！山有苞栎，隰有六驳。未见君子，忧心靡乐。如何如何，忘我实多！山有苞棣，隰有树檖。未见君子，忧心如醉。如何如何，忘我实多。"此诗言妇女思念丈夫，并怨其忘记自己。

　　2. 名诗佳句

　　魏·曹丕："方舟戏长水，湛澹自浮沉。弦歌发中流，悲响有余音。音声入君怀，凄怆伤人心。心伤安所念。但愿恩情深。愿为晨风鸟，双飞翔北林。"

　　晋·陶渊明："晨风清兴，好音时交。"

　　宋·梅尧臣："晨风无定巢，远寄鹪鹩枝。天寒鼓翼健，粒食宁所窥。大泽多群羽，翱翔各有时。今子振衣去，焉能久迍羁。"

1.11.7.6 栎

橡斗子

名 称： 别名：橡、栩、柞、枥、苧栗、青刚。
科属：壳斗科属栎属麻栎。

用 途： 药用：果实入药。功能主治：涩肠固脱，治泻痢脱肛，痔血。其皮种壳亦供药用。

唐·贯休："惟餐橡子饼，爱说道君兄。"元《哀饥民》记："山家入山收橡子，不避林深遇熊虎。"这些诗文都反映中国古代老百姓充饥的重要食物来源。

文 化： 1. 与《诗经》物种相关诗歌，后世传承发挥

《诗经·秦风·晨风》："山有苞栎，隰有六驳。未见君子，忧心靡乐。如何如何，忘我实多。"此诗言女被男弃（或君臣之弃、士友之弃等）。

2. 名诗佳句

唐·李贺《感讽五首·（其三）》："低迷黄昏径，袅袅青栎道。"

唐·许浑《访别韦隐居不值》："栎坞炭烟晴过岭，蓼村渔火夜移湾。"

南唐·徐铉《奉和宫傅相公怀旧见寄四十韵》："云龙得路须腾跃，社栎非材合弃捐。"

宋·王安石《游钟山》："两山松栎暗朱藤，一水中间胜武陵。"

宋·黄庭坚《八音歌赠晁尧民》："木直常先伐，樗栎万世叶。"

宋·陆游《访山家》："舍舟步上若耶溪，寿栎修藤路欲迷。"

宋·范成大《卖痴呆词》："栎翁块坐重帘下，独要买添令问价。"

元·王冕《盆中树》："平原太谷土无限，樗栎能与天齐年。"

明·刘基《二鬼》："不问杉柏樗栎，兰艾蒿芷蘅茅茨。"

清·曾国藩《次韵何廉昉太守感怀述事十六首》："社栎支离几日培？"

3. 成语

樗栎庸材、栎阳雨金、栎樗之材。

款识："岁拾橡栗随狙公。"（杜工部句）

詩經名物風華

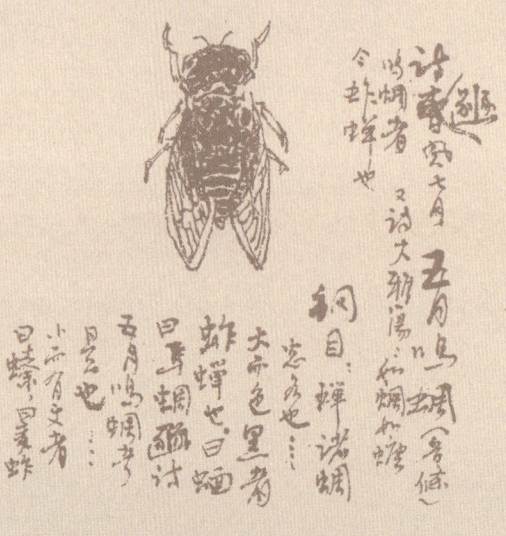

国风 · 陈风

1.12.1.1 鹭

典蓝禽·鹭

名 称：别名：白鹭、春锄、鹭鸶、白鸟、丝禽、雪客、一杯鹭、小白鹭、白鹭鸶。
科属：鹳形目鹭科中型涉禽的通称。

用 途：1. 药用：肉入药。明·汪颖《食物本草》："治虚瘦，益脾补气，炙熟食之。"
2. 经济：观赏，北方为候鸟，南方为留鸟。

文 化：　1. 与《诗经》物种相关诗歌，后世传承发挥
　　《诗经·陈风·宛丘》："子之汤兮，宛丘之上兮。洵有情兮，而无望兮。坎其击鼓，宛丘之下。无冬无夏，值其鹭羽。坎其击缶，宛丘之道。无冬无夏，值其鹭翿。"此系女巫舞蹈情景。
　　《诗经·周颂·振鹭》："振鹭于飞，于彼西雍。"
　　2. 名诗佳句
　　南朝梁·萧纲："棹动芙蓉落，船移白鹭飞。"
　　唐·李白："白鹭拳一足，月明秋水寒。"
　　唐·杜甫："暮春鸳鹭立洲渚，挟子翻飞还一丛。"
　　唐·张志和："西塞山前白鹭飞，桃花流水鳜鱼肥。"
　　唐·韦庄："更被鹭鹚千点雪，破烟来入画屏飞。"
　　唐·薛涛："前溪独立后溪行，鹭识朱衣自不惊。"
　　宋·苏轼："鱼翻藻鉴，鹭点烟汀。"
　　宋·杨万里："只余鸥鹭无拘管，北去南来自在飞。"
　　3. 成语
　　鸥鹭忘机、鹭约鸥盟、鹭朋鸥侣、振鹭在庭、闲鸥野鹭、鹭序鸳行、鹭序鹓行、鹓班鹭序。

款识："振鹭而飞，于彼西雍。"（《诗·鲁颂》句）

大尊缶

1.12.1.2 缶

用途：按汉·许慎《说文解字》："缶，瓦器，所以盛酒浆，秦人鼓之以节歌。"在中国古代典籍中，多次提到击缶。古代盛水或酒的器皿。圆腹、有盖，身上有环耳，也有方形的。盛行于春秋战国。中国八音中的土类乐器，主要的只有两种：一个是埙，另一个是缶。缶的形状很像一个小缸或火钵，青铜缶的祖型当是陶缶。现有"鎏金铜缶"存于上海博物馆。

文化：　　1. 与《诗经》物种相关诗歌，后世传承发挥

《诗经·陈风·宛丘》："坎其击缶，宛丘之道。无冬无夏，值其鹭翿。"释文：敲得瓦缶当当响，舞动宛丘大道上。无论寒冬与炎夏，鹭羽饰物戴头上。后世多诗引击缶说事。如晋·潘岳《悼亡诗》："庶几有时衰，庄缶犹可击。"

晋·陆机《文赋》："惧蒙尘于叩缶，顾取笑乎鸣玉。"

唐·陆龟蒙《和袭美江南书情二十韵寄秘阁韦校书贻之商洛》："大乐宁忘缶，奇工肯顾瑊。"

宋·司马光《答师道对雪见寄》："郢曲高谁和，羞将叩缶并。"

2. 颂蔺相如使秦王击缶

唐·元稹《说剑》："高唱荆卿歌，乱击相如缶。"

唐·胡曾《咏史诗·渑池》："能令百二山河主，便作樽前击缶人。"

宋·苏辙《筠州二咏·黄雀》："悬颈系足肤无衣，百个同缶仍相依，头颅万里行不归。"

宋·黄庭坚《次以道韵寄范子夷子默》："鼓缶多秦声，琵琶作胡语。"

唐·汪遵《渑池》："何事君王亲击缶，相如有剑可吹毛。"

3. 缶为瓦罐

唐·柳宗元《捕蛇者说》："吾恂恂而起，视其缶，而吾蛇尚存，则弛然而卧。"宋·宗泽《华阴道中》："瓦缶泥泓村落小，乱茅群雀不堪传。"宋·陆游《迁鸡栅歌》："竹箪朝暮有余粒，瓦缶亦自盛清泉。"宋·梅尧臣《杂诗绝句（其十七首）》："河畔有钓翁，团泥为瓮缶。"明·鲁铎《观郑侠流民图》："试看担头何所有，麻总麦麸不盈缶。"

4. 成语

二缶钟惑、黄钟瓦缶。

款识："鼓缶多秦音"（黄庭坚句）。春秋有"赵王鼓瑟，秦王击缶"之载。《诗经·陈风》亦有"坎其击缶"之载。今奥运会我国有千人击缶的表演之载。

1.12.2.1 荍——锦葵

qiáo

名 称： 别名：荆葵、钱葵、蜀葵、胡葵。《集传》荍，
芘芣也，又名荆葵。《本草图经》："蜀葵小花
者名锦葵，功用更强。"
科属：锦葵目锦葵科锦葵属二年生或多年生直立
草本植物。

用 途： 1.药用：花朵入药。功用主治：和血润燥，通利二便。
治痢疾、吐血、血崩、带下、二便不通、疟疾、
小儿风疹。根、茎叶、种子亦供药用。
2.经济：旅游、观赏、食、衣。

文 化： 与《诗经》物种相关诗歌，后世传承发挥
《诗经·陈风·东门之枌》："东门之枌，
宛丘之栩。子仲之子，婆娑其下。榖旦于差，
南方之原。不绩其麻，市也婆娑。榖旦于逝，
越以鬷迈。视尔如荍，贻我握椒。"此为讽
刺女巫在东门树下舞蹈的诗。"视尔如荍"
是言艳如锦葵，"贻我握椒"是以花椒定情。
宋·李新："入门蹲足唤煮茶，嚼铁相
甘苦荍饼。"宋·李新："神农播百谷，赐
羌荍麦种。"宋·张镃："小草浮冰楮，初
篁映锦葵。星郎风韵杀，我辈盍幽期。"清·
仓央嘉措："锦葵原自恋金蜂，谁供花颜奉
神灵？欲舞轻翼入殿里，偷向坛前伴卿卿。"

款 识："苍藓静连湘竹紫，绿阴深映蜀葵红。"（宋·葛天民句）

1.12.2.4 葵——冬葵

名　称：别名：冬葵、葵菜、露葵、丘葵、冬葵菜、滑菜、卫足、马蹄菜、蕲菜、滑肠菜、金钱葵、金钱紫花葵、冬寒菜、冬苋菜、茴菜、滑滑菜、奇菜。

科属：锦葵科锦葵属一年生草本植物。汉·桓宽《盐铁论·散不足》："春鹅秋鶵，冬葵温韭。"明·李时珍《本草纲目》："六七月种者为秋葵；八九月种者为冬葵，经年收采。"最晚的叫终葵，又叫露葵。

用　途：1. 药用：种子入药。性味甘，寒。入大小肠、膀胱经。功用主治：利水，滑肠，下乳。治二便不通、淋病、水肿、妇女乳汁不行、乳房肿痛。苗、叶、根，亦供药用。
2. 经济：幼苗或嫩茎叶可供食用，营养丰富。其叶圆，边缘折皱曲旋，可供园林观赏之用。

文　化：　　1. 与《诗经》物种相关诗歌，后世传承发挥

《诗经·豳风·七月》："六月食郁及薁，七月亨葵及菽，八月剥枣，十月获稻，为此春酒，以介眉寿。"按本葵冬春开花。此篇反季烹之。应视为技术与品种的水平之高。

《左传·成公十七年》："其实葵菹。"

2. 名诗佳句

后世诗人借用"葵藿向日"表示对明君圣主的耿耿忠心。

魏晋·傅玄："跪拜无复数，婢妾如严宾。情合同云汉，葵藿仰阳春。"魏晋·陶渊明："新葵郁北牖，嘉穟养南畴。"唐·李白："光风灭兰蕙，白露洒葵藿。"唐·白居易："葵枯犹向日，蓬断即辞春。泽畔长愁地，天边欲老身。"唐·杜甫："葵藿倾太阳，物性固莫夺。"

宋·梅尧臣："此心生不背朝阳，肯信众草能翳之。"唐·张九龄："义疾耻无勇，盗憎攻亦锐。葵藿是倾心，豺狼何反噬。"宋·陈德武："抱梧桐绮实，葵藿心肠。假我双翰，一朝飞上五云乡。"清·陈维崧："转眼葵肌初绣，又红欹栏角。"

3. 成语

拔葵去织、葵藿倾阳、兔葵燕麦、拔葵啖枣、葵倾向日、葵藿之心、鲁女忧葵。

款识：元·王祯《农书》："葵为百菜之主，备四时之馔，本丰而耐旱，味甘而无毒……可防荒俭，
可为菹腊，诚蔬茹之上品，民生之资助也。"

1.12.3.1 鲤

名　称：别名：鲤鱼、赤鲤鱼、赪鲤。
　　　　科属：鲤科。

用　途：1.药用：肉或全体入药。功用主治：利水，消肿，下气，
　　　　通乳。治水肿胀满、脚气、黄疸、咳嗽气逆、乳汁不通。
　　　　鳞、皮、血、脑、目、齿、胆、肠、脂肪亦供药用。
　　　　2.经济：旅游，观赏，食，衣。
　　　　3.文化：艺术，宗教。

文　化：　　　在长期的历史发展中，中国人赋予鲤鱼以丰富
的文化内涵。
　　　1.与《诗经》物种相关诗歌，后世传承发挥
　　　《诗经·陈风·衡门》："岂其食鱼，必河之
鲤？岂其取妻，必宋之子？"将鲤鱼与婚姻相联系，
后世因以"鱼水合欢"祝福美满姻缘。《诗经·小雅·
六月》："饮御诸友，炰鳖脍鲤。"《诗经·周颂·
潜》："有鳣有鲔，鲦鲿鰋鲤。"以上可看出，在
古诗文中，鲤鱼又是友情、爱情的象征。
　　　2.名诗佳句
　　　魏·曹植："脍鲤臇胎鰕，炮鳖炙熊蹯。"唐·
李白："赤鲤涌琴高，白龟道冯夷。"唐·戴叔伦："兰
溪三日桃花雨，半夜鲤鱼来上滩。"唐·李商隐："嵩
云秦树久离居，双鲤迢迢一纸书。"宋·陆游："冰
开跃鲤，林暖鸣禽。"唐·李中："雪鬓衰髯白布袍，
笑携赪鲤换村醪。"宋·楼钥："相公钟鼎蔽诗声，
鲤也闻诗蚤得名。"
　　　附，鲤鱼跳龙门。
　　　《埤雅·释鱼》："俗说鱼跃龙门，过而为龙，
唯鲤或然。"清·李元《蠕范·物体》："鲤……
黄者每岁季春逆流登龙门山，天火自后烧其尾，则
化为龙。"后以"鲤鱼跳龙门"比喻中举、升官等
飞黄腾达之事。唐·李白描写鲤鱼跳龙门："黄河
三尺鲤，本在孟津居，点额不成龙，归来伴凡鱼。"
　　　鲤有赤鲤、黄鲤、白鲤等品种，金鳞赤尾，形
态可爱，肥嫩鲜美，肉味纯正，性味功用相似。《神
农本草经》列之为上品。南北朝·陶弘景称，"鲤鱼"
为诸鱼之长，为食品上味。
　　　宋代医学家苏颂把"脍鲤"列为"食品上味"。
　　　3.成语
　　　卧冰求鲤、鸿消鲤息、炰鳖脍鲤、鲤鱼跳龙门。

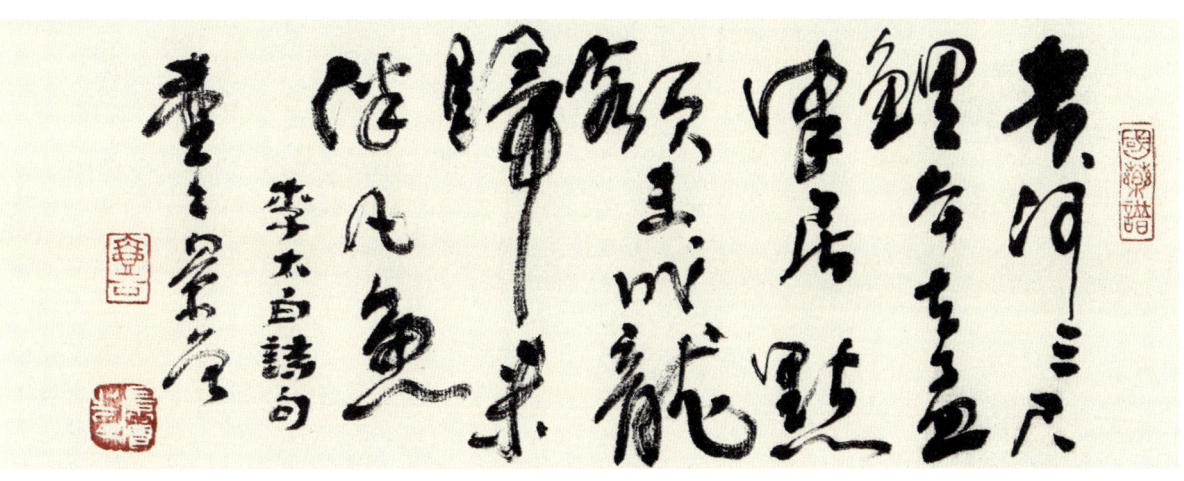

黄河三尺鲤，本在孟津居，点额不成龙，归来伴凡鱼。李太白诗句

（张）目纲·麻苎

1.12.4.1 纻——苎麻

zhù

名　称：纻麻、苎麻、纻、天青地白草、川绵葱、野苎麻、银苎、无名精、园麻、线麻、白苎麻、山麻、红苎麻。

科属：荨麻目荨麻科苎麻族。

用　途：1.药用：根入药。功用主治：清热，止血，解毒，散瘀。治热病大渴、大狂、血淋、癃闭、吐血、下血、赤白带下、丹毒、痈肿、跌打损伤、蛇虫咬伤。茎皮、叶、花亦供药用。

2.经济：制衣。苎麻是古时重要经济作物。

文化：　　殷墟出土的《卜辞》中就有丝麻的象形文字。元·王祯《农书》："南人不解刈麻（大麻），北人不知治苎。"唐·郑渥《洛阳道》："杨柳惹鞭公子醉，纻麻掩泪鲁人迷。"宋·梅尧臣《二月五日雪》："有梦皆蝴蝶，逢袍只纻麻。"

1. 与《诗经》物种相关诗歌，后世传承发挥

《诗经·陈风·东门之池》："东门之池，可以沤麻。彼美淑姬，可与晤歌。东门之池，可以沤纻。彼美淑姬，可与晤语。东门之池，可以沤菅。彼美淑姬，可与晤言。"这是一首情歌，表达男方爱慕之情。

2. 名诗佳句

唐·李白："小姑织白纻，未解将人语。"唐·孟浩然："土毛无缟纻，乡味有槎头。"唐·白居易："玉珮金章紫花绶，纻衫藤带白纶巾。"宋·苏轼："雨细风微，两足如霜挽纻衣。"宋·晁补之："上山割白纻，山高叶摵摵。"宋·张耒："白纻霜雪袍，朱缨贯金殳。"

3. 成语

缟纻之交。《左传·襄公二十九年》："（吴之公子季札）聘于郑，见子产，如旧相识，与之缟带，子产献纻衣焉"。晋·杜预注："吴地贵缟，郑地贵纻，故各献己所贵，示损己而不为彼货利。"后因以"纻缟"为友朋交谊之典。南朝宋·谢惠连《相逢行》："相逢既若旧，忧来伤人，片言代纻缟。"

款 识："麻叶层层苘叶光，谁家煮茧一村香。"（苏轼句）

1.12.5.1 杨

名　称：科属：杨树属杨柳科杨属。

用　途：药用：参酌柳。

文　化：　　杨树名字的由来。

《说文解字》说是最早能形成遮阳作用的树，战国时期《惠子》一书有杨树繁殖记载。现代比较著名的作品是茅盾写的《白杨礼赞》。白杨在古代还有悲愁风萧杀之意。

1. 与《诗经》物种相关诗歌，后世传承发挥

《诗经·陈风·东门之杨》："东门之杨，其叶牂牂。昏以为期，明星煌煌。东门之杨，其叶肺肺。昏以为期，明星晢晢。"此诗言二人约定黄昏东门杨树会面。

2. 名诗佳句

唐·刘禹锡："竹杨柳青青江水平，闻郎江上踏歌声。东边日出西边雨，道是无晴却有晴。"

唐·韩愈："草树知春不久归，百般红紫斗芳菲。杨花榆荚无才思，惟解漫天作雪飞。"

唐·白居易："最爱湖东行不足，绿杨阴里白沙堤。"

唐·李白："杨花落尽子规啼，闻道龙标过五溪。"

宋·志南："古木阴中系短篷，杖藜扶我过桥东。沾衣欲湿杏花雨，吹面不寒杨柳风。"

宋·宋祁："绿杨烟外晓寒轻，红杏枝头春意闹。"

宋·辛弃疾："曲岸持觞，垂杨系马，此地曾经别。"

清·高鼎："草长莺飞二月天，拂堤杨柳醉春烟。儿童散学归来早，忙趁东风放纸鸢。"

3. 成语

百步穿杨：形容箭法或枪法十分高明。

《战国策·西周策》："楚有养由基者，善射。去柳叶百步而射之，百发百中。"

百步穿杨、水性杨花、杨柳依依、章台杨柳、杨柳宫眉、杨雀衔环、穿杨贯虱、荆笔杨板。

款识："上叶摩青云，下根通黄泉。"

1.12.7.1 苕——紫云英
tiáo

名 称：别名：紫云英、红花菜、米口袋、碎米荠、翘摇、野蚕豆。

用 途：1.药用：其全草入药。功能主治：清热解毒。治风痰咳嗽，喉痛，火眼、疔疮，带状疱疹。外伤出血。其种亦供药用。
2.经济：食用。

文 化：　　苕，苇花，可作笤帚；亦称"凌霄""紫葳"，草名。

　　1.与《诗经》物种相关诗歌，后世传承发挥
　　《诗经·陈风·防有鹊巢》："防有鹊巢，邛有旨苕。谁侜予美？心焉忉忉。中唐有甓，邛有旨鹝，谁侜予美？心焉惕惕。"

　　2.名诗佳句
　　唐·李白："昨来荷花满，今见兰苕繁。"唐·李贺："粉霞红绶藕丝裙，青洲步拾兰苕春。"宋·杨万里："一眼苕花十里明，忽疑九月雪中行。"宋·秦观："两轮苕上驾，百仗刹中牵。"明·沈周："清苕达宜兴，道湖已成算。"

　　3.成语
　　系之苇苕。《荀子·劝学》："南方有鸟焉，名曰蒙鸠，以羽为巢，而编之以发，系之苇苕，风至苕折，卵破子死。"

款识："一眼苕花十里明"。（宋·杨万里句）

1.12.7.2 藚（鷸）^{yì}

——绶草、盘龙参

名　称：**别名**：盘龙参、鷸、绶草、一线香、猪鞭草、猪潦子、猪辽参、龙抱柱、龙缠柱、猪牙参、扭兰、胜杖草、盘龙棍、过水龙、红龙盘柱、小猪獠参、盘龙箭、海珠草、蛇崽草、一枝枪、一叶一枝花、双瑚草、盘龙花、镰刀草、大叶青、九龙蛇、笑天龙、马牙七、鲤鱼草、反脾索。

科属：兰科绶草属绶草种多年生草本植物。

用　途：**药用**：根或全草入药。**功用主治**：益阴清热，润肺止咳。治病后虚弱、阴虚内热、咳嗽吐血、头晕、腰酸、遗精、淋浊带下、疮疡痈肿。

文　化：　　鷸，同"鷸"。原为鸟名。宋·陆佃《埤雅·释鸟》："绶鸟，一名鷸，或谓之吐绶。咽下有囊如小绶，五色彪炳。"鷸绶，比喻诗文的文理色彩。

　　绶草属于兰科绶草族，因此又叫扭扭兰。是花形最小的野生兰花。绶草矮而美，并不多见，属于国家二级濒危保护植物。

　　与《诗经》物种相关诗歌。

　　《诗经·陈风·防有鹊巢》："防有鹊巢，邛有旨苕。谁侜予美？心焉忉忉。中唐有甓，邛有旨鷸。谁侜予美？心焉惕惕。"

款识："中唐有甓，邛有旨鹝。"（《诗经·陈风·防有鹊巢》）

詩
經
君
物
風
華

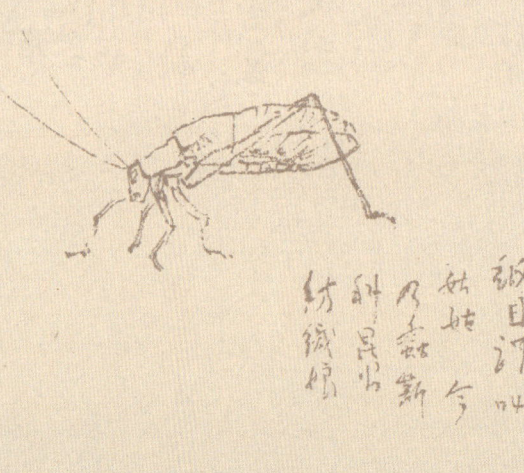

細目謂以
蟋蟀今
乃輷斯
科昆虫
紡織娘

詩經作七月莎雞振羽

国风·桧风

1.13.3.1 苌楚^{cháng}——猕猴桃

全身是药的"水果之王"

名　称：猕猴桃《开宝本草》因猕猴喜食而得名。又名苌楚、羊桃、藤梨。

用　途：猕猴桃为藤本多年生。其果根枝叶及藤中汁皆入药。果实味甘酸寒，入肾胃经。功能解热、止渴、通淋、烦热消渴、黄疸、石淋。

文　化：　　我国发现和利用猕猴桃的历史很早，《尔雅》《诗经》中就有关于猕猴桃的记载。

　　《诗经》："隰有苌楚，猗傩其枝……隰有苌楚，猗傩其华……隰有苌楚，猗傩其实。"从诗中可以看出，猕猴桃即使生长在潮湿的地方，依旧枝繁叶茂，花美果肥。它生不择地，随遇而安，足见它的生命力是何等顽强。

　　唐·岑参《太白东溪张老舍即事寄舍弟侄等》："中庭井栏上，一架猕猴桃。"说明在 1200 多年前的唐代，猕猴桃就已经在庭院中广泛栽种。

　　猕猴桃含有丰富的维生素、微量元素。被誉为"水果之王"。

　　《猕猴桃图》为择取枝繁叶茂，花美果肥之一小段。以应《诗经》"隰有苌楚，猗傩其实"之意。

款识："隰有苌楚，猗傩其实。"（《国风·桧风》）

1.13.4.1 鱼

用途：1. 药用：其肉等入药。功能主治：温中补气、暖胃、泽肌肤。其它器官或供药用。

2. 经济：人类重要日常食品，养生食品。

文化：　　《诗经》涉及鱼的内容为鱼种、捕鱼（含宴飨、祭祀等）。

1. 鱼种

《毛诗名物图说》列举了《诗经》所提及的鱼类共 19 种，今选 14 种称谓明晰者简介。

鲂，见于《敝笱》《九罭》《鱼丽》及《采绿》。当今就是武昌鱼。

鱮，见于《敝笱》及《采绿》。《本草纲目》的说法，应该是鲢鱼。

鳣，见于《硕人》及《潜》。按照陆德明等的解释，鳣应该是今鳇鱼。

鲔，就是鲟鱼。见于《硕人》及《潜》。有"水中活化石之称"。即今中华鲟。

鲿，见于《鱼丽》及《潜》。朱熹《集传》："今黄颊鱼是也。"

鰋，见于《鱼丽》及《潜》。马瑞辰《通释》："鲇取黏滑之义，"今鲇鱼。

鲤，见于《鱼丽》及《潜》。鲤鱼广泛分布于全国各地，虽各地品种极多。

鲦，见于《敝笱》，"敝笱在梁，其鱼鲂鳏"。《经义述闻》认为鳏鱼就是鲩鱼，亦即草鱼。

鲨，见于《鱼丽》。是吹沙的小鱼，今刺虾虎鱼。

鳢，见于《鱼丽》。鳢鱼就是乌鳢。这种鱼又名乌鱼，生命力很强。

鳟，见于《九罭》。《说文》：都认为是赤眼鱼。今赤眼鳟。

鲦，见于《潜》。鱼形狭而长，若条然，故曰鲦也。

鱼，见于《采薇》"象弭鱼服"，指海鲨鱼。又指广义鱼。

嘉鱼，见于《南有嘉鱼》。指卷口鱼。又泛指好鱼。

2. 捕鱼

捕鱼目的：《诗经》中涉及捕鱼，主要是为了起兴。《诗经》写鱼的目的还在于当时鱼主要用来记述祭祀和宴饮。

祭祀：《周颂·潜》明确地道出"以享以祀，以介景福"，是一首献鱼祭祀的乐歌。

宴饮：鱼在周人饮食中是不可缺少的副食。在《鱼丽》《南有嘉鱼》《小雅·六月》以及《大雅·韩奕》等诗作中，鱼就是用来宴饮的。

捕鱼方法：

钓鱼法，《采绿》："之子于钓，言纶之绳。"

梁笱法，《谷风》："毋逝我梁，毋发我笱"在水流梁处布竹笼。鱼能入而不能出。

网罟法："鱼网之设，鸿则离之"（《新台》）及《硕人》《九罭》都是布网水中等鱼来上网。

"潜"法，就是"罧"渔法。《说文解字·网部》："罧，积柴水中以聚鱼也。"鱼遂来躲藏、保暖及觅食，于是用竹箔围拦捕取。

《诗经》中的鱼具生物学意义，还积淀了西周到春秋的鱼文化。

詩
經
君
物
風
華

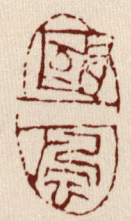

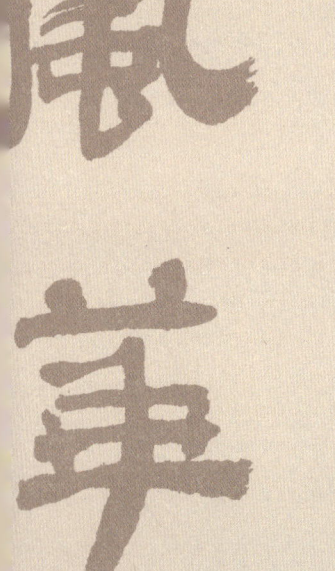

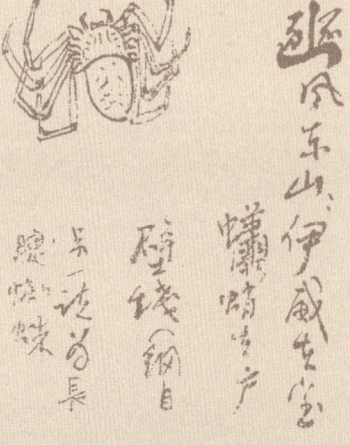

豳風·東山，伊威在室，蠨蛸在戶
壁錢（綱目）
吳一詩首長
腰嫩蛛

国风·曹风

才三·蜉蝣

1.14.1.1 蜉蝣
fú yóu

名　称： 别名：渠略、蜉蝣。
科属：昆虫纲蜉蝣科。

用　途： 1.《本草纲目》："（蜉蝣）猪好啖之，人取炙食，云美于蝉也。"
2.经济：环境保护，根据其对水域的适应与要求，可用于检测水域的类型和污染程度。如发生过多则成灾害。

文　化：　　蜉蝣是一类原始而美丽的昆虫，我国已知约36种。蜉蝣成虫常在溪流、滩湖附近活动。成虫寿命极短，只能存活数小时，多则几天，有"朝生暮死"之说。

　　1. 与《诗经》物种相关诗歌，后世传承发挥
　　《诗经·曹风·蜉蝣》："蜉蝣之羽，衣裳楚楚。心之忧矣，於我归处。蜉蝣之翼，采采衣服。心之忧矣，於我归息。蜉蝣掘阅，麻衣如雪。心之忧矣，於我归说。"羽：以蜉蝣之羽形容衣服薄而有光泽。敏感的诗人借这朝生暮死的小虫写出了脆弱的人生在消亡前的短暂美丽和对于终须面临的消亡的困惑。此诗引发后世文人感叹徬徨。

　　2. 名诗佳句
　　《淮南子·说林训》："鹤寿千岁，以极其游，蜉蝣朝生而暮死，而尽其乐。"魏晋·傅玄："蚍蜉愉乐，粲粲其荣。寤寐念之，谁知我情。"魏·郭璞："蕣荣不终朝，蜉蝣岂见夕。"唐·张九龄："鱼游乐深池，鸟栖欲高枝。嗟尔蜉蝣羽，薨薨亦何为。"唐·元稹："蜉蝣不信鹤，蜩鷃肯窥鹏。当年且不偶，没世何必称。"

　　影响最大当属这句绝唱。宋·文天祥："我亦洞箫吹一曲，不知身世是蜉蝣。"宋·苏轼《赤壁赋》："寄蜉蝣于天地，渺沧海于一粟。"

　　3. 与《诗经》物种相关成语
　　"蜉蝣撼大树"明·刘昌《悬笥琐探恃才傲物》："汤家公子喜夸诩，好似蜉蝣撼大树。"

诗经名物风革

款 识：“蟏蛸网上罥蜉蝣”。（唐·白居易句）

墓會·鹈鹕

1.14.2.1 鹈
tí

名 称： 别名：鹈鹕、塘鹅、淘河、淘鹤，淘鹅、犁涂、水流鹅。
科属：鹈鹕科鹈鹕属动物。

用 途： 药用：其嘴入药。《嘉佑本草》："主赤白痢或瘠者，
烧为黑末，服一方寸匕。"其毛皮，脂油亦供药用。

文 化： 1. 与《诗经》物种相关诗歌，后世传承发挥
《诗经·曹风·候人》："维鹈在梁，不
濡其翼。彼其之子，不称其服。维鹈在梁，不
濡其咮。彼其之子，不遂其媾。"
2. 鹈鹕的名诗佳句
唐·元稹："远地难逢侣，闲人且独行。
上山随老鹤，接酒待残莺。花当西施面，泉胜
卫玠清。鹈鹕满春野，无限好同声。"宋·净端："斗
转星移天渐晓。蓦然听得鹈鹕叫。山寺钟声人
浩浩。木鱼噪。"宋·辛弃疾："有网罟如云，
鹈鹕成阵，过而留泣计应非。"唐·杨彝："天
阔衔江雨，冥冥上客衣。潭清鱼可数，沙晚雁
争飞。川谷留云气，鹈鹕傍钓矶。飘零江海客，
欹侧一帆归。"

款 识：“鹈鹕在梁，不濡其翼。彼其之子，不称其服。”（《诗经·曹风·候人》）

鹯会·鸤鸠

仲毅

1.14.3.1 鸤鸠——大杜鹃、布谷

名 称： 别名：尸鸠、布谷、杜宇、子嶲、子规、怨鸟、子归、催归、阳雀。
科属：鹃形目杜鹃科杜鹃属。

用 途： 药用：肉入药。性味甘，平，无毒。归心经。
主治：疮瘘有虫，薄切炙热贴之，虫尽乃已。

文 化： 1. 与《诗经》物种相关诗歌，后世传承发挥

《诗经·曹风·鸤鸠》："鸤鸠在桑，其子七兮……鸤鸠在桑，其子在梅……鸤鸠在桑，其子在棘……鸤鸠在桑，其子在榛……"该诗一般释为传说布谷鸟哺喂雏鸟，平等对待。喻古君子（贵族）对儿子始终如一，以张扬其贤德。但实事并非如此。《毛诗疏义》云：大杜鹃"不能为巢，多居树穴及空鹊巢中。"像这类鸟来代表君子，显然不妥。故有将鸤鸠释为戴胜等。后世诗人对此鸟了解逐代深入。无法接受这个鸤鸠，更见不到相关诗句了。

布谷诗另辟蹊径：《吕氏春秋·月令》载，惊蛰三候"鹰化为鸠"。张华《禽经注》："仲春鹰化为鸠，仲秋鸠复化为鹰。故鸠之目犹如鹰之目。"《本草纲目》："鸤鸠即月令鸣鸠也。"这为后世指了途径。

春日摧耕类如：

唐·李白："日出布谷鸣，田家拥锄犁。"唐·杜甫："田家望望惜雨干，布谷处处催春种。"宋·邵缉："提壶劝酒，布谷催耕。"宋·晁公溯："南村北村布谷鸣，家家陇头催出耕。"宋·张元干："布谷催春惜雨乾，白鸥江上未盟寒。"宋·周紫芝："田中水涓涓，布谷催种田。"清·姚鼐："布谷飞飞劝早耕，春锄扑扑趁春晴。"

田园增趣类如：

宋·陆游："纷纷红紫已成尘，布谷声中夏令新。"宋·刘克庄："朱门日高眠未起，却嫌布谷声聒耳。"宋·刘敞："垂鞭缓辔饶间望，时复林间布谷鸣。"明·刘崧："布谷啼，三月暮，麦老秋深时。"明·谢榛："野树青青布谷啼，更看蝶绕菜花畦。"明·方向："村北村南布谷忙，村前村后稻花香。"

2. 成语

"杜鹃泣血"形容悲痛至极。唐·白居易《琵琶行》："其间旦暮闻何物？杜鹃啼血猿哀鸣。"

款 识："纷纷红紫已成尘，布谷声中夏令新。"（宋·陆游）

1.14.4.1 蓍
shī

名 称： 别名：蓍草、千叶蓍、欧蓍、锯草、一支蒿、锯齿草、蜈蚣蒿等。

科属：桔梗目菊科蓍属多年生草本植物。

用 途： 1.药用：全草入药。味苦、酸，性平。归肺、脾、膀胱经。功能主治：解毒利湿、活血止痛。主治乳蛾咽痛、泄泻痢疾、肠痈腹痛、热淋涩痛、湿热带下、蛇虫咬伤，有发汗、驱风之效。

2.经济：叶、花含芳香油。

文 化：　　在诗词中一般有三个意思，蓍草、蓍龟或蓍蔡、蓍老。

　　1. 与《诗经》物种相关诗歌，后世传承发挥

　　《诗经·曹风·下泉》："冽彼下泉，浸彼苞稂。忾我寤叹，念彼周京。冽彼下泉，浸彼苞萧。忾我寤叹，念彼京周。冽彼下泉，浸彼苞蓍。忾我寤叹，念彼京师。芃芃黍苗，阴雨膏之。四国有王，郇伯劳之。"

　　大意是：我心中想念周王的京城。泉水流淌，淹没了蓍草。四方诸侯拥戴我王，都靠郇伯的辛劳。

　　2. 名诗佳句

　　隋·佚名："神降百祥，昭著蓍蔡。"唐·白居易："毛龟蓍下老，蝙蝠鼠中仙。"唐·刘禹锡："菱花照后容虽改，蓍草占来命已通。"宋·司马光："会使成都人，更取神蓍撲。"宋·苏轼："难将蓍草算，除用佛眼照。"宋·曾巩："省阁名郎国羽仪，瀛洲仙客众蓍龟。"宋·晏殊："尝因蓍蔡占，来决天地屯。"宋·方回："舜禹昔禅位，曾将易问蓍。"明·沈周："客有遗蓍因习卦，家无储药且看方。"明·吴宽："酦醿发长条，丛生类蓍草。"

款识："蓍草，蓍古为神草。"

詩經名物風華

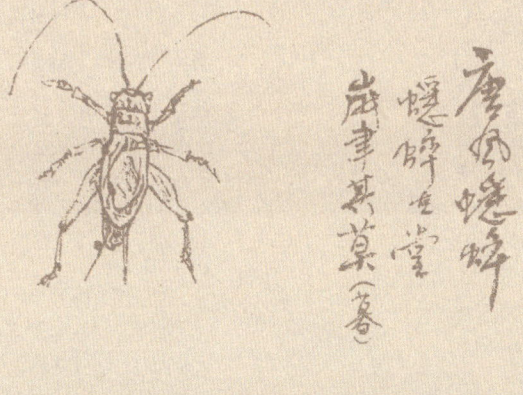

庚寅蟋蟀
蟋蟀辭生堂
歲畫其莫（葉）

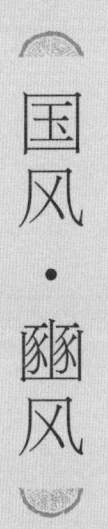

国风·豳风

1.15.1.1 葽^{yāo}——远志

名　称：别名：萝草、苦菜、远志、萝绕、蕀蒬小草、细草、
　　　　神砂草。
　　　　科属：为双子叶植物纲远志目远志科远志属多年生
　　　　草本植物。

用　途：药用：干燥根入药。性味苦、辛、温。入心、肾、肺经。
　　　　功用主治：安神益智，解郁。治惊悸、健忘、梦遗、
　　　　失眠、咳嗽多痰、痈疽疮肿。亦供药用。

文　化：　　与《诗经》物种相关诗歌，后世传承发挥
　　　　《诗经·豳风·七月》："四月秀葽，五
　　　　月鸣蜩。"此诗言农忙之辛苦。葽虽僻后人亦
　　　　喜用，如晋·左思《三都赋》："晶貆氓于葽
　　　　草，弹言鸟于森木。"宋·赵孟坚《辛丑孟夏
　　　　甲申日得雨》："逾春秀葽葽，修翠摇旌葆。"
　　　　　　战国楚·屈原《九章·悲回风》："眇远
　　　　志之所及兮，怜浮云之相羊。"
　　　　　　宋·黄庭坚《次韵子瞻赠王定国》："远
　　　　志作小草，蛙衣生陵屯。"
　　　　　　宋·辛弃疾《瑞鹧鸪·京口病中起登连沧
　　　　观偶成》："山草旧曾呼远志，故人今又寄当
　　　　归。"
　　　　　　元·王冕《山中作寄城中诸友》："清流
　　　　混潢污，远志成小草。"
　　　　　　宋·释德洪《题延福寺壁》："在山为远
　　　　志，出山为小草。"
　　　　　　明·文徵明《感怀》："远志出山成小草，
　　　　神鱼失水困沙虫。"
　　　　　　清·龚自珍《远志》："九边烂数等雕虫，
　　　　远志真看小草同。"

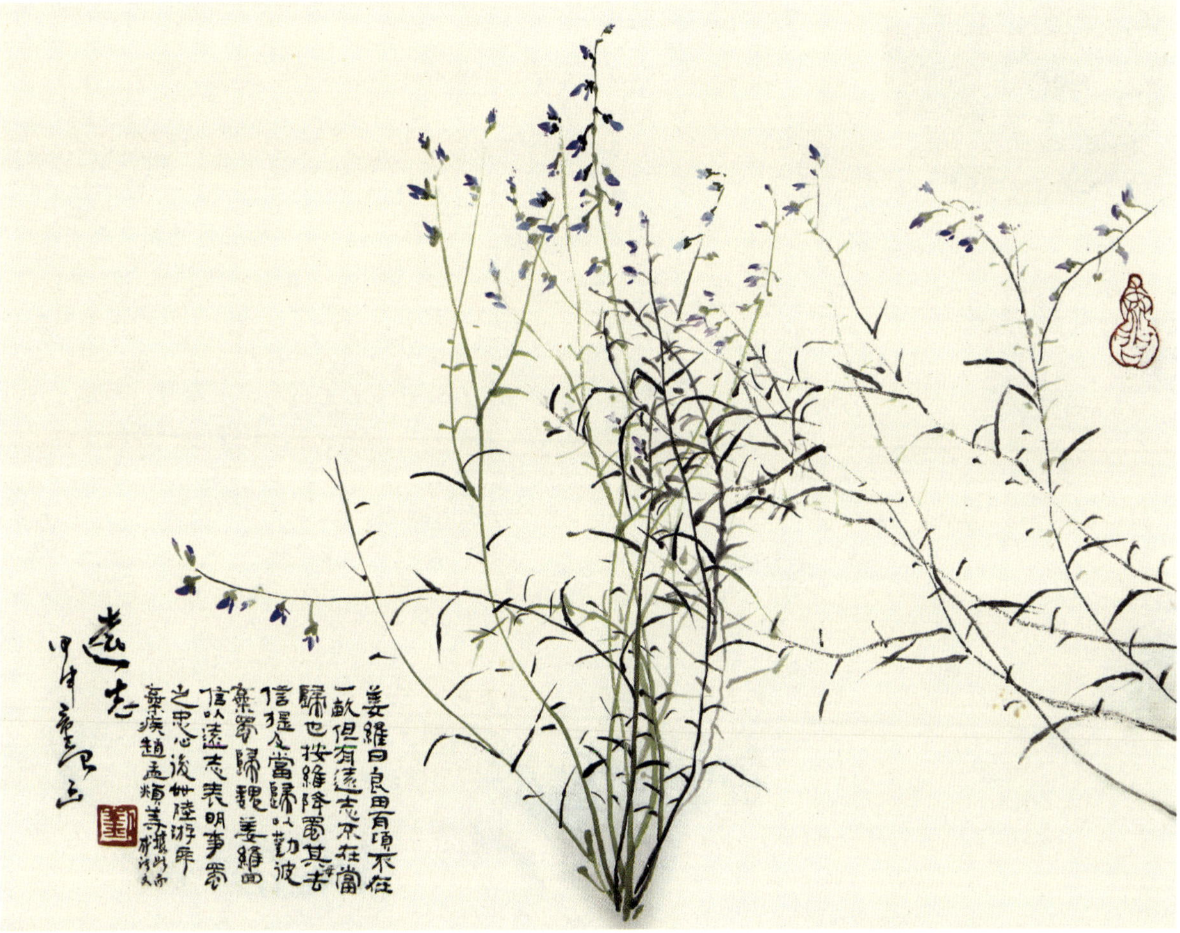

款 识：远志 姜维："良田百顷，不在一亩；但有远志，不在当归。"

1.15.1.2 郁——郁李

名　称：别名：郁李、车下李、栯、栯李、爵梅、秧李、寿李、小桃红、赤李子。

科属：蔷薇科樱属灌木植物。春季开花，花淡红色。果实小球形，暗红色。供观赏。古代又称唐棣。宋·李衎《宋景文公笔记跋》："栘者，今郁李也，非开而反合者也。"《醒世恒言·灌园叟晚逢仙女》："玫瑰杜鹃，烂如云锦；绣毯郁李，点缀风光。"鲁迅《书信集·致山本初枝》："棠棣花是中国传去的名词，《诗经》中即已出现。至于那是怎样的花，说法颇多。普通所谓棠棣花，即现在叫作'郁李'的；日本名字不详，总之是像李一样的东西。"

用　途：药用：种仁入药。性味辛、苦、甘、平。入脾、大肠小肠经。
功用主治：润燥，滑肠，下气，利水。治大肠气滞、燥涩不通、小便不利、大腹水肿、四肢浮肿、脚气。根亦供药用。

文　化：　　1. 与《诗经》物种相关诗歌，后世传承发挥
《诗经·豳风·七月》："六月食郁及薁，七月亨葵及菽，八月剥枣，十月获稻，为此春酒，以介眉寿。"此诗言农时之忙碌辛苦。

《诗经·秦风·晨风》："鴥彼晨风，郁彼北林。"诗中郁为茂盛，后人多抒家国事。

战国楚·屈原《离骚》："忳郁邑余侘傺兮，吾独穷困乎此时也。"魏·曹操《苦寒行》："我心何怫郁，思欲一东归。"清·王国维《颐和园词》："定陵松柏郁青青，应为兴亡一拊膺。"清·秋瑾《九日感赋》："百结愁肠郁不开，此生惆怅异乡来。"

　　2. 名诗佳句
宋·苏颂《同赋山寺郁李花》："小树扶疏若剪裁，新英浓淡对山斋。"

宋·杨万里《二月一日雨寒五首》："姚黄魏紫向谁赊，郁李樱桃也没些。"

宋·杨谔《和燕龙图海棠》："风格林檎细，腰支郁李长。"

宋·项安世《小梅花曲》："花如郁李枝如柳，小桃起得梅花后。"

明·袁宏道《古荆篇》："秋月春花无断绝，门前郁李九回折。"

清·爱新觉罗·玄烨《晚夏偶成》："青榛方作粒，郁李渐微红。"

款识："药普标题品最佳。"（宋·苏轼）

1.15.1.3 薁^{yù}——野葡萄

名 称：别名：蘡薁、野葡萄、山葡萄、薁（《诗经》）、燕薁、
蘡舌（《广雅》）、山葡萄（《唐本草》）、山蒲桃（《本
草拾遗》）、野葡萄藤、木龙（《百一选方》）、烟黑（《救
荒本草》）、接骨藤（《贵州民向方药集》）、甘古藤、
酸古藤、禾黄藤（《中医药实验研究》）、猫眼睛（《民
间常用草药汇编》）、禾花子藤（《江西民间草药》）、
猫耳藤、山红羊、山苦瓜（《泉州本草》）。
科属：葡萄科葡萄属落叶木质藤本植物。

用 途：1. 药用：全株入药。性味酸、甘、涩，平。入肝、胃经。
功用主治：生津止渴。主暑月伤津口干。有祛湿，利小便、
解毒之功效。主治淋病、痢疾、痹痛、疬症、哕逆、瘰疬、
乳痈、湿疹、臁疮。根、茎、叶、果实，亦供药用。
2. 经济：葡萄果实可生食或制葡萄干，并酿酒。酿酒后
的酒脚可提酒石酸，茎的纤维可做绳索，根和藤可入药。

文 化：　　1. 与《诗经》物种相关诗歌，后世传承发挥
　　《诗经·豳风·七月》："六月食郁及薁，
七月亨葵及菽，八月剥枣，十月获稻，为此春酒，
以介眉寿。"
　　按此诗记载的薁就是野葡虽没人工栽培，但已
食用。汉代张骞带回西域的葡萄，只是另一品种。
　　2. 名诗佳句
　　汉·司马相如《上林赋》："樱桃蒲陶，隐夫
薁棣，答沓离支，罗乎后宫，列乎北园。"
　　南北朝·庾信《小园赋》："枣酸梨酢，桃榹
李薁。"
　　宋·方回《秀山霜晴晚眺与赵宾旸黄惟月联
句》："青针抽麦莩，绛粒茁樱薁。"
　　明·朱曰藩《燕薁引》："淮南陇右限川梁，
燕薁蒲萄味各长。"
　　明·林弼《龙州（十首）》："山蕉木柰野葡萄，
佛指香圆人面桃。"
　　唐·刘禹锡《葡萄歌（一作蒲桃）》："野田
生葡萄，缠绕一枝高。"
　　元·任昱《正宫·小梁州·春怀》："玳瑁筵，
葡萄酒，殷勤红袖，莫惜捧金瓯。"

1.15.1.5 韭

名　称：别名：丰本、山韭、长生韭、丰本、扁菜、懒人菜、草钟乳、起阳草、韭芽、懒人菜、长生韭、壮阳草、扁菜等。

用　途：药用：叶入药。功能主治：温中行气，散血解毒。治痹噎膈，反胃诸血证。痢，消渴，痔瘘脱肛。跌扑，虫蝎蛰上。其种、根叶亦供药用。

文　化：　　1. 与《诗经》物种相关诗歌，后世传承发挥
　　《诗经·豳风·七月》："四之日其蚤，献羔祭韭。"此为农忙中之一场面。
　　2. 名诗佳句
　　唐·杜甫《赠卫八处士》："夜雨翦春韭，新炊间黄粱。"
　　唐·白居易《邓州路中作》："漠漠谁家园，秋韭花初白。"
　　唐·李商隐《题李上谟壁》："嫩割周颙韭，肥烹鲍照葵。"
　　宋·苏轼《和陶西田获早稻》："早韭欲争春，晚菘先破寒。"
　　宋·司马光《园樱伤老也》："园有弱柳，圃有肥韭。"
　　宋·陆游《秋兴》："白头韭美腌齑熟，赪尾鱼鲜斫鲙成。"
　　明·傅汝舟《游玉笥山》："韭抽尧叶净，桃发汉花浓。"
　　清·曹雪芹《菱荇鹅儿水》："一畦春韭绿，十里稻花香。"
　　清·梁启超《台湾竹枝词·（其二）》："韭菜花开心一枝，花正黄时叶正肥。"
　　3. 成语
　　早韭晚菘、春韭秋菘。

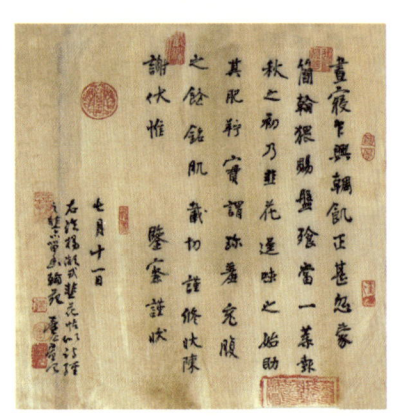

释　文：临五代杨凝式韭花帖。

款 识："西风吹野韭，花发满沙陀。气校荤蔬媚，功于肉食多。浓香跨姜桂，馀味及瓜茄。我欲收其实，归山种涧阿。"（元·许有壬诗）

1.15.1.7 蚕——桑蚕

名　称：别名：桑蚕、家蚕。
　　　　科属：为一种以桑叶为食料鳞翅目蚕蛾科蚕蛾属泌丝昆虫。

用　途：1. 药用：僵死全体（白僵蚕）入药。功用主治：祛风解痉、化痰散结。治中风失音、惊痫、头风、喉风喉痹、瘰疬结核、风疮隐疹、丹毒、乳腺炎。
　　　　2. 经济：蚕丝自古是中国重要的纺织原料。

文　化：　　中国是最早利用蚕丝的国家。古史上有伏羲"化蚕"，嫘祖"教民养蚕"的传说，公元前 11 世纪，养蚕技术随箕子传入朝鲜、日本。秦汉以后，通过丝绸之路传入到中亚、南亚及西亚地区。

　　1. 与《诗经》物种相关诗歌，后世传承发挥

　　《诗经·豳风·七月》："七月流火，八月萑苇。蚕月条桑，取彼斧斨，以伐远扬，猗彼女桑。七月鸣鵙，八月载绩。载玄载黄，我朱孔阳，为公子裳。"

　　译文：七月大火向西落，八月要把芦苇割。三月修剪桑树枝，取来锋利的斧头。砍掉高高长枝条，攀着细枝摘嫩桑。七月伯劳声声叫，八月开始把麻织。染丝有黑又有黄，我的红色更鲜亮，献给贵人做衣裳。

　　2. 名诗佳句

　　晋·陆机《诗》："老蚕晚绩缩，老女晚嫁辱。"晋·陶渊明《拟古·其九》："春蚕既无食，寒衣欲谁待！"南北朝·庾信《归田诗》："社鸡新欲伏，原蚕始更眠。"南北朝·佚名《作蚕丝》："春蚕不应老，昼夜常怀丝。何惜微躯尽，缠绵自有时。"唐·李商隐《无题》："相见时难别亦难，东风无力百花残。春蚕到死丝方尽，蜡炬成灰泪始干。"唐·蒋贻恭《咏蚕》："辛勤得茧不盈筐，灯下缫丝恨更长。著处不知来处苦，但贪衣上绣鸳鸯。"唐·王建《簇蚕辞》："三日开箔雪团团，先将新茧送县官。"宋·张俞《蚕妇》："昨日入城市，归来泪满巾。遍身罗绮者，不是养蚕人。"宋·王安石《郊行》："柔桑采尽绿阴稀，芦箔蚕成密茧肥。"宋·欧阳修《渔家傲·四月芳林何悄悄》："乱丝满腹吴蚕老。"元·王冕《蚕作茧》："老蚕欲作茧，吐丝净娟娟。"

　　3. 成语

　　蚕食鲸吞、蚕头燕尾、鲸吞蚕食、蚕丛鸟道、谷父蚕母、老蚕作茧、蝉联蚕绪、蚕丝牛毛、蚕绩蟹匡。

款识："子规啼彻四更时，起视蚕稠怕叶稀。不信楼头杨柳月，玉人歌舞未曾归。"（宋·谢枋得）

（东）日橘·劳伯

1.15.1.8 鵙——伯劳
jú

名　称：别名：伯劳、屠夫鸟、胡不拉、鴂、伯赵。
　　　　科属：为雀形目伯劳科鸟类。

用　途：1.药用：入药。味苦、酸，性平。归肺、脾、膀胱经。
　　　　功能主治：解毒利湿、活血止痛。主治乳蛾咽痛、
　　　　泄泻痢疾、肠痈腹痛、热淋涩痛、湿热带下、蛇
　　　　虫咬伤。有发汗、驱风之效。亦供药用。
　　　　2.经济：叶、花含芳香油。

文　化：　　1.与《诗经》物种相关诗歌，后世传承
　　　　发挥
　　　　　　《诗经·豳风·七月》："七月鸣鵙，
　　　　八月载绩。"按，明·时珍："夏鸣冬止，
　　　　乃月令候时之鸟。"后人诗里亦与月令农时
　　　　合。如，宋·陈文蔚《穷冬积雪闵织妨妇》：
　　　　"蚕毕起功绩，关心听鸣鵙。"宋·苏轼《和
　　　　子由寒食》："忽闻啼鵙惊羁旅，江上何人
　　　　治废田。"宋·姜特立《初夏》："啼鵙千
　　　　山暮，一年春事休。"宋·王偁《感寓（二十
　　　　首）》："鵙鸣群芳歇，大暮同归矣。"
　　　　　　2.名诗佳句
　　　　　　汉·王逸《九思·悼乱》："左见兮鸣鵙，
　　　　右睹兮呼枭。"
　　　　　　宋·苏辙《和子瞻记梦二首·（其一）》：
　　　　"晨鵙隔墙唱，欹枕窗月亚。"
　　　　　　宋·黄庭坚《司马文正公挽词四首·其
　　　　一》："更化思鸣鵙，遗书似获麟。"
　　　　　　宋·宋祁《闻蝉有感三首·其一》："岁
　　　　芳鵙后妬，露信鹤前知。"
　　　　　　明·等慈润公《落花得疏字》："辞条
　　　　弱影伤鹈鵙，逐水残香忆鳜鱼。"
　　　　　　3.成语
　　　　　　伯劳飞燕。

款 识："七月鸣鵙，八月载绩。"（《诗经·豳风·七月》）

1.15.1.9 蜩——螗、蚱蝉

tiáo táng

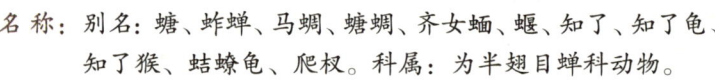

名　称：别名：螗、蚱蝉、马蜩、螗蜩、齐女蝒、蝘、知了、知了龟、知了猴、蛄蟟龟、爬杈。科属：为半翅目蝉科动物。

用　途：药用：蝉蜕入药。常用于治疗外感风热、咳嗽音哑、咽喉肿痛、风疹瘙痒、目赤目翳、破伤风、小儿惊痫、夜哭不止等症。

文化：　　1. 与《诗经》物种相关诗歌，后世传承发挥

《诗经·豳风·七月》："四月秀葽，五月鸣蜩。八月其获，十月陨萚。"此言农时忙碌。蜩以应季节鸣。

《诗经·大雅·荡》："如蜩如螗，如沸如羹。"此诗为埋怨君王无道，民怨沸腾。唐·元稹《春蝉》："风松不成韵，蜩螗沸如羹。"宋·苏轼《送曾子固倅越得燕字》："但苦世论隘，聒耳如蜩蝉。"宋·姜特立《寄韩卷院南涧常伯之子》："蜩螗声乱无遗响，山水人亡有绝弦。"宋·李流谦《公归行送王显谟》："欲歌德业愧蜩聒，妄觇设施叹蠡测。"

2. 名诗佳句

魏·曹植《赠白马王彪·并序》："秋风发微凉，寒蝉鸣我侧。"晋·陆机《拟明月何皎皎》："凉风绕曲房。寒蝉鸣高柳。"唐·韩愈《秋怀诗十一首（其五）》："上无枝上蜩，下无盘中蝇。"唐·张籍《雨中寄元宗简》："街径多坠果，墙隅有蜕蜩。"宋·司马光《六月十八日夜大暑》："老柳蜩螗噪，荒庭熠燿流。"宋·寇准《省夏书事》："闲庭犹戏蝶，高树已鸣蜩。"宋·文同《寒蜩》："山月满地流金波，寒蜩向秋鸣更多。"明·文徵明《新秋》："江城秋色净堪怜，翠柳鸣蜩锁断烟。"清·傅山《秋径》："篇章想不死，蜩蟪定长生。"

3. 成语

蜩螗沸羹、蛛游蜩化、蜩螗羹沸、蜩腹蛇蚹。

1.15.1.10 狸——豹猫

名　称：别名：豹猫、狸、野狸、山狸、麻狸、钱猫、山猫、狸猫、野猫。

用　途：1.药用：肉或全体入药。功能主治：治肠风下血、痔瘘、瘰疬、游风。骨肉亦供药用。

2.经济：狸子皮可作袄、大衣、手套。肉异味，难下咽，灾年亦可解饥馑。

文　化：　　1. 与《诗经》物种相关诗歌，后世传承发挥

《诗经·豳风·七月》："一之日于貉，取彼狐狸，为公子裘。"

战国·庄周《庄子·秋水》："捕鼠不知狸狌，此家猫也。"

2. 名诗佳句

魏晋·曹植《斗鸡诗》："愿蒙狸膏助，常得擅此场。"

唐·李白："君不能狸膏金距学斗鸡，坐令鼻息吹虹霓。"

唐·杜甫《无家别》："但对狐与狸，竖毛怒我啼。"

唐·周贺《送僧归江南》："饥鼠缘危壁，寒狸出坏坟。"

宋·范成大《燕堂书事》："狸争雷瓦过，暗化雨窗来。"

宋·胡寅《和仁仲屠陵有感》："悬知以鼠睨汉献，终欲搏噬如饥狸。"

宋·朱翌《寄方立义方曾在诗》："不愤狸狐成窟穴，亦知沧海变桑田。"

宋·陈造《次韵杨宰二首·其一》："得无狸豹惊雕虎，妙有钩丝掣巨鳌。"

元·沈禧《鹧鸪天·购得南山万岁杉》："狸首媚，雉纹斑。"

明·刘崧《题葛洪移居图》："两儿共载兀不敧，大者坐拥班文狸。"

清·龚自珍《己亥杂诗》："故人地下仍相护，驱逐狐狸赖尔曹。"

3. 成语

穷鼠啮狸、以狸饵鼠、发屋求狸、以狸致鼠、以狸至鼠、花狸狐哨、安问狐狸。

款 识："捕鼠不知狸狌，此家猫也。"（《庄子·秋水》）

1.15.1.11 莎鸡

名　称：别名：络纬、纺织娘、络丝娘、斯螽、蝈蝈、促织、蟋蟀、促机。

科属：为昆虫纲直翅目螽斯科一些大型鸣虫的通称。

用　途：药用：全草入药。味苦、酸，性平。归肺、脾、膀胱经。功能主治：解毒利湿、活血止痛。主治乳蛾咽痛、泄泻痢疾、肠痈腹痛、热淋涩痛、湿热带下、蛇虫咬伤。有发汗、驱风之效。

文　化：　　1. 与《诗经》物种相关诗歌，后世传承发挥

《诗经·豳风·七月》："五月斯螽动股，六月莎鸡振羽，七月在野，八月在宇，九月在户，十月蟋蟀入我床下。"

《诗经·周南·螽斯》："螽斯羽，诜诜兮。宜尔子孙，振振兮。螽斯羽，薨薨兮。宜尔子孙。绳绳兮。螽斯羽，揖揖兮。宜尔子孙，蛰蛰兮。"

2. 名诗佳句

南北朝·谢惠连《捣衣诗》："肃肃莎鸡羽，冽冽寒螀啼。"

唐·李白《秋思》："天秋木叶下，月冷莎鸡悲。"

唐·李白《独不见》："春蕙忽秋草，莎鸡鸣西池。"

唐·元稹《秋夕远怀》："丹鸟月中灭，莎鸡床下鸣。"

宋·张耒《寓陈杂诗十首（其五）》："莎鸡振其羽，蟋蟀旁悲嗟。"

明·陈琏《题襄城伯李公所藏草虫手卷》："玄蛸解蜕夏已过，莎鸡振羽秋将中。"

款 识："夜夜织机响，未见御寒衣。"

1.15.1.12 酒

尊

名　称：别名：杜康、欢伯、金波、秬鬯、冻醪、壶觞、酌、酤、
醑、醍醐、黄封、清酌、昔酒、缥酒、曲生、曲蘖、绿蚁、
碧蚁、天禄、椒浆、钓诗钩、狂药、般若汤、清圣、浊贤。

用　途：功用主治：通血脉，御寒气，行药势。治风寒痹痛、
筋脉挛急、胸痹、心腹冷痛。酒糟亦供药用。

文　化：　　《诗经》共305篇，"酒"字共出现60次。其
中，《国风》160篇，"酒"7次；《雅》105篇，
"酒"50次，《颂》40篇，"酒"6次。从内容来
看，《风》为平民用酒。而《雅》、《颂》为贵族
行乐及祭祀用酒。

　　1. 与《诗经》物种相关诗歌，后世传承发挥

　　《小雅·宾之初筵》："宾之初筵，温温其恭。
其未醉止，威仪反反。曰既醉止，威仪幡幡。舍其坐迁，
屡舞仙仙。其未醉止，威仪抑抑。曰既醉止，威仪怭怭。
是曰既醉，不知其秩。"

　　按，在此诗中国文化史上关于饮酒及其场面纪
录的最早、最完整的文献。

　　2. 名诗佳句

　　酒从《诗经》开始就和诗歌结下了不解之缘，
传承至今。唐·刘叉《自问》："酒肠宽似海，诗
胆大于天。"可算真情告白。晋·陶渊明《饮酒
二十首（其十四）》："悠悠迷所留，酒中有深味。"
唐·王勃："平生诗与酒，自得会仙家。"唐·李
白《将进酒·君不见》："人生得意须尽欢，莫使
金樽空对月。"唐·杜甫《饮中八仙歌》："李白
斗酒诗百篇，长安市上酒家眠。天子呼来不上船，
自称臣是酒中仙。"唐·白居易《问刘十九》："绿
蚁新醅酒，红泥小火炉。晚来天欲雪，能饮一怀无？"
唐·李贺《追和何谢铜雀妓》："佳人一壶酒，秋
容满千里。"

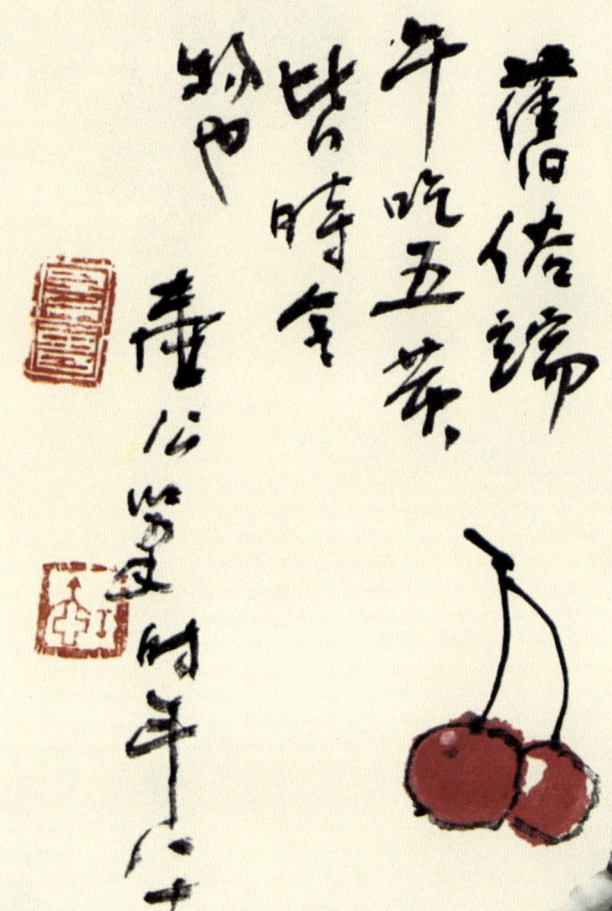

旧俗端午吃五黄，皆时令物也 庚辰写之于午门之午

款 识：旧时端午吃五黄，皆时令物也。

典木草·樗

1.15.1.13 樗——臭椿
chū

名　称：别名：臭椿、臭楮，山椿、虎目、虎眼树、鬼目、大眼桐、樗树、白椿。
科属：无患子目苦木科臭椿属落叶乔木。

用　途：1. 药用：根部或干部的内皮入药。功用主治：除热，燥湿，润肠，止血，杀虫。治久痢、久泻、肠风便血、崩漏、带下、遗精、白浊、蛔虫。叶、翅果亦供药用。
2. 经济：现已成为园林观赏，城市绿化，环境保护的树种。在森林科学中，它是盐碱地、沙滩优良树木之一。经过林产加工，臭椿的木纤维是造纸最好的原材料，用臭椿叶饲养野蚕，可以制成樗茧绸。

文　化：　　1. 与《诗经》物种相关诗歌，后世传承发挥
　　《诗经·小雅·我行其野》："我行其野，蔽芾其樗。婚姻之故，言就尔居。"描写了田野臭椿生长的枝叶茂盛，同时也描写了行路的人，因婚姻不幸在踽踽独行。
　　《诗经·七月》："七月食瓜，八月断壶，九月叔苴。采荼薪樗，时我农夫。"意思是说，薪樗，就是砍伐臭椿当柴烧。《庄子·逍遥游》："惠子谓庄子曰：'吾有大树，人谓之樗。其大本拥肿而不中绳墨，其小枝卷曲而不中规矩。立之途，匠者不顾，吟子之言。大而无用，众所同去也。'"但是后人从这些地方读出了臭椿是无用之材，而得以生存并长寿。
　　附：椿——（香椿）与樗——（臭椿）常易混淆，兹为简介。
　　《庄子·逍遥游》中说，"上古有大椿树，八千年为一春，八千年为一秋。"后世因以"椿"为祝寿之辞。又以"椿"代指父亲，萱花指母亲。
　　2. 成语
　　椿萱并茂、萱花椿树、椿庭萱室、椿龄无尽、樗栎庸材、栎樗之材。
　　唐·牟融《送徐浩》："知君此去情偏切，堂上椿萱雪满头。"宋·张纲："舞催三叠玉娉婷。满堂欢笑祝椿龄。"宋·柳永《御街行（圣寿·二之一·双调）》："椿龄无尽，萝图有庆，常作乾坤主。"
　　椿图的款识为范仲淹《老人星赋》句："会兹鼎盛，荐乃椿龄。"此为祝人父亲寿考之词。图中枝干芽叶果一应俱全，象征居家兴旺之意。

款识："会兹鼎盛，荐乃椿龄。"

1.15.2.1 鸱鸮

名 称：别名：猫头鹰、鸮、枭。
科属：为鸟纲鸮形目鸱鸮科动物。

用 途：1. 药用：肉入药。哮喘、眼疾、眩晕、癫痫、瘰疬、
疟疾、噎食等疾病，还是去头风、治疗头痛的好药材，
还具有定惊、解毒的功效。
2. 经济：益鸟森林卫士。

文 化：　　《说苑·枭将东徙》："枭，曰：乡人皆恶我鸣，
以故东徙。"古代人们以为猫头鹰夜间活动，是不
吉之物。我们误解了猫头鹰。古人也有平反诗，如明·
乌斯道《病中兴感因成七诗寄蒲庵老禅（其四）》：
"蝍蛆素甘带，鸱鸮喜餐鼠。"明·袁凯《荒园》：
"鼹鼠踧踔，鸱鸮啸哀。"

　　1. 与《诗经》物种相关诗歌，后世传承发挥
　　《诗经·豳风·鸱鸮》："鸱鸮鸱鸮，既取我子，
无毁我室。"

　　宋·苏轼《上梅直讲书》："轼每读《诗》至
《鸱鸮》，读《书》至《君奭》，常窃悲周公之不
遇。"宋·苏洵《余姚江上夜看残雪》："周公梦
不见，篷底听鸱鸮。"唐·沈佺期《枉系二首》：
"吾怜姬公旦，非无鸱鸮诗。"宋·刘克庄《丞相
信庵赵公哀诗五首》："早识武侯比龙凤，晚为公
旦序鸱鸮。"明·刘基《感兴七首（其四）》："鸱
鸮诗奏忠谁白，松柏歌成恨岂销。"

　　2. 名诗佳句
　　汉·刘向《九叹·忧苦》："葛藟虆于桂树兮，
鸱鸮集于木兰。"唐·杜甫《病柏》："鸱鸮志意满，
养子穿穴内。"唐·李白《寓言三首（其一）》："管
蔡扇苍蝇，公赋鸱鸮诗。"明·张萱《兵车行次杜
少陵韵》："鸱鸮食椹响未革，啼饥百鸟空喧啾。"

　　3. 成语
　　鸱鸮弄舌：比喻小人拨弄是非，得以逞强。出
自元·无名氏《连环计》第三折："枉了你扬威耀武，
尽忠竭节，定国安邦，偏容他鸱鸮弄舌，乌鸦展翅，
强配鸾凰。"

款识："鸱鸮喜餐鼠。"（明·乌斯道）

1.15.3.1 瓜——甘瓜
——甘瓜苦蒂，物无全美

名　称：甘瓜，又名甜瓜，香瓜，果瓜，熟瓜。为葫芦科植物甜瓜的果实。

用　途：性味甘，寒。入心、胃经。功用主治：清暑热，解烦渴，利小便。其根、茎、叶、花、果蒂、果皮、种子亦供药用。

文　化：　　甘瓜极甜美，引动无穷文思，多方咏颂。魏·佚名："甘瓜抱苦蒂，美枣生荆棘。"唐·马总《意林》引《墨子》："甘瓜苦蒂，天下物无全美。"这是哲人的告白。

　　《诗经·大雅·绵》："绵绵瓜瓞，民之初生。"明·屈大均："甘瓜相钩带，生子期连绵。"宋·范成大："夏肤粗已皱，秋蒂熟将脱。"宋·刘子翚："自然子母繁，翠蔓相连结。种瓜诚有道，养民岂无术。"清·谭献："人世原有甘瓜，我觉瓜仍苦。"

　　宋·邵雍："甘瓜青如蓝，红桃鲜若血。不忍以手拈，而况用齿啮。其色已可爱，其味又更绝。"清·黄之隽："刀閧甘瓜琥珀黏。檀犀和液浸春纤。寒瓤还傍块冰拈。荔肺沁来频解渴，樱唇沾处已消炎。脂香添取一痕甜。"

　　南北朝·庾信："美酒含兰气，甘瓜开蜜筒"。唐·李颀："羽扇摇风却珠汗，玉盆贮水割甘瓜。云峰峨峨自冰雪，坐对芳樽不知热"。宋·陆游："旋摘甘瓜青带蔓，新篘玉醴冷传杯。"明·吴梦旸："长须仡仡催行觞，甘瓜碧藕压酒浆。"

　　《甘瓜图》题款"甘瓜抱苦蒂，美枣生荆棘。"图中辅以小形众果，极力突出甜瓜形象。唯枣未能应季入图。

款识："甘瓜抱苦蒂，美枣生荆棘。"

1.15.3.2 果蠃——栝蒌
léi

名　称：果裸(《诗经》)，王菩(《吕氏春秋》)，地楼(《本经》)，
泽巨、泽冶(《吴普本草》)，王白(《广雅》)，天瓜(《尔
雅》郭璞注)，菟(《穆天子传》郭璞注)，瓜蒌(《针
灸甲乙经》)，泽姑、黄瓜(《别录》)，天圆子(《东
医宝鉴》)，柿瓜(《医林纂要》)，野苦瓜杜瓜、大
肚瓜、药瓜、鸭屎瓜、栝楼、糖瓜蒌、蒌瓜、楼瓜。

科　属：葫芦目葫芦科栝楼属多年生攀缘型草本植物。

用　途：1.药用：种子入药。功能主治：润肺，化痰，散结，滑
肠。治痰热咳嗽、胸痹、结胸、肺痿咳血、消渴、黄疸、
便秘、痈肿初起。清热涤痰，宽胸散结，润燥滑肠。用
于肺热咳嗽、痰浊黄稠、胸痹心痛、结胸痞满、乳痈、
肺痈、肠痈肿痛、大便秘结。其果实、果皮、果仁(籽)、
根茎亦供药用。

　　　　2.经济：种植已成规模。

文　化：　　1.与《诗经》物种相关诗歌，后世传承发挥

　　　　《诗经·豳风·东山》："果蠃之实，亦施于宇。
伊威在室，蠨蛸在户。"宋·苏辙《赋园中所有十首(其
一)》："吾兄客关中，果蠃施吾宇。"

　　　　2.名诗佳句

　　　　宋·周献甫《斋扉》："砚池乾恐虮蜉入，笔
管闲容果蠃居。"宋·李廌《同仲宝风雨中过德麟
留宿以夜未央为韵分得未》："耽诗近知味，疑从
果蠃化。"宋·李廌《木文真人章圣朝合州进到其
事甚怪至京其木中》："果蠃祝螟蛉，天风化阴鹠。"
宋·贺铸《快哉亭朝暮寓目二首·(其一)》："水
牯负鸲鹆，山枢悬栝蒌。"

　　　　《果蠃转语记》是清代程瑶田创作的训诂学著
作。共收集与之有关的词二百多个，借"果蠃"这
一词而阐发音义通转的道理和事物名的规律。其所
以名"转语"。

　　　　画作分析用大写意形式，挥洒成图，表达野逸
之美。

款 识："瓜蒌又名栝楼、王瓜、蠃实，其果根皆入药。"

1.15.3.3 蠋——野桑蚕
zhú

蠋

彙草本·蛾蠲

蠋—枸杞虫

名　称：别名：野蚕、野蚕蛾、桑狗、桑野蚕、乌、芋虫。
　　　　《纲目》凡诸草木皆有蚅蠋之类，食叶吐丝，不
　　　　如蚕丝可衣被天下，故莫得并称。
　　　　科属：鳞翅目蚕蛾科。

用　途：1. 药用：《纲目》凡蚕类入药，俱用食桑者。
　　　　2. 经济：中国除桑蚕外，还有柞蚕、樟蚕、樗蚕、
　　　　天蚕、枸杞虫等。

文　化：　　1. 与《诗经》物种相关诗歌，后世传承
　　　　发挥
　　　　《诗经·豳风·东山》："蜎蜎者蠋，
　　　　烝在桑野。敦彼独宿，亦在车下。"诗用蠋
　　　　蚕在野比喻人宿车下的艰苦。
　　　　先秦·庄周《庄子》："奔蜂不能化藿蠋，
　　　　越鸡不能伏鹄卵。"
　　　　东汉·王逸《九思·怨上》："载缘兮我裳，
　　　　蠋入兮我怀。"
　　　　2. 名诗佳句（野蚕）
　　　　唐·于濆《野蚕》："野蚕食青桑，吐
　　　　丝亦成茧。无功及生人，何异偷饱暖。我愿
　　　　均尔丝，化为寒者衣。"
　　　　唐·许浑《凌歊台送韦（一作韩）秀才》：
　　　　"野蚕成茧桑柘尽，溪鸟引雏蒲稗深。"
　　　　唐·王建《田家行》："野蚕作茧人不取，
　　　　叶间扑扑秋蛾生。"
　　　　宋·李复《野蚕》："野蚕缘桑自成茧，
　　　　群儿采茧残桑枝。明年家蚕黑蚁出，四中桑
　　　　死蚕忍饥。野茧更彩不满筥，家蚁岁生无尽时。
　　　　翁乎驱儿无残桑，叶长蚕成长有丝。"
　　　　明·徐渭《野蚕》："越桑虽云盛，不
　　　　及吴中繁。越女卖钗钏，仅可完蚕山。如斯苦
　　　　拯救，良亦可悯怜。如何野蚕种，孳息多今年。"
　　　　宋·阳枋《和夔州李约斋灯宵》："野
　　　　蚕作蚕自缠缚，拈弄轻丝大巧中。"

款识："蠋，枸杞虫，此虫生枸杞上，食枸杞叶，状如蚕，作茧。又，蚑乌，蠋也。"（《本草纲目》）

1.15.3.4 伊威——鼠妇

名　称：别名：鼠妇、鼠负、负蟠、鼠姑、鼠黏、地虱、潮虫子、潮虫、团子虫、地虱婆、地虱子、西瓜虫等。
科属：甲壳纲等足目潮虫科鼠妇属动物，平甲虫的俗称。

用　途：1. 药用：全体入药。功能主治：破血利水，解毒止痛。治久疟疾疟母、经闭癥瘕、小便不通、惊风撮口、口齿疼痛、鹅口诸疮。
2. 文化：关于鼠妇的记载最早可见于《本草纲目·虫部》。

文　化：　　1. 与《诗经》物种相关诗歌，后世传承发挥
　　《诗经·豳风·东山》："伊威在室，蠨蛸在户。町疃鹿场，熠耀宵行。"南北朝·任昉《答刘居士诗》："庭飞熠耀，室满伊威。"唐·孟郊《城南联句》："破灶伊威盈。追此讯前主。"明·杨慎《华灯引琴思汉调》："东山戎旅吟伊威，鸣梧高张簫低帷。"明·张宁《草虫杂图四十二首为伍金宪题·其二十九》："蟋蟀已在堂，鼠妇已在室。"清·陈恭尹《吹台》："高冈多蒺藜，下室多伊威。"
　　2. 名诗佳句
　　唐·韩愈《送区弘南归》："朝暮盘羞恻庭闱，幽房无人感伊威。"
　　宋·王安石《忆昨诗示诸外弟》："吟哦图书谢庆吊，坐室寂寞生伊威。"
　　宋·苏轼《〈归来引〉送王子立归筠州》："曾鸡黍之未熟兮，叹空室之伊威。"
　　明·高启《感旧酬宋军咨见寄》："瘦妻倚寒机，正叹伊威盈。"
　　清·郑珍《屋漏诗》："伊威登础避昏垫，湿鼠出窟摩须髯。"
　　清·成鹫《丹霞除夕与诸子守岁》："梅妻梦里将春信，鼠妇灯边语夜阑。"

款识：《本草纲目》引韩保升曰："多在瓮器底及土坎中，常惹著鼠背，故名。"又《诗经·豳风·东山》
    伊威在室。"

1.15.3.5 蟏蛸——喜蛛

名 称： 喜蛛。

用 途： 功用主治：解表透疹。用于痘疹透发不畅或疹毒内陷，感冒，咳嗽，风湿骨痛。

文 化： 与《诗经》物种相关诗歌，后世传承发挥

《诗经·豳风·东山》："伊威在室，蟏蛸在户。"

唐·李白《玉真公主别馆苦雨赠卫尉张卿二首》："蟏蛸结思幽，蟋蟀伤褊浅。"

唐·白居易《和梦游春诗一百韵》："舞榭缀蟏蛸，歌梁聚蝙蝠。"

唐·白居易《禽虫十二章》："蟏蛸网上罥蜉蝣，反覆相持死始休。"

唐·柳宗元《游朝阳岩遂登西亭二十韵》："庭除植蓬艾，隟牖悬蟏蛸。"

唐·王维《赠祖三咏》："蟏蛸挂虚牖，蟋蟀鸣前除。"

唐·元稹《秋堂夕》："书卷满床席，蟏蛸悬复升。"

唐·元稹《秋相望》："蟏蛸低户网，萤火度墙阴。"

唐·元稹《江边四十韵（此后并江陵时作）》："断帘飞熠耀，当户网蟏蛸。"

唐·韦庄《早秋夜作》："傍砌绿苔鸣蟋蟀，绕檐红树织蟏蛸。"

唐·长孙佐辅《山行书事》："迎霜听蟋蟀，向月看蟏蛸。"

唐·卢汝弼《秋夕寓居精舍书事》："疏檐看织蟏蛸网，暗隙愁听蟋蟀声。"

唐·常理《杂曲歌辞·古离别》："蟏蛸网清曙，菡萏落红秋。"

唐·储光羲《狱中贻姚张薛李郑柳诸公》："河汉低在户，蟏蛸垂向牖。"

宋·张方平《萤》："蟏蛸与蟋蟀，时节伴依依。"

宋·白玉蟾《听赵琴士鸣弦》："又非林下感蟏蛸，更匪胡笳叫晚秋。"

宋·白玉蟾《赠蓬壶丁高士琴》："於中亦有蟏蛸鸣，倏忽变作冷猿声。"

宋·方回《蟏蛸》："窗眼蟏蛸粟许微，早能结网伺虫飞。都来口腹容多少，狼虎操心伏杀机。"

清·陈恭尹《蟏蛸》："独将一面候虫过，饥任微生饱在他。村舍久知无好客，劳君门外更张罗。"

清·陈维崧《望海潮胥门城楼即伍相国祠春日同云臣展谒有作》："太息承尘，我来还为拂蟏蛸。"

1.15.3.6 宵行——萤火虫

名称：别名：萤火、磷、丹鸟、丹良、即照、夜光、夜照、景天、救火、据火、挟火、耀夜、宵烛、放光、磷然、照磷。
科属：鞘翅目萤科。

用途：药用：全虫入药。《本经》："主明目，小儿火疮伤，热气。"《药性论》："治青盲。"

文化：　　1. 与《诗经》物种相关诗歌，后世传承发挥
《诗经·豳风·东山》："町畽鹿场，熠燿宵行。"该诗言败破凄凉景象。如晋·郭璞《萤火赞》："熠燿宵行，虫之微么。"唐·骆宾王《萤火赋》："感秋夕之殷忧，叹宵行以熠熠。"宋·黄庭坚《演雅》："螳螂当辙恃长臂，熠燿宵行矜照火。"清·董元恺《夜行船·咏萤》："休浪说，宵行熠燿。"

　　2. 名诗佳句
唐·李百药《咏萤火示情人》："不辞逢露湿，只为重宵行。"唐·阎朝隐《鹦鹉猫儿篇》："钩爪锯牙也，宵行昼伏无以当。"宋·陆游《村舍杂兴》："晨饭炊稀米，宵行点豆秸。"宋·李纲《萤火》："雨过禅房夜气清，湿萤无数自宵行。"宋·孙应时《和刘过夏虫五咏·萤》："太阳不敢近，宵行聊自娱。"

　　3. 成语
囊萤映雪、囊萤照读、集萤映雪、萤灯雪屋、雪窗萤火、萤窗雪案、聚萤映雪、雪天萤席、雪牖萤窗。

　　4. "宵行"释为夜间工作及行动
如《周礼·秋官》："司寤氏掌夜时……禁宵行者、夜游者。"《荀子·解蔽》："其曰涓蜀梁，为人也，愚而善畏，明月而宵行。"汉·刘向《九叹·忧苦》："邅彼南道兮，征夫宵行。"宋·曾巩《明州谢到任表》："已宵行而祗命，甫夕惕以当官。"明·张家玉《感遇·（其一）》："宵行秣马传餐食，夜宿连营抱鼓眠。"

款识："町畽鹿场，熠燿宵行。"

1.15.3.7 鹳 ^{guàn}

名 称：负釜、黑尻、皂裙、舁、鸡、冠雀、负金、旱群、皂帔、老鹳、鹳经。

鹭鸟、鹳儿、灰鹤、乌童鹳、乌尾鹳。

文 化：　1. 与《诗经》物种相关诗歌，后世传承发挥

《诗经·豳风·东山》："鹳鸣于垤，妇叹于室。"此乃征夫思归，臆想妻迎其回家情景。后人同感类似，如汉·王粲《从军诗五首（其二）》："哀彼东山人，喟然感鹳鸣。"南北朝·谢灵运《燕歌行》："君何崎岖久徂征，岂无膏沐感鹳鸣。"宋·王安石《沈坦之将归溧阳值雨留吾庐久之三首（其一）》："室妇叹鸣鹳，分为两地愁。"

　2. 名诗佳句

汉·张衡《东京赋》："鹅鹳鱼丽，箕张翼舒。"

汉·王粲《从军诗五首（其五）》："寒蝉在树鸣，鹳鹄摩天游。"

南北朝·江淹《杂体诗·张黄门协苦雨》："水鹳巢层甍，山云润柱础。"

唐·杜甫《宿江边阁》："鹳鹤追飞静，豺狼得食喧。"

唐·柳宗元《游石角过小岭至长乌村》："旷望少行人，时闻田鹳鸣。"

唐·李绅《泛五湖（效谢惠连）》："依稀占井邑，嘹唳同鹅鹳。"

宋·沈括《开元乐》："鹳鹊楼头日暖，蓬莱殿里花香。"

元·王冕《漫兴（其三）》："海云挟雨连天黑，江鹳如人近屋来。"

明·袁凯《次杨廉夫先辈韵》："花间鹳鹤迎人起，波上鱼龙挟棹飞。"

鶴鳴于垤婦嘆于室

詩豳風東山雪記

1.15.5.3 豆

名 称： 豆。祭器礼器。木制的叫豆，竹制的叫笾。陶制的叫登。又：①古代食器。形似高足盘，有的带盖。后也用作礼器。《国语·吴语》："觞酒豆肉箪食。"②古代容量单位。四升为一豆。《左传·昭公三年》："齐旧四量：豆、区、釜、钟。四升为豆，各自其四，以登于釜，釜十则钟。"③古代重量单位。《说苑·辨物》："十六黍为一豆，六豆为一铢，二十四铢重一两。"

文 化： 　　豆字始见于商代甲骨文及商代金文，其古字形像古代的一种下有高圈足的盛食物的食器。

　　一般用来盛肉类的食物。"豆"的古文字就是这类器物的象形或缩影。不论什么质地、什么形制的豆，都有像盘一样的"腹"，可供把持的"校"，作为底部的"镫"。从豆的字如登、豊、丰等则屡见，其中的"豆"也是有盖无盖并存。豆腹，中间一小横像食物盛在豆腹之内。豆中央直的部分，即校，俗称柄，下面一横就是豆的底，即镫，又称跗。

　　1. 与《诗经》物种相关诗歌，后世传承发挥

　　《诗经·大雅·韩奕》："韩侯出祖，出宿于屠。显父饯之，清酒百壶。其肴维何？炰鳖鲜鱼。其蔌维何？维笋及蒲。其赠维何？乘马路车。笾豆有且。侯氏燕胥。"

　　此诗言周宣王韩侯受封入觐，是周宣王时代重要的政治活动，此诗所记述的即为此事。

　　2. 名诗佳句

　　唐·皮日休："明水在稿秸，太羹临豆笾。将来示时人，狎獠垂馋涎。"

　　宋·梅尧臣："锡胙人移俎，焚辞漏昼筹。豆笾将降陛，肴史剧奔牛。"

　　宋·范成大："墙西云正黑，跕跕堕金盆。良耜酢西成，豆笾蓊芳芬。"

　　明·林熙春："笾豆宁云则有司，降观亦自费神思。虽然不是供难继，飨帝飨亲全在斯。"

　　3. 成语

　　箪食豆羹、觞酒豆肉、笾豆之事、笾豆簠簋、笾豆有践、笾豆静嘉。

款识：《果豆合饗图》"豆笾合饗丰盛备"（寇准句）

1.15.5 笾

biān

名 称：笾指古代祭祀宴飨礼器的一种，似豆而盘平浅、沿直、矮圈足。笾从豆分化而来，有竹编，又有木制、陶制和铜制的多种。用于盛果脯之类的食品。祭祀宴飨时用来盛果实、干肉。《尔雅·释器》"竹豆谓之笾。"《尔雅·疏》："笾，以竹为之，口有籘缘，形制如豆，亦受四升，盛枣、栗、桃、梅、菱芡、脯脩、膴鲍、糗饵之属。"

文 化：　1. 与《诗经》物种相关诗歌，后世传承发挥
《诗经·豳风·伐柯》："我觏之子，笾豆有践。"
《诗经·小雅·宾之初筵》："笾豆有楚，殽核维旅。"
《诗经·小雅·鹿鸣之什·伐木》："笾豆有践，兄弟无远。"
《诗经·大雅·韩奕》："笾豆有且，侯氏燕胥。"
《诗经·大雅·既醉》："其告维何？笾豆静嘉。"
《诗经·鲁颂·閟宫》："笾豆大房，万舞洋洋。"按上述诸诗笾豆作为祭祀宴飨礼器出现。
　2. 名诗佳句（许多为仿《诗经》句）
隋·佚名《郊庙歌辞·五郊乐章·送神》："黍稷已享，笾豆宜收。"
隋·佚名《郊庙朝会歌辞方皇乐歌》："笾豆静嘉，登于有司。"
唐·魏征《享太庙乐章·雍和》："笾豆撤荐，人祇介祉。"
唐·张衮《郊庙歌辞·梁郊祀乐章·庆肃》："笾豆簠簋，黍稷非馨。"
宋·司马光《瞻彼南山》："笾豆洋洋，鼎俎将将。"
宋·陆游《上章纳禄恩畀外祠遂以五月初东归》："笾实傍篱收豆荚，盘蔬临水采芹芽。"
宋·诸臣撰《咸平亲郊八首（其一）》："祖考来格，笾豆成行。"

款识："笾静宜嘉果"

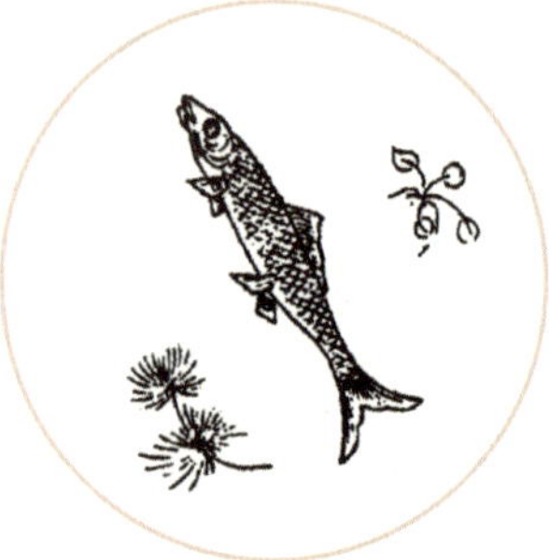

1.15.6.1 鳟

名称：鲑形目鲑科多种鱼类的统称。

用途：《本草纲目》：味甘，性温，归胃经。暖胃和中；止泻。主反胃吐食；脾胃虚寒泄泻。

文化：1. 与《诗经》物种相关诗歌，后世传承发挥

《诗经·豳风·九罭》：“九罭之鱼，鳟鲂。我觏之子，衮衣绣裳。”此诗言用大鱼挽留贵客。按九罭是小眼网。后人诗鳟总有《诗经》味，如晋·左思《三都赋》：“鳣鲔鳟鲂，鮷鳢鲨鲿。”唐·卢仝《观放鱼歌》：“鳟鲂见豳风，质干稍高流。”宋·邓林《赋江郊渔弋》：“鸿鹄鸥鹏鶠鹗鹘，鳟纺鲦鲤鰋鳣鲨。”宋·乐雷发《送桂帅钟尚书赴召》：“五岭不遮鸾凤诏，四方都诵鳟鲂诗。”宋·黄庶《食鲙》：“网罟遮青笞，老鳟荐丝臛。”明·刘基《题画鱼二首·（其二）》：“九罭无人咏鳟鲂，河坟有客叹牂羊。”清·屈大均《王观察招食嘉鱼率赋兼以为别·（其三）》：“鳟鲂留未得，蒲藻更何依。”

2. 名诗佳句

宋·王安石《歌元丰五首·（其一）》：“露积成山百种收，渔梁亦自富虾鳟。”

宋·晁说之《无闷》：“鸾凤能寥廓，鲂鳟幸弃捐。”

宋·贺铸《对酒》：“独把一鳟酒，悲歌送徂春。”宋·郑侠《忘机亭》：“凫鸥近隼旟，亭阴戏鲂鳟。”

宋·郑清之《东湖送藕与茸芷》：“园丁亦善没，擘波沸鲂鳟。”

明·张时彻《郊居八首·（其一）》：“钓月引鳟鲂，樵霞卧山麓。”

款识："钓月引鳟鲂，樵霞卧山麓。"

詩經君子物風華

诗经·小雅

詩經君物風華

詩衛風碩人
領如蝤蠐
今之梁書歲出
星王五年歲
次柔兆之
抑徐

小雅·鹿鸣

2.1.1.1 苹——山荻

名　称：山荻、珠光香青、大火草等。又，清·孙星衍《夏小正传》："苹也者，马帚也。"即今扫帚菜。又，三国吴·陆玑云："藾萧，即艾萧。"
科属：菊科青香属植物。

用　途：药用：全草或根入药。性味微苦、甘，平。功能主治：热解毒，祛风通络，驱虫。用于感冒、牙痛、痢疾、风湿关节痛、蛔虫病、外用治刀伤、跌打损伤、颈淋巴结结核。

文　化：　　1. 与《诗经》物种相关诗歌，后世传承发挥
　　《诗经·小雅·鹿鸣》："呦呦鹿鸣，食野之苹。我有佳宾，鼓瑟吹笙。"按，此诗言国君筵请群臣宾客之歌词。
　　2. 名诗佳句
　　诸诗中间有"苹""蘋"通用者。但皆美句。
　　先秦·屈原《九歌·湘夫人》："鸟何萃兮苹中，罾何为兮木上？"
　　先秦·宋玉《高唐赋》："涉莽莽，驰苹苹。"
　　西汉·枚乘《七发》："掩青苹，游清风。"
　　东汉·曹操《短歌行》："呦呦鹿鸣，食野之苹。"
　　唐·杜甫《丽人行》："杨花雪落覆白苹，青鸟飞去衔红巾。"
　　唐·柳宗元《酬曹侍御过象县见寄》："春风无限潇湘意，欲采苹花不自由。"
　　宋·苏轼《月夜与客饮酒杏花下》："褰衣步月踏花影，炯如流水涵青苹。"
　　宋·柳永《玉蝴蝶·望处雨收云断》："水风轻，苹花渐老，月露冷、梧叶飘黄。"
　　宋·陆游《渔父·石帆山下雨空濛》："苹叶绿，蓼花红。"

款识："呦呦鹿鸣，食野之苹。"

2.1.1.2 蒿——青蒿
名字诺奖结奇缘

名 称：青蒿，又名草蒿、香蒿、苦蒿。菊科蒿属一年生草本植物。干燥的地上部分入药。为常用中药。其性味苦，辛，寒。入肝、胆经、三焦、肾经。功用：清透虚热，凉血除蒸，解暑，截疟。用于暑邪发热、阴虚发热、夜热早凉、骨蒸劳热、疟疾寒热、湿热黄疸。该品苦寒清热，辛香透散，善使阴分伏热透达外散，为阴虚发热要药，此外兼有解暑，截虐之功。青蒿可食。南方也多做成面食，俗称"蒿团"。

用 途：获 2015 年诺贝尔奖生理学或医学奖的中国科学家屠呦呦，就是因为发现了青蒿素。这种药品可以有效降低疟疾患者的死亡率。由于非洲、美洲、东南亚等国长期疟疾盛行，以前国际通用的治疗疟疾的药剂奎宁在人体产生了抗药性，于是青蒿素及其制剂成为国际上公认治疗恶性疟疾的首选药物，被非洲、美洲人称为"神药"。

文 化：　　青蒿在古诗词中出现很早。《诗经·小雅·鹿鸣》："呦呦鹿鸣，食野之蒿。"诗句烘托了饮宴的和谐气氛。屠呦呦的名字或由此而来，令人诧异的是食野之"蒿"即是青蒿。屠呦呦结缘青蒿，并得诺奖。起名者定是饱学之士。

款识："雅鹿食蒿，呦呦鹿鸣。"

2.1.1.3 芩——黄芩

名　称：芩的释名较多，如蔓苇、水芹、牛筋草、蒿类。

　　　　别名：腐肠、黄文、虹胜、经芩、印头、内虚、空肠、元芩、土金茶根。

　　　　科属：唇形科黄芩属植物。

用　途：1. 药用：根入药。功用主治：泻实火，除湿热，止血，安胎。治壮热烦渴、肺热咳嗽、湿热泻痢，黄疸、热淋、吐、衄、崩漏、目赤肿痛、胎动不安、痈肿疔疮。果实亦供药用。

　　　　2. 经济：为重要的中药材。

文　化：　　1. 与《诗经》物种相关诗歌，后世传承发挥

　　　　《诗经·小雅·鹿鸣》："呦呦鹿鸣，食野之芩。我有嘉宾，鼓瑟鼓琴。鼓瑟鼓琴，和乐且湛。我有旨酒，以燕乐嘉宾之心。"按，此诗乃周王宴会臣僚宾客之乐歌。

　　　　2. 名诗佳句

　　　　唐·元稹《桐花》："君若傲贤隽，鹿鸣有食芩。"

　　　　唐·戴叔伦《赠鹤林上人》："日日涧边寻茯芩，岩扉常掩凤山青。"

　　　　宋·杨万里《初出贡院买山寒球花数枝》："初喜艳红明芩子，忽看淡白散花房。"

　　　　宋·陈著《寿马裕斋观文·右有鹤·三章·章四句》："载飞载止，食野之芩。"

　　　　宋·张祥《水调歌头·为爱龙山胜》："商略生平事业，摆脱人间尘土，欲与断丝芩。"

　　　　宋·孙应时《四明山记游八十韵》："挂壁邮猱捷，食芩闻鹿呦。"

　　　　宋·卫宗武《和王总干韵》："絷驹共叹淹场藿，鸣鹿终当歌野芩。"

　　　　宋·周必大《广德军鹿鸣燕乐语口号》："骑蟾定喜攀仙桂，鸣鹿先须咏野芩。"

款识："黄芩枝头噪鸟多。"

2.1.2.1 杞——枸杞
荆枝红滴诗人最爱

（续）目纲·皮骨地 杞枸

名　称：枸杞，又名杞、羊乳、仙人杖。为茄科落叶蔓性灌木。

用　途：其果实（枸杞子）入药，性平味甘，入肝肾经。功能滋肾润肺，补肝明目，治腰膝酸软，头晕目眩，虚劳咳嗽，遗精，消渴。枸杞根皮（地骨皮）、嫩茎叶亦药用，嫩叶也可作菜用或晾干代茶。

文　化：　　枸杞有许多诗文传世。《诗经·小雅·四牡》："翩翩者雏，载飞载止，集于苞杞。王事靡盬，不遑将母。"意思是鸟儿终日飞翔，累了就停在茂盛的枸杞上。而我为国家辛劳作事，无暇孝敬母亲。

　　后代诗文大多把它作仙杖灵药和观赏植物来咏吟。

　　唐·杜甫："枸杞固吾有，鸡栖奈汝何。"唐·刘禹锡《枸杞井》："枝繁本是仙人杖，根老能成瑞犬形。"宋·苏轼《枸杞》："仙人倘许我，借杖扶衰疾。"明·萧如薰《秋经》："杞树珊瑚果，兰山翡翠峰。"清·黄恩赐《中卫竹枝词（其四）》："六月杞园树树红，宁安药果擅寰中。"于右任《咏宁夏属植物》："枸杞实垂墙内外，骆驼草耿路高低。"

　　白居易在晚年痴迷于种枸杞、赏枸杞、吃枸杞，后来还专门为枸杞写了流传千古的诗作："枸杞枸杞悦我目，荆枝挂子红欲滴。玩此聊慰南国思，移情冷落东篱菊。枸杞枸杞健我足，氅浸杯斟筋血活。日日笑饮枸杞酒，老来不惮关山越。枸杞枸杞得我心，玉态姣颜味复珍。回首又生多恨事，幸得桑榆识此君。"

　　《枸杞图》即取白居易诗开篇句为题款。

款识：《枸杞图》即取白居易诗开篇句为题款。兼借《诗经》意，画小鸟凝神顾望之态，表达白公对枸杞的深爱。

松原·鹁

2.1.2.2 鵻——鸽
zhuī

名 称：鸽、鹁鸽、飞奴。

科属：为鸟纲鸽形目鸠鸽科火斑鸠或鸽（《诗经今注》）。

用 途：1.药用：肉或全体入药。功用主治：滋肾益气，去风解毒。治虚羸、消渴、久疟、妇女血虚经闭、恶疮疥癣。卵亦供药用。

2.经济：观赏价值。

文 化：　1.与《诗经》物种相关诗歌，后世传承发挥

《诗经·小雅·南有嘉鱼》："南有嘉鱼，烝然罩罩。君子有酒，嘉宾式燕以乐。南有嘉鱼，烝然汕汕。君子有酒，嘉宾式燕以衎。南有樛木，甘瓠累之。君子有酒，嘉宾式燕绥之。翩翩者鵻，烝然来思。君子有酒，嘉宾式燕又思。"此诗言贵族筵客。

《诗经·小雅·四牡》："翩翩者鵻，载飞载止，集于苞杞……翩翩者鵻，载飞载下，集于苞栩。"此言不堪忙碌，思念父母。

　　2.名诗佳句

宋·苏轼《望江南·暮春》："百舌无言桃李尽，柘林深处鹁鸪鸣。"

宋·黄庭坚《次韵和台源诸篇九首·叠屏岩》："一炉沈水坐终日，唤梦鹁鸪相应鸣。"

宋·宋祁《忆旧言怀寄江宁道卿龙图》："南飞俱似鵻，北嚮未如鸿。"

宋·彭汝砺《戏呈叶提举》："自笑肩舆钝似椎，不如马足快如鵻。"

宋·项安世《和总领陈大卿告老二十韵》："劬劳鸿赴泽，上下鵻寻栩。"

清·彭孙贻《秋柳·曾共栖乌宿白门》："何处斑鵻啼著曙，经年骢马去平原。"

清·邝露《别楚艳秦嫣》："草绿斑鵻怨，花飞红粉愁。"

清·屈大均《青鵻歌（其二）》："青鵻且莫来，槟榔犹未熟。莫食槟榔青，宁食槟榔肉。"

款识："枫林翠壁楚江边，踯躅千层不忍看。"（苏轼句）

2.1.4.1 脊令

名　称：别名：脊鸰、鹡鸰。

科属：俗称张飞鸟，多数为鹡鸰属。鸟纲鹡鸰科鹡鸰属各种候鸟的通称。在古代每与"雎""渠"混称。

用　途：1.药用：入药。功能主治：补肾、益气、明目，用于筋骨软弱无力。亦供药用。

2.经济：除去羽尾及内脏，鲜食或焙干食用。

文　化：　1. 与《诗经》物种相关诗歌，后世传承发挥

《诗经·小雅·小宛》："题彼脊令，载飞载鸣。"

《诗经·小雅·常棣》："脊令在原，兄弟急难。每有良朋，况也永叹。"此诗言为筵请兄弟之诗。是说鸟困在原野，兄弟都来相救。《诗经》以下，历代皆用棠棣和鹡鸰来比喻兄弟手足情深。唐玄宗李隆基更有《鹡鸰颂》书帖传于后世。借鹡鸰鸟群大做文章，召臣颂之以彰天子对亲兄弟的友爱。

后人依意而诗如，唐·李峤《原》："方知急难响，长在脊令篇。"唐·杜甫《得舍弟消息二首（其二）》："浪传乌鹊喜，深负鹡鸰诗。"宋·黄庭坚《次韵晁元忠西归十首》："我思脊令诗，同飞复同息。"宋·辛弃疾《周氏敬荣堂诗》："春风棠棣萼，秋日脊令原。"

2. 名诗佳句

宋·辛弃疾《最高楼（闻前冈周氏旌表有期）》："长叹息、脊令原上急。"宋·楼钥《张钦州挽词》："古镜悲鸾偶，寒原怆脊令。"明·朱诚泳《题脊令图》："脊令对对在原头，来往飞鸣翻瘦影。"鲁迅《别诸弟三首——辛丑二月并跋》："何事脊令偏傲我，时随帆顶过长天。"

款识："彼泽之陂，有蒲与荷。"（《诗·陈风》句）

2.1.5.2 簋 (guǐ)

名　称：系古代青铜或陶制容器，圆口，敞口、束颈、鼓腹、两耳或四耳。流行于商至春秋战国时期。主要用熟食。部分簋上加盖。簋是商周时重要的礼器，宴享和祭祀时，以偶数与列鼎配合使用。史书记载，天子用九鼎八簋，诸侯用七鼎六簋，卿大夫用五鼎四簋，士用三鼎二簋。

用　途：医药参酌青铜器。文化：观赏，考古价值。

文　化：　　簋在祭祀和宴飨时，它和鼎配合使用。《说文解字》："簋，黍稷方器也。"《易·坎》："樽酒簋贰，用缶，纳约自牖，终无咎。"《韩非子·十过》："臣闻昔者尧有天下，饭于土簋，饮于土簋。"

1. 与《诗经》物种相关诗歌，后世传承发挥

《诗经·秦风·权舆》："于我乎，每食四簋。今也每食不饱。于嗟乎，不承权舆。"按这是贵族悲叹之诗。

《诗经·小雅·伐木》："伐木许许，酾酒有藇，既有肥羜，以速诸父。宁适不来，微我弗顾，於粲洒扫，陈馈八簋。既有肥牡，以速诸舅，宁适不来，微我有咎。"按这是贵族筵会亲友之盛况。

2. 名诗佳句

南北朝·江淹："琼罍既饰。绣簋以陈。方燮嘉积。永毓宵民。"隋·佚名："灌献有容，会其俎簋。明德惟声，以介丕祉。"隋·佚名："牲饩粢盛，俎簋铏笾。维神庋止，从空泠然。"唐·王绩："宝龟尺二寸，由来宅深水……丰骨输庙堂，鲜腴藉笾簋。"唐·佚名："六佾荐徽容，三簋陈芳醴。"宋·胡寅："大贾五日金，徙蜀死无庇。小偷惭簠簋，褫魄对狴吏。"宋·兆恒："簋豆蘑牲，铏笾实馈。"元·刘永之："时有门生陈八簋，昨从家仆致双鱼。"

款识："古簋载祥，百花争艳。"

2.1.7.1 鱼——鲨鱼

白沙

·药学分典·蔡物图录总部（墨线图卷）

（张）目鲷·鱼鲛

名称： 鲛鱼，腊鱼，沙鱼，鲼鱼，溜鱼，鲨皮，白点鲨等鲨鱼。
科属：鲨目白斑星鲨。《纲目》古曰鲛，今曰沙，是一类而有数种也。【日】渊在宽《古绘诗经名物》：鱼，即鲨，鲛鱼或獭。

用途： 1. 药用：其皮入药，能补五脏，消肿去瘀。其鳍，胆，鳔亦入药。
2. 经济：供食用，或装饰用。

文化： 1. 与《诗经》物种相关诗歌，后世传承发挥
《诗经·小雅·采薇》："驾彼四牡，四牡骙骙。君子所依，小人所腓。四牡翼翼，象弭鱼服。岂不日戒，玁狁孔棘。"按，鱼服：用鲨鱼皮制作的箭袋。《采薇》是一首著名的征夫诗。描写威武的军容和紧张的战斗。

2. 名诗佳句

南北朝·沈约："民去葵。鼎归梁。鲛鱼出。庆云翔。"唐代·李绅："潇湘岛浦无人居，风惊水暗惟鲛鱼。"宋·梅尧臣："海鱼沙玉皮，剪脍金虀酽。远持享佳宾，岂用饰宝剑。"宋·乐史："暾蜎与鲛鱼，子母长相随。兽面而人心，此兽信有之。"宋·刘弇："间于盘涡拆腥沫，疑课鲛鱼助奔掷。"元·吴莱："宫殿寝园终草莽，冕旒章服到鲛鱼。"元·王逢："鲛鱼室卧缟带影，长铍辟易万雉墉。"

明·欧大任："鲛鱼孔雀宁堪献，似有明珠照乘来。"明·屈大均："香狸之脯鲨鱼翅，玉盘行出和春菘。"清·朱彝尊："自古羁縻称外藩，谁令市铁禁关门。不见鲛鱼重入贡，旋看黄屋自言尊。"清·陈肇兴："夜半天风吹海立，鲸鱼上岸鲛鱼泣。"

款识："鱼有释为鲨，鲛鱼或獭。"

款 识："鲛鱼"时珍曰：古曰鲛，今曰沙。又肉作作脍，补五脏。段成式曰：其力健强，称为河伯健儿。

2.1.8.1 旐——龟蛇旗
zhào

名　称：旐是画有龟蛇的旗。

用　途：参酌旗旆，在古代有不同的用途，九旗最早来源于《周礼》，分别为：常、旂、旜（旝）、物、旗、旟、旐、旞、旌。九旗是从王到小官吏按照阶层高低排列的，一般是日月为常，蛟龙为旂，通帛为旜，杂帛为物，熊虎为旗，鸟隼为旟，龟蛇为旐，全羽为旞，析羽为旌。

（镜）目纲·庞蠊

（镜）目纲·蛇鳞

文　化：　　1. 与《诗经》物种相关诗歌，后世传承发挥

《诗经·小雅·出车》："我出我车，于彼郊矣。设此旐矣，建彼旄矣。彼旟旐斯，胡不旆旆？忧心悄悄，仆夫况瘁。王命南仲，往城于方。出车彭彭，旂旐央央。天子命我，城彼朔方。赫赫南仲，玁狁于襄。"

《诗经·小雅·车攻》："建旐设旄，搏兽于敖。"

《诗经·小雅·采芑》："方叔涖止，其车三千，旂旐央央。"

《诗经·小雅·无羊》："牧人乃梦，众维鱼矣，旐维旟矣，大人占之；众维鱼矣，实维丰年；旐维旟矣，室家溱溱。"按，以上诸诗中之旐（龟蛇旗）皆为官员行色。

2. 名诗佳句

晋·陆机《庶人挽歌辞》："魂衣何盈盈，旟旐何习习。"

隋·佚名《祀先蚕六首》："云胡不留，旭旐有翩。"

唐·杜甫《八哀诗·赠左仆射郑国公严公武》："飞旐出江汉，孤舟轻荆衡。"

唐·柳宗元《哭连州凌员外司马》："盖棺未塞责，孤旐凝寒飔。"

唐·白居易《挽歌词》："丹旐何飞扬，素骖亦悲鸣。"

宋·王安石《致仕邵少卿挽辞二首》："素车驰吉路，丹旐卷寒辉。"

宋·欧阳修《吊黄学士三首》："秋风吹越树，归旐自飘飘。"

宋·司马光《子厚先生哀辞》："旧庐不能到，丹旐风翩翩。"

宋·陆游《记梦》："元章嘉叟君所见，一别丹旐俱翩翩。"

宋·苏颂《知枢密院孙温靖公挽辞二首》："丹旐都城远。"

款识："蛇舞金曲"

2.1.8.2 旗——鹰旗

yú

名　称：鹰旗。

用　途：参酌《本草纲目·服帛类》。

文　化：　　1. 与《诗经》物种相关诗歌，后世传承发挥

《诗经·小雅·出车》："我出我车，于彼郊矣。设此旐矣，建彼旄矣。彼旟旐斯，胡不旆旆？忧心悄悄，仆夫况瘁。王命南仲，往城于方。出车彭彭，旂旐央央。天子命我，城彼朔方。赫赫南仲，玁狁于襄。"此诗言周时战争，退敌凯旋之内容。诸战旗引人注目。

《诗经·鄘风·干旄》："孑孑干旟，在浚之都。"

《诗经·小雅·都人士》："匪伊卷之，发则有旟。"

《诗经·小雅·无羊》："牧人乃梦，众维鱼矣，旐维旟矣，大人占之；众维鱼矣，实维丰年；旐维旟矣，室家溱溱。"

《诗经·大雅·江汉》："既出我车，既设我旟。"

《诗经·大雅·桑柔》："四牡骙骙，旟旐有翩。"按，以上诸诗中写战旗以壮军威。

2. 名诗佳句

汉·张衡《思玄赋》："云霏霏兮绕余轮，风眇眇兮震余旟。"

魏晋·阮籍《大人先生传》："扬清风以为旟兮，翼旋轸而反衍。"

汉·扬雄《甘泉赋》："腾清霄而轶浮景兮，夫何旟旐郅偈之旖旎也！"

唐·白居易《和春深二十首（其十）》："和风引行乐，叶叶隼旟斜。"

宋·柳永《玉蝴蝶·渐觉芳郊明媚》："集旟前后，三千珠履，十二金钗。"

宋·魏了翁《水调歌头·冻雨洗烦浊》："莎外马蹄香湿，柳下旟阴晨润，景气踏苍苍。"

款识："狮王为救猕猴欲舍命图"

詩
經
君
物
風
草

小雅・白华

菅圃·芒

2.2.1.1 菅——芒草
jiān

名　称：芒、白华、野菅、菅茅、杜荣、苞芒、苞茅、度芸、苫房草、白尖草。

科　属：单子叶植物，纲禾本目禾本科芒属多年生草本植物的统称。

用　途：1. 药用：茎入药。《本草拾遗》："主人畜为虎狼等伤，恐毒入肉者，取茎杂葛根浓煮服之，亦取汁。"根亦供药用。
2. 经济：芒草可用于编制菅席、绳索等各种用品。亦可做筅帚、刷子等。

文　化：　　1. 与《诗经》物种相关诗歌，后世传承发挥

《诗经·小雅·白华》："白华菅兮，白茅束兮。之子之远，俾我独兮。英英白云，露彼菅茅。天步艰难，之子不犹。"按此诗言菅草开白花，白茅束好送给"子"。

《诗经·陈风·东门之池》："东门之池，可以沤纻。彼美淑姬，可与晤语。东门之池，可以沤菅。彼美淑姬，可与晤言。"按此诗言沤菅草以便制菅席、绳索等。

2. 名诗佳句

战国楚·宋玉《招魂》："五谷不生，藂菅是食些。"汉·甄宓《塘上行》："莫以麻枲贱，弃捐菅与蒯。"唐·柳宗元《植灵寿木》："蹇连易衰朽，方刚谢经菅。"唐·高适《赠别王十七管记》："何意薄松筠，翻然重菅蒯。"宋·苏轼《慈湖夹阻风》："故应菅蒯知心腹，弱缆能争万里风。"明·茅坤《青霞先生文集序》："君既上愤疆场之日弛，而又下痛诸将士之日菅刘我人民以蒙国家也，数呜咽歆歔。"

3. 成语

草菅人命。《汉书·贾谊传》记载，贾谊给汉文帝上《治安策》："故胡亥今日即位而明日射入，忠谏者谓之诽谤，深计者谓之妖言，其视杀人若艾草菅然。"指胡亥看待杀人，就好像看待割茅草一样，不当一回事。清·李渔《芙蕖》："望天乞水以救之，怠所谓不善养生而草菅其命者哉。"

款 识："蘩菅是食些"（宋玉《招魂》）。按，"蘩"古时与"丛"通用。言当时民众之饥苦。

2.2.3.1 鲨——刺虾虎鱼

名　称：别名：鰄、鮀、吹沙、沙沟鱼、呵浪鱼、鰮、弹塗、光鱼。
　　　　科属：鲈形目，虾虎鱼科。

吹沙

（张）目纲·鱼鲨

用　途：1. 药用：其肉入药。《本草纲目》："暖中益气。"
　　　　2. 经济：食品。
　　　　3. 文化：《通雅》鲨，吹沙小鱼，黄皮黑斑，正月先至，身前半阔而扁，后方而狭，陆氏以为狭小，非也。按，刺虾虎鱼海水淡水均产。

文　化：　　1. 与《诗经》物种相关诗歌，后世传承发挥
　　　　《诗经·小雅·鱼丽》："鱼丽于罶，鲿鲨。君子有酒，旨且多。"按，此诗乃赞美佳酿鲜鱼之歌。译文：鱼儿钻进竹篓里，有黄颊和吹沙。主人的酒醇味美而且席面大！
　　　　2. 名诗佳句
　　　　汉·张衡的《归田赋》："触矢而毙，贪饵吞钩。落云间之逸禽，悬渊沉之鯋鰄。"
　　　　唐·卢鸿一《嵩山十志十首·倒景台》："耸天关兮倒景台，鲨颢气兮轶嚣埃。皎皎之子兮自独立，云可朋兮霞可吸，曾何荣辱之所及。"
　　　　唐·刘升《丝网浮鲨》："风雨暗烟汀，渔歌苔杳冥。鳞飞千片雪，网乱一江星。白小供厨积，红肥满市腥。烹鲜谙食谱，不数五侯鲭。"
　　　　宋·舒岳祥《赠渔者原文·红蓼青芦媚一川》："红蓼青芦媚一川，夕阳偏丽晚秋天。吹沙已老松鲈上，日日江头望钓船。"

吹沙鱼吾齐人谓光鱼

款识："吹沙鱼吾齐人谓光鱼。"

2.2.3.2 鳢——乌鳢

(政)鲤图·鱼蠡

名 称：别名：蠡鱼、鮦鱼、鲩、鮵、鲂、黑鳢鱼、玄鳢、文鱼、黑鲤鱼、黑鱼、乌鱼、黑火柴头鱼、蛇皮鱼、乌棒、活头。体长可达50厘米以上，黄褐色，有黑色斑块。性凶猛，肉食性。是淡水养鱼业的害鱼。

科属：辐鳍鱼纲鲈形鳢科鳢属。喜栖息在水草丛生的浅水处，性凶猛。肉食性，以食各种小鱼虾、蛙类及昆虫、甲壳动物为主。

用 途：1. 药用：肉或全体入药。功用主治：补脾，利水。治水肿、湿痹、脚气、痔疮、疥癣。

2. 食用：乌鳢是很家常的一种鱼，营养价值较高，味美汤鲜，营养丰富，滋补调养等功效适合大部分人食用。含肉率高，而且比鸡肉、牛肉所含的蛋白质还高。是淡水名贵鱼类，有鱼中珍品之称。

文 化： 1. 与《诗经》物种相关散文，有据故事

《诗经·小雅·鱼丽》：“鱼丽于罶，鲂鳢。君子有酒，多且旨。”此诗言权贵者鲜鱼美酒之赞扬。

2. 名诗佳句

晋·左思《三都赋》：“鳣鲔鳟鲂，鮷鳢鲨鳖。”

宋·苏轼：“凉飙呼不来，流汗方被体。稀星乍明灭，暗水光弥弥。香风过莲芡，惊枕裂鲂鲤。欠伸宿酒余，起坐濯清沚。火云势方壮，未受月露洗。身微欲安适，坐待东方启。”

宋·释文珦：“此中有真味，岂必鲙鲂鳢。”

宋·韩元吉：“有如千黑鱼，东西转桥矼。”

明·彭孙贻：“黑鱼长三尺，白鱼二尺余。雕盘荐芳俎，贤圣上头居。”

2.2.3.4 鱬——鲇鱼

愿君"年年有余"

(政)经图·鱼鱬

名 称： 鲇鱼，又名鲶鱼、鱬、额白鱼、鳀、鲲鱼、潭虱、粘鱼。
为鲇科动物鲇鱼。

用 途： 其全体或肉入药。性味甘，温。功用主治：滋阴开胃，
催乳利尿。治虚损不足、乳汁不多、水气浮肿、小便不利。
其眼、尾、皮肤分泌的黏液亦供药用。

文 化： 　国外有个趣味术语——"鲇鱼效应"

挪威人喜食鲜活沙丁鱼，捕捞后，因返航时
间长，到岸多已死。唯有一渔夫的鱼很少死去。
这个秘密直到他死后才解开。他鱼仓里有鲇鱼。
原来凶狠的鲇鱼在搅动小鱼生存环境的同时，用
惊恐激活了小鱼的求生能力。这就是"鲇鱼效应"
一词的由来。后被经济学家引用，为采取一种手
段或措施，刺激一些企业活跃起来投入市场中积
极参与竞争，从而激活市场中的同行业企业。

中国有个凄美的成语——"鲇鱼上竹"

宋·欧阳修《归田录》："君于仕宦，亦何
异鲇鱼上竹竿耶？"由该诗引申出成语鲇鱼上竹，
比喻本想前进反而后退。原诗是为大诗人梅圣俞
官运鸣不平，不料跟进者甚多，如宋·苏轼："归
来羞涩对妻子，自比鲇鱼缘竹竿。"宋·张镃：
"鲇鱼上竹，被人弄、知多少。"宋·李石："懒
则鲇鱼上竿，勤则大鹏跨海。"清·李希圣："我
忆平生下泽车，十年郎署愧鲇鱼。"诗家调侃之余，
竟留下千载成语。

款 识："鲇鱼图",题款"年年有余"。此系民俗文化中之谐音法吉祥用语。"年"与"鲇"同音同声,
　　　　"余"与"鱼"同音同声。此图款配合紧密,通俗易懂,故能广为国人喜爱。

2.2.3.5 鲿——黄颡鱼
cháng

名　称： 黄鲿鱼、黄颊鱼、黄鱼、黄刺鱼。肉食性鱼类，一般以小鱼、水生昆虫以及甲壳类等为食。

药　用： 其肉或全体入药。功能主治：利小便，消水肿、敷瘰疬。其甲骨、皮肤黏液亦供药用。

文　化： 　1.《诗经》物种相关诗

《诗经·小雅·鱼丽》："鱼丽于罶，鲿鲨。君子有酒，旨且多。"按，此诗为赞美贵族酒鱼之歌。罶为竹编捕鱼具（详见本书"罶"文）。

《诗经·周颂·潜》："有鳣有鲔，鲦鲿鰋鲤。以享以祀，以介永福。"按，此诗周王专用鱼祭祀宗庙所唱之歌。

2. 名诗佳句

晋·左思《三都赋》："鳣鲔鳟鲂，鲦鳢鲨鲿……亘鲜，鲗鲿鲨。"

宋·白玉蟾《赠画鱼者》："纸上溶溶一溪水，放出鲦鲿二三尾。"

宋·白玉蟾《画中众仙歌》："红鲿紫鲤成队行，跃碎琉璃跳上冰。"

明·刘基："鲦鲿鲻颁鲂与鲟，小鱼如针大如杵。"

明·唐："枯木萧疏下夕阳，漫烧飞叶煮黄鲿。与君且作忘形醉，明日驱驰汗浣裳。"

487

款识："纸上溶溶一溪水，放出鲦鲳二三尾。"（唐寅句）

2.2.3.6 罶 ^{liǔ}

名 称：指能捕鱼的竹篓子。鱼进篓就出不来了。

文 化： 1. 与《诗经》物种相关诗歌，后世传承发挥

《诗经·小雅·鱼丽》："鱼丽于罶，鲿鲨。君子有酒，旨且多。鱼丽于罶，鲂鳢。君子有酒，多且旨。鱼丽于罶，鰋鲤。君子有酒，旨且有。"

译文：鱼儿钻进竹篓里结伴游啊，有肥美的黄颡鱼也有小吹沙。热情的主人有的是美酒啊，不但酒醇味美而且席面大！鱼儿钻进竹篓里结伴而游，肥美的鲂鱼黑鱼各有一头。热情的主人家待客有美酒，不但宴席丰盛而且酒醇厚！鱼儿呼朋引伴往竹笼里钻，鲇鱼游得快来鲤鱼跳得欢。热情好客的主人有美酒啊，不但酒醇美而且珍馐齐全！

《诗经·小雅·苕之华》："牂羊坟首，三星在罶。"

译文：母羊头特大，鱼篓映星光。

2. 名诗佳句

先秦·佚名《里革断罟匡君》："宣公夏滥于泗渊，里革断其罟而弃之，曰：'古者大寒降，土蛰发，水虞于是乎讲罛罶，取名鱼，登川禽，而尝之寝庙，行诸国，助宣气也……'"

宋·王洙《重建岘山羊侯祠歌》："槎头下瞰罟罶集，蔡洲近眺田园蕃。"

宋·宋祁《惠民堤河晚瞩》："鲂鱮逃空罶，凫鹥泊迥村。"

宋·宋祁《早春雨中因呈邑大夫》："洒罶南鱼跃，漂芦北雁哀。"

明·高启《溪上》："鱼罶和星滗，禽罝带雨张。"

3. 词语

罛罶，泛指渔具。

鱼丽于罶鲿鲨诗十雅曰壬午记

款识："鱼丽于罶，鲿鲨。"

2.2.5.1 嘉鱼——泛指好鱼

文化：　　1. 与《诗经》物种相关诗歌，后世传承发挥

《诗经·小雅·南有嘉鱼》："南有嘉鱼，烝然罩罩。君子有酒，嘉宾式燕以乐。南有嘉鱼，烝然汕汕。君子有酒，嘉宾式燕以衎。"按，此诗为豪华筵席即景。

2. 名诗佳句

唐·白居易："嘉鱼荐宗庙，灵龟贡邦家。应龙能致雨，润我百谷芽。"

宋·王安石："霭霭祥云辇路晴，传呼万岁杂春声。蔽亏玉仗宫花密，映烛金沟御水清。珠蕊受风天下暖，锦鳞吹浪日边明。从容乐饮真荣遇，愿赋嘉鱼颂太平。"

明·陈献章《送李世卿还嘉鱼五首·（其一）》："翩翩李叔子，晤语沧溟秋。诸贤当未衰，济世吾何忧。"

清·屈大均："诗人歌式燕，最重是嘉鱼。罩汕欢多有，鳏鲨叹不如。"

款识："和合有余"

2.2.7.1 臺——薹、莎草

(张)目纲·于附香草莎

名　称：莎草，又名莎随、山莎，蓑衣草，可制蓑衣。
为单子叶植物纲、禾本目，莎草科。

用　途：1.药用：其茎叶入药。功能主治：行气开郁祛风，治胸闷不舒，皮肤风痒，痈肿。其根、枝、皮、果、种亦供药用。
2.经济：莎草科是陆地生态系统的重要构成者，并发挥固沙护土、土壤改良、水源净化、光合物质的固定与碳循环等重要作用。饲用价值高、分布面积广、数量多的一类优良牧草。

文　化：　1. 与《诗经》物种相关诗歌，后世传承发挥
《小雅·南山有台》："南山有台，北山有莱。乐只君子，邦家之基。乐只君子，万寿无期。南山有桑，北山有杨。乐只君子，邦家之光。乐只君子，万寿无疆。"按，此为颂寿诗。
　2. 名诗佳句
唐·李白："浮舟弄水箫鼓鸣，微波龙鳞莎草绿。"唐·李远："黄陵庙前莎草春，黄陵女儿蒨裙新。"唐·钱珝："蛩响依莎草，萤飞透水烟。夜凉谁咏史，空泊运租船。"唐·元稹："莎草遍桐阴，桐花满莎落。盖覆相团圆，可怜无厚薄。"宋·叶绍翁："黄犊归来莎草阔，绿桑采尽竹梯闲。"宋·葛绍体："美薹轮囷焉，不负肯堂责。"宋·张玉娘："烟柳影参差，薹薇红半拆。"
　元·郑光祖："向沙堤款踏，莎草带霜滑；掠湿湘裙翡翠纱，抵多少苍苔露冷凌波袜。"明·刘基："但侵阶莎草，满庭绿树，不知昏晓。"

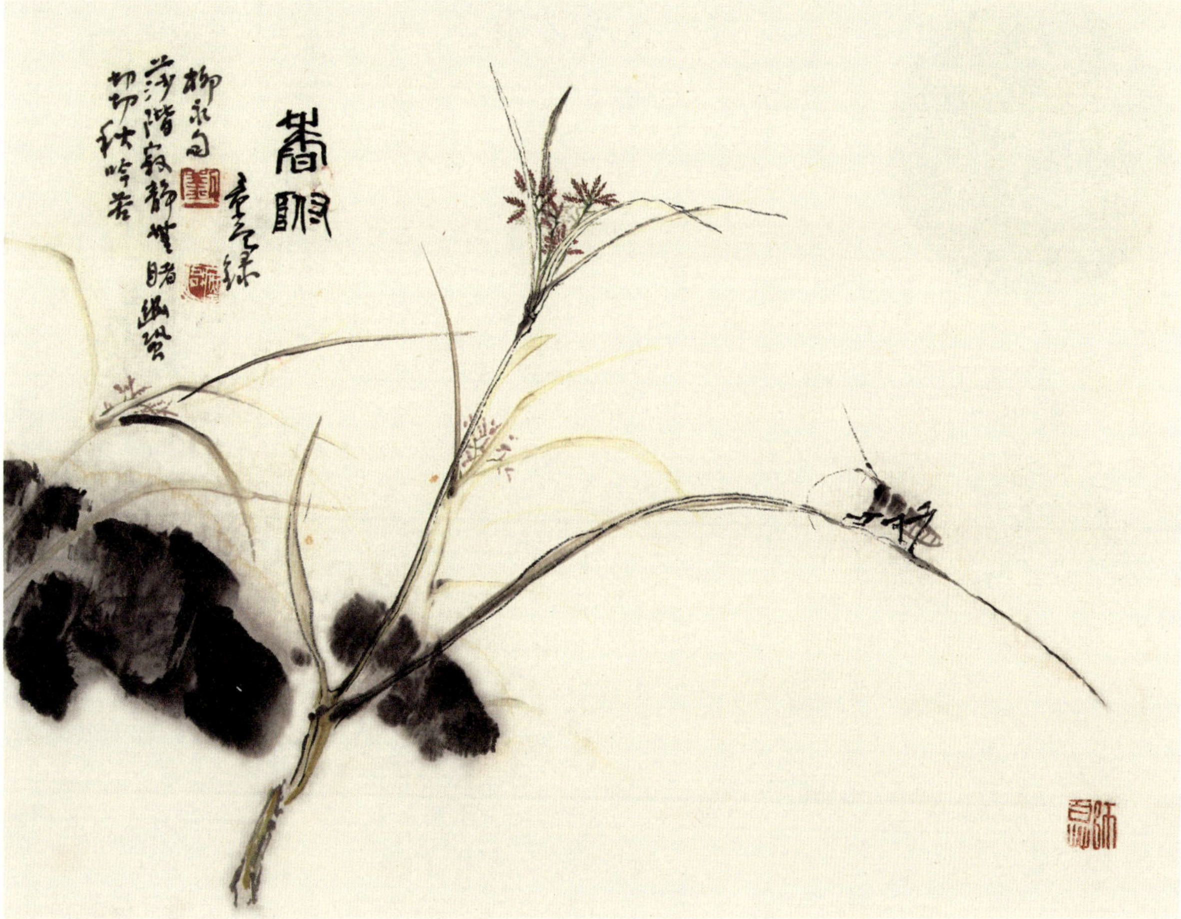

款识：香附，"莎阶寂静无睹。幽蛩切切秋吟苦。"（柳永句）

2.2.7.2 杞——枸骨

名　称：枸骨叶、猫儿刺、枸骨刺、八角茶、老鼠刺、老虎刺、狗青芳、散血丹、八角刺、羊角刺。
无患子目冬青科冬青属常绿灌木或小乔木。

用　途：1.药用：叶入药。功用主治：补肝肾，养气血，祛风湿。治肺劳咳嗽，劳伤失血，腰膝痿弱，风湿痹痛，跌打损伤。其根、树皮、果实亦供药用。
2.经济：种子含油，可作肥皂原料，树皮可作染料和提取栲胶，木材软韧，可用作牛鼻栓。冬日红果累累，已是重要观赏植物。

文　化：　　杞在《诗经》多解——枸杞、旱柳、枸骨等。
　　1.与《诗经》物种相关诗歌，后世传承发挥
　　《诗经·小雅·南山有台》："南山有杞，北山有李。乐只君子，民之父母。乐只君子，德音不已。"
　　译文：南山生枸骨，北山长李树。君子很快乐，人民好父母。君子真快乐，美名必永驻。
　　《诗经·小雅·湛露》："湛湛露斯，在彼杞棘。显允君子，莫不令德。"
　　译文：早晨露珠重又浓，洒在枸骨酸枣丛。光明磊落的君子，个个都有好名声。
　　2.名诗佳句
　　先秦·佚名《南蒯歌》："我有圃。生之杞乎。"魏晋·嵇康《四言赠兄秀才入军诗（其四）》："陟彼高冈，言刈其杞。"南北朝·谢灵运《会吟行》："澎池溉粳稻，轻云暖松杞。"南北朝·江淹《杂体诗·卢郎中谌感交》："自顾非杞梓，勉力在无逸。"唐·杜甫《塞芦子》："边兵尽东征，城内空荆杞。"唐·白居易《酬卢秘书二十韵,时初奉诏除赞善大夫》"闻有蓬壶客，知怀杞梓材。"按，杞梓皆良木，指人才。唐·韩愈《赠崔立之评事》："当今圣人求侍从，拔擢杞梓收梧菌。"唐·元稹《代曲江老人百韵》："杞梓无遗用，刍荛不忘询。"宋·王安石《次叶致远韵》："由来杞梓常先伐，谁谓菰蒲可久留。"宋·黄庭坚《和孙莘老》："国器攻杞梓，珍群掎孔鸾。"宋·陆游《杂书幽居事》："林间有丛杞，绕屋夜猖狂。"宋·秦观《春日杂兴十首（其九）》："繁华一朝去，默默惭杞梓。"宋·范成大《东门外观刈熟，民间租米船相衔入门，喜作二》："菊莎杞棘爨无烟，日日文书横索钱。"

款识："甘果针刺雀自知，壶公八十。"

2.2.7.3 枸——枳椇

名　称：枳枸椇，鸡距子，白石木子，木蜜。又称拐枣、金钩子、木珊瑚、枸。晋·崔豹《古今注·草木》："枳椇子，一名树蜜一名木饧，实形拳曲，花在实外，味甜美如饧蜜。"

科属：鼠李科枳椇。落叶乔木。叶广卵形，边缘有锯齿。

用　途：1. 药用：其果实入药。功能主治：酒醉烦热，口渴呕吐，二便不利。其根、皮、叶、汁种亦供药用。

2. 经济：《齐民要术》引晋郭义恭《广志》："枳柜，叶似蒲柳，子似珊瑚，其味如蜜。十月熟，树乾者美。"《本草纲目·果三·枳椇》："枝头结实，如鸡爪形，长寸许，纽曲开作二三歧，俨若鸡之足距，嫩时青色，经霜乃黄，嚼之味甘如蜜。"

文　化：　　1. 与《诗经》物种相关散文，有据故事

《诗经·南山有台》："南山有台，北山有莱。乐只君子，邦家之基。乐只君子，万寿无期。南山有枸，北山有楰。乐只君子，遐不黄耇。乐只君子，保艾尔后。"

按此诗言南山生枳椇，君子快乐长寿。一派吉庆气象。

2. 名诗佳句

唐·张祜："樸枸居上院，薜荔俯层阶。"宋·陈傅良："才名多濩落，经行失枸挛。"宋·晁公溯："闻由笮都出，来与枸酱俱。"明·汤显祖："扶颜依枸杞，作语向牦牛。"宋·刘过："移船更喜吹香好，枸橘药开媚浅沙。"明·刘基："枳枸悲风吹白日，苕华高影隔青丘。"明·吴国伦："蜀贾无时市枸酱，汉使不复问邛杖。"

款识："枳椇即拐枣，南山有枸，北山有楰。"

2.2.7.4 椋——鼠李
_{yú}

名　称：苦楸、黑楸、槐皮楸、牛李、鼠梓、稗、赵李、皂李、
山李子、乌巢子、女儿茶、牛筋子、楮李、乌槎子、
牛皂子、绿子、乌罡子、牛诮子、禾镰子、羊史子、
臭李子。

科属：鼠李科鼠李属灌木或小乔木。

用　途：1.药用：果实入药。功用主治：清热利湿，消积杀虫。
治水肿腹胀、疝瘕、瘰疬、疥癣、齿痛。根、树皮亦
供药用。

2.经济：种子榨油作润滑油；果肉药用；树皮和叶可
提取栲胶；树皮和果实可提制黄色染料；木材坚实，
可供制家具及雕刻之用。

文化：　　1.与《诗经》物种相关诗歌，后世传承发挥

《诗经·小雅·南山有台》："南山有枸，
北山有楰。乐只君子，遐不黄耇。乐只君子，保
艾尔后。"

译文：南山生枳椇，北山长鼠李。君子很快乐，
那能不长寿。君子真快乐，子孙天保佑。

2.名诗佳句

宋·李廌《送霍子侔还都》："遂言黼座前，
此材诚楠楰。"

宋·张元干《奉酬陈端中明府长韵原文》："追
数半鬼录，宰上空美楰。"

宋·张镃《宿余杭普救兰若同讷义二益访法
喜寺寻登绿野》："将勤设瓜果，就荫指栅楰。"

款识："北山有楰。"（诗小雅句）

2.2.7.6 莱——藜、灰菜

名　称：藜、厘、蔓华、蒙华、落藜、胭脂菜、飞扬草、灰苋菜、灰藋、灰藜、灰菜。

双子叶植物纲石竹目藜科一年生草本植物。

用　途：1.药用：全草入药。功用主治：清热，利湿，杀虫。治痢疾、腹泻、湿疮痒疹、毒虫咬伤。老茎亦供药用。

2.经济：生长于田野、采集嫩茎叶，入沸水锅焯过，可凉拌、热炒制成多种菜肴。亦可晒干用。

文　化：　　《韩非子·五蠹》："粝粢之食，藜藿之羹。""粝粢"和"藜藿"说的都是难吃简陋的粮食。藜藿之羹曾是帝王们的主食。因为"无肉可吃"，迫不得已必须食用。"粝粢"和"藜藿"，指的都是粗劣的饭菜。孔子周游列国，被困在荒郊野岭的孔子众人，为求饱腹采找野菜——藜。"藜藿之羹"指的就是孔子用灰菜做成的汤。灰菜是一种光感性植物，人们在食用灰菜后，受阳光照射，就容易患植物日光性皮炎。

1. 与《诗经》物种相关诗歌，后世传承发挥

《诗经·小雅·南山有台》："南山有台，北山有莱。乐只君子，邦家之基。乐只君子，万寿无期。"

《诗经·小雅·十月之交》："彻我墙屋，田卒污莱。"

2. 名诗佳句

魏晋·阮籍《咏怀八十二首（其一）》："战士食糟糠，贤者处蒿莱。"

南北朝·鲍照《拟行路难十八首·君不见柏梁台》："不见柏梁台，今日丘墟生草莱。"

唐·白居易《秋晚》："莱妻卧病月明时，不捣寒衣空捣药。"

唐·王维《送友人南归》："悬知倚门望，遥识老莱衣。"

南唐·李煜《浪淘沙·往事只堪哀》："金锁已沉埋，壮气蒿莱。"

宋·范成大《晚春田园杂兴》："污莱一棱水周围，岁岁蜗庐没半扉。"

清·朱彝尊《周上舍夜过》："浥酒冻春碧，莱鸡蒸栗黄。"

3. 成语

悬圃蓬莱、满目蒿莱、青藜学士、羹藜含糗、花藜胡哨、藜藿之羹、羹藜唅糗。

冬灰，陶弘景云：烧诸蒿藜，积聚炼作之。刘景之记

款识："冬灰，陶弘景云：'烧诸蒿藜，积聚炼作之。'"

詩
經
君
物
風
草

小雅·彤弓

2.3.2.1 莪——播娘蒿

名　称： 别名：萝蒿、播娘蒿、莪蒿。萝、萝蒿、廪蒿、角蒿、麦蒿。
科属：为多年生草本植物，是我国常见的一种野菜。明·王磐："抱娘蒿，结根牢，解不散，如漆胶。君不见昨朝儿卖客船上，儿抱娘哭不肯放。"似寓孝母之心。

用　途： 1. 药用：其入药。其根、枝、皮、果、种亦供药用。
2. 经济：莪蒿叶子尖细，鲜嫩茂密，是一种非常鲜嫩可口的野菜。此外，莪蒿可以入药、榨油。

文　化： 　　1. 与《诗经》物种相关诗歌，后世传承发挥
　　《诗经·小雅·菁菁者莪》："菁菁者莪，在彼中阿。既见君子。乐且有仪。菁菁者莪，在彼中沚。既见君子，我心则喜。菁菁者莪，在彼中陵。既见君子，锡我百朋。"按，此诗写对帮扶过自己的君子感激之情。
　　2. 名诗佳句
　　汉·王粲："在昔蓼莪，哀有馀音。"
　　宋·司马光："平生念此心先乱，蓼蓼难分莪与蒿。"
　　宋·刘克庄："直须燎黄诰，方慰蓼莪悲。"
　　宋·杨万里："一生令吏部，癈却蓼莪章。"
　　宋·黄公度："世事奕棋局，人材在沚莪。"
　　宋·陆游："富贵贱贫俱有恨，此生长废蓼莪诗。"
　　宋·文天祥："荆颇怀常杕意，忍诵蓼莪诗。"
　　清·梁启超："冤霜六月零，愤泉万壑哀，蓼莪不可诵，游子肝肠摧。"

款 识："榴花五月眼边明。角簟流冰午梦清。"按角簟即角蒿编席。

2.3.3.1 鳖

名　称：别名：甲鱼、王八。气温低于15℃时，鳖就完全停止进食，钻入泥中冬眠。
科属：鳖科鳖属动物。

用　途：1. 药用：鳖肉味甘、性平，具有滋阴补肾、清退虚热的功效。主要用于治疗伤中益气、虚劳羸瘦、骨蒸痨热、久痢、崩漏、带下等疾病。其胆、卵、血、甲亦供药用。
2. 经济：食用价值，中国普遍把鳖作为上选的珍品，且用作食疗的滋补食品。

文　化：　　1. 与《诗经》物种相关诗歌，后世传承发挥

　　《小雅·六月》："吉甫燕喜，既多受祉。来归自镐，我行永久。饮御诸友，炰鳖脍鲤。侯谁在矣？张仲孝友。"此诗言凯旋筵宴。

　　2. 名诗佳句

　　《孟子·梁惠王上》："谷与鱼鳖不可胜食，材木不可胜用，是使民养生丧死无憾也。"战国·楚·屈原："胹鳖炮羔，有柘浆些。"汉·司马相如："其中则有神龟蛟鼍，瑇瑁鳖鼋。"魏·阮籍："朱鳖跃飞泉，夜飞过吴洲。"魏·曹植："脍鲤臇胎鰕，炮鳖炙熊蹯。"唐·韩愈："或覆若曝鳖，或颓若寝兽。"唐·杜甫："蛟龙亦狼狈，况是鳖与鱼。"唐·白居易："鼎腻愁烹鳖，盘腥厌脍鲈。"宋·苏轼："放生鱼鳖逐人来，无主荷花到处开。"宋·吕蒙正："蛟龙未遇，潜水于鱼鳖之间。"宋·司马光："鳖禁叨承诏，金华侍执经。"明·宋濂："鱼鳖舞神奸，庐舍作洲岛。"毛泽东："夏日消溶，江河横溢，人或为鱼鳖。千秋功罪，谁人曾与评说？"

　　3. 成语

　　瓮中捉鳖、跛鳖千里、鳖鸣鳖应、识龟成鳖、鱼鳖海怪、鼋鸣鳖应、将虾钓鳖、援鳖失龟、证龟成鳖、炰鳖脍鲤、鼍鸣鳖应。

款识："放生鱼鳖逐人来，无主荷花到处开。"（宋·苏轼）

才三·蕾歂

2.3.4.1 芑^{qǐ}——败酱草

名　称：别名：败酱草、苦菜、鹿肠、马草等。
　　　　科属：败酱草科多年生草本植物。药名叫败酱草。
　　　　杞的释名 (1)《说文》一种良种谷子，白芑。也叫
　　　　白粱粟。(2) 有机化合物环己间二烯的简称。(3) 野
　　　　菜之一种，味苦，苦菜。（3）"杞"亦为枸杞，
　　　　枸骨。(4) 菜名。《诗·小雅》薄言采芑。《疏》
　　　　芑菜似苦菜，茎青白色，摘其叶，白汁出，肥，可
　　　　生食，亦可蒸为茹。

用　途：1.药用：其全草入药。功能主治：清热解毒、凉血、
　　　　止痢等功效，主治痢疾、黄疸、血淋、痔瘘等病症。
　　　　2.经济：可炒食或凉拌。

文　化：　　1. 与《诗经》物种相关散文，有据故事
　　　　　　《诗经·小雅·采芑》："薄言采芑，于
　　　　彼新田，呈此菑亩……薄言采芑，于彼新田，
　　　　于此中乡。"按，朱熹云，芑即苦菜。此诗言
　　　　战争，采芑以充腹。
　　　　　　2. 名诗佳句
　　　　　　诸诗多承《诗经》流韵。隋·佚名："岂
　　　　芑诒谋，建尔元子。"宋·陈舜俞："采原上芑，
　　　　盈襜不知多。"宋·叶巽斋："黍稷稻粱，穈
　　　　芑秠秬。"宋·陈著："春日载阳，薄言采芑。"
　　　　宋·方回："采芑采于田，采芹采于水。"宋·
　　　　华岳："周末见人歌《采芑》，楚先闻客赋离
　　　　骚。"宋·李廌："蒸之既匪薪，采焉又非芑。"
　　　　明·宋濂："汗菜尽薅刘，穈芑植如旎。"

2.3.4.2 隼——游隼
sǔn

名　称：别名：花梨鹰、鸽虎、鸭虎、青燕。
科属：为鸟纲隼形目隼科隼属中型猛禽。禽经云：（鹰）小而鸷者为隼，大而鸷者皆曰鸠。

用　途：肉入药。功能主治：食之治野狐邪魅。头、嘴、爪、睛、骨、毛、屎白亦供药用。

文　化：　　1. 与《诗经》物种相关诗歌，后世传承发挥
　　《诗经·小雅·采芑》："鴥彼飞隼，其飞戾天，亦集爰止。"
　　《诗经·小雅·沔水》："鴥彼飞隼，载飞载止。……鴥彼飞隼，载飞载扬。……鴥彼飞隼，率彼中陵。"魏晋·孔融《离合郡姓名字诗》："海外有截，隼逝鹰扬。"明·刘基《沁园春·万里封侯》："中泽哀鸿，苞荆隼鸮，软尽平生铁石肠。"魏晋·潘岳《秋兴赋》："野有归燕，隰有翔隼。"南北朝·庾信《哀江南赋并序》："或以隼翼鷃披，虎威狐假。"唐·杜甫《奉简高三十五使君》："骅骝开道路，鹰隼出风尘。"
　　2. 隼旟入诗文
　　隼旟，画有隼鸟的旗帜。指代州郡长官；指帅旗。
　　唐·白居易："刺史旟翻隼，尚书履曳凫。"宋·黄裳："江天晚，游人未散，莫放隼旟回。"宋·陶弼："落照古城隅，边风动隼旟。"宋·陶弼："五月红莲繁盛时，隼旆同赏郡南池。"宋·梅尧臣《送王道粹郎中知华州》："今闻太守行，见隼画车驾。"
　　3. 秋隼最精神
　　唐·李商隐《重有感》："岂有蛟龙愁失水，更无鹰隼与高秋。"唐·高适《东平旅游，奉赠薛太守二十四韵》："鹓鸾粉署起，鹰隼柏台秋。"唐·皎然《翔隼歌送王端公》："古人赏神骏，何如秋隼击。"唐·武元衡《酬陆三与邹十八侍御》："共怜秋隼惊飞至，久想云鸿待侣还。"唐·钱珝《江行无题一百首》："秋寒鹰隼健，逐雀下云空。"唐·钱起《津梁寺寻李侍御》："驯鸽不猜隼，慈云能护霜。"
　　4. 成语
　　"隼集陈庭"。《国语·鲁语下》："仲尼在陈，有隼集于陈侯之庭而死，楛矢贯之，石砮其长尺有咫。陈惠公使人以隼如仲尼之馆问之。仲尼曰：'隼之来也远矣，此肃慎氏之矢也……君若使有司求诸故府，其可得也。'使求得之金椟，如之。"后用为博闻强识之典。

战国玉珩

2.3.4.3 珩 héng

名　称：别名：葱珩。

科属：古代佩玉上面的横玉，形状像古代的磬。杂佩：古人所带的佩饰，每一佩上有玉、有石、有珠、有珩（横héng）、璜、琚（居jū）、瑀（雨yǔ）冲牙、形状和材料都不属一类，所以叫作"杂佩"。

用　途：参酌璧。

文　化：

1. 与《诗经》物种相关诗歌，后世传承发挥

《诗经·小雅·采芑》："薄言采芑……服其命服，朱芾斯皇，有玱葱珩。"此诗写战争中官员服饰。

2. 名诗佳句

南北朝·沈约《梁三朝雅乐歌·俊雅二》："珩佩流响。"

唐·韩愈《城南联句》："悬长巧纽翠，象曲善攒珩。"

唐·孟郊《济源春》："深红缕草木，浅碧珩溯洄。"

宋·王安石《次俞秀老韵》："解我葱珩脱孟劳，暮年甘与子同袍。"

宋·陆游《系舟下牢溪游三游洞二十八韵》："幽泉莫知处，但闻珩佩鸣"

宋·杨万里《拟题绵州推官厅六一堂》："白珩光宇宙，蓝水暗风烟。"

宋·方岳《黄宰致江西诗双井茶》："牙签大册忽在眼，荒苔茅屋森珩璜无此光。"

宋·孔武仲《献西俘》："二帝临朝会，千官响佩珩。"

元·周伯琦《八月六日丁亥释奠孔子庙三十韵》："兴俯锵珩佩，周旋谨履綯。"

明·王微《哭黄夫人孟畹》："遗奁皆竹素，杂组亦瑶珩。"

款识："但闻珩佩鸣。"（陆游句摘）

乙太·鹤白

2.3.10.1 鹤

名 称： 别名：丹顶鹤、鹤、白鹤、仙鹤、仙禽、胎禽。

科属：鹤形目鹤科大型涉禽。我国有九种，即丹顶鹤、灰鹤、蓑羽鹤、白鹤、白枕鹤、白头鹤、黑颈鹤、赤颈鹤、沙丘鹤。

用 途： 1. 药用：肉入药。功用主治：益气力，止消渴。骨、脑髓亦供药用。

2. 经济：观赏价值。

文 化： 　　传统文化中，鹤是长寿的象征，自古即有松鹤延年一说。传说中的仙人大都是以仙鹤为坐骑。人去世有驾鹤西游的说法。

　　1. 与《诗经》物种相关诗歌，后世传承发挥

　　《诗经·小雅·鹤鸣》："鹤鸣于九皋，声闻于野。鱼潜在渊，或在于渚。乐彼之园，爰有树檀，其下维萚。他山之石，可以为错。鹤鸣于九皋，声闻于天。鱼在于渚，或潜在渊。乐彼之园，爰有树檀，其下维谷。他山之石，可以攻玉。"按，此诗言大自然包容万物，统治者应广纳人才（他山之玉）。

　　《诗经·小雅·白华》："有鹙在梁，有鹤在林。"

　　2. 名诗佳句

　　唐·刘禹锡："晴空一鹤排云上，便引诗情到碧宵。"唐·崔颢："黄鹤一去不复返，白云千载空悠悠。昔人已乘黄鹤去，此地空余黄鹤楼。"唐·刘长卿："孤云将野鹤，岂向人间住。"宋·岳飞："却归来、再续汉阳游，骑黄鹤。"宋·辛弃疾："醉里不知谁是我，非月非云非鹤。"宋·陆游："孤鹤归飞，再过辽天，换尽旧人。"

　　3. 成语

　　龟年鹤寿、驾鹤西游、鹤立鸡群、梅妻鹤子、骑鹤维扬、鹤发童颜、鸣鹤之应、闲云野鹤、云心鹤眼、焚琴煮鹤、鸿俦鹤侣、云中白鹤、驼背鹤发、鸾音鹤信、虫沙猿鹤、延颈鹤望、千岁鹤归、龟鹤遐寿。

款识："松鹤遐龄。谐音松鹤下苓。按，茯苓生于松下土中。"

2.3.10.6 榖——构树

苏轼向老楮道歉

(绍)蛵圗・賞楮州滁

名 称： 榖又名楮、构。落叶乔木为桑科植物构树。其果实入药，性味甘寒，归经肝脾肾。

用 途： 1.药用：滋肾，清肝，明目。治虚劳、目昏、目翳，水气浮肿。其叶、根茎、嫩根或根皮及白汁皆可入药。
2.此树用途极广：皮可织布，造纸。汁白色，可囷丹砂。

文 化： 与《诗经》物种相关诗歌，后世传承发挥

《诗经・小雅・鹤鸣》："乐彼之园，爰有树檀，其下维榖。"长期以来，许多人以"谷田久废必生构"，而称构树为恶木。大文豪苏轼精研本草，熟谙农桑，反复比对，有感而发。借《宥老楮》诗表达了他对楮的综合评价，历数楮对人类的贡献，所论精到，兼做自我批判。是罕见的奇文，我们应为他鼓掌。

附，《宥老楮》："我墙东北隅，张王维老谷。树先樗栎大，叶等桑柘沃。流膏马乳涨，堕子杨梅熟。胡为寻丈地，养此不材木。蹶之得舆薪，规以种松菊。静言求其用，略数得五六。肤为蔡侯纸，子入桐君录。黄缯练成素，黝面颊作玉。灌洒烝生菌，腐余光吐烛。虽无傲霜节，幸免狂醒毒。孤根信微陋，生理有倚伏。投斧为赋诗，德怨聊相赎。"

注：宥，释为宽容，饶恕。宥，宽也（《说文解字》）。

款识："翩翩多情鸟，依依宥老楮。"

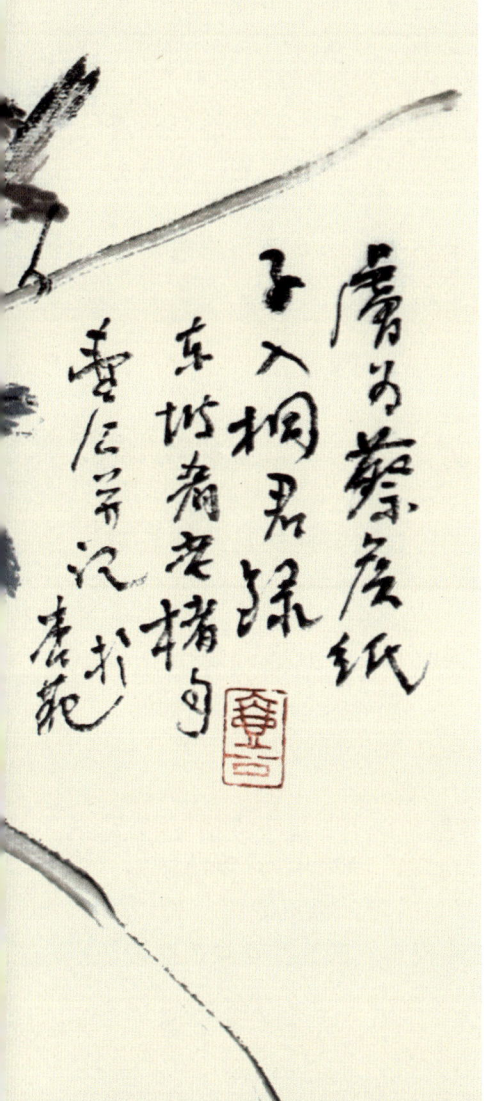

2.3.10.3 萚——软枣

^{tuò}

名　称：别名：软枣、梬、君迁子、梬枣、小柿、红蓝枣、牛奶枣、丁香柿、乌枣。

科属：柿科乔木君迁子。高亨："萚释软枣，又叫梬枣，一种矮树。"

用　途：1.药用：果实入药。《本草拾遗》："止渴，去烦热，令人润泽。"

2.经济：乌枣，始见于晋·左思《吴都赋》，其形似枣而软也。司马光曾云乌枣似马奶，即今牛奶柿也，以形得名。晋·崔豹《古今注》云，牛奶柿即软枣，叶如柿，子亦如柿而小。由此可知，乌枣也是一种极富于人文底蕴的果实。乌枣的材质优良，果实去涩生食或酿酒、制醋，其树还能作柿的砧木。

文　化：　1. 与《诗经》物种相关诗歌，后世传承发挥

《诗经·小雅·鹤鸣》："鹤鸣于九皋，声闻于野。鱼潜在渊，或在于渚。乐彼之园，爰有树檀，其下维萚。他山之石，可以为错。鹤鸣于九皋，声闻于天。鱼在于渚，或潜在渊。乐彼之园，爰有树檀，其下维榖。他山之石，可以攻玉。"

译文：沼泽仙鹤鸣，声传四野。游鱼潜浮到渚边停。园中真快乐，檀树高高，下有萚树。他山上有佳石，可以磨玉。

沼泽仙鹤唳，响亮上云天。渚滩游鱼浮潜。在那真快乐，檀树高高，下面楮树。他山上有佳石，可以琢玉器。

2. 名诗佳句

萚：

宋·苏辙《次远韵齿痛》："日出暵焦牙，风来动危萚。"

宋·梅尧臣《王德言自后圃来问疾且曰圃甚芜何不治因答》："即当秋风高，扫籜将迟游。"

梬：

汉·司马相如《子虚赋》："其北则有阴林：其树楩柟豫章，桂椒木兰，蘖离朱杨，樝梨梬栗，橘柚芬芳；其上则有鹓雏孔鸾，腾远射干；其下则有白虎玄豹，蟃蜒貙犴。"

汉·司马相如《上林赋》："于是乎卢橘夏熟，黄甘橙楱，枇杷橪柿，亭奈厚朴，梬枣杨梅，樱桃蒲陶，隐夫薁棣，答沓离支，罗乎后宫，列乎北园。"

宋·方回《访临川杨仲权于天庆》："煮茶杂椒椴，案酒粲梨梬。"

款识："乐彼之园，爰有树檀，其下维蘀。"（《诗经·小雅·鹤鸣》）

詩經名物風事

小雅·祈父

2.4.2.1 藿——豆叶

名 称：《广雅·释草》："豆角谓之荚，其叶谓之藿。"
豆科植物。

用 途：以黑豆为主，其叶入药。功能主治：血淋，蛇咬。其种子，果皮、花亦供药用。

文 化： 1. 与《诗经》物种相关诗歌，后世传承发挥

《诗经·小雅·白驹》："皎皎白驹，食我场藿。絷之维之，以永今夕。所谓伊人，于焉嘉客？"

译文：光亮皎洁小白马，吃我园中嫩豆叶。拴好缰绳绊住脚，就在我家过今夜。所说那位贤德人，在此做客心意惬。

2. 名诗佳句

唐·李白《古风其五十二》："光风灭兰蕙，白露洒葵藿。"

唐·白居易《禽虫十二章》："尝猎者说云：鹿若中箭发，即嚼豆叶食之，多消解。"

宋·苏轼《浣溪沙·麻叶层层檾叶光》："问言豆叶几时黄？"

宋·舒岳祥《十虫吟》："瓠花日萧疏，豆叶行披靡。"

宋·梅尧臣《续永叔归田乐秋冬二首（其一）》："秋风忽来鸣蟋蟀，豆叶半黄陂水枯。"

宋·方回《五月十四日梅雨始通走笔二十韵》："讵惜葵卉仆，但喜豆叶腴。"

明·沈周《闻清痴马秋官课农山庄》："竹枝雨暗蟏蛸户，豆叶风凉络纬篱。"

明·释函可《豆叶》："岂知大漠间，豆叶乱纵横。"

清·朱彝尊《鸳鸯湖棹歌（其三十六）》："三姑庙南豆叶黄，马王塘北稻花香。"

3. 成语

食藿悬鹑：谓生活穷苦。食藿，以豆叶为食；悬鹑，衣衫褴褛，似鹑鸟悬垂的秃尾。

葵藿之心：葵，葵花；藿，藿香。葵花和藿香倾向太阳。比喻臣下对君主表示忠诚或对所仰慕的人的尊敬之情。出自唐·王维《责躬荐弟表》。

葵藿倾阳：葵，葵花。藿，豆类植物的叶子。葵花和豆类植物的叶子倾向太阳。比喻一心向往所仰慕的人或下级对上级的忠心。出自唐·杜甫《自京赴奉先县咏怀五百字》："葵藿倾太阳，物性固难夺。"

橡茹藿歠：以橡实为饭，豆叶为羹。泛指饮食粗劣。出自明·方孝孺《味菜轩记》："贵而八珍九鼎之筵，贱而橡茹藿歠之室，莫不有待于味。"

浆酒藿肉：意思是把酒肉当作水浆、豆叶一样；形容饮食的奢侈。出自《汉书·鲍宣传》："奈何独私养外亲与幸臣董贤，多赏赐，以大万数，使奴从、宾客，浆酒藿肉，苍头庐儿，皆用致富。"

款识："煮豆燃豆萁，豆在釜中泣。本是同根生，相煎何太急。"（曹植诗）

2.4.4.2 蓫——羊蹄

zhú

名 称：别名：牛颓、秃菜、羊蹄菜、羊蹄大黄、牛舌根。
科属：蓼科。一种草本植物

用 途：1.药用：其根可入药。功能主治：清热解毒，凉血止血，通便杀虫之功效。常用于急慢性肝炎，肠炎，痢疾，慢性气管炎，吐血，衄血，便血，崩漏，热结便秘，痈疽肿毒，疥癣，秃疮。其叶、果亦供药用。
2.经济：食用部位是蓫的嫩茎叶，因为性寒，不宜多食。

文 化：　1. 与《诗经》物种相关诗歌
　　《小雅·我行其野》："我行其野，蔽芾其樗。婚姻之故，言就尔居。尔不我畜，复我邦家。我行其野，言采其蓫。婚姻之故，言就尔宿。尔不我畜，言归斯复。我行其野，言采其葍。不思旧姻，求尔新特。成不以富，亦祗以异。"
　　按，《小雅·我行其野》是弃妇诗，以樗树和蓫草、葍草（皆恶草）喻被遗弃打击后，离开伤她心的人，在归家途中的心理活动。就是写一个远嫁他乡的女子诉说她被丈夫遗弃之后的悲愤和痛伤。
　　2. 名诗佳句
　　宋·张镃《崇德道中》："羊蹄根老漫溪浔，灰蝶閒飞兴亦深。春色醉人胜似酒，觅诗天气要微阴。"
　　明·孙作《谢马善卿送菜》："霜菘秋钉座。羊蹄酿旨蓄，蒲蒻杂细剉。芋魁掘地底，茭首洗泥科。木鱼三百头，竹笋一万个。"

释 文："羊蹄叶长尺余，不似波棱。入夏起苔，花叶一色。夏至即枯，秋深即生，凌冬不死。"
（摘李时珍句。）

2.4.4.3 葍——旋花
fú

名　称：别名：小旋花、面根藤儿、葍、乌韮、薑、薑茅。
　　　　科属：旋花科。田野间到处都有，地下茎可蒸食，有甘味。
　　　　多年生缠绕草本植物，花叶似蕹菜而小，对农作物有害

用　途：1.药用：小旋花根具有调经活血、滋阴补虚的功效，此
　　　　菜适用于淋病、白带、月经不调、小儿府积、小便频数、
　　　　腰膝酸痛等病症。用于感冒，咳嗽。
　　　　2.经济：炒葍秧根是一款家常类菜品，制作原料主要有
　　　　小旋花根等。

文　化：　　　1.与《诗经》物种相关诗歌，后世传承发挥
　　　　《诗经·小雅·我行其野》："我行其野，蔽
　　　　芾其樗。婚姻之故，言就尔居。尔不我畜，复我
　　　　邦家。我行其野，言采其蓫。婚姻之故，言就尔
　　　　宿。尔不我畜，言归斯复。我行其野，言采其葍。
　　　　不思旧姻，求尔新特。成不以富，亦祇以异。"按，
　　　　此诗乃贫穷男子被妻逐出之呼声。
　　　　　　2.名诗佳句
　　　　宋·管鉴："旋旋花开，图得春长速。"宋·李
　　　　流谦："要知无所阅，到岸乃旋花。"宋·陈师道：
　　　　"云暗重重树，风开旋旋花。"宋·洪咨夔："两
　　　　眼旋花雪点须，钻头故纸枉工夫。"明·郑学醇：
　　　　"嵌银宝刀耀明月，旋花逸足如苍虬。"清·李学曾：
　　　　"步旋花径盘纡远，坐傍松阴笑语凉。"

款识："柔蓝一架，小摘银河秋影下。"（程恩泽句。）减字木兰花，牵牛花。

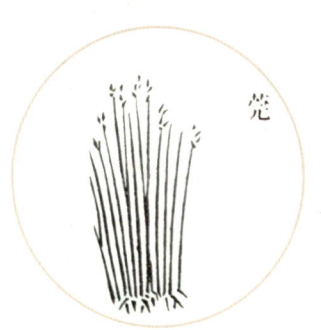

莞

2.4.5.1 莞——大水莞

wǎn

名 称：别名：莞蒲、大水莞，符离、白蒲、葱蒲。
科属：莎草科。

用 途：栽培作观赏用。编席，《汉书·东方朔传》："莞蒲
为席"。生态价值，对污水中有机物、氨氮、磷酸盐
及重金属有较高的除去率。

文 化： 1. 与《诗经》物种相关诗歌，后世传承发挥
《诗经·小雅·斯干》："下莞上簟，乃安斯寝。
乃寝乃兴，乃占我梦。吉梦维何？维熊维罴，维
虺维蛇。大人占之：维熊维罴，男子之祥；维虺
维蛇，女子之祥。"
2. 名诗佳句
唐·韩愈《剥啄行》："空堂幽幽，有秸有莞。"
宋·苏辙《初筑南斋》："堂成铺莞簟，无
梦但安眠。"
宋·张嵲《绍兴圣孝感通诗》："莞簟发祥，
开统拓迹。"
宋·郑元秀《贺新郎·逗晓晴烟敛》："葭
莞飞灰微度暖，眷着梅梢尚浅。"
宋·范成大《鼎河口枕上作》："瘦嫌莞席硬，
老觉画屏奢。"
明·汤显祖《丽水风雨下船棘口有怀》："江
花莞流放，岸草凄行迈。"
3. 成语
莞尔而笑。《论语·阳货》："夫子莞尔而笑曰：
'割鸡焉用牛刀！'"
战国楚·屈原《渔父》："渔父莞尔而笑，
鼓枻而去。"
汉·张衡《东京赋》："安处先生于是似不能言，
怃然有间，乃莞尔而笑曰：'若客所谓末学肤受，
贵耳而贱目者也。'"
明·方孝孺《次韵写怀会送叔贞之成都十七
首（其十七）》："倦来莞尔成微笑，宇宙茫茫
几废兴。"
鲁迅《一思而行》："在朋友之间，说几句幽默，
彼此莞尔而笑，我看是无关大体的。"

款识："江花莞流放。"（明·汤显祖句）

2.4.5.2 翚——野鸡、绿尾虹雉

huī

名　称：别名：华虫、疏趾、野鸡、雉鸡、环颈雉、山鸡、项圈野鸡。
朱熹《诗经集传》："翚，雉。高亨：翚，野鸡。亦有
释锦鸡者。郑玄笺：五色皆备成章，曰翚。翚者，鸟之
奇异者也。"按，翚、翟，皆为五彩花纹的雉鸡。又疾飞。
《尔雅·释鸟》："鹰，其飞也翚。"
科属：鸡形目雉科。

用　途：1.药用：肉或全体入药。功用主治：补中益气。治下痢，
消渴小便频数。脑、尾羽、肝亦供药用。
2.经济：多属二级保护动物。

文　化：　　据说雉鸡雌雄相守而不犯分，故在皇后的车
子和服装都画有翚、翟的图形，象征妇女的美德。
唐·骆宾王为徐敬业讨武曌檄："践元后于翚翟，
陷吾君于聚麀。"即借此发挥。

　　1. 与《诗经》物种相关诗歌，后世传承发挥
　　《诗经·小雅·斯干》："约之阁阁，椓之橐
橐。风雨攸除，鸟鼠攸去，君子攸芋。如跂斯翼，
如矢斯棘，如鸟斯革，如翚斯飞。君子攸跻。"

　　2. 名诗佳句
　　晋·潘岳《射雉赋》："肆采毛之英丽兮，有
五色之名翚。"南朝宋·谢灵运《入东道路诗》：
"鸙鸙翚方雏，纤纤麦垂苗。"唐·吕温："危坛
象岳趾，秘殿翘翚翼。"唐·皮日休："玲玲衡笄，
翚衣榆翟。"宋·苏颂："璧门开做雉，金阙立如翚。"
宋·宋祁："四阿住翚棘，聊以便凉燠。"元·杨
维桢："将军来自西子阛，高明大屋重翚骞。"

款识："聿采毛之英丽兮，有五色之名翚。"（晋·潘岳）

要備·熊

2.4.5.3 熊——狗熊

名称：①黑熊（《本草纲目》）、熊（《诗经》）、猪熊（《尔雅翼》）、
狗熊（《广东新语》）、黑瞎子、登仓、狗驼子。
②棕熊，又名黑（《诗经》）、黄熊（陆玑《毛诗草木鸟
兽虫鱼疏》）、貑罴（《尔雅》郭璞注）、马熊（《尔雅翼》）、
人熊（《本草纲目》）。

用途：1.药用：其熊胆汁入药。
功能主治：《本草求真》：“入心、肝，兼入脾、大肠。”
功效：清热，镇痉，明目，杀虫。
主治：治热黄、暑泻、小儿惊痫、疳疾、蛔虫痛、目翳、
喉痹、鼻蚀、疗痔恶疮，其足掌（熊掌）、肉（熊肉）、
筋（熊筋）、骨（熊骨）、脑（熊脑）、脂肪（熊脂）亦供
药用。

文化：　　1. 与《诗经》物种相关诗歌，后世传承发挥
　　《诗经》中三次提到熊罴（棕熊）。
　　《小雅·大东》：“舟人之子，熊罴是裘。”《大
雅·韩奕》：“有熊有罴，有猫有虎。”
　　《小雅·斯干》：“大人占之：维熊维罴，男
子之祥；维虺维蛇，女子之祥。”按此占卜者语：
梦见熊是生男吉兆。见蛇是生女吉兆。
　　《小雅·大东》：“舟人之子，熊罴是裘。”
此言穿着熊罴做的裘服。
　　2. 名诗佳句
　　汉·曹操《苦寒行》：“树木何萧瑟，北风声正悲。
熊罴对我蹲，虎豹夹路啼。”唐·李白：“熊咆龙
吟殷岩泉，深林兮惊层巅。”唐·寒山：“膝坐绿
熊席，身披青凤裘。”唐·贯休：“不闻荣辱成番
尽，只见熊罴作队来。”宋·梅尧臣：“霜落熊升树，
林空鹿饮溪。”
　　3. 成语
　　“鱼和熊掌不可兼得”，《孟子·告子上》：“鱼，
我所欲也，熊掌，亦我所欲也。二者不可得兼，舍
鱼而取熊掌者也。生，亦我所欲也，义，亦我所欲
也；二者不可得兼，舍生而取义者也。生亦我所欲，
所欲有甚于生者，故不为苟得也；死亦我所恶，所
恶有甚于死者，故患有所不辟也。”
　　“冯媛当熊”，《汉书·孝元冯昭仪传》载，
是汉元帝的嫔妃冯昭仪以身护驾，以身挡熊，勇救
皇帝丈夫的故事。

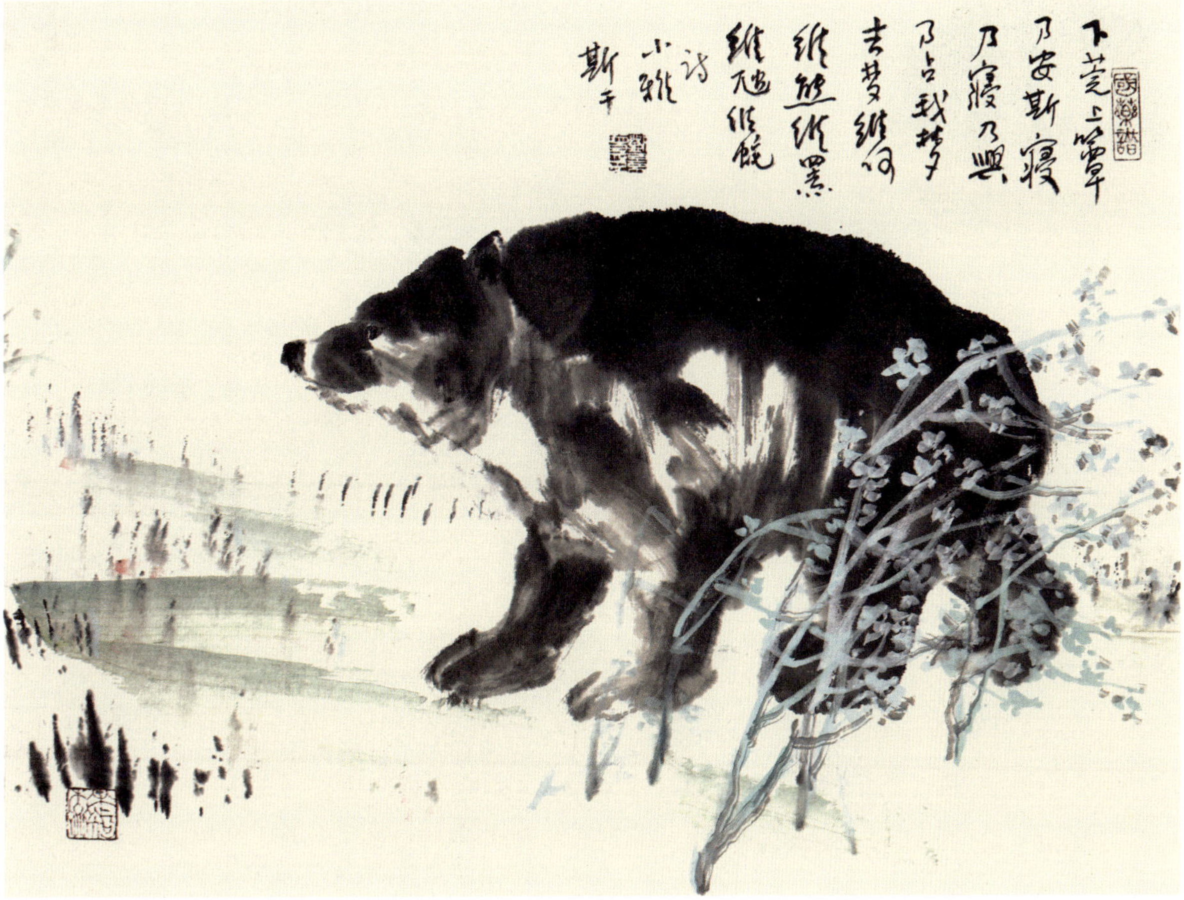
下莞上簟
乃安斯寝
乃寝乃兴
乃占我梦
吉梦维何
维熊维罴
维虺维蛇
小雅斯干诗

2.4.5.4 羆——棕熊

pí

名　称：棕熊、褐熊、猳熊、羆（《诗经》）、黄熊（《毛诗草木鸟兽虫鱼疏》）、猳羆（《尔雅》郭璞注）、马熊（《尔雅翼》）、人熊（《本草纲目》）。

科属：为哺乳纲食肉目熊科动物。

《本草纲目》："熊、羆、魋三种一类也。如豕色黑者，熊也。大而黄白者也，羆也。小而色黄赤者魋也……羆，头长脚高，猛憨多力，能拔树木，虎亦畏之，遇人则人立而攫之，故称之人熊。又，有马熊，形如马，即羆也。"

用　途：1.药用：其熊胆汁入药。功能主治：清热，镇痉，明目，杀虫。
主治：治热黄、暑泻、小儿惊痫、疳疾、蛔虫痛、目翳、喉痹、鼻蚀、疔痔恶疮。
其足掌（熊掌）、肉（熊肉）、筋（熊筋）、骨（熊骨）、脑（熊脑）、脂肪（熊脂）亦供药用。
2.经济：肉可食，熊掌为珍馐，胆为名贵药材，皮可制革。
现为国家二级重点保护动物。

文　化：　　1.与《诗经》物种相关诗歌，后世传承发挥
《诗经》中四次提到熊羆（棕熊）。
《诗经·小雅·大东》："舟人之子，熊罴是裘。译文：就是那些摆渡的舟子，披着熊罴裘服。"
《诗经·小雅·斯干》："大人占之：维熊维罴，男子之祥；维虺维蛇，女子之祥。"译文：请来占梦官为君王说：梦见粗壮的熊罴，这是你要生公子；你在梦见花蛇，这是生女的吉兆！
《诗经·小雅·大东》："东人之子，职劳不来。西人之子，粲粲衣服。舟人之子，熊罴是裘。私人之子，百僚是试。"译文：东方各国臣民，受累没人慰抚。西部的王公贵族，着鲜艳华贵的衣服。摆渡为生的舟子，也披着熊罴裘服。甚至家奴的儿子，有不少也当官作吏。
《诗经·大雅·韩奕》："有熊有罴，有猫有虎。"译文：有熊有罴在山林，还有山猫与猛虎。
　　2.名诗佳句
汉·淮南小山《招隐士》："猕猴兮熊罴，慕类兮以悲；攀援桂枝兮聊淹留。虎豹斗兮熊罴咆，禽兽骇兮亡其曹。"
东汉·曹操《冬十月》："鹍鸡晨鸣，鸿雁南飞，鸷鸟潜藏，熊罴窟栖。"唐·李白《鸣皋歌送岑徵君》："玄猿绿罴，舔谈崟岌；危柯振石，骇胆栗魄，群呼而相号。"唐·杜甫《偶题》："音书恨乌鹊，号怒怪熊罴。"唐·李商隐《韩碑》："淮西有贼五十载，封狼生貙貙生罴。"唐·杜牧《杜秋娘诗》："长杨射熊罴，武帐弄哑咿。"宋·陆游《五月十一日夜且半梦从大驾亲征尽复汉唐故地》："熊罴百万从銮驾，故地不劳传檄下。"
　　3.成语
熊罴入梦、老罴当道、熊罴之士、熊罴百万、熊罴之旅、雄罴百万、熊罴之祥、非罴非熊、熊罴之力、梦兆熊罴。

2.4.5.5 虺——蝮蛇

huǐ

才三·虺

名　称：别名：蝮蛇、反鼻、土虺蛇、反鼻蛇、碧飞、方胜板、土锦、灰地區、草上飞、七寸子、土公蛇、狗屙蝮、烂肚蝮、土球子、地扁蛇。

用　途：药用：除去内脏的全体入药。性味甘，温，有毒。功用主治：祛风，攻毒。治麻风、癫疾、皮肤顽痹、瘰疬、痔疾。皮、骨、胆、脂肪、蜕皮亦供药用。

文　化：　1. 与《诗经》物种相关诗歌，后世传承发挥

《诗经·小雅·正月》："哀今之人，胡为虺蜴？"

《诗经·小雅·斯干》："维熊维罴，维虺维蛇……维虺维蛇，女子之祥。"

《诗经·周南·卷耳》："采采卷耳，不盈顷筐。嗟我怀人，置彼周行。陟彼崔嵬，我马虺隤。我姑酌彼金罍，维以不永怀。陟彼高冈，我马玄黄。我姑酌彼兕觥，维以不永伤。陟彼砠矣，我马瘏矣。我仆痡矣，云何吁矣。"按《毛诗注疏》曰："《卷耳》，后妃之志也，又当辅佐君子，求贤审官，知臣下之勤劳。内有进贤之志，而无险诐私谒之心，朝夕思念，至于忧勤也。"余冠英《诗经选》云："这是女子怀念征夫的诗。"

　2. 名诗佳句

汉·蔡邕："仆夫疲而劬瘁兮，我马虺隤以玄黄。"唐·孟郊："因依虺蜴手，起坐风雨忙。"唐·元稹："蛇虺吞檐雀，豺狼逐野麇。"唐·白居易："晚箨晴云展，阴芽蛰虺蟠。"宋·李曾伯："老子尚顽耐，仆马苦虺隤。"宋·王安石："指撝光颜战洄曲，阚如怒虎搏虺豹。"宋·苏轼："醉眠草棘间，虫虺莫予毒。"宋·黄庭坚："玄黄虺隤，以脚支柱。"宋·刘克庄："襟裾病鹤翅短，虺隤老马力疲。"宋·陆游："老马虺隤依晚照，自计岂堪三品料？"

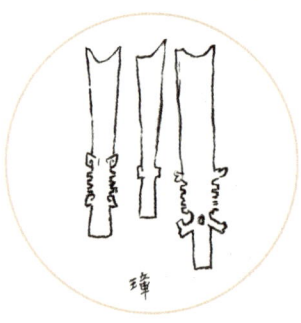

璋

2.4.5.6 璋

用途：1. 药用：其屑入药。功能主治：见玉项。
　　　2. 文化考古价值。

文化：　　古人用玉来形容美好事物。璋，中国古代六礼器之一，形状像半个圭。《周礼·考工记》中还有"大璋亦如之，诸侯以聘女"的记载。

　　1. 与《诗经》物种相关诗歌，后世传承发挥

　　《诗经·大雅·卷阿》："有冯有翼，有孝有德，以引以翼。岂弟君子，四方为则。颙颙印印，如圭如璋，令闻令望。岂弟君子，四方为纲。"据说《卷阿》是召公赞美诗，用玉圭和玉璋来形容周成王美好的品质。现在，对那些具有高尚品行的人还称为"有圭璋之质"。《诗经·小雅·斯干》："乃生男子，载寝之床。载衣之裳，载弄之璋。其泣喤喤，朱芾斯皇，室家君王。乃生女子，载寝之地。载衣之裼，载弄之瓦。无非无仪，唯酒食是议，无父母诒罹。"按弄璋：古人把璋给男孩玩，把生男孩子叫"弄璋之喜"，生女孩子叫"弄瓦之喜"。璋是好的玉石；瓦是纺车上的零件。亲友赠送彩帐、喜联，男书"弄璋"，女书"弄瓦"。

　　《诗经·大雅·板》："天之牖民，如埙如篪，如璋如圭，如取如携。"此言上天教民因材制器。

　　《诗经·大雅·棫朴》："济济辟王，左右奉璋。奉璋峨峨，髦士攸宜。"此言臣下见君执玉璋。

　　2. 名诗佳句

　　汉·王逸："抱昭华兮宝璋，欲衔鬻兮莫取。"

　　汉·庄忌："璋珪杂于甑窐兮，陇廉与孟娵同宫。"

　　魏晋·阮籍："容饰整颜色，磬折执圭璋。"

　　唐·杨炯："牙璋辞凤阙，铁骑绕龙城。"

　　唐·李白："王公大人借颜色，金璋紫绶来相趋。"

　　唐·贾至："天朝富英髦，多士如珪璋。"

　　唐·杨巨源："一言弘社稷，九命备珪璋。"

　　唐·邵谒："哲人归大夜，千古传珪璋。"

款识："特达逾珪璋，节操方松筠。"（唐人诗）

拓兽·子龙石

2.4.8.1 蜴——石龙子

名　称：别名：守宫、蝎虎、壁虎、四脚蛇、蛇舅母。
科属：爬行纲，蜥蜴亚目，石龙子科。

用　途：药用：其全体入药。
功能主治：破结行水。治小便不利，石淋。恶疮累疬，
瘰疮。

文　化：　　1. 与《诗经》物种相关诗歌，后世传承发挥
　　　　　　《诗经》中提到蜥蜴一次。
　　　　　《诗经·小雅·正月》："谓天盖高，不敢
　　　　不局。谓地盖厚，不敢不蹐。维号斯言，有伦有脊。
　　　　哀今之人，胡为虺蜴？"这是一位忧国忧民、愤
　　　　世嫉俗的周大夫怨刺的诗。怨刺对象一是说昏君，
　　　　二是说得志小人，三是说普通百姓。蛇和蜥蜴就
　　　　是他怨恨的指代。
　　　　　2. 名诗佳句
　　　　　宋·苏轼《蝎虎》："黄鸡啄蝎如啄黍，窗
　　　　间守宫称蝎虎。暗中缴尾伺飞虫，巧捷功夫在腰
　　　　膂。趺趺脉脉善缘壁，陋质从来谁比数。今年岁
　　　　旱号蜥蜴，狂走儿童闹歌舞。能衔渠水作冰雹，
　　　　便向蛟龙觅云雨。守宫努力搏苍蝇，明年岁旱当
　　　　求汝。"
　　　　　宋·吕陶《蜥蜴》："前年诏书褒蜥蜴，为
　　　　与生民致膏泽。圣君虔祷享嘉应，其功似共乾坤
　　　　敌。"
　　　　　宋·梅尧臣："植物有薜荔，足物有蜥蜴。
　　　　固知不同类，亦各善缘壁。根随枝蔓生，叶侵苔
　　　　藓碧。後凋虽可嘉，劲挺异松柏。"
　　　　　宋·张耒："楚天万里无纤云，旱气塞空日
　　　　昼昏。土龙蜥蜴竟无神，田中水车声相闻。"
　　　　　宋·文同："曼倩学精知蜥蜴，公明术妙识
　　　　蜘蛛。临邛复有庞成叔，万事先将入卦图。"
　　　　　宋·赵蕃："前朝呼蜥蜴，今雨跳虾蟇。听
　　　　罢僧钟击，停闻庙鼓挝。"

款识："谓天盖高，不敢不局。谓地盖厚，不敢不蹐。维号斯言，有伦有脊。哀今之人，胡为虺蜴？"

詩經名物風華

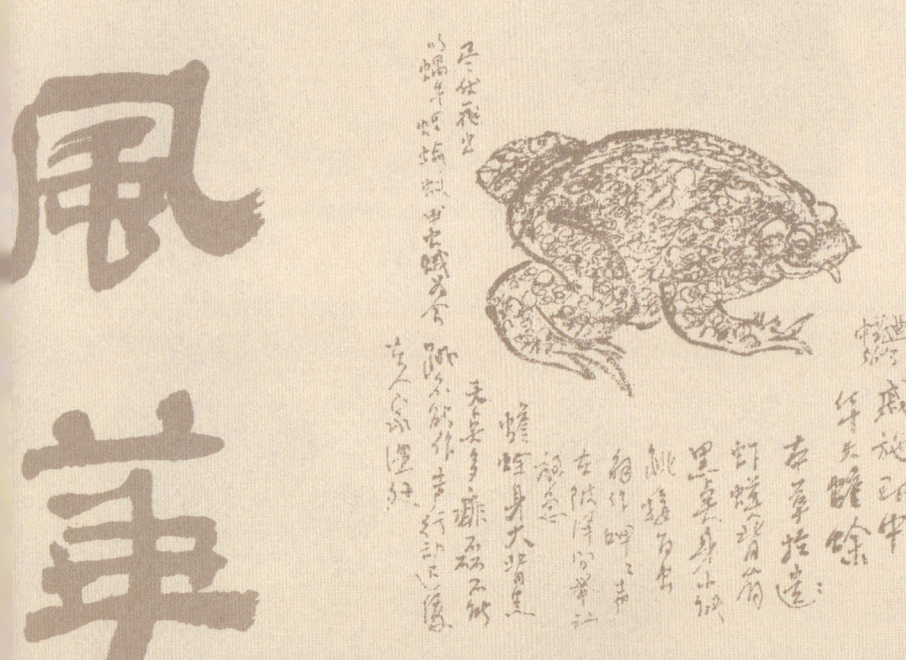

小雅·小旻

2.5.1.1 龟

名　称：别名：金龟、草龟、泥龟、山龟。
　　　　科属：爬行纲龟鳖目龟科拟水龟属。

用　途：1. 药用：甲入药。
　　　　2. 文化：龟在古代用于占卜，也用作货币。印纽多作龟形。碑座也常作龟形。龟的寿命很长，古人视为通神之灵物，赋予龟以吉祥神圣的意义，如以"龟年鹤寿"形容长寿，以"龟龙""龟象"比喻神灵。

文　化：　1. 与《诗经》物种相关诗歌，后世传承发挥
　　　　《诗经·小雅·小旻》："我龟既厌，不我告犹。谋夫孔多，是用不集。发言盈庭，谁敢执其咎？如匪行迈谋，是用不得于道。"按，此诗言作者占卜灵龟已厌倦。
　　　　2. 名诗佳句
　　　　战国楚·屈原《天问》："鸱龟曳衔，鲧何听焉？"《庄子·逍遥游》："能不龟手一也，或以封，或不免于洴澼絖，则所用之异也。"《论语·季氏将伐颛臾》："虎兕出于柙，龟玉毁于椟中，是谁之过与？"汉·司马相如《子虚赋》："其中则有神龟蛟鼍，瑇瑁鳖鼋。"汉·曹操《龟虽寿》："神龟虽寿，犹有竟时。"背诵赏析注释译文。魏·曹植《神龟赋》："龟寿千岁。时有遗余龟者，数日而死，肌肉消尽，唯甲存焉。"南北朝·庾信《小园赋》："坐帐无鹤，支床有龟……龟言此地之寒，鹤讶今年之雪。"唐·韩愈《月蚀诗效玉川子作》："乌龟怯奸，怕寒缩颈，以壳自遮。"唐·王维《春日上方即事》："鸠形将刻杖，龟壳用支床。"宋·苏轼《龟》："半脱莲房露压欹，绿荷深处有游龟。只应翡翠兰茹上，独见玄夫暴日时。"宋·梅尧臣《龟》："王府有宝龟，名存骨未朽。"元·丘处机《水龙吟·道运》："鹤舞鸾翔，看乌龟共，赤龙蟠绕。"清·曹雪芹《芙蓉女儿诔》："龟呈洛浦之灵，兽作咸池之舞。"
　　　　3. 成语
　　　　龟鹤遐龄、鸡胸龟背、龟龙片甲、鼎玉龟符、不待蓍龟、龟文鸟迹、龟龙麟凤、识龟成鳖、证龟成鳖、犀顶龟文、支床有龟、老龟刳肠、金龟换酒、麟凤龟龙、龟鹤遐寿、龟毛兔角、龟年鹤寿。

静养千年寿至宋自隐居
不应随跛鳖宁肯滞凡鱼

龟鱼戏

壬辰董□□

此画赵修宗日

款 识："静养千年寿，重泉自隐居。不应随跛鳖，宁肯滞凡鱼。"龟鱼戏。

2.5.2.1 菽——豆

(故)蠮圖·豆大

名称： 别名：豆。

科属：豆科。豆类的总称。

用途： 药用：种子所榨取之脂肪油入药。

功用主治：驱虫，润肠。治肠道梗阻、大便秘结不通。

其他如豆腐、豆黄、豆豉亦供药用。

文化： 1. 与《诗经》物种相关诗歌，后世传承发挥

《诗经·小雅·小宛》："中原有菽，小民采之。"

《诗经·小雅·小明》："岁聿云莫，采萧获菽。"

《诗经·小雅·采菽》："采菽采菽，筐之筥之。君子来朝，何锡予之？虽无予之？路车乘马。又何予之？玄衮及黼。"

《诗经·豳风·七月》："六月食郁及薁，七月亨葵及菽，八月剥枣，十月获稻，为此春酒……九月筑场圃，十月纳禾稼。黍稷重穋，禾麻菽麦。"

《诗经·大雅·生民》："诞实匍匐，克岐克嶷，以就口食。蓺之荏菽，荏菽旆旆。禾役穟穟，麻麦幪幪，瓜瓞唪唪。"

《诗经·小雅·小宛》："中原有菽，庶民采之。螟蛉有子，蜾蠃负之。教诲尔子，式谷似之。"

2. 名诗佳句

晋·曹植："煮豆持作羹，漉菽以为汁（菽一作豉）。萁在釜下燃，豆在釜中泣。本自同根生，相煎何太急？"晋·陆机："彼琼敷与玉藻，若中原之有菽。同橐籥之罔穷，与天地乎并育。"晋·陶渊明："桑竹垂余荫，菽稷随时艺。"南北朝·鲍照："兼途无憩鞍，半菽不遑食。"唐·元稹："归来不买食，父子分半菽。"唐·权德舆："粗令有鱼菽，岂复求轻肥。"宋·苏辙："一食方半菽，三日已于粝。"宋·黄庭坚："为吏受赇恐得罪，啜菽饮水终无慊。"明·刘基："携童儿数人，启陇莽以蓺粟菽。"毛泽东："喜看稻菽千重浪，遍地英雄下夕烟。"

3. 成语

菽水藜藿、菽麦不分、不辨菽麦、啜菽饮水、布帛菽粟、智昏菽麦、菽水之欢、饮水食菽、鱼菽之祭、配盐幽菽。

2.5.2.2 螟蛉——螟蛾幼虫

名　称：鳞翅类。螟蛾科动物。

文　化：　　1. 与《诗经》物种相关诗歌，后世传承发挥

《诗经·小雅·小宛》："中原有菽，庶民采之。螟蛉有子，蜾蠃负之。教诲尔子，式谷似之。"

译文：田野长满大豆苗，众人一起去采摘。螟蛉如若生幼子，蜾蠃会把它背来。你们有儿我教育，继承祖先好风采。按，螟蛉，螟蛾的幼虫。蜾蠃，一种青黑色的细腰土蜂，长捕螟蛉以喂幼虫，古人误以为蜾蠃养螟蛉为子，因把"螟蛉"或"螟蛉子"作为养子的代称。

2. 名诗佳句

魏晋·刘伶《酒德颂》："俯观万物，扰扰焉，如江汉之载浮萍；二豪侍侧焉，如蜾蠃之与螟蛉。"

宋·黄庭坚《送吴彦归番阳》："倥侗祝螟蛉，小大器罂瓿。"

宋·欧阳修《龙兴寺小饮呈表臣元珍》："一樽万事皆毫末，蜾蠃螟蛉岂足云。"

宋·孔平仲《元丰四年十二月大雪郡侯送酒》："醉眼瞢腾视天地，蜾蠃螟蛉轻二豪。"

宋·方回《病后夏初杂书近况十首》："老从杨柳樱桃去，醉肯螟蛉蜾蠃家。"

宋·刘克庄《叙伦五言二十首》："如何出腹子，反不以螟蛉。"

金·元好问《寄苔溪南诗老辛愿敬之》："人生只有一杯酒，螟蛉蜾蠃安能豪。"

元·刘因《饮山亭雨后》："却笑刘伶糟曲底，岂知身亦属螟蛉。"

元·张翥《摸鱼儿·临川春游，连日病酒，赋此止之》："觥筹已罢。笑蜾蠃螟蛉，吾今真止，为报独醒者。"

明·沈周《赠范希敏》："蜾蠃螟蛉假亲戚，乌鸢蝼蚁后干戈。"

明·罗玘《戏赠杨蕲邵三君子》："蜾蠃螟蛉侍侧豪，江汉浮萍刺眼毫。"

清·缪公恩《静亭再从兄见有蜾蠃负螟蛉者为他蠃所夺此蠃飞鸣弃去似有所憾赋五古一首见示因和二章奉答》："螟蛉寄桑上，有蠃遥负归。"

清·弘历《兴安络纬至小而色绿率笔图之兼题以句·其一》："依稀果蠃负螟蛉，塞草霏黄尚作青。"

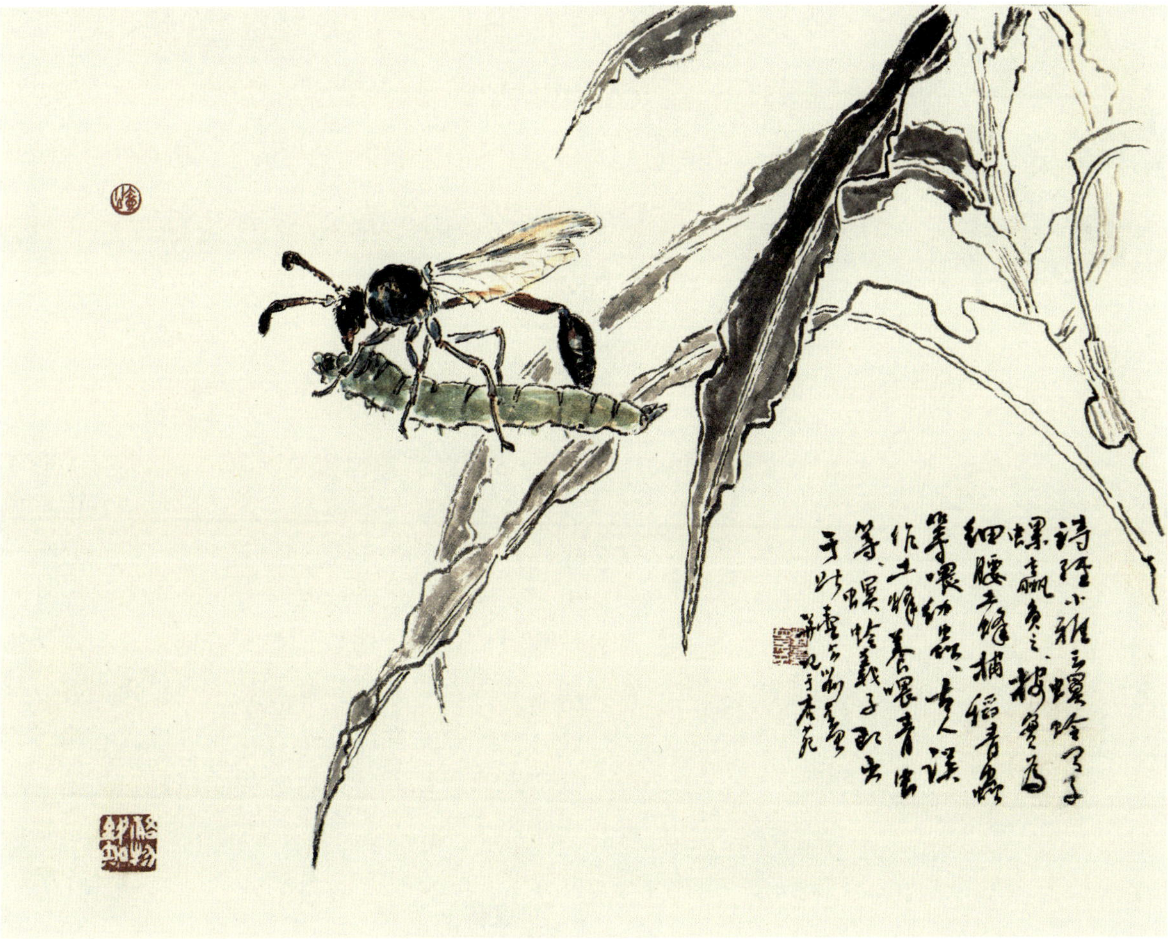

款 识："螟蛉有子，蜾蠃负之。教诲尔子，式穀似之。"（《诗经·小雅·小宛》）

(绍)蜾蠃·螟蛉

2.5.2.3 蜾蠃——蜾蠃蜂
guǒ luǒ

名称：别名：土蜂、细腰蜂、蒲卢、蜾蠃、蠮螉。
科属：膜翅目蜾蠃科动物。

用途：药用：气味，辛、平，无毒。
主治：久聋、咳嗽逆境，疗鼻窒，治呕逆。

文化：　1. 与《诗经》物种相关诗歌，后世传承发挥

《诗经·小雅·小宛》："中原有菽，庶民采之。螟蛉有子，蜾蠃负之。教诲尔之，式谷似之。"

朱熹《诗集传》说这是一首"大夫遭时之乱，而兄弟相戒以免祸之诗"。后人近意诗，如明·李本《四虫言四首（其四）蜾蠃》："类我类我，休忘字卵。听我教诲勤，愿尔假作真。恩同骨肉长相亲。莫学人家放荡儿，少时父母长路歧。"清·黄遵宪《述闻（其二）》："螟蛉果蠃终谁抚，猿鹤沙虫总可哀。"

2. 蜾蠃诗的误解

按本诗以为蜾蠃养螟蛉之子为己子的看法是错误的。《本草纲目》观察总结确认，蜾蠃负螟蛉之子是为己谋粮，这是生物学一大贡献。但诗人（含《本草纲目》以后）对此不以为然。

魏晋·刘伶《酒德颂》："二豪侍侧焉，如蜾蠃之与螟蛉。"

宋·刘克庄《书事二首（其二）》："嗟余乌狗木鸡尔，视汝螟蛉蜾蠃然。"

元·仇远《刘伶墓》："螟蛉蜾蠃今何在，起为先生酹一尊。"

元·刘因《同仲实南湖赏莲醉中走笔》："螟蛉蜾蠃卿且去，醉眼太华云间苍。"

清·缪公恩："螟蛉寄桑上，有蠃遥负归。他蠃夺之去，此蠃乃高飞。"

清·郑珍《完末场卷，矮屋无聊，成诗数十韵，揭晓后因续成之》："难与外人言，果蠃于螟蛉。"

款 识："中原有菽，庶民采之。螟蛉有子，蜾蠃负之。教诲尔之，式穀似之。"

2.5.2.4 桑扈——蜡嘴雀

(金)目纲·鸠桑

名　称：**别名**：青雀、窃脂、今腊嘴。
　　　　科属：雀科。

用　途：**药用**：味甘，性温，无毒。青雀肉主治虚损羸瘦。

文　化：　　桑扈的另类解释：指益鸟，《礼记·曲礼上》："则载青旌"。汉郑玄注："青，青雀，水鸟。"
　　　　另指青鸟。神话传说中西王母所使之神鸟。南朝宋·鲍照《野鹅赋》："无青雀之衔命，乏赤鴈之嘉祥。"唐·李商隐《汉宫词》："青雀西飞竟未回，君王长在集灵台。"明·瞿佑《剪灯新话·秋香亭记》："彩鸾舞后肠空断，青雀飞来信不传。"
　　　　1. 与《诗经》物种相关诗歌，后世传承发挥
　　　　《小雅·小宛》："交交桑扈，率场啄粟。哀我填寡，宜岸宜狱。握粟出卜，自何能谷？"按此诗言腊嘴雀被迫啄粟喻作者多灾多难。
　　　　《小雅·桑扈》："交交桑扈，有莺其羽。君子乐胥，受天之祜。交交桑扈，有莺其领。君子乐胥，万邦之屏。"按此诗言桑扈亦指腊嘴雀。
　　　　2. 名诗佳句
　　　　战国楚·屈原："接舆髡首兮，桑扈羸行。忠不必用兮，贤不必以。"唐·王维《青雀歌》："青雀翅羽短，未能远食玉山禾。"明·王汝玉："桑扈交交拂曙鸣，梨花过雨羽衣轻。"南北朝·吴均："今来夏欲晚，桑扈薄树飞。"唐·沈佺期："嗟来子桑扈，尔独返于几。"唐·卢钰："桑扈交飞百舌忙，祖亭闻乐倍思乡。"宋·洪咨夔："白驹在彼谷，桑扈莺其领。"宋·刘蒙山："田鸟飞逐耕烟犊，桑扈鸣随唤雨鸠。"明·刘基："黄鹂翡翠语娇滑，桑扈戴胜鸣相呼。"

款识："来往翩翩绕一枝。"（唐人句）

枱原·粟

2.5.2.6 粟

名　称：别名：粟、粱、禾、糜、芑、谷、谷子、小米、高粱。

用　途：李时珍："大而毛长者为粱，细而毛短者为粟。"
1.药用：其种仁入药。功能主治：和中，益肾，除热解毒。治脾胃虚热，反胃呕吐，消渴，泻泄。
2.经济：主要粮食作物。

文　化：　　1. 与《诗经》物种相关诗歌，后世传承发挥
　　《诗经·小雅·小宛》："交交桑扈，率场啄粟。握粟出卜，自何能穀。"此诗言以粟米求人占卜。
　　《诗经·小雅·黄鸟》："黄鸟黄鸟，无集于穀，无啄我粟。此邦之人，不我肯穀。言旋言归，复我邦族。黄鸟黄鸟，无集于桑，无啄我粱。此邦之人，不可与明。言旋言归，复我诸兄。黄鸟黄鸟，无集于栩，无啄我黍。此邦之人，不可与处。言旋言归，复我诸父。"
　　2. 名诗佳句
　　唐·白居易："有吏夜叩门，高声催纳粟。"唐·李绅："春种一粒粟，秋收万颗子。"唐·寒山："家破冷飕飕，食无一粒粟。"宋·陆游："坡头车败雀啄粟，桑下饷来乌攫肉。"宋·王柏："烧其春不忍听，诗翁感慨何忧勤。"宋·姜特立《赋桐庐陈守瑞粟图》："仲尼不瑞麟，周公旅命禾。"宋·理宗《昌化县进嘉禾嘉粟赐贾丞相》："一德交孚叶两仪，嘉禾嘉粟献珍奇。禅呈属邑信非偶，瑞应明禋若有期。"宋·杨万里："粟黄荞白未全秋，谁报乌衣早作偷。"宋·周遇圣《咏瑞粟》："瑞出双莲与九芝，何如瑞粟见明时。一根异彼禾同颖，四穗多于麦两岐。"

膳饮·鸦翼

2.5.3.1 鷽斯——寒鸦
_{yù}

名称：别名：鸦乌、鹎鹍、雅乌、慈乌、孝乌、元乌。
科属：鸦科。寒鸦与乌鸦不同处，体型略小，颈后有白色，
腹下白，喜群飞齐鸣。

用途：药用：其肉入药。功用主治：《嘉祐本草》补劳治瘦，
助气，治咳嗽，骨蒸羸瘦者，和五味淹炙食之。
《本草纲目·禽部·慈乌》中称："此乌初生，母哺
六十日，长则反哺六十日，可谓慈孝矣。"慈乌之孝
对后世诗文影响极为深远。但慈乌是否真的具有这种
习性，还有待现代人的研究和观察证实。

文化：　　1. 与《诗经》物种相关诗歌，后世传承发挥
《诗经·小雅·小弁》："弁彼鷽斯，归飞提
提。民莫不穀，我独于罹。何辜于天，我罪伊何。
心之忧矣，云如之何。"
按此诗乃被斥逐的儿子哀怨之声。毛传："鷽，
卑居。卑居，雅乌也。"孔颖达疏："此鸟名鷽，
而云斯者，语辞。"
　　2. 名诗佳句
南朝梁·江淹《杂体诗·效阮籍〈咏怀〉》："青
鸟海上游，鷽斯蒿下飞。"唐·皮日休《九讽·见
逐》："彼鷽斯之蟊贼兮，固不能容乎鸧鹕。"宋·辛
弃疾《鹧鸪天·晚日寒鸦一片愁》："晚日寒鸦一
片愁。柳塘新绿却温柔。若教眼底无离恨，不信人
间有白头。"唐·张泌《河渎神·古树噪寒鸦》：
"古树噪寒鸦，满庭枫叶芦花。"宋·张耒《寒鸦
词》："寒鸦来时九月天，黄梁萧萧人刈田。"宋·苏
洞《寒鸦诗》："当年口腹成疏弃，却保生全反哺
恩。"明·谢铎《古木寒鸦图》："阴风昼号不作
雨，众鸟辟易争奔崩。"

画作·宋·梁楷乃中国大写意画开创者，临其花鸟画《寒鸦图》以示敬意。

2.5.3.2 萑^{huán}——芦类

名　称： 别名：初生名"葭"，幼小时叫"蒹"，长成后称"萑"；葭长成后为苇。

用　途： 参酌葭——芦苇。

文　化：　　1. 与《诗经》物种相关诗歌，后世传承发挥

《诗经·豳风·七月》："七月流火，八月萑苇。蚕月条桑，取彼斧斨，以伐远扬，猗彼女桑。"按《诗经》中萑释为芦类植物。译文：七月大火向西落，八月要把芦苇割。三月修剪桑树枝，取来锋利的斧头。砍掉高高长枝条，攀着细枝摘嫩桑。

《诗经·小雅·小弁》："菀彼柳斯，鸣蜩嘒嘒，有漼者渊，萑苇淠淠。"译文：池边垂柳如烟是那样浓绿，枝头的蝉儿嘶嘶鸣唱不已。河湾深几许自是不可见底，芦苇丛生兼葭苍苍多茂密。

2. 名诗佳句

先秦·左丘明《子产论政宽猛》："郑国多盗，取人于萑苻之泽……兴徒兵以攻萑苻之盗，尽杀之，盗少止。"按，此文萑苻［又作萑蒲（huánpú）］则成盗贼之代称，后时诗文亦多仿效。如《明史·李俊传》："尸骸枕籍，流亡日多，萑苻可虑。"

唐·李商隐《有感二首（其一）》："何成奏云物，直是灭萑苻。"宋·苏轼《留别廉守》："编萑以苴猪，瑾涂以涂之。"宋·黄庭坚《寄忠玉提刑》："萑蒲稍衰息，郡县或空囹。"宋·周邦彦《次韵周朝宗六月十日泛湖》："冲风偃萑葭，猎猎如捲幔。"宋·谌祐《句》："树带夕阳雅半集，萑寒秋浦雁初来。"宋·刘克庄《挽丘大卿二首（其一）》："尽蠲萑莆潢弄息，不囊薏苡粤装轻。"清·招广涛《募兵》："不见萑苻中，流劫日纵横。"

3. 成语

萑苻遍野。

冲风偃萑葭 猎猎如捲幔 二 宋周邦彦句 莘云草公畫

款 识："冲风偃萑葭，猎猎如捲幔。"（宋·周邦彦）

2.5.5.2 埙和篪

xūn chí

名　称：埙是我国古代的吹奏乐器，以陶制最多，也有石制和骨制等，以梨形最为普遍。上端有吹口，底部呈平面，侧壁开有音孔。汉·许慎《说文解字》："埙，乐器也。以土为之，六孔。"篪，是我国古代一种竹制管乐器。发音原理同横吹竹笛，外形也相似。是我国古代雅乐主要乐器。

《礼记·月令》："调竽笙埙篪。"那时"埙唱而篪和"，是儒家"和为贵"的哲学思想在音乐上的集中反映。埙常常和篪配合演奏。表达和睦亲善的手足之情。

文　化：　1. 与《诗经》物种相关诗歌，后世传承发挥

《诗经·小雅·何人斯》："伯氏吹埙，仲氏吹篪。及尔如贯，谅不我郑出此三物，以诅尔斯。"

译文：长兄吹埙，二弟吹篪。心相连贯相亲相知。我愿神前供三牲，诅咒你竟背盟誓。后人称要好的朋友为"埙篪之交"就是由此而出。

《诗经·大雅·板》："天之牖民，如埙如篪，如璋如圭，如取如携。"

2. 名诗佳句

汉·祢衡《鹦鹉赋》："感平生之游处，若埙篪之相须。"

南北朝·刘峻《广绝交论》："且心同琴瑟，言郁郁于兰茞；道协胶漆，志婉娈于埙篪。"

汉·王粲《赠士孙文始》："和通篪埙，比德车辅。"

唐·韩愈《陆浑山火和皇甫湜用其韵》："攒杂啾嚄沸篪埙，彤幢绛旆紫纛幡。"

宋·黄庭坚《宿黄州观音院钟楼上》："老夫梳白头，潘何埙篪集。"

宋·司马光《登平陆北回瞰陕城奉寄李八太学士使君二十二》："一河梁俄首路，汾曲访吹埙。"

宋·范仲淹《送河东提刑张太博》："气同若兰芝，声应如篪埙。"

宋·晏殊《和三兄除夜》："星汉回曾宇，埙篪集上都。"

宋·王迈《寄浙漕王子文野以思君令人老五字为韵得诗五（其一）》："长沙一倾盖，情好如埙篪。"

明·舒頔《适耕堂（周禹锡云："极昌黎。"）》："烟蓑雨笠远市喧，肯堂有子班篪埙"

3. 成语

伯埙仲篪、埙篪相和、埙唱篪应。

款 识："和通篚埠"（汉·王粲句），图中荷、桶、篚、埠、四物取其谐音以应款识，此正是全文之寓意。

2.5.6.1 豺
chái

名　称： 豺别名：红狼、豺狗、柴狗。

用　途： 1.药用：其皮入药。《唐本草》："主冷痹脚气，熟之以缠病上，瘥止。"其肉亦供药用。

2.经济：环保方面，自古豺狼都是被当做害虫消灭的几乎殆尽，生态却失了平衡，于是狼开始被回归，豺几乎销声匿迹。豺大小似犬而小于狼，其毛长而密，略似狐尾。就是说豺是介于狼和狐间的一种动物。

文　化：　　1.与《诗经》物种相关诗歌，后世传承发挥

《诗经·小雅·巷伯》："彼谮人者，谁适与谋？取彼谮人，投畀豺虎。豺虎不食，投畀有北。有北不受，投畀有昊！"

译文：把诽谤者和他密谋害者，丢给豺虎。豺虎嫌弃，就扔到北方的不毛之地。北方不接受，就交给老天爷。这是成语"投畀豺虎"的来历。

2.成语

"蜂目豺声"。《左传·文公元年》载："且是商巨人也。蜂目而豺声，忍人也，不可立也。"令尹子上说那商臣眼睛像蜂一样锐利，声音像豺一样凶，是残忍的人，"不可立也"。楚成王立商巨为太子，结果，商臣逼杀亲父。

"鸢肩豺目"语出南朝宋·范晔《后汉书·梁冀传》："（商巨）为人鸢肩豺目。"

其他：（梁冀）豺狼当道、豺狼虎豹。

2.5.8.1 蔚——牡蒿

名　称：别名：牡蒿、齐头蒿、水辣菜、布菜、铁菜子、土柴胡。
又，蔚还有茂盛，荟聚，盛大；文采华丽等意思。

用　途：全草入药，具有解表，清热，杀虫。
主治感冒身热、劳伤咳嗽、潮热、小儿疳热、疟疾、口疮、
疥癣、湿疹。

文　化：　　1. 与《诗经》物种相关诗歌，后世传承发挥
《小雅·蓼莪》："蓼蓼者莪，匪莪伊蒿。
哀哀父母，生我劬劳。蓼蓼者莪，匪莪伊蔚。哀
哀父母，生我劳瘁。"按，诗中蔚释为牡蒿。

《曹风·候人》："荟兮蔚兮，南山朝隮。
婉兮娈兮，季女斯饥。乃茂盛意。"按，诗中蔚
释茂盛之意。

2. 名诗佳句

魏晋·陆机："蔚若朝霞烂。"魏晋·王粲：
"蔚矣荒涂。"南北朝·沈约："加笾列俎雕且蔚。"
南北朝·谢灵运："芰荷迭映蔚，蒲稗相因依。"
唐·杜甫："壮其蔚跂，问其所师。"唐·柳宗元：
"不见野蔓草，翕蔚有华姿。"唐·张九龄："蔚
兮朝云，沛然时雨。"宋·司马光："雕龙蔚文采，
老鹤莹仪形。"宋·苏轼："可怜荟蔚中，时出
紫翠岚。"宋·邓剡《挽文文山》："颜钩凛忠
劲，杜诗蔚骚雅。"元·揭傒斯："池流淡无声，
畦蔬蔚葱芊。"明·杨士奇："厨却胡奴米，门
深仲蔚蒿。"明·陈淳："文笔时时气蔚葱，香
腾旦旦烟醲郁。"　🔲

2.5.9.1 樗——桦

huò

名　称：红桦、白桦、桦皮树、樗落。

用　途：1. 药用：其皮入药。功能主治：清热利湿，祛痰止咳。
消肿解毒。治肺炎、痢疾、腹泻黄疸。肾炎、尿路感染、
慢性气管炎、急性扁桃体炎、牙周炎、急性乳腺炎、
疖肿、痒疹、烫伤。其树液及桦菌芝亦供药用。
2. 经济：我国重要经济林木。可作工艺品，木材可
做食具。

文　化：　　1. 与《诗经》物种相关诗歌，后世传承发挥
　　《诗经·小雅·大东》："有冽氿泉，无浸
　　樗薪。契契寤叹，哀我惮人。薪是樗薪，尚可载
　　也。哀我惮人，亦可息也。"按，此诗言贵族徒
　　居高位，却不能减轻东方人的苦难。
　　　2. 名诗佳句
　　唐·李嘉祐《暮春宜阳郡斋愁坐，忽枉刘七
　　侍御新诗，因以酬答》："子规夜夜啼楮叶，远
　　道逢春半是愁。芳草伴人还易老，落花随水亦东
　　流。"宋·陆游《夜宿二江驿》："鸡鸣原前风
　　折树，夜到双流雨如注。桦皮湿透点不明，旋设
　　篝炉燎衣裤。"宋·赵彦端《翠微山居八首（其
　　一）》："一池荷叶衣无尽，数树桦花食有余。
　　却被世人知住处，更移茆舍作深居。"宋·释慧
　　远《禅人写师真请赞》："鼻孔生三窍，眉毛只
　　一般。奇哉王道士，头戴桦皮冠。"清·李渔《笠
　　翁对韵》："樗朴对旄旌。酒仙对诗史。"

款 识：“有冽氿泉，无浸楱薪。契契寤叹，哀我惮人。”（《诗经·小雅·大东》）

2.5.10.1 栜——赤栜、苦槠

名　称：赤栜、血槠、槠栗、株子。壳斗科植物苦槠。毛传："栜，赤栜。"三国吴·陆玑疏："栜叶如柞，皮薄而白，其木理赤者为赤栜，一名栜，白者为栜，其木皆坚韧，今人以为车毂。"

用　途：1. 药用：其种仁入药。功用主治：《本草拾遗》："止泄痢，食之不饥，令健行，能除恶血，止渴。其树皮，叶亦供药用。"
2. 经济：苦槠粉苦槠豆腐皆传统食品。

文　化：　　1. 与《诗经》物种相关诗歌，后世传承发挥

《诗经·小雅·四月》："山有蕨薇，隰有杞栜。君子作歌，维以告哀。"

译文：高高的山上生长蕨菜、薇菜，低洼的湿地生长枸杞、赤栜。不知何以自处的我写此诗，宣泄我心中的悲苦与哀怜。按，浙江天台有苦槠树龄八百，宋陆游报国无门，爱情失意植此苦槠意在"苦志"。

2. 名诗佳句

宋·释文珦《谷中》："苦槠一树猿偷尽，懊杀庵居老病僧。"

宋·张栻《和吴伯承》："匪为食有鱼，杞栜采墙阴。"

清·弘历《避暑山庄百韵诗》："冠木惟松柏，丛生有杞栜。"

款识："苦楮一树猿偷尽，懊杀庵居老病僧。"（宋·释文珦句）

2.5.10.2 鹯——金雕

tuán

名称：此鹯非鹌鹑，别名金雕、鹫、洁白雕、红头雕、鹫雕、大山鹃。

科属：鸟纲隼形目鹰科真雕属猛禽。

用途：1. 药用：骨骼入药。《本草纲目》："治折伤断骨。（雕骨）烧灰，每服二钱，酒下，在上食后，在下食前。"

2. 数量极少，属国家一级重点保护动物。

文化：　1. 与《诗经》物种相关诗歌，后世传承发挥

《诗经·小雅·四月》："匪鹑匪鸢，翰飞戾天。按此诗言途遇变乱，久不得归的痛苦。抑郁不得志后人借雕说事。"如，唐·李白《对雪奉饯任城六父秩满归京》："君看海上鹤，何似笼中鹑。"清·纳兰性德《咏笼莺》："空将云路翼，缄恨在雕笼。"

2. 咏雕之勇悍

战国楚·屈原《招魂》："雕题黑齿，得人肉以祀，以其骨为醢些。"

战国楚·宋玉《高唐赋》："虎豹豺兕，失气恐喙；雕鹗鹰鹯，飞扬伏窜。"

晋·左思《三都赋》："料其虓勇，则雕悍狼戾。"

3. 咏英雄气概

《史记·李将军列传》："是必射雕者也。"唐·王维："一身能擘两雕弧，虏骑千重只似无。"宋·陆游："朱颜青鬓，拥雕戈西戍。"宋·释简长《句》："烟垒沉寒笛，霜空击怒雕。"

4. 咏景域壮阔

唐·王维《观猎》："回看射雕处，千里暮云平。"唐·李咸用《关山月》："雪压塞尘清，雕落沙场阔。"宋·释惠崇《句（其九三）》："地遥群马小，天阔一雕平。"宋·释惠崇《句（其五七）》："雁行沈古戍，雕影转寒沙。"唐·刘禹锡《始闻秋风》："马思边草拳毛动，雕眄青云睡眼开。"

5. 成语

一箭双雕、一雕双兔、峻宇雕墙、龙雕凤咀、雕心雁爪、雕心鹰爪、鹯鸠雕卉、雕肝琢肾、雕肝琢齿、破觚斫雕、斲雕为朴、刿心雕肾、雕肝镂肾、破觚斫雕、雕肝掐肾、燕雀岂知雕鹗志。

2.5.10.3 鸢

名　称：别名：老鹰、黑耳鸢、老鹰。
　　　　科属：鸟纲鹰科一类小型猛禽的通称。

用　途：1. 药用：脚爪入药。功用主治：《四川中药志》"治
　　　　小儿惊风，头昏晕及痔疮。"嘴、翅骨、脑髓、胆、
　　　　脂肪油亦供药用。
　　　　2. 鸢是留鸟，数量稀少。

文　化：　　1. 与《诗经》物种相关诗歌，后世传承发挥
　　　　《诗经·小雅·四月》："匪鹑匪鸢，翰飞
　　　　戾天。"《诗经·大雅·旱麓》："鸢飞戾天，鱼
　　　　跃于渊。"此诗充满画意，后人诗中常再现。如南
　　　　北朝·吴均《与朱元思书》："鸢飞戾天者，望峰
　　　　息心；经纶世务者，窥谷忘反。"唐·顾况《游子
　　　　吟》："鸢飞戾霄汉，蝼蚁制鳝鳟。"宋·苏泂《金
　　　　陵杂兴二百首》："鱼跃鸢飞均适尔，流行坎止不
　　　　徒然。"宋·王遂《舟中坐读鸢飞鱼跃》："流行
　　　　尽是鬼神迹，妙处不在鸢鸟间。"宋·董嗣杲："鱼
　　　　跃鸢飞函德意，天长地久演年华。"明·葛高行文
　　　　《临云叹》："鸢相羊而戾天兮，鱼沉渊而潜游。"
　　　　句句皆美，故多录之。
　　　　　2. 纸鸢的别样风景
　　　　唐·刘得仁《访曲江胡处士》："落日明沙岸，
　　　　微风上纸鸢。"宋·范成大《清明日狸渡道中》：
　　　　"石马立当道，纸鸢鸣半空。"清·高鼎《村居》：
　　　　"儿童散学归来早，忙趁东风放纸鸢。"明·徐渭：
　　　　"村庄儿女竞鸢嬉，凭仗风高我怕谁。"描述了乡
　　　　居生活的松爽。
　　　　　附录箴言：
　　　　汉·路温舒《尚德缓刑书》："臣闻乌鸢之
　　　　卵不毁，而后凤凰集；诽谤之罪不诛，而后良言进。"
　　　　　3. 成语
　　　　鸢飞鱼跃、鱼跃鸢飞、鸢肩豺目、鸢堕腐鼠、
　　　　狼顾鸢视、鸢肩鹄颈、鸢飞戾天、鸢肩羔膝、鸢肩
　　　　火色。

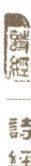

詩經君物風華

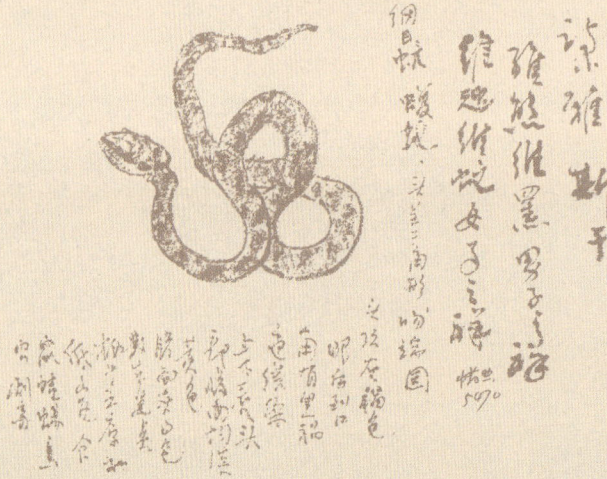

小雅·北山

2.6.4.2 磬

名　称：磬字始见于商代甲骨文。"磬"本意是一种击奏体鸣乐器，用石或玉制成，形状像曲尺。

文　化：　　《诗经·郑风·大叔于田》："抑磬控忌，抑纵送忌。"

　　注：骋马曰磬，谓使之曲折如磬。止马曰控，谓有所控制不逸。

　　《诗经·商颂·那》："鞉鼓渊渊，嘒嘒管声。既和且平，依我磬声。"意思是打起立鼓，吹奏管乐。曲调和谐音清平，磬声节乐有起伏。

　　《诗经·小雅·鼓钟》："鼓钟钦钦，鼓瑟鼓琴，笙磬同音。以雅以南，以龠不僭。"意思是敲起乐钟声钦钦，又鼓瑟来又弹琴，笙磬谐调又同音。配以雅乐和南乐，龠管合奏音更真。

　　后世文人名诗佳句。

　　战国楚·屈原《大招》："叩钟调磬，娱人乱只。"

　　汉·刘彻《天地》："璆磬金鼓，灵其有喜。"

　　魏晋·曹植《正会诗》："笙磬既设，筝瑟俱张。"

　　魏晋·阮籍《咏怀八十二首（其三）》："悦怿若九春，磬折似秋霜。"

　　晋·左思《咏史八首（其四）》："南邻击钟磬，北里吹笙竽。"

　　南北朝·谢朓《奉和随王殿下诗·六》："船湛轻帷蔼，磬转芳风旋。"

　　南北朝·沈约《梁明堂登歌·歌白帝辞》："载列笙磬，式陈彝俎。"

　　唐·白居易《霓裳羽衣舞歌》："磬箫筝笛递相搀，击恹弹吹声逦迤。"

　　唐·元稹《酬乐天东南行诗一百韵》："心唯撞卫磬，耳不乱齐竽。"

　　唐·李绅《杭州天竺、灵隐二寺颀岁亦布衣一游，及赴会》："时有猿猱扰钟磬，老僧无复得安禅。"

　　宋·王安石《和崔公度家风琴八首》："不似人间古钟磬，从来文饰到今朝。"

　　宋·黄庭坚《答余洪范二首》："悬磬斋厨数米炊，贫中气味更相思。"

　　宋·文天祥《听罗道士琴》："吾闻泗滨磬，暗含角与徵。"

　　元·王逢《怀马文郁御史靳惟正同知兼简陆公叙薛孟式》："磬襄敔武知何往，瘦岛寒郊不去贫。"

　　清·陈维崧《游京口竹林寺》："徘徊难去，夕阳烟磬沉未？"

　　近现代·王国维《浣溪沙·山寺微茫背夕曛》："上方孤磬定行云。"

款识："时有猿猱扰钟磬，老僧无复得安禅。"（唐·李绅句）

螟

2.6.8.2 螟——粟灰螟

名 称：别名：粟灰螟，蚼蚄，钻心虫。

科属：为鳞翅目螟蛾科昆虫。一般指水稻钻心虫，如二化螟、三化螟。广义指各种钻心的蛾类幼虫。为常见农业害虫。

文化：　　1. 与《诗经》物种相关诗歌，后世传承发挥

《诗经·小雅·大田》："去其螟螣，及其蟊贼，无害我田稚。田祖有神，秉畀炎火。"

译文：农夫们除掉食心虫食叶虫，还有那些咬根咬节的虫子，不教害虫祸害我的嫩苗苗！祈求田祖农神发发慈悲吧，把害虫们付之一把大火烧！

2. 名诗佳句

晋·陶渊明《怨诗楚调示庞主簿邓治中》："炎火屡焚如，螟蜮恣中田。"

唐·韩愈《答张彻》："刺史肃薿蔡，吏人沸蝗螟。"

唐·柳宗元《游南亭夜还叙志七十韵》："螟蜽愿亲燎，荼堇甘自薅。"

唐·杜牧《分司东都寓居履道叨承川尹刘侍郎大夫恩知上》："先声威虎兕，余力活蟭螟。"

唐·罗隐《送前南昌崔令替任映摄新城县》："五年苛政甚虫螟，深喜夫君已戴星。"

宋·王安石《真人》："嘻予岂不知，黄帝与焦螟。"

宋·黄庭坚《常父惠示丁卯雪十四韵谨同韵赋之》："元年冬无泽，穴处长螟蟊。"

宋·陆游《冬暖》："日忧疾疫被齐民，更畏螟蝗残宿麦。"

元·刘因《饮山亭雨后》："却笑刘伶糟曲底，岂知身亦属螟蛉。"

清·李鸿章《游鹿洞归途感赋》："孤筇螟踏烟中路，万壑春藏洞里天。"

2.6.8.3 蝥——蝼蛄

_{máo}

名 称：梧鼠、蝼蝈、土狗、地狗。蝼蛄科昆虫。

用 途：其干燥全虫入药。功能主治：利水通便，治水肿，石淋，小便不利，瘰疬，痈肿恶疮。

文 化：　1. 与《诗经》物种相关诗歌，后世传承发挥

《诗经·小雅·大田》："既方既皂，既坚既好，不稂不莠。去其螟螣，及其蟊贼，无害我田稚。田祖有神，秉畀炎火。"按，此诗言农奴为生计，认真耕作，除草灭虫。

《诗经·大雅·荡之什·桑柔》："降此蟊贼，稼穑卒痒。"以上蟊皆释为害虫蝼蛄，但在《诗经·大雅·召旻》之"蟊贼内讧"时则释为乱臣昏君。

2. 名诗佳句

唐·韩愈："孰为邦蟊，节根之螟。羊很狼贪，以口覆城。"宋·李弥逊："世路伏剑戟，中怀孕螟蟊。"宋·马廷鸾："谁谓蚍蜉能撼树，不堪蟊贼欲蟠空。"宋·欧阳修："秉蟊投火况旧法，古之去恶犹如斯。"宋·苏颂："星霜恩感旧，休沐事忘劳。去蠹过蟊蟹，防仇甚猜獒。"宋·李伯玉："良民困盗贼，螟蟊损禾稼。豪姓侵细民，荆榛害桑枯。"宋·强至："如今老将虽无勇，忆拔蟊弧尚激昂。"

款识："凛凛岁云暮，蟋蟀夕鸣悲。"

2.6.8.4 贼——黏虫

名　称：别名：夜蛾、蚜蚄、粟夜盗虫、剃枝虫、五色虫、螣等。
科属：为鳞翅目夜蛾科昆虫。农业害虫，为害严重。能迁飞，能群集。

文　化：　1. 与《诗经》物种相关诗歌，后世传承发挥

《诗经·小雅·大田》："既方既皁，既坚既好，不稂不莠。去其螟螣，及其蟊贼，无害我田稚。田祖有神，秉畀炎火。"

译文：禾苗开始秀穗进入灌浆期，很快籽粒坚硬开始成熟了，地里没有秕禾也没有杂草。农夫们除掉食心虫食叶虫，还有那些咬根咬节的虫子，不教害虫祸害我的嫩苗苗！祈求田祖农神发发慈悲吧，把害虫们付之一把大火烧！

《诗经·大雅·召旻》："天降罪罟，蟊贼内讧。"

2. 名诗佳句

宋·施清臣《夜蛾儿》："碧服银须粉扑衣，又随雪柳趁灯辉。怕寒还恋南华梦，凝伫钗头未肯飞。"宋·贾似道《论脸》："五色诸虫脸，锄弯注地长。再如锅底黑，此物号强良。"

汉·刘珍等《东观汉记·徐防传》："京师淫雨，蟊贼伤稼穑。"

宋·胡锜《耕禄稿·拟力田诏》："若有蟊贼瘁而稼者锄之。"

《后汉书·岑彭传》："我有蟊贼，岑君遏之。"唐·李贤注："蟊贼，食禾稼虫名，以喻奸吏侵渔也。"梁启超《新民说》："其纯然为学界蟊贼，煽三百年来恶风，"

元·元好问《雁门道中书所见》："食禾有百螣，择肉非一虎。"

款 识：“碧眼银须粉扑衣，又随雪柳趁灯辉。”（宋·施清臣）

2.6.8.5 耜

sì

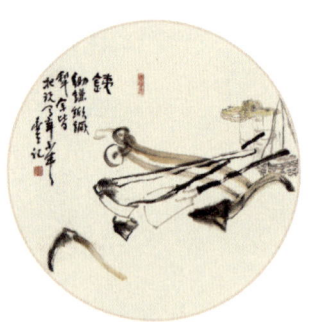

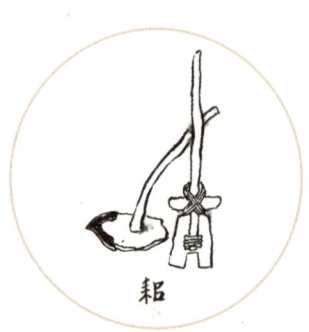

耜

名　称：犁。古农具。形状像今的铁锹和铧。耜是中国古代曲柄起土的农器，即手犁。最早是木制的，后用金属制。

文　化：　　陆龟蒙写成《耒耜经》对后世影响深远。

1. 与《诗经》物种相关诗歌，后世传承发挥

《诗经·周颂·良耜》：“畟畟良耜，俶载南亩。播厥百谷，实函斯活。或来瞻女，载筐及筥，其饟伊黍。”译文：犁头锋利，到南面耕地。播百谷种子，粒粒生机。有人送饭来，方筐和圆篓，装的是黍米。

《诗经·豳风·七月》：“三之日于耜，四之日举趾。”译文：正月修犁，二月下地。

《诗经·小雅·大田》：“以我覃耜，俶载南亩。”译文：我就扛犁锹下地，我从南北垄向的地块开始。

《诗经·周颂·载芟》：“有略其耜，俶载南亩，播厥百谷。”

2. 名诗佳句

先秦·佚名《祠田辞》：“荷此长耜。”汉·韦孟《讽谏诗》：“在予小子，勤诶厥生，厄此嫚秦，耒耜以耕。”

南北朝·萧衍《藉田诗》：“公卿秉耒耜，庶甿荷锄耰。”唐·杜甫《大雨》：“四邻耒耜出，何必吾家操。”唐·白居易《归田三首·其二》：“迎春治耒耜，候雨辟蒩畬。”唐·柳宗元《首春逢耕者》：“眷然抚耒耜，回首烟云横。”唐·元稹《代曲江老人百韵（年十六时作）》：“耒耜勤千亩，牲牢奉六禋。”唐·卢纶《和考功王员外杪秋忆终南旧居》：“晓霜凝耒耜，初日照梧桐。”唐·张籍《哭于鹄》：“耕者废其耜，爨者绝其薪。”宋·苏轼《和陶劝农六首》：“利尔耡耜，好尔邻偶。”宋·苏辙《次迟韵对雪》：“一食方半菽，三日已于耜。”宋·司马光《归田诗》：“可能推两耜，沮溺共为徒。”宋·陆游《春近》：“农畴兴耒耜，家塾盛诗书。”宋·杨万里《题瘦牛岭》：“胡不去作帝藉牛，天田春风牵黛耜。”

詩經君子物風草

邶風　柝山

伊威言金雌精玉产
町疃疑揚蹈三霄行
鐍玄庚神硯蒮事
与蛤蚧回种一
右无庚神
纸目
守宫
半蒱

邶風
柝山
繁蝇
蝪
苫烁螀
状仏鯢駱
六蚾墨蜃
馮芳比蝪

伊威吉全雌精玉产
町疃疑揚蹈三霄行
儲玄庚神硯蒮事

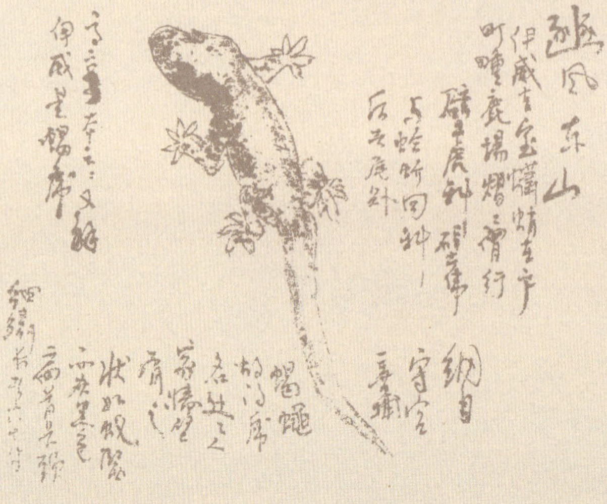

小雅·桑扈

2.7.2.1 鸳鸯

名　称：别名：邓木鸟、匹鸟、黄鸭。
　　　　科属：雁行目鸭科鸳鸯属，水鸟名。

用　途：其肉入药。功能主治：痔瘘，疥癣。

文　化：　　自古鸳鸯在诗文中作为爱情鸟讴歌。或是主人公的化身，或是爱情理想的载体。并广泛见于日用品，如年画、鸳鸯枕、鸳鸯被、鸳鸯帐、鸳鸯锦、鸳鸯衾。这应缘于《诗经》。

　　1. 与《诗经》物种相关诗歌，后世传承发挥

　　《诗经·小雅·鸳鸯》："鸳鸯于飞，毕之罗之。君子万年，福禄宜之。鸳鸯在梁，戢其左翼。君子万年，宜其遐福。"按，此诗乃贺新婚的诗，以此鸟雌雄双居，永不分离兴，祝好人万年寿而康，福禄同享。

　　2. 名诗佳句

　　鸳鸯诗多喻男女爱情，或喻兄弟之情。

　　汉乐府《孔雀东南飞》："中有双飞鸟，自名为鸳鸯。"三国·曹丕《秋胡行》："双鱼比目，鸳鸯交颈。有美一人，宛如清扬。"唐·卢照邻的《长安古意》："得成比目何辞死，愿作鸳鸯不羡仙。"唐·杜甫《绝句·迟日江山丽》："泥融飞燕子，沙暖睡鸳鸯。"宋·欧阳修《长相思·花似伊》："两岸鸳鸯两处飞。相逢知几时。"宋·辛弃疾《卜算子·红粉靓梳妆》："占断人间六月凉，期月鸳鸯浦。"清·曹雪芹《红楼梦》："带断鸳鸯，谁续五丝之缕？"

　　南朝梁·萧统《苏武李陵赠答诗》："昔为鸳和鸯，今为参与商。"（把鸳鸯比作兄弟）晋·郑丰《答陆士龙诗》："鸳鸯，美贤也，有贤者二人，双飞东岳。"（鸳鸯喻陆机、陆云兄弟）

　　3. 成语

　　棒打鸳鸯、乱点鸳鸯、打鸭惊鸳鸯，鸳鸯戏水。

款识："采莲勿惊多情鸟。"

2.7.3.1 茑——寄生
niǎo

名　称：别名：茑、寓木、宛童、桑上寄生、寄屑、寄生树、寄生草、茑木、冰粉树、蠹心宝。

科属：桑寄生科桑寄生属和槲寄生属植物。前者寄生于山茶科、壳斗科等树上，后者寄生于槲、榆、桦等多种阔叶树上。枝茎可入药。

用　途：树枝入药。功用主治：补肝肾，强筋骨，除风湿，通经络，益血，安胎。治腰膝酸痛、筋骨痿弱、偏枯、脚气、风寒湿痹、胎漏血崩、产后乳汁不下。

文　化：　　1. 与《诗经》物种相关诗歌，后世传承发挥

《诗经·小雅·頍弁》："有頍者弁，实维伊何？尔酒既旨，尔肴既嘉。岂伊异人？兄弟匪他。茑与女萝，施于松柏。未见君子，忧心奕奕；既见君子，庶几说怿。有頍者弁，实维何期？尔酒既旨，尔肴既时。岂伊异人？兄弟具来。茑与女萝，施于松上。未见君子，忧心恢恢；既见君子，庶几有臧。"

按，此诗借茑女萝攀援松柏才生长。喻君子与亲朋的依附关系。

2. 名诗佳句

唐·杜甫《郑典设自施州归》："渚拂兼葭塞，峤穿萝茑幂。"

唐·白居易《庐山草堂记》："修柯戛云，低枝拂潭，如幢竖，如盖张，如龙蛇走。松下多灌丛，萝茑叶蔓，骈织承翳，日月光不到地。"

唐·张九龄《杂诗五首（其二）》："萝茑必有托，风霜不能落。"

唐·元稹《忆云之》："泛若逐水萍，居为附松茑。"

宋·王安石《九井》："扪萝挽茑到山趾，仰见吹泻何峥嵘。"

宋·黄庭坚《次韵叔原会寂照房》："我慙风味浅，砌莎慕松茑。"

元·倪瓒《春日云林斋居》："石梁萝茑垂，翳翳行踪断。"

明·文徵明《承天寺中隐堂》："古径无车马，闁门带茑萝。"

清·黄遵宪《腊月二十四日诏立皇嗣感赋（其二）》："弟兄共托施生茑，男子偏迟吉梦熊。"

款识："岂伊异人？兄弟匪他。茑与女萝，施于松柏。"（《诗经·小雅·頍弁》）

2.7.3.2 女萝

名　称：松萝、松落、龙须草、金钱草、关公须、天蓬草、树挂、
　　　　松毛、海风藤、金丝藤、云雾草、老君须、过山龙、
　　　　松上寄生、树挂、海风藤、云雾草、老君须、树胡子物。
科属：松萝科，松萝属一年生寄生草本植物。

药　用：种子入药。功用主治：清肝，化痰，止血，解毒。治头痛、
　　　　目赤、咳嗽痰多、疟疾、瘰疬、白带、崩漏、外伤出血、
　　　　痈肿、毒蛇咬伤。

文　化：　　　1. 与《诗经》物种相关诗歌，后世传承发挥
　　　　《诗经·小雅·頍弁》："茑与女萝，施于
　　　　松柏。未见君子，忧心奕奕；既见君子，庶几说怿。
　　　　有頍者弁，实维何期？尔酒既旨，尔肴既时。岂
　　　　伊异人？兄弟具来。茑与女萝，施于松上。未见
　　　　君子，忧心恻恻；既见君子，庶几有臧。有頍者
　　　　弁，实维在首。尔酒既旨，尔肴既阜。岂伊异人？
　　　　兄弟甥舅。"按，此诗系贵族筵请亲朋，被筵请
　　　　亲朋表示对其依赖与爱戴。
　　　　　　　2. 名诗佳句
　　　　　　战国楚·屈原《九歌·山鬼》："若有人兮
　　　　山之阿，被薜荔兮带女萝。"《古诗十九首·冉
　　　　冉孤生竹》："与君为新婚，菟丝附女萝。"魏·曹
　　　　植《杂诗七首（其七）》："寄松为女萝，依水
　　　　如浮萍。"南北朝·王融《咏女萝诗》："幂历
　　　　女萝草，蔓衍旁松枝。"唐·李白《古意》："君
　　　　为女萝草，妾作菟丝花。"唐·王昌龄《斋心》："女
　　　　萝覆石壁，溪水幽濛胧。"唐·李商隐《楚宫》："枫
　　　　树夜猿愁自断，女萝山鬼语相邀。"唐·李益《莲
　　　　塘驿》："女萝蒙幽蔓，拟上青桐枝。"

款识：屈原《山鬼》："被薜荔兮带女萝。"

考图·刺柞

2.7.4.1 柞

名　称：柞木、械、柞械、鑿子木、鑿头木、红檬、刺柞。大风子科植物柞。

药　用：其叶入药。功能主治：痈疽肿毒，下死胎。其根、皮亦供药用。

文　化：　1. 与《诗经》物种相关诗歌，后世传承发挥

《诗经·小雅·车辖》："陟彼高冈，析其柞薪。析其柞薪，其叶湑兮。鲜我觏尔，我心写兮。诗言对新妇之喜悦与深爱。"

《诗经·大雅·绵》："柞械拔矣，行道兑矣。混夷駾矣，维其喙矣！"

《诗经·小雅、·采菽》："维柞之枝，其叶蓬蓬。乐只君子，殿天子之邦。"

《诗经·周颂·载芟》："载芟载柞，其耕泽泽。千耦其耘，徂隰徂畛。"

《诗经·大雅·皇矣》："帝省其山，柞械斯拔，松柏斯兑。"

五柞宫：汉武帝的宫殿，内有五棵高大柞树，故称五柞宫。（按五柞皆高大，《诗经》中写成薪材，或折或拔，不堪大用，岂能入宫，互相矛盾。）后来病死于此，生前给霍光《周公背成王朝诸侯图》，意思是托孤。引得雅士文人动笔。如，南北朝·沈约《八咏（其七）》："佩甘泉兮履五柞。簪柃栺兮绂承光。"唐·韩愈《晚秋郾城夜会联句》："五狩朝恒岱，三畋宿杨柞。"唐·杨师道《赋终南山用风字韵应诏》："草绿长杨路，花疏五柞宫。"宋·杨万里《宿金陵镇稳寺，望横山》："忽忆诸公牡丹会，转头五柞去年春。"明·祝允明《武帝传》："柞宫凭几画成王，泪落铜仙月似霜。"明·韩邦靖《圣上西巡歌（八首）》："云绕旌旗来五柞，春随箫鼓到长杨。"明·王宠《牛首山》："宸居暨泰清，长杨亘五柞。"

2. 名诗佳句

唐·戎昱《成都元十八侍御》："骅骝幸自能驰骤，何惜挥鞭过柞桥。"宋·刘黻《次酬胡编校赋竹屋》："梧桐弄月思康节，枫柞吟秋忆履常。"宋·陈师道《赠二苏公》："岷峨之山中巴江，桂椒柟栌枫柞樟。"唐·鲍溶《闻国家将行封禅聊抒臣情》："山知栖柞新烟火，臣望箫韶旧鼓钟。"宋·魏了翁《安大使生日》："清庙圭璋璧，明堂枫柞樟。"明·刘基《次韵和石末公见寄（五绝）》："梗楠割截为橡杕，岁暮搜材到柞薪。"

款识："岁暮搜材到柞薪。"（明·刘基句）

2.7.4.2 鸐^{jiāo}——白冠长尾雉

名 称： 别名：鸐鸡，鸐雉、鸐雉。

科属：鸟纲、鸡形目、雉科、长尾雉属。

明·李时珍《本草纲目》："鸐，美羽状。又，山鸡有四种，名同物异。似雉尾长三四尺者，鸐雉也，似鸐而尾长五六尺，能走且鸣者，鸐雉也，俗通呼为鸐矣。其二则鸐雉，锦鸡也。鸐、鸐勇健自爱其尾，不入丛林。雨雪则岩附木栖，不敢下食，往往饿死。故师旷云：文禽多死。南方隶人，多插其尾于冠。其肉皆美于雉。"

用 途： 1.药用：肉或全体入药。功用主治：明·李时珍《本草纲目》："五脏气喘不得息者，作羹臛食。又，炙食，补中益气。"

2.濒危因素：过度捕猎，主要是猎杀。

栖息地破坏：中国中部山区森林不断遭到砍伐致使栖息地减少和退化。主要是毁林开荒或伐木。

贸易被捕猎：其尾羽在某些地方戏中仍然使用。白冠长尾雉是受人喜爱的鸟类，早已成为动物园中观赏的对象。作为医药成分被捕猎。目前是国家二级重点保护鸟类。

文 化： 1.与《诗经》物种相关诗歌，后世传承发挥

《诗经·小雅·车辖》："依彼平林，有集维鸐。辰彼硕女，令德来教。式燕且誉，好尔无射。"

按，此诗乃娶得贵族女之喜悦的抒发。译文：丛林茂密满平野，长尾锦鸡栖树上。高贵的姑娘，以德教化。宴饮欢快，对她永远喜欢无厌时。

2.名诗佳句

宋·宋祁《属疾五首（其一）》："久衰翻似凤，危息乍成鸐。"

3.词语

游鸐、鸐息。

款 识："鷮，《诗经·小雅·车辖》，即今白冠长尾雉。"

青蝇

2.7.5.1 青蝇——大头金蝇

名 称：别名：昆虫纲双翅目蝇科，大头金蝇科属。

用 途：经济：其成虫可传播多种致病微生物，对其研究在流行病学，预防医学乃至国计民生方面有重大意义。

文化：《诗集传》："青蝇，污秽能变白黑。"《尔雅》："青蝇类尤能败物，虽玉尤不免，所谓蝇类点玉是也。盖青蝇善乱色，苍蝇善乱声，故诗以青蝇刺谗。"

文 化：　　1. 与《诗经》物种相关诗歌，后世传承发挥

《诗经·小雅·青蝇》："营营青蝇，止于樊。岂弟君子，无信谗言。营营青蝇，止于棘。谗人罔极，交乱四国。营营青蝇，止于榛。谗人罔极，构我二人。"此言奸佞误国，劝君勿信谗言。后世多从此意。诗如魏·曹植："苍蝇间白黑，谗巧令亲疏。"

　　2. 名诗佳句

唐·李白："青蝇易相点，白雪难同调。"唐·孟郊："日中视馀疮，暗锁闻绳蝇。"宋·舒岳祥："不是案头乾死萤，不是营营蝇止棘。"宋·李处权："青蝇休点污，白璧漫瑕疵。"宋·苏轼《满庭芳·蜗角虚名》："蜗角虚名，蝇头微利，算来著甚干忙。"宋·范成大："人世会少离多，都来名利，似蝇头蝉翼。"宋·陆游："灯前目力虽非昔，犹课蝇头二万言。"宋·柳永："蝇头利禄，蜗角功名。"

　　3. 成语

青蝇点素、蝇营鼠窥，蝇头蜗角、苍蝇见血、蝇名蜗利、青蝇之吊。

青蝇休点污，行白璧
漫瑕疵
庚宋
桥与
庵公
时八十之

款识："青蝇休点污，白璧漫瑕疵。"（宋·李处权）

2.7.6.5 笙

——善"和"的凤鸣之音

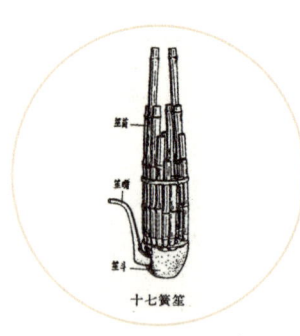

十七簧笙

笙黄

笙以匏为母列管焉中施篑管次第长短黄用竹今多用铜篑小者十三簧大者十九簧篑中之金叶

文化：　　笙，是中国古老的吹奏乐器，甲骨文中已有"和"（小笙）的名称。春秋战国时期，笙已非常流行，在我国古代乐器分类中，笙为匏类乐器。《周礼·春官》中有"笙师，……掌教龡竽、笙、埙、籥、箫、篪、篴、管。""笙"为官名。

凤鸣之音：笙的音色明亮甜美，在和其他乐器合奏的时候，能起到调和乐队音色、丰富乐队音响的作用。

相传蚩尤部落发明了笙，后部落流落西南。笙在西南少数民族中更是荷载了图腾象征意义。

1. 与《诗经》物种相关诗歌，后世传承发挥

《诗经·小雅·鹿鸣》："呦呦鹿鸣，食野之苹。我有嘉宾，鼓瑟吹笙。吹笙鼓簧，承筐是将。人之好我，示我周行。"按，此诗言贵族宾筵鼓乐，气氛热烈。汉·曹操在《短歌行》中直录《诗经·小雅·鹿鸣》："我有嘉宾，鼓瑟吹笙。"足见其绝妙处。

《诗经·小雅·宾之初筵》："籥舞笙鼓，乐既合奏。"按，此诗言宴会舞乐合作共同演出。

2. 名诗佳句

晋·潘岳《笙赋》："直而不居，曲而不兆，疏音简节，乐不及妙。"唐·白居易《五月十五日夜月》："灯火家家市，笙歌处处楼。"唐·李商隐《银河吹笙》："怅望银河吹玉笙，楼寒院冷接平明。"唐·李贺《天上谣》："王子吹笙鹅管长，呼龙耕烟种瑶草。"宋·王安石《送子思兄参惠州军》："笙箫震河汉，锦绣烂冠帻。"宋·苏轼《韩康公挽词三首》："笙歌邀白发，灯火乐青春。"金·张著《次郑季亮避乱归城韵》："何处笙歌留粉黛，几家楼阁绚青红。"明·张羽《小游仙·晞发扶桑露气新》："晞发扶桑露气新，三花树底坐调笙。"明·祝允明《京馆闻莺》："天风吹出披垣声，浏亮缑山午夜笙。"

款识："饯饮东坡月三更，中觞忽闻笙箫声"（宋·杨万里句）

2.7.8.1 芹

名 称：别名：水芹、楚葵、水靳、水英、芹菜、水芹菜、野芹菜。
又，旱芹，紫芹。
科属：伞形科芹属。

用 途：1. 药用：全草入药。功用主治：清热，利水。治暴热烦渴，
黄疸，水肿，淋病，带下，瘰疬，痄腮。花亦供药用。
2. 经济：《吕氏春秋》："菜之美者，有云梦之芹。"芹
本身营养丰富，是国人主用蔬菜。
3. 文化：芹菜由地中海沿岸传入我国。初时珍缺，在《诗经》
中以采芹暗喻接近帝王。"芹意"和"献芹"逐渐成为自
谦高雅字词，见后诗。

文 化：　　1. 与《诗经》物种相关诗歌，后世传承发挥
　　《诗经·小雅·采菽》："采菽采菽，筐之莒之。
君子来朝，何锡予之？虽无予之？路车乘马。又何
予之？玄衮及黼。觱沸槛泉，言采其芹。君子来朝，
言观其旂。其旂淠淠，鸾声嘒嘒。载骖载驷，君子
所届。"按，此诗言诸侯朝天子，得赏赐与祝福。
　　《诗经·鲁颂·泮水》："思乐泮水，薄采其芹。"
按，宋·朱熹《集传》："泮水，泮宫之水也。诸
侯之学，乡射之宫，谓之泮宫。"后"芹宫"指学宫、
学校。后人诗多见。明·无名氏："俊髦虽育芹宫，
桃李未荣上苑。"清·王蓉生："式权茂才，家居
笋里，名噪芹宫。"
　　2. 名诗佳句
　　魏晋·嵇康："野人有快炙背而美芹子者，欲
献之至尊，虽有区区之意，亦已疏矣。"南北朝·王寂：
"季子心许之，誓将归献芹。"唐·李白："徒有
献芹心，终流泣玉啼。"唐·杜甫："献芹则小小，
荐藻明区区。"唐·李贺："蜀王无近信，泉上有芹芽。"
宋·苏轼："沂上已成曾点服，泮宫初采鲁侯芹。"宋·
陆游："太官荐玉食，野人徒美芹。"金朝·李俊民：
"督邮气味从来恶，今日尊前也献芹。"元·杨维桢：
"东盛坝前折杨柳，西庄漾下绐香芹。"明·陶安：
"献芹心正切，未得友鱼樵。"
　　又，古代有旱芹、堇、紫堇、楚葵、赤芹、紫芹。
提到紫芹的诗词较多，如唐·王建："春圃紫芹长卓卓，
暖泉青草一丛丛"；唐·许浑："红虾青鲫紫芹脆，
归去不辞来路长"；宋·陈允平："一涧清泠水，
年年生紫芹"。
　　3. 成语
　　美芹之献、野人献芹、一芹之微、曝背食芹。

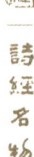

款 识："菜之美者，有云梦之芹。"（《吕氏春秋》句）

2.7.9.1 狨
róng

——起死回生的"中国之贵"

名　称：又名猱、仰鼻猴、金狨猴、金线狨。为灵长目，叶猴科五种金丝猴中之一川金丝猴。

用　途：其肉与血入药。主治：食之，调五痔病，久坐其皮亦良。（藏器）。其脂主治：疥疮，涂之妙。

文　化：　　《埤雅·释兽》有一条很让人感慨的记述："狨生川峡深山中，人以药矢射之，取其尾，为卧鞍被坐毯。狨甚爱其尾，中矢毒，即自啮断其尾以掷之，"原来，这是杀狨取皮。用狨皮连缀而成的坐褥就是狨座。宋·朱彧《萍州可谈》卷一："狨座，文臣两制，武臣节度使以上，许用。"宋·蔡绦《铁围山丛谈》："吾家隆盛时，出则联骑，列十二狨座。"宋·陆游《老学庵笔记》："建炎维扬南渡时，虽甚仓猝，二府犹张盖搭狨坐而出，军民有怀砖狙击黄相者。"临危奢华，激起民变。

　　还有一种叫"狨鞯"，即用狨皮制成的马鞍垫，也是为重臣之显耀。宋·陆游《老学庵笔记》："故当时谓横金无狨鞯，与合门舍人等耳。"一个人马鞍上有没有杀狨的"战果"，竟然是很让人瞧不起的。

　　在"舆服制度"下，猎杀成了政府行为。几个朝代下来，诸狨即将灭绝。目前，金丝猴已是国家一级重点保护野生动物，种群正在恢复中。

　　狨图提款"中国之贵"。依宋·宋祁诗句"体被金毳，皮以藉焉，中国之贵"，以为诚语。图中川金丝猴踞中，金毳煌煌。旁置枫枝。影射封侯（枫猴）。

詩經君物風華

小雅・都人士

2.8.1.1 虿——蝎子

chài

名 称：虿是蛇、蝎类的毒虫的古称。虿尾虫、主簿虫、全虫。
科 属：钳蝎科动物。

用 途：1.药用：其干燥全虫入药。功用主治：祛风止痉，通络
解痛。治惊风抽搐、癫痫、中风、偏头痛、风湿痹痛、
破伤风、瘰疬、风疹肿痒。
2.经济：常用中药材及特色食物。

文 化：　1. 与《诗经》物种相关诗歌，后世传承发挥
《诗经·小雅·都人士》："彼都人士，充耳
琇实。彼君子女，谓之尹吉。我不见兮，我心苑结。
彼都人士，垂带而厉。彼君子女，卷发如虿。我不
见兮，言从之迈。"
　　这是一首伤离乱之作。由诗观之，概为平王东
迁，周人思昔日繁盛，悼古伤今之作。卷发如虿系
形容发型。
　　2. 名诗佳句
　　宋·刘克庄："蜂虿尾犹如许毒，蜘蛛腹得几
多丝。"宋·黄庭坚："虿尾银钩写珠玉，剡藤蜀
茧照松烟。"宋·易祓："蚕须虿尾更清劲，凛凛
襟怀冰雪莹。"宋·梅尧臣："风吹鬓发不及撩，
鸦翅卷起虿尾翘。"宋·岳珂："墙夫利口工噬肤，
纤腰虿尾不受驱。"宋·杨万里："是时虿尾正摇毒，
邦人生愁总鱼肉。"宋·曾几："银钩虿尾增奇丽，
并得晴窗两眼明。"宋·赵孟坚："拆壁漏痕含虿
尾，珍珠露颗带天香。"明·唐时升："俄作蜂腰
俄鹤膝，亦为虿尾亦蚕头。"
　　3. 成语
　　银钩虿尾、蛊虿之谗、蜂虿有毒、蜂虿之祸、
蜂虿起怀、蛊虿之谗。

款 识："蝎能毒人不能死，人能捕蝎残其类。"（摘张耒诗）

2.8.2.1 蓝——蓼蓝

名 称：别名：蓼蓝、靛蓝。
科属：蓼科一年生的草本植物。

用 途：1.药用：蓼蓝果实入药，功能清热解毒，治温热发斑咽痛，疳蚀肿毒疮疖。其叶、全草亦归药用。
2.经济：古人主要用作染色。

文 化：　　《荀子·劝学》："青，取之于蓝，而青于蓝。"按，此指蓼蓝经提炼出蓝色，且比蓼蓝本身更蓝，用来比喻人经学习才能变得更优秀。农历历书《夏小正》中记载了最早的蓝色："五月，启灌蓼蓝。"这表明在夏代就开始了蓼蓝的种植。又，西周晚期青铜器毛公鼎铭文记载了"玄裳"和"玄衣束带"等关于蓝色冕服的记载。

　　1. 与《诗经》物种相关诗歌，后世传承发挥

　　《诗经·小雅·采绿》："终朝采绿，不盈一匊，予发曲局，薄言归沐。终朝采蓝，不盈一襜，五日为期，六日不詹。"按，此言妇人思夫，逾期不归。诗从采草起兴，由于心不在焉，终日不盈一匊，可见其情意之深。

　　2. 名诗佳句

　　以写"青出于蓝而胜于蓝"者精彩。唐·吕温："物有无穷好，蓝青又出青。朱研未比德，白受始成形。"唐·王季文："芳蓝滋匹帛，人力半天经。浸润加新气，光辉胜本青。"唐·李益："蓝叶郁重重，蓝花若榴色。少妇归少年，华光自相得。"宋·许将："蓝袍香散六街风。一鞭春色里，骄损玉花。"清·龚翔麟："东皋荜门小小，记蓝生隐处。爱城曲、宛转笆篱，晨凫缓系曾许。"清·李符："最恨劳劳亭柳。不绾玉骢嘶骤。第十九番风信早，奈向花时分手。"

物有無窮好，藍青又出青。（吕温诗句）

小雅都人士诗　寿石

款　识："物有无穷好，蓝青又出青。"（唐·吕温句）

2.8.5.1 鶖——大秃鹳
qiū

名 称：别名：秃鹙、大秃鹳。古书上的一种水鸟，头和颈上都
没有毛，性贪恶，食鱼、蛇、鸟雏等。
科属：鹳形目鹳科秃鹳属大型涉禽。大秃鹳在古代被认
为是一种不吉祥的鸟类而大加杀戮。已列入《世界自然
保护联盟》濒危物种红色名录。

（金）月涧·鹭鹚

文 化：《诗经·小雅·白华》："有鶖在梁，有鹤在林。
维彼硕人，实劳我心。鸳鸯在梁，戢其左翼。之子
无良，二三其德。有扁斯石，履之卑兮。之子之远，
俾我疧兮。"
译文：丑恶秃鹙在鱼梁，高洁白鹤在树林。想
起那个健美人，实在煎熬我的心。一对鸳鸯在鱼梁，
嘴插翅下睡得香。可恨这人没良心，转眼之间把我忘。
扁扁平平乘车石，虽然低下有人踩。恨他离我如此远，
让我痛苦实难挨。
名诗佳句：
晋·崔豹《古今注·鸟兽》："扶老，秃秋也。
状如鹤而大，大者头高八尺。"
《南史·齐本纪下·废帝东昏侯》："明帝临
崩……欲速葬……太中大夫羊阐入临，无发，号恸
俯仰，帻遂脱地，帝辍哭大笑，谓宦者王宝孙曰：'此
谓秃鹙啼来乎。'"
唐·杜甫《天边行》："洪涛滔天风拔木，前
飞秃鹙后鸿鹄。"
唐·杜牧《登九峰楼》："牛歌鱼笛山月上，
鹭渚鶖梁溪日斜。"
唐·李商隐《题白石莲花寄楚公》："漫夸鹙子
真罗汉，不会牛车是上乘。"
宋·晁补之《次韵无极以道寄金山寺佛监五绝
三》："鹙子犹应昧此缘，室中那有久如天。"
宋·文同《翡翠》："鹙鸧最粗恶，嘴大脚胫长。"
明·徐渭《入燕三首其一》："我思远及之，
旷若林与鶖。"
明·宋濂《忆与刘伯温章三益叶景渊三君子同
上江表五六年间人事离合不齐而景渊已作土中人矣
慨然有赋》："聚落耿寒磷，原田巢秃鹙。"
明·何乔新《题金人出猎图》："纷飞鸲鹆与鹙鸧，
雨血风毛堕猎场。"

款识："有鹜在梁。"（《小雅·白华》）

2.8.7.1 瓠——瓠子

hù

名 称：别名：瓠子、甘瓠、甜瓠、瓠瓜、长瓠，扁蒲。
　　　科属：为葫芦科葫芦属一年生攀缘草本植物。

用 途：1.药用：果实入药。功用主治：利水，清热，止渴，除烦。治水肿腹胀，烦热口渴，疮毒。种子、老熟的干燥果皮亦供药用。
　　　2.经济：秦汉时的《神农本草经》就有栽培记载，与葫芦相近，为常用蔬菜。

文 化：　　1.与《诗经》物种相关诗歌
　　　《诗经·小雅·瓠叶》："幡幡瓠叶，采之亨之。君子有酒，酌言尝之。"
　　　译文：瓠叶翩舞，采来做菜。君子好酒请客尝。
　　　《诗经·卫风·硕人》："手如柔荑，肤如凝脂，领如蝤蛴，齿如瓠犀，螓首蛾眉，巧笑倩兮，美目盼兮。"
　　　译文：手像春荑嫩，肤如凝脂白，颈似蝤蛴美，齿若瓠子齐，额丰眉细长，一笑动人心，秋波摄人魂。
　　　《诗经·小雅·南有嘉鱼》："南有樛木，甘瓠累之。君子有酒，嘉宾式燕绥之。"
　　　译文：南有枝条弯，瓠子蔓紧缠。君子有美酒，嘉宾乐平安。
　　　2.名诗佳句
　　　汉·刘彻《瓠子歌》："瓠子决兮将奈何，浩浩洋洋兮虑殚为河。"
　　　唐·杜甫《除架》："束薪已零落，瓠叶转萧疏。"
　　　唐·贯休《春日许征君见访》："厨香烹瓠叶，道友扣门声。"
　　　宋·苏轼《赠杜介》："问禅不归舍，屡为瓠壶绕。"
　　　宋·陆游《书怀（其四）》："苜蓿堆盘莫笑贫，家园瓜瓠渐轮囷。"
　　　宋·辛弃疾《和人韵》："嫫母侏儒曾一笑，瓠壶藤蔓便相萦。"
　　　元·张宪《陈桥行》："画瓠学士独先几，禅授雄文袖中草。"
　　　明·何景明《送崔氏》："飘飘山上葛，累累田中瓠。"
　　　明·张元凯《圖山朱都尉过访留宿草堂中夜不寐情见乎词》："身白俨如瓠，巨口仍广颡。"
　　　清·朱彝尊《鸳鸯湖棹歌之九十九》："归人万里望邱为，白酒黄壶瓠作卮。"
　　　3.成语
　　　千金一瓠、屈榖巨瓠、玄酒瓠脯、屈谷巨瓠、魏王大瓠、齿如瓠犀、坚瓠无窍。

款识："家园瓜瓠渐轮囷。"（宋·陆游诗）

2.8.8.1 豕——野猪

（shí）

明蒋·猪野

名 称：野猪、豝、豚、豗、豞、豮、豭、豵、豜。

科 属：系豗猪科动物野猪。

用 途：1.药用：其肉入药功能治虚弱赢瘦、便血、痔疮出血。其余皮、胆、结石、蹄亦入药。

2.经济：是山区重要狩猎动物。肉可食，皮制革，猱毛鬃毛皆可利用。

文 化：　　与《诗经》物种相关诗歌，后世传承发挥

《诗经·召南·驺虞》："彼茁者蓬，壹发五豵。"是说在蓬中有五只小野猪。《诗经·小雅·渐渐之石》："有豕白蹄，烝涉波矣。月离于毕，俾滂沱矣。武人东征，不皇他矣。"是说在征途中有野猪过河。《大雅·公刘》："执豕于牢，酌之用匏。食之饮之，君之宗之。"

猪的诗别有情趣，如晋·陶渊明："御龙勤夏，豕韦翼商。"宋·梅尧臣："忿腹若封豕，怒目犹吴蛙。"宋·汪元量："麦甸葵丘，荒台败垒，鹿豕衔枯荠。"

猪的名称演变，诗也跟进。

在《诗经》《离骚》《上林赋》中均不乏其身影。如，豕，唐·代李白："辽东惭白豕，楚客羞山鸡。"唐·温庭筠："废栈豕归栏，广场鸡啄粟。"宋·苏轼："东邻酒初熟，西舍豕亦肥。"宋·李纲："八千戈甲，结阵当蛇豕。"又，豚，宋·陆游《游山西村》："莫笑农家腊酒浑，丰年留客足鸡豚。"宋·王驾："鹅湖山下稻粱肥，豚栅鸡栖半掩扉。"宋·刘过："斗酒豗肩，风雨渡江，岂不快哉！"又，豞，宋·韩愈："钩登大鲇，怒颊豕豞。"又，豗，是猪在拱土貌。宋·苏轼："故人在其下，尘土相豗蹴。"元·贡泰父诗："洪涛巨浪相豗，怒声不住从天来。"又，豝，母猪。明·姚广孝："新菘脆美初斫脍，嫩瓠肥白才鮁豝。"宋·周紫芝："白羽叫饿鸥，举网连五豝。"又，豮，骟过的猪。明·罗玘："牯童与豮豕，绝不以力逞。"宋·陈普："豮豕之牙须有道，执牛之尾岂良图。"又，豭，公猪。唐·柳宗元："曳捶牵赢马，垂蓑牧艾豭。"宋·苏轼："农夫免菜色，龙亦饱豚豭。"

款识："能与虎斗。"（李时珍句）

(政)经图·蔽紫

2.8.9.1 苕——紫葳、凌霄

tiáo

名　称：别名：紫葳、凌霄、五爪龙、红花倒水莲、倒挂金钟、上树龙、堕胎花、藤萝花。
科属：紫葳科凌霄属攀缘藤本植物藤本植物。

用　途：1. 药用：全草入药。功用主治：行血去瘀，凉血祛风。用于经闭、产后乳肿、风疹发红、皮肤瘙痒、痤疮。其根、枝、皮、果、种亦供药用。
2. 经济：凌霄为著名的园林花卉之一。
3. 文化：《诗经·陈风·防有鹊巢》中的苕释为紫云英。又与"迢"通，南北朝·谢灵运《述祖德诗》："苕苕历千载，遥遥播清尘。"又，崂山汉柏凌霄是汉柏树之高端长出凌霄。

文　化：　　1. 与《诗经》物种相关诗歌，后世传承发挥
　　《诗经·小雅·苕之华》："苕之华，芸其黄矣。心之忧矣，维其伤矣！苕之华，其叶青青。知我如此，不如无生！牂羊坟首，三星在罶。人可以食，鲜可以饱！"
　　译文：凌霄开了花，花儿黄又黄。内心真忧愁，痛苦又悲伤！凌霄开了花，叶子青又青。知道我这样，不如不降生！母羊头特大，鱼篓映星光。人有食可吃，岂望饱肚肠！
　　2. 名家诗词
　　汉·嵇康《四言诗十一首（其十）》："左配椒桂，右缀兰苕。"
　　南北朝·江淹《杂体诗·许征君询自叙》："苕苕寄意胜，不觉凌虚上。"
　　南北朝·谢灵运《登上戍石鼓山诗》："白芷竞新苕，绿苹齐初叶。"
　　唐·陈陶《旅次铜山途中先寄温州韩使君》："束马过铜梁，苕华坐堪老。"
　　唐·于頔《郡斋卧疾赠昼上人》："常吟柳恽诗，苕浦久相思。"
　　宋·苏轼《送程建用》："空仓付公子，坐待发苕颖。"
　　宋·葛胜仲《南乡子·晴日乱云收》："苕碧下青供酪酊，休休。"
　　宋·张先《虞美人·苕花飞尽汀风定》："苕花飞尽汀风定。"
　　宋·张道洽《梅花》："一片唯愁污尘土，寒苕和月扫中庭。"
　　宋·晁补之《拟古六首上鲜于大夫子骏其一西北有高楼》："当窗弄白日，颜若苕之荣。"
　　宋·文天祥《题高君宝绀泉》："俯渊测浮云，流日荡苕颖。"
　　清·陈维崧《显德寺前看枫叶》："绕坡细流，潆潆暗通苕霅。"
　　清·钱谦益《古诗赠新城王贻上》："方当剪榛楛，未可荣兰苕。"
　　3. 成语
　　系之苇苕。《荀子·劝学》："以羽为巢而编之以发，系之苇苕，风至苕折，卵破子死。"比喻所依附的基础不牢，风险很大。宋·黄庭坚《红蕉洞独宿》："何异蒙鸠挂苇苕。"即据此而诗。

款 识：“高花风堕赤玉盏，老蔓烟湿苍龙鳞。”（陆游《陵霄花》）

2.8.9.2 牂^{zāng}——母羊、绵羊

名　称：别名：母羊、牝羊。出处《毛传》："牂羊，牝羊也。"
　　　　《广雅》："吴羊……其牝一岁曰牸羘，三岁曰牂。"
　　　　《尔雅》："吴羊牝牂，夏羊牝羭。
　　　　科属：偶蹄目，牛科，羊属。

用　途：1.药用：参酌羊篇
　　　　2.经济：畜牧业的主要成分。

文　化：　　1.与《诗经》物种相关诗歌，后世传承发挥
　　　　《诗经·小雅·苕之华》："牂羊坟首，三
　　　　星在罶。人可以食，鲜可以饱！"
　　　　译文：母羊头特大，鱼篓映星光。人有食可吃，
　　　　岂望饱肚肠！
　　　　　　2.名诗佳句
　　　　《墨子·兼爱》："昔者晋文公好士之恶衣，
　　　　故文公之臣皆牂羊之裘。"魏晋·焦先《祝衄歌》：
　　　　"本为杀牂羊。更杀殺羉。"《晋书·束皙传》："大
　　　　贾牂羊，取之清渤；放豕之歌，起於钜鹿。"宋·苏
　　　　轼《次韵孔毅甫集古人句见赠五首（其一）》："划
　　　　如太华当我前，跛牂欲上惊嶵崒。名章俊语纷交衡，
　　　　无人巧会当时情。"
　　　　　　明·刘基《题画鱼二首（其二）》："九罭
　　　　无人咏鳟鲂，河坟有客叹牂羊。"
　　　　　　明·李流芳《灵雨诗次公路韵·其三》："穷
　　　　檐久已叹牂羊，次第焦枯到荔墙。"
　　　　　　清·成鹫《留别诸子归耕西宁作》："太行之高，
　　　　牂羊牧其巅。"
　　　　　　清·孙元衡《杂谣十首·其七》："阳坡草
　　　　短卧牂羊，阴壑泉枯行跛鳌。"
　　　　　　清·陈梦雷《上总宪魏环极先生百韵》："即
　　　　今歌《硕鼠》，深恐叹牂羊。"
　　　　　　3.成语
　　　　牂羝不辨，形容愚昧无知。牂，母羊；羝，公羊。

才三·兕

2.8.10.1 兕^{sì}——犀牛

名　称： 别名：犀牛、印度犀、独角犀。
科属：哺乳纲奇蹄目犀科。

用　途： 1.药用：角入药。功用主治：清热，凉血，定惊，解毒。治伤寒、温疫、热入血分、惊狂、烦躁、谵妄、斑疹、发黄、吐血、衄血、下血、痈疽肿毒。肉、皮亦供药用。
2.经济：旅游，观赏，犀牛是世界上最大的奇蹄目动物，犀牛角自古就是珍贵物品的代名词。

文　化： 1. 与《诗经》物种相关诗歌，后世传承发挥

《诗经·小雅·何草不黄》："哀我征夫，独为匪民。匪兕匪虎，率彼旷野。哀我征夫，朝夕不暇。有芃者狐，率彼幽草。有栈之车，行彼周道。"按，此诗言征夫之苦，犀牛老虎指歹人。后人诗多宗此意。

《诗经·小雅·吉日》："既张我弓，既挟我矢。发彼小豝，殪此大兕。以御宾客，且以酌醴。"

2. 名诗佳句

战国楚·屈原："君王亲发兮，惮青兕。"战国楚·宋玉："虎豹豺兕，失气恐喙；雕鹗鹰鹞，飞扬伏窜。"汉·枚乘："于是榛林深泽，烟云闇莫兕虎并作。毅武孔猛，袒裼身薄。白刃碪碪，矛戟交错。"汉·班固："穷虎奔突，狂兕触蹶。"宋·郑侠："主人无机心，兕虎皆可入。"宋·韩维："山号悲虎兕，渊伏怯龟蟺。"宋·陆游："宁知事大谬，亲友化虎兕。"

款识："共荣一堂。"

款 识：犀牛望月，我国古代有兕，后因冷南移。后人因犀与喜同音，
遂成吉庆意（喜牛望月）

詩經君子於役風箏

诗经·大雅

詩經君物風華

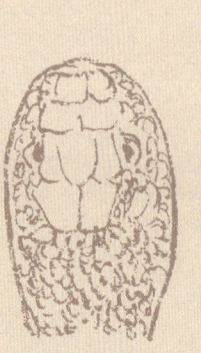

大雅·文王

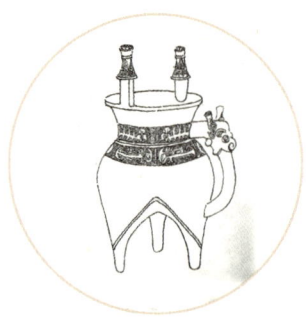

3.1.3 斝

jiǎ

名 称：斝是古代酒器、礼器，甲骨文中有字。通常用青铜铸造，三足一鋬（耳），两柱，圆口呈喇叭形。商汤王打败夏桀之后，定为御用的酒杯，诸侯则用角。

用 途：医药参酌青铜器。观赏，考古价值。

文 化：

1. 与《诗经》物种相关诗歌，后世传承发挥

《诗经·大雅·行苇》："肆筵设席，授几有缉御。或献或酢，洗爵奠斝。"此言贵族宴会盛待尊贵场景。按，汉·许慎《说文解字·斗部》："斝，玉爵也。夏曰盏，殷曰斝，周曰爵。"按地位不同分酒具。

2. 名诗佳句

多言宴会华贵者，如，宋·王安石《陈君式大夫恭轩》："每怀樽斝沾余沥，独喜弦歌有嗣音。"宋·朱熹《满江红》："好雨初晴仍半暖，金钉玉斝开瑶席。"宋·苏轼《司马君实独乐园》："花香袭杖屦，竹色侵盏斝。"宋·黄公度《与洪景伯》："殷勤将寿斝，邂逅即亨衢。"宋·寇准《应制赏花钓鱼》："玉斝春醪满，金枝昼漏长。"清·曹雪芹《红楼梦·第八回回前诗》："古鼎新烹凤髓香，那堪翠斝贮琼浆"

另抒胸臆者，如，宋·米友仁《念奴娇·九秋气爽》："色妙香殊，匀浮瓯面，俗状卑金斝。"明·唐寅《踏莎行·闺情》："冰壶玉斝足追欢，还应少个文章侣。"

3. 成语

飞觥献斝、飞觞走斝、走斝飞觥、飞觥走斝、走斝传觞、走斝飞觞。

款识："罍"代表作：妇好方罍，商王武丁时期妇好墓出土。

3.1.3.2 鹰——苍鹰

名　称： 别名：苍鹰。
科属：鹰形目鹰科鹰属的中小型猛禽。

用　途： 1. 药用：骨入药。性味辛咸，温。
功用主治：续筋骨，祛风湿。治损伤骨折，筋骨疼痛。
头、眼睛、嘴和脚爪亦供药用。
2. 目前已列国家重点保护野生动物名录，属国 2 级保护动物。

文　化： 　　1. 古老的鹰文化
　　我国华夏民族文化中，鹰象征战神。《列子·黄帝篇》中记载："黄帝与炎帝战于阪泉之野，帅熊罴狼豹为前驱，雕、鹏、鹰、鸢为旗帜。"黄帝战胜蚩尤，作《桐鼓曲》以示庆祝，其中一章《雕鹗争》是中国最早把鹰作为英雄胜利的象征。《诗经》中描述军队出征，以鹰象征军容的威猛和战争的胜利。又有《周礼·冬官·考工记》记载，春秋之时的朝廷旗帜："熊虎为旗、鸟隼为旟、龟蛇为旐、全羽为旞，析羽为旌。"反映了古代鹰崇拜在军事、政治上的作用，鹰崇拜也是古代皇权的象征。

　　2. 与《诗经》物种相关诗歌，后世传承发挥
　　《诗经·大雅·大明》："维师尚父，时维鹰扬。凉彼武王，肆伐大商，会朝清明。此诗写姜尚佐武王伐纣战场情景。"毛传云："鹰扬，如鹰之飞扬也。"后人诗中常以苍鹰象征战争的胜利。如汉·班固："鹰扬之校，螭虎之士……"汉·佚名："有鸟西南飞，熠熠似苍鹰。"唐·杜甫："所用皆鹰腾，破敌过箭疾。"唐·许浑："苍鹰出塞胡尘灭，白鹤还乡楚水深。"唐·白居易："玉爪苍鹰云际灭，素牙黄犬草头。"

　　3. 成语
　　鹰击毛挚、鹰扬虎视、鹰视虎步、飞鹰走犬、鹰击长空、雏鹰展翅、兔起鹘落、鹰视狼顾。

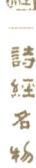

款识："鸷鸟举翮连青云。"（杜甫句）

3.1.3.4 董——石龙芮、乌头

名称：**别名**：石龙芮、苦董、水董、董葵、乌头。
科属：皆毛茛科草本植物。

用途：1. **药用**：石龙芮全草入药。功用主治：痈疮肿毒，瘰疬结核。疟疾，下肢溃疡。
2. **经济**：中药材。明·李时珍《本草纲目》："苗作蔬食，味辛而滑，故有椒葵之名。"

文化：　1. 与《诗经》物种相关诗歌，后世传承发挥
　　　《诗经·大雅·绵》："周原膴膴，董荼如饴。爰始爰谋，爰契我龟，曰止曰时，筑室于兹。"
　　　译文：周原肥沃，嫩董苦菜饴糖。开始谋划，刻龟甲看卜。兆示定居地，在此造房。按董荼一辣一苦，皆不易入口，仅可食耳。似有奋发之心。
　　　2. 名诗佳句
　　　晋·潘岳《闲居赋》："菜则葱韭蒜芋，青笋紫姜，董荠甘旨，蓼荽芬芳，襄荷依阴，时藿向阳，绿葵含露，白薤负霜。"南北朝·鲍照《代放歌行》："蓼虫避葵董，习苦不言非。"唐·杜甫《赠郑十八贲（云安令）》："步趾咏唐虞，追随饭葵董。"唐·白居易《喜雨》："圃旱忧葵董，农旱忧禾菽。"唐·柳宗元《游南亭夜还叙志七十韵》："螟蜍愿亲燎，荼董甘自薅。"唐·刘禹锡《送湘阳熊判官孺登府罢归钟陵，因寄呈江西裴》："汾阴有宝气，赤董多奇铓。"唐·陆龟蒙《杂讽九首》："何妨秦董勇，又有曹刿说。"宋·苏轼《正辅既见和复次前韵慰鼓盆劝学佛》："宁餐堕齿董，勿忆齐眉羞。"宋·陈造《富池庙》："匆匆索冠裳，董董办牲酒。"明·刘基《咏史（二十一首）·食毒偶不死》："食毒偶不死，谓言董可餐。"明·王世贞《乐府变十章·辽阳悼》："我欲食榆榆无皮，我欲龁董董为泥。"

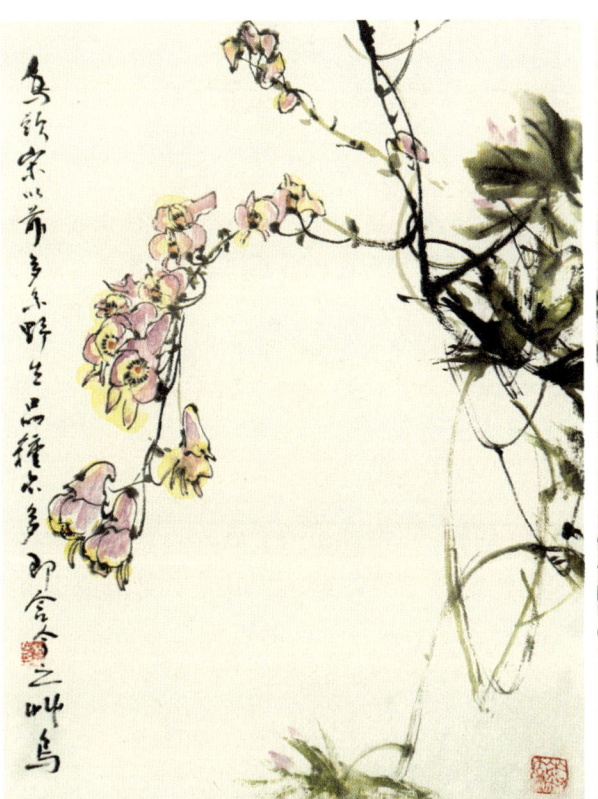

3.1.5.1 瓒——玉瓒

zàn

名 称：玉瓒，圭瓒。古代礼器。为玉柄金勺，裸祭时用以酌香酒。《诗经·小雅·旱麓》："瑟彼玉瓒，黄流在中。"毛传："玉瓒，圭瓒也。"郑玄笺："圭瓒之状，以圭为柄，黄金为勺，青金为外，朱中央矣。"唐李德裕："捧玉瓒而一献，先灵来格；振金石而六变，魄宝照临。"又，泛指酒盏。

文 化：　1. 与《诗经》物种相关诗歌，后世传承发挥

　　《诗·大雅·旱麓》："瞻彼旱麓，榛楛济济。岂弟君子，干禄岂弟。瑟彼玉瓒，黄流在中。岂弟君子，福禄攸降。"

　　译文：瞻望那边旱山山底，榛树楛树多么茂密。和乐平易好个君子，求福就凭和乐平易。圭瓒酒器鲜明细腻，金勺之中鬯酒满溢。和乐平易好个君子，天降福禄令人欢喜。

　　《诗经·大雅·江汉》："釐尔圭瓒，秬鬯一卣。告于文人，锡山土田。于周受命，自召祖命，虎拜稽首：天子万年！"

　　2. 名诗佳句

　　汉·扬雄："玄瓒觩觩，秬鬯泔淡。肸蠁丰融，懿懿芬芬。"汉·曹操："晋文亦霸，躬奉天王。受赐圭瓒，秬鬯彤弓。"宋·佚名："鸾刀亲割升圭瓒，清庙展孝思。"宋·李刘："挂了桑弧蓬矢，便恐彤弓秬瓒，分宝下天阶。"宋·陆游："赠诗温其似玉瓒，我亦麤识关雎乱。建安黄初不足言，笔端直觉无秦汉。"

　　3. 词语

　　玉瓒、圭瓒、璋瓒、玄瓒、珪瓒、腌瓒、高瓒瓒。

款识："瑟彼玉瓒，黄流在中。"（《诗经·大雅·旱麓》句）

厣

3.1.7 厣——蒙桑
yǎn

名　称：蒙桑，山桑。

科　属：为荨麻目桑科桑属落叶乔木或灌木。

用　途：1. 药用：根皮入药。功用主治：参酌桑。

2. 经济：叶用养蚕，桑皮制纸、桑条编框、老材为弓，果实供食用酿酒。

文　化：　　厣，木质坚硬，多用以制弓及车辕。山桑制成的弓称"厣弧"。厣丝，蚕食厣桑叶所吐的丝，制琴弦最佳，亦指琴弦、琴。宋·梅尧臣《鱼琴赋》："徽以黄金，绲以厣丝，音和律调，乃升堂室。"

　　1. 与《诗经》物种相关诗歌，后世传承发挥

　　《诗经·大雅·皇矣》："作之屏之，其菑其翳。修之平之，其灌其栵。启之辟之，其柽其椐。攘之剔之，其厣其柘。帝迁明德，串夷载路。天立厥配，受命既固。"

　　按，此诗乃颂周先祖开疆克敌之歌。译文：砍伐清理杂树，去掉枯木。将它剪平，灌木枝杈。将它挖去芟去，柽木椐木。将它剔除，山桑黄桑杂生四处。天帝迁来明德君主，彻底打败犬戎部族。皇天给他选择佳偶，受命于天国家稳固。

　　2. 名诗佳句

　　隋·佚名《郊庙歌辞·梁太庙乐舞辞·饮福》："戛玉搋金永颂声，厣丝孤竹和且清。"

　　唐·李咸用《水仙操》："厣丝相纠成凄清，调和引得薰风生。"

　　唐·段成式《游长安诸寺联句·宣阳坊静域寺·三阶院联句》："密密助堂堂，隋人歌厣桑。"

　　宋·丁谓《桐》："双树怜银井，孤生称厣丝。"

　　宋·汪炎昶《张子京扁其先大父居琴之竹轩曰琴琅玕》："峄阳孙枝感精诚，厣丝与俱徽玉明。"

　　元·王逢《秋感（六首）》："莫为鬼方劳外伐，厣弧箕服最愁人。"

　　元·王逢《谢中政院判买住昂霄枉过予龙江寓隐》："还语中原厣丝尽，六宫知爱石榴裙。"

　　明·沈周《送汪廷器重游辽阳》："海雕落长云，厣桑戏强弧。"

　　明·祝允明《述行言情诗（其三十九）》："厣榆樊石扉，堄垣卑四周。"

　　清·弘历《吉林土风杂咏十二首·其四·斐阑》："榆柳弯弓弦厣丝，刜荆作箭雉翎皴。"

　　清·徐堂《缫丝联句》："夏典传厣丝，周仪载书契。"

3.1.7.1 枥——茅栗
liè

名称：茅栗。别名：茅栗、栭栗，野栗子。
科属：山毛榉目壳斗科栗属茅栗。

用途：药用：其总苞或树皮或根入药。
功用主治：治肺炎，肺结核，丹毒，疮毒。
经济：果较小，但味较甜。树性矮，将它作栗树的砧木，可提早结果及适当密植。

文化：　　1. 与《诗经》物种相关诗歌，后世传承发挥
《诗经·大雅·皇矣》："作之屏之，其菑其翳。修之平之，其灌其枥。"译文：砍伐山林清理杂树，去掉直立横卧枯木。将它修齐将它剪平，灌木茅栗枝杈。

2. 名诗佳句
宋·苏辙《次韵王适食茅栗》："山栗满篮兼白黑，村醪入口半甜酸。"宋·沈说《野店》："对坐煨茅栗，瓶中取酒尝。"宋·王之道《秋兴八首追和杜老（其二）》："巉岩石壁半欹斜，茅栗丛中菊渐华。"金·李龏《秋日山家》："避人黑鼠窥茅栗，引子黄猿拾楮桃。"明·传慧《宿四明山心》："茅栗圆于弹，霜梨大似瓜。"清·林占梅《学圃（其一）》："薙草诛茅地数弓，连町茅栗郁葱葱。"

3. 成语
明·刘基《郁离子·猱人舞猴》："猱人养猴，衣之衣而教之舞，规旋矩折，应律合节。巴童观而妒之，耻己之不如也，思所以败之，乃袖茅栗以往。筵张而猴出，众宾凝伫，左右皆蹈节。巴童佁然挥袖而出其茅栗，掷之地。猴褫衣而争之，翻壶而倒案。猱人呵之不能禁，大沮。郁离子曰：'今之以不制之师战者，蠢然而蚁集，见物则争趋之，其何异于猴哉？'"

3.1.7.2 柽——柽柳

_{chēng}

名　称：柽柳、河柳、殷柽、雨师、赤杨、人柳、赤柽、三春柳、春柳、三眠柳、（櫻草）落、长寿仙人柳、观音柳、雨丝、蜀柳、垂丝柳、赤柳、西河柳、赤柽柳、西湖柳、红筋条、山川柳、红柳。

科　属：侧膜胎座目柽柳科柽柳属多年生小乔木或灌木。

用　途：细嫩枝叶入药。功用主治：疏风，解表，利尿，解毒。治麻疹难透，风疹身痒，感冒，咳喘，风湿骨痛。花、树脂亦供药用。

文　化：　　柽柳一年常开三次花，又称之为"三春柳"，花白色至粉红色，随风摇曳生姿。郦道元《水经注》描写长江三峡"绝巘多生柽柏"的"柽"就是"柽柳"，柽叶细如丝，婀娜可爱。天之将雨，柽柳会先起气以响应，因此又称为"雨师"。

　　1. 与《诗经》物种相关诗歌，后世传承发挥

　　《诗经·大雅·皇矣》："作之屏之，其菑（zī）其翳。修之平之，其灌其栵（lì）。启之辟之，其柽（chēng）其椐（jū）。攘之剔之，其檿（yǎn）其柘（zhè）。帝迁明德，串夷载路。天立厥配，受命既固。"

　　2. 名诗佳句

　　唐·杜甫《伤秋》："白蒋风飙脆，殷柽晓夜稀。"

　　唐·白居易《有木诗八首》："有木名水柽，远望青童童。"

　　唐·贯休《怀匡山道侣》："柽桂株株湿，猿猱个个啼。"

　　唐·杜荀鹤《读友人诗卷》："雪峡猿声健，风柽鹤立危。"

　　宋·曾巩《游鹿门不果》："鹿门最秀发，十里行松柽。"

　　宋·刘克庄《题水西何侯诗卷》："刘翰潘柽社友称，何侯直要续心灯。"

　　宋·文同《雨过侧调》："柽花浮波鱼误食，松子落屋乌惊弹。"

　　元·宋元《答无住和太初韵见寄》："宝地人来少，柽阴自晚晴。"

　　明·蔡羽《山晚忆陆子远沈明卿十二韵》："丹柽拥青厓，重重间云叶。"

　　明·林章《潜山送友还闽》："舒子州前柽叶暗，越王城里荔枝齐。"

款 识："启之辟之,其柽其椐。"

3.1.7.3 椐——蝴蝶戏珠花

名　称：别名：蝴蝶荚蒾、灵寿木、蝴蝶花、蝴蝶木、蝴蝶树、蝴蝶戏球花、苦酸汤、绣球花。
科属：荎草目忍冬科荚蒾属落叶灌木。

用　途：1. 药用：根及茎入药。功用主治：有清热解毒、健脾消积之效，根和茎烧火时所产生的烟煤外搽可治淋巴结炎。
2. 经济：观赏。
三国吴·陆玑《诗疏》说，本植物"节中肿，似扶老"，由于其枝干通常通直有节，外观和竹类相似，而且每一节长不过八九寸，周围才三四寸，不需经过削治即合于杖制，砍下即可当手杖使用。民众取用为马鞭及手杖，所以又名"扶老杖""灵寿木"，因此留下不少妙句。

文　化：　　1. 与《诗经》物种相关诗歌，后世传承发挥
　　《诗经·大雅·皇矣》："启之辟之，其柽（chēng）其椐（jū）。"
　　译文：将它挖去，将它芟去，柽木棵棵椐木株株。按，此诗乃周人赞颂先人开国历程。伐木整地为迁移用。
　　2. 名诗佳句
　　《山海经·海内经》："灵寿实华，草木所聚。"《汉书·孔光传》："赐太师灵寿杖"。汉·枚乘《七发》："颙颙卬卬，椐椐强强，莘莘将将。"唐·柳宗元《植灵寿木》："丛蕚中竞秀，分房外舒英。柔条乍反植，劲节常对生。循玩足忘疲，稍觉步武轻。安能事翦伐，持用资徒行。"宋·司马光《瞻彼南山》："瞻彼南山，有椐有栩，维叶湑湑。"宋·张舜民《灵寿木》："曲木天然性，叨名席上珍。节高工碍手，倚壁快扶人。莫问西来意，终为灶下薪。他时俘颉利，拜赐敢忘身。"

款识："丛萼中竞秀，分房外舒英。"（柳宗元句）

3.1.7.5 柘——柘树

zhè

名　称：柘树、柘桑、文章树、灰桑树、柘子、野梅子、野荔枝、老虎肝、黄桑、黄了刺、刺钉、黄疸树、山荔枝、疟腮树、疟刺、九重皮、大丁癀。

科属：荨麻目桑科柘属多年生落叶灌木或小乔木。

用　途：1.药用：木材入药。《日华子本草》："治妇人崩中血结，疟疾。"根、树皮或根皮、茎、叶、果实亦供药用。

2.经济：柘的茎皮纤维可以造纸；根皮药用；嫩叶可以养幼蚕；果可生食或酿酒；木材心部黄色，质坚硬细致，可以做家俱用或做黄色染料；也为良好的绿篱树种。

文　化：　　1.与《诗经》物种相关诗歌，后世传承发挥

《诗经·大雅·皇矣》："作之屏之，其菑 (zī) 其翳。修之平之，其灌其栵 (lì)。启之辟之，其柽 (chēng) 其椐 (jū)。攘之剔之，其檿 (yǎn) 其柘 (zhè)。帝迁明德，串夷载路。天立厥配，受命既固。"

按，此诗言周先人开国史。本段述为迁来明德君主，彻底打败犬戎部族而砍伐山林清理杂树。

2.名诗佳句

战国楚·屈原《招魂》："腼鳖炮羔，有柘浆些。"唐·韩愈《县斋有怀》："惟思涤瑕垢，长去事桑柘。"唐·孟郊《赠韩郎中愈》："朝吟枯桑柘，暮泣空杼机。"唐·贯休《春末兰溪道中作》："人担犁锄细雨歇，路入桑柘斜阳微。"唐·司空曙《田家》："泉溢沟塍坏，麦高桑柘低。"宋·王安石《次韵唐彦猷华亭十咏其五柘湖》："柘林著湖山，菱叶蔓湖滨。"宋·苏轼《宥老楮》："树先樗栎大，叶等桑柘沃。"宋·欧阳修《送王尚喆三原尉》："桑柘千畴富，人烟万井闲。"元·王冕《村田乐祭社图》："桑柘影斜山日暮，醉饱归来同笑语。"元·顾德辉《天宝宫词十二首寓感》："姊妹相从习歌舞，何人能制柘黄衣。"清·龚自珍《己亥杂诗》："翠微山在柘潭侧，此山有情惨难别。"清·吴伟业《鸳湖曲》："画鼓队催桃叶伎，玉箫声出柘枝台。"

3.与《诗经》物种相关词语

桑柘，指农桑之事。柘浆，甘蔗汁。柘黄，传统色彩，染料源于柘木。柘枝，柘枝舞的省称。唐·章孝标《柘枝》："柘枝初出鼓声招，花钿罗衫耸细腰。"

款 识：“启之辟之，其柽其椐。攘之剔之，其檿其柘。”（《诗经·大雅·皇矣》）

（明）日纲·龙鼍

3.1.8 鼍——扬子鳄

tuó

名 称：别名：鮀鱼、土龙、鼍龙。
科属：爬行纲鳄目鼍科。

用 途：1.药用：其肉入药。功能主治：癥瘕痃匿、恶疮溃烂。其甲亦供药用。
2.经济：旅游，观赏价值。为国家一级重点保护野生动物。

文 化：　　1. 与《诗经》物种相关诗歌，后世传承发挥

《诗经·大雅·灵台》："於论鼓钟，於乐辟雍。鼍鼓逢逢。蒙瞍奏公。"

译为：钟鼓之声和悦，在辟雍多么高兴。鼍鼓咚咚响，盲人乐师奏乐献艺。

这是记述周文王游乐生活的诗。《孟子·梁惠王上》："文王以民力为台为沼，而民欢乐之，谓其台曰灵台，谓其沼曰灵沼，乐其有麋鹿鱼鳖。古之人与民偕乐，故能乐也。"孟子都称赞文王与民同乐。

2. 名诗佳句

杜甫《追酬故高蜀州人日见寄》："潇湘水国傍鼋鼍，鄂杜秋天失雕鹗。"宋·赵光义《缘识》："掀天沸渭轰鼍鼓。"宋·刘过《沁园春·画鹡凌空》："灵鼍震雷。"宋·陆游《题望海亭亭在卧龙绝顶》："风云变化几席上，蛟鼍出没阑干前。"

唐·韩愈《石鼓歌》："年深岂免有缺画，快剑斫断生蛟鼍。"又《会合联句》："马辞虎豹怒，舟出蛟鼍恐。"按韩愈贬官潮州，半载灭鼍灾，生民称道，举世震惊。

3. 成语

"鼋鼍为梁"据说是周穆王出师东征，遇到江河密布，行军受阻，下令大肆捕杀鼋、鼍，用以填河架桥，然后战胜了敌方。

"鲸涛鼍浪"即"惊涛骇浪"。

款识："於论鼓钟，於乐辟雍。鼍鼓逢逢。蒙瞍奏公。"（《诗经·大雅·灵台》）

詩經名物風華

大雅·生民

3.2.1.1 穈——红粟

^{mén}

名　称：别名：赤粱粟、虋。应是粱之另种，苗红褐色。

用　途：1. 药用：参酌粟。
　　　　2. 经济：古人粮食。

文　化：　　1. 与《诗经》物种相关诗歌，后世传承发挥
　　　　《诗经·大雅·生民》："诞降嘉种，维秬
　　　　维秠，维穈维芑。恒之秬秠，是获是亩，恒之穈芑，
　　　　是任是负。以归肇祀。"按，朱熹："穈，赤粱
　　　　粟也。"毛传解释说："穈，赤苗也；芑，白苗也。"
　　　　这句诗的大意是说后稷推广良种秬子秠子。清·陈
　　　　奂《毛诗传疏》说："赤苗、白苗，谓禾有赤白
　　　　二种。"可见，大雅里记载的穈是一种重要谷物。
　　　　　　2. 名诗佳句
　　　　唐·贯休《山居诗二十四首（其十七）》："慵
　　　　刻芙蓉传永漏，休夸丽藻鄙汤休。且为小囷盛红
　　　　粟，别有珍禽胜白鸥。拾栗远寻深涧底，弄猨多
　　　　在小峰头。不能更出尘中也，百炼刚为绕指柔。"
　　　　　　"红粟"指米因为储藏过久而变为红色的陈
　　　　米。后亦指丰足的粮食。
　　　　　　《汉书·贾捐之传》："至孝武皇帝，元狩
　　　　六年，太仓之粟红腐而不可食，都内之钱贯朽而
　　　　不可校。"
　　　　　　后人用此典入诗，如，宋·王禹偁《赠吕通
　　　　秘丞》："闻君公事苦喧卑，红粟堆边独敛眉。"
　　　　清·唐孙华《南巡扈跸诗为宋药洲太史赋》："红
　　　　粟千车助饱腾，紫台万里亲输送。"

(绍)绘图·术梁

3.2.1.2 芑——白粱粟

_{qǐ}

名 称：白粱粟、白粱米。汉·许慎《说文解字》给的解释："白苗，嘉谷。"《尔雅·释草》："芑，白苗。"郭璞注："今之白粱粟，皆好谷。"因此，所谓芑，本义就是一种良种谷子，白色茎。

科属：白粱米属粟的一种。《唐本草》："白粱……米亦白且大，食之香美，黄粱之亚矣。"

用 途：1. 药用：参酌粟。

2. 经济：主要粮食作物。

文 化：　　1. 与《诗经》物种相关诗歌，后世传承发挥

《诗经·大雅·生民》："诞降嘉种，维秬维秠，维穈维芑。"诗意是说后稷推广良种，秬子秠子是良黍，穈芑各有红茎白茎。清·陈奂《毛诗传疏》："赤苗、白苗，谓禾有赤白二种。"可见，大雅里记载的芑是一种谷物。

《诗经·小雅·采芑》："薄言采芑，于彼新田。"毛传："芑，菜也。"孔颖达疏引陆玑《毛诗草木虫鱼疏》："芑菜，似苦菜也。"指现在所说的苦苣菜，芑是一种菜名。

《诗经·大雅·文王有声》："丰水有芑，武王岂不仕。"："芑，草也。"芑是一种草名。

此外，芑是一种又指地黄的别名。南北朝·陶弘景《名医别录》："干地黄……一名节，一名芑。"还有，芑是一种木名。芑又通"杞"。《山海经·东山经》："（东始之山）有木焉，其状如杨而赤理，其汁如血，不实，其名曰芑。"

　　2. 名诗佳句

宋·陈舜俞《采芑诗》："采采原上芑，盈襜不知多。惜共藜藿称，命与羹糁和。值此行役间，遗馀杂蓁莪。京洛夸肥甘，掇撷繄谁何。休官业已定，不待此首旛。年年春物繁，期尔山之阿。"

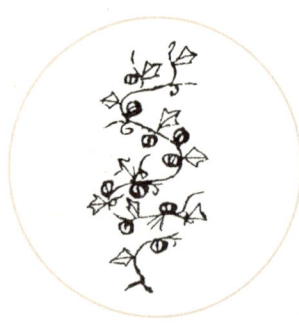

3.2.1.3 瓞——小瓜
dié

名　称：**别名**：小瓜、甜瓜。

　　　　科属：瓜科一年生蔓生草本。《植物名实图考》："瓜之族群本有二，大者曰瓜，小者曰瓞。"

文　化：　　1. 与《诗经》物种相关诗歌，后世传承发挥

　　　　《诗经·大雅·生民》："诞实匍匐，克岐克嶷，以就口食。蓺之荏菽，荏菽旆旆。禾役穟穟，麻麦幪幪，瓜瓞唪唪。"

　　　　译文：后稷很会四处爬，又懂事来又聪明，觅食吃饱有本领。不久就能种大豆，大豆一片茁壮生。种了禾粟嫩苗青，麻麦长得多旺盛，瓜儿累累果实成。

　　　　《诗经·大雅·绵》："绵绵瓜瓞。民之初生，自土沮漆。古公亶父，陶复陶穴，未有家室。"

　　　　译文：大瓜小瓜瓜蔓长，周人最早得发祥，本在沮水漆水旁。太王古公亶父来，率民挖窖又开窑，还没筑屋建厅堂。

　　　　2. 名诗佳句

　　　　晋·潘岳《为贾谧作赠陆机诗》："绵绵瓜瓞，六国互峙。"

　　　　魏晋·阮籍《咏怀八十二首（其四十五）》："葛藟延幽谷，绵绵瓜瓞生。"

　　　　宋·范仲淹《上都行送张伯玉》："怀有绮绣文，朝无瓜瓞新。"

　　　　宋·辛弃疾《念奴娇·看公风骨》："世上儿曹都蓄缩，冻芋旁堆秋瓞。"

　　　　宋·苏颂《七弟示诗后又改缘字为川字因再次韵》："吾弟欣堂构，长言纪瓞绵。"

　　　　宋·陈普《寿容山》："绵绵瓜瓞日蕃滋，福德两兼一为主。"

　　　　元·白朴《春从天上来》："但岩廊高拱，瓜瓞衍、皇祚绵绵。"

　　　　元·杨维桢《摘瓜词》："黄台八瓜熟，瓜熟瓞绵绵。"

　　　　明·戴良《治圃四首》："瓜瓞绕畦长，新葵应节鲜。"

　　　　明·罗亨信《庆寿堂》："从此哲人膺五福，绵绵瓜瓞自繁昌。"

　　　　清·徐骘民《追赠族侄四首·其三》："绵绵瓜瓞门庭盛，战胜商场哲嗣贤。"

　　　　清·张浚佳《题谢孝子东纬先生侍疾图》："绵绵瓜瓞守勿替，先人遗迹人争藏。"

　　　　3. 成语

　　　　瓜瓞绵绵。

款识："绵绵瓜瓞生。"（魏晋·阮籍）

3.2.2.2 台——河豚

世间尤物美恶并

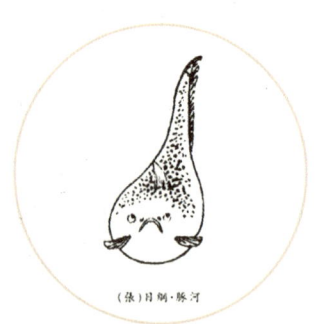

（张）月咐·豚河

名　称： 别名：河豚，又名河鲀、吹肚鱼、鲐鱼。

用　途： 药用：其肉入药。入足厥阴经归。性味甘温有毒。功用主补虚，去湿气，理腰脚，去痔杀虫。其眼、卵、肝油亦药用（外用）。

文　化：　　1. 与《诗经》物种相关诗歌，后世传承发挥

《诗经·大雅·行苇》："曾孙维主，酒醴维醹，酌以大斗，以祈黄耇。黄耇台背，以引以翼。寿考维祺，以介景福。"

《诗经·鲁颂·閟宫》："黄发台背，寿胥与试。"按，以上诗中台即河豚，台背指老人背似鲐鱼，即河鲀。

2. 名诗佳句

现代研究认为，河豚肉是营养极高的河海美味，其少数品种河豚是无毒的，养殖后毒大减，经严格规范处理后，可安全食用。河豚剧烈毒性与奇鲜美味之千年搏弈，引来大量诗文。

美味令人陶醉：

宋·苏轼："蒌蒿满地芦芽短，正是河豚欲上时。"宋·梅尧臣："河豚当是时，贵不数鱼虾。"宋·周承勋："中带西子胸前酥。"（西子乳即河豚腹部及鱼白）宋·辛弃疾："快趁两三杯。河豚欲上来。"人们追求河豚美味跃然纸上。

挡不住的诱惑：

宋·范成大："为口忘计身，饕死何足哭。"宋·李曾伯："我生有命悬乎天，饱死终胜饥垂涎。"传说"苏轼拼死吃河豚"和"也值一死"是古代吃货的独白。唯有宋·范成大："世间尤物美恶并"为河豚美味讨论画上句号。

667

款识："春洲生荻芽，春岸飞扬花。河豚当是时，贵不数鱼虾。"（宋·梅尧臣句）

3.2.2.5 斗

斗

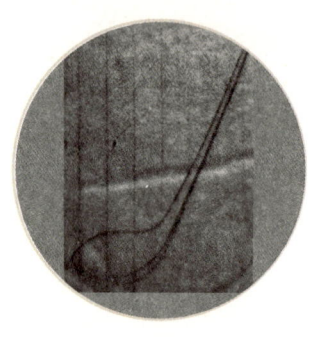

名　称：斗即勺，枓。斗的本义是一种盛酒的器具，又用作计量粮食的工具，后来才引申为"升斗"的"斗"。

文　化：　　汉·服虔《通俗文》："木瓢为斗。"

汉·许慎《说文解字》："枓，勺也，从木，从斗。"

南唐·徐灏注笺："升斗与斗勺，古无二字，别作枓者……此实汉时俗体耳。"

宋·王黼《宣和博古图卷·斗》："如匏而半之……今斗取相于匏，斯亦古人遗意欤。"

《大戴礼记·保傅》："太宰持斗而御户右。"

《史记·项羽本纪》："玉斗一双，欲与亚父。"

1. 与《诗经》物种相关诗歌，后世传承发挥

《诗·大雅·行苇》："酌以大斗，以祈黄耇。黄耇台背，以引以翼。"按，疏："大斗长三尺，谓其柄也。盖从大器挹之於樽，用此勺耳。"台指老人驼背。此言斗酒祭神祈求长寿。并受恭敬。

2. 名诗佳句

《史记·滑稽传》："目眙不禁，饮可七八斗。"

汉·卓文君《白头吟》："今日斗酒会，明旦沟水头。"

汉·佚名《孔雀东南飞》："红罗复斗帐，四角垂香囊。"

晋·陶渊明《杂诗》："得欢当作乐，斗酒聚比邻。"

唐·岑参《走马川行奉送出师西征》："轮台九月风夜吼，一川碎石大如斗。"

唐·王维《少年行四首》："新丰美酒斗十千，咸阳游侠多少年。"

唐·韩愈《晚春二首·其一》："草树知春不久归，百般红紫斗芳菲。"

唐·孟简《赋得亚父碎玉斗》："宝位方苦竞，玉斗何情爱。"

宋·辛弃疾《破阵子·掷地刘郎玉斗》："掷地刘郎玉斗，挂帆西子扁舟。"

宋·范成大《夏日田园杂兴》："二麦俱秋斗百钱，田家唤作小丰年。"

款 识：以红色庆寿背景，录"酌以大斗，以祈黄耇"，前置斗等古酒具。

3.2.4.1 鹥——鸥

名 称：别名：鸥，水鸮、江鸥、海鸥。
科属：鸥科之多种鸥，如红嘴鸥银鸥燕鸥。

用 途：1.药用：其肉入药。功能主治，明·李橚《医学入门》："主燥渴狂邪，五味淹炙，食之。"
2.经济：多数为杂食性游禽，但有的以鱼类为主要食饵，兼吃甲壳类、软体动物或其他水生动物、昆虫等；有的亦兼食漂浮于水面的各种动植物尸体、秽弃废物，如鱼内脏等，对清洁和维持自然界的生态平衡，促进物质循环，起着积极的作用。某些种类在啮齿类动物大量繁殖地区和季节，亦大量捕食野鼠，是极有益的游禽。

文 化：　1. 与《诗经》物种相关诗歌，后世传承发挥
《诗·大雅·凫鹥》："凫鹥在泾，公尸来燕来宁。尔酒既清，尔肴既馨。公尸燕饮，福禄来成。"按，此诗言周王筵请公尸之乐歌。"凫鹥在沙，公尸来燕来宜。凫鹥在渚，公尸来燕来处……凫鹥在亹，公尸来燕来宗"等之鹥与前同。
　2. 名诗佳句
战国楚·屈原："驷玉虬以桀鹥兮，溘埃风余上征。"魏晋·阮籍："鸾鹥时栖宿，性命有自然。"唐·杜甫："凫鹥散乱棹讴发，丝管啁啾空翠来。"唐·韩愈："明庭集孔鸾，曷取于凫鹥。"唐·张九龄："凫鹥喧凤管，荷芰斗龙舟。"唐·皮日休："烟外失群惭雁鹜，波中得志羡凫鹥。"唐·皎然："群物如凫鹥，游翔爱清深。"唐·孟郊："宴位席兰草，滥觞惊凫鹥。"唐·白居易："金钿耀桃李，丝管骇凫鹥。"

款识：图中言鸥伴崂山百合，交代发现地特点。

3.2.6.1 豕——猪

shǐ

名　称：豨、豚、豭（公猪）、彘（母猪）。科属：偶蹄目猪科猪属。

用　途：1.药用：其肉入药。功能主治：滋阴，润燥。治热病伤津、消渴羸瘦、燥咳、便秘。其皮毛、骨、脂、血、髓、脑、蹄、甲、睾、胰五脏六腑亦供药用。
2.经济：农家主要饲养的动物之一。

文　化：　　汉字的"家"中，在其宝盖头下的"豕"，代表的就是猪，无猪是不成家的。汉字的"冢"，其意是坟墓，无猪者，是难以成冢的。十二生肖里有猪。

1. 与《诗经》物种相关诗歌，后世传承发挥

《诗经·大雅·公刘》："笃（dǔ）公刘，于京斯依。跄（qiāng）跄济济，俾（bǐ）筵俾几。既登乃依，乃造其曹。执豕于牢，酌之用匏（páo）。食之饮之，君之宗之。"按，豕在牢（圈养）应释为家猪。

2. 名诗佳句

战国楚·屈原《楚辞·大招》："豕首纵目，被发鬤只。"《急就篇》："六畜蕃息豚彘猪，豭豵猣狗野鸡雏。"晋·陶渊明《命子》："御龙勤夏，豕韦翼商。"唐·顾况《归阳萧寺有丁行者能修无生忍担水施僧况归命》："列生御风归，饲豕如人焉。"唐·李白《赠范金卿·其一》："辽东惭白豕，楚客羞山鸡。"宋·陆游《出塞四首借用秦少游韵》："犬豕何足雠，汝自承余殃。"元·方回《送岳德裕如大都》："有马有车舟有篷，脯腊湩酪羊豕熊。"

3. 成语

狼奔豕突、封豕长蛇、龙首豕足、鹿驯豕暴、豕交兽畜、辽东白豕、豕分蛇断、见豕负涂、虎目豕喙、豕窜狼逋、蠢如鹿豕、蜂合豕突、豕虎传讹、豕食丐衣。

4. 与《诗经》物种相关词语

豕心（比喻贪婪无厌之心）、豕仙（豕年岁过百称豕仙）、豕牢（猪舍）、豕突（像野猪乱窜）、豕首（猪头脸形）。

3.2.8.1 凤凰

名　称：别名：丹鸟、火鸟、鹝鸡、威凤等。凤凰，亦作"凤皇"，古代传说中的百鸟之王。雄的叫"凤"，雌的叫"凰"，总称为凤凰。常用来象征祥瑞，凤凰齐飞，是吉祥和谐的象征，自古就是中国文化的重要元素。

凤凰和龙的形象一样，愈往后愈复杂，最初在《山海经》中的记载仅仅是"有鸟焉，其状如鸡，五采而文，名曰凤皇"。自秦汉以后，龙逐渐成为帝王的象征，帝后妃嫔们开始称凤比凤，凤凰的形象逐渐雌雄不分，整体被"雌"化。

文　化：　　1. 与《诗经》物种相关诗歌，后世传承发挥

《诗经·大雅·卷阿》："凤凰于飞，翙翙其羽，亦集爰止。蔼蔼王多吉士，维君子使，媚于天子。凤凰于飞，翙翙其羽，亦傅于天。蔼蔼王多吉人，维君子命，媚于庶人。凤凰鸣矣，于彼高冈。梧桐生矣，于彼朝阳。菶菶萋萋，雍雍喈喈。"按，此诗言凤凰飞止，群鸟相随。意在颂周王及臣僚。

　　2. 名诗佳句

唐·韩愈："上有凤凰巢，凤凰乳且栖。四旁多长枝，群鸟所托依。"唐·杜甫："凤凰从东来，何意复高飞。"南唐·李煜："炉香闲袅凤凰儿，空持罗带，回首恨依依。"宋·陆游："素娥定赴瑶池宴，侍女皆骑白凤凰。"宋·释绍昙："虬龙一滴涎，凤凰五色髓。"

　　3. 成语

丹凤朝阳、颠鸾倒凤、鸾翔凤翥、鸾翔凤集、雕龙画凤、龙章凤彩、舞凤飞龙、凤彩鸾章、凤协鸾和、凤舞鸾歌、凤楼龙阙、龙楼凤阁、凤管鸾笙、龙飞凤舞、凤毛麟角、鸾鸣凤奏、凤冠霞帔、龙凤呈祥、攀龙附凤、百鸟朝凤、凤凰于飞。

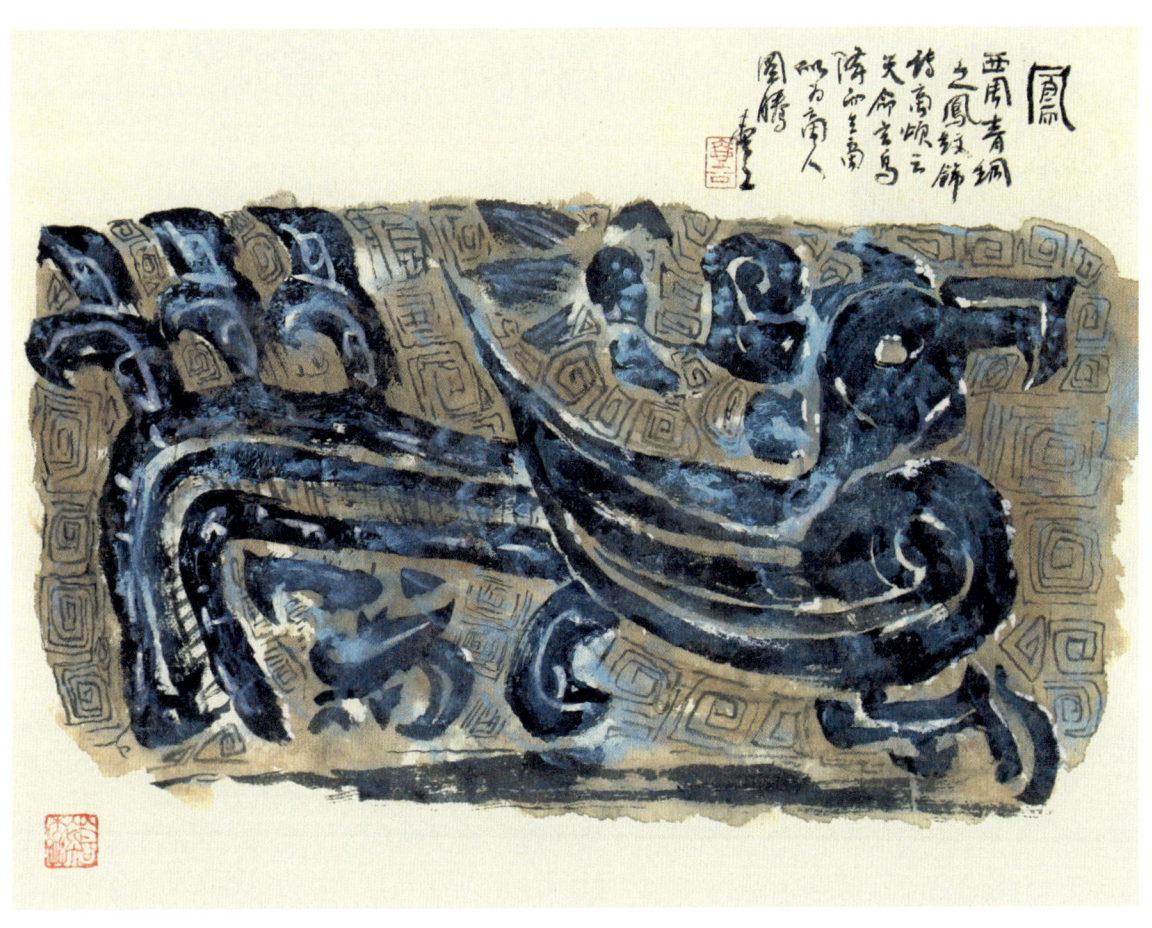

款识："凤凰已神化，原型难考，画古人之图。"又，凤凰之外貌，最接近者当数孔雀，因又图之。

编草药·子桐梧

3.2.8 梧桐——青桐

名　称：别名：桐、榇、梧、青梧、桐麻、瓢羹树、青桐。
　　　　科属：梧桐科植物梧桐。

用　途：1. 药用：种子入药。性味甘、平。入心、肺、肾经。功用主治：
　　　　顺气，和胃，消食。治伤食、胃痛、疝气、小儿口疮。其叶、
　　　　花、根、白皮亦供药用。
　　　　2. 经济：用于环境保护，家具器皿等。

文　化：　　1. 诗文中梧桐与凤凰结缘成就高洁意象
　　　　《诗经·大雅·卷阿》："凤凰鸣矣，于彼高岗。梧桐生矣，于彼朝阳。萋萋萋萋，雝雝喈喈。"此诗中凤凰指周文王，和鸣歌声飘飞山岗，梧桐茂盛，灿烂朝阳来象征品格的高洁美好。
　　　　《庄子·秋水》："夫鹓鶵发于南海，而飞于北海，非梧桐不止。"鹓鶵与鸾皆凤凰一类的鸟。"栽桐引凤"之说，流传至今。唐·李白："宁知鸾凤意，远托椅桐前。"唐·杜甫："香稻啄余鹦鹉粒，碧梧栖老凤凰枝"。
　　　　唐·虞世南《蝉》："垂緌饮清露，流响出疏桐。居高声自远，非是藉秋风。"以蝉的高洁，暗喻自己品格的美好。
　　　　《孔雀东南飞》："东西植松柏，左右种梧桐。枝枝相覆盖，叶叶相交通。"诗中枝叶覆盖相交，象征爱情的高洁。
　　　　2. 桐对孤独忧愁的表达
　　　　如南唐·李煜《相见欢·无言独上西楼》："无言独上西楼，月如钩。寂寞梧桐深院锁清秋。"南北朝·吴均《行路难·洞庭水上一株桐》："洞庭水上一株桐，经霜触浪困严风。"唐·李白《塞下曲六首（其四）》："摧残梧桐叶，萧飒沙棠枝。"唐·孟郊《秋怀十五首（其二）》："棘枝风哭酸，桐叶霜颜高。"宋·李清照《鹧鸪天·寒日萧萧上琐窗》："寒日萧萧上琐窗，梧桐应恨夜来霜。"《声声慢·寻寻觅觅》："梧桐更兼细雨，到黄昏，点点滴滴。这次第，怎一个愁字了得。"宋·贺铸《鹧鸪天·重过阊门万事非》："梧桐半死清霜后，头白鸳鸯失伴飞。"
　　　　3. 成语
　　　　栽桐引凤、梧桐断角、凤栖梧桐、破桐之叶、桐叶封弟、半死梧桐、梧桐一叶落。
　　　　4. 与《诗经》物种相关民俗
　　　　古时，大家族祠堂中间四根合抱大柱，选用上好的松、柏、桐、椿四种木料制成，取"松柏同春"之意。此吉语比喻家族成员长寿、祈求家族世代兴旺。

款 识："等闲春过三分二,凭仗桐花报与知。"(宋·方回句)

詩經君子偕老風華

衞風誠
毋唱鳩兮
毋食桑葚
鳩
即鳲鳩科
山斑鳩
本唱虹桎
肚紅色不
幻羽色
状者弘山
横手葉間
崇筆調

大雅·荡

3.3.7.1 猫

名　称：猫狸，家狸、乌园。科属：猫科。

用　途：1.药用：其肉入药。功能主治：虚劳，风湿痹痛，瘰疬，恶疮，烫伤。其头、皮、肝、胎盘、脂肪亦供药用。
2.经济：捉鼠除害。

文　化：　　清代东钧散文《世天良猫》极具哲理："某恶鼠，破家求良猫。厌以腥膏，眠以毡罽。猫既饱且安，率不食鼠，甚者与鼠游戏，鼠以故益暴。某怒，遂不复蓄猫，以为天下无良猫也。是无猫邪，是不会蓄猫也。"

　　1. 与《诗经》物种相关诗歌，后世传承发挥

　　《诗经·大雅·韩奕》："蹶父孔武，靡国不到。为韩姞相攸，莫如韩乐。孔乐韩土，川泽訏訏，鲂鱮甫甫，麀鹿噳噳，有熊有罴，有猫有虎。庆既令居，韩姞燕誉。"按，此诗言韩侯娶妻之欢愉生活。

　　2. 名诗佳句

　　唐·柳宗元："猫虎获迎祭，犬马有盖帷。"宋·林逋："自是鼠嫌贫不到，莫惭尸素在吾庐。"宋·叶绍翁："醉薄荷，扑蝉蛾。主人家，奈鼠何。"宋·刘克庄："饭有溪鳞眠有毯，忍教鼠吃案头书。"宋·梅尧臣："自有五白猫，鼠不侵我书。今朝五白死，祭与饭与鱼。"元·王冕："吾家老乌圆，斑斑异今古。抱负颇自奇，不尚威与武。"元·张鸣善："两头蛇南阳卧龙，三脚猫渭水飞熊。"明·徐威："墉集欺猫鼠，林藏逐雀鹳。"

唐代笄

3.3.8.1 笄 (jī)

名称：别名簪。笄，古代女子用以装饰发耳的一种簪子，用来插住挽起的头发，或插住帽子。曾在河姆渡遗址出土。在古代，汉族女子十五岁称为"及笄"，行笄礼表示成年。

文化：　1. 与《诗经》物种相关诗歌，后世传承发挥

在诗词中，笄大多是指簪子或其他女用首饰，少量指女子十五岁成年。

《诗经·鄘风·君子偕老》："君子偕老，副笄六珈。委委佗佗，如山如河，象服是宜。子之不淑，云如之何？"

译文：誓和君子到白首，玉簪首饰插满头。举止雍容又自得，稳重如山深似河，穿上礼服很适合。谁知德行太秽恶，对她真是无奈何！

2. 名诗佳句

南北朝·谢灵运："微戎无远览，总笄羡升乔。"

隋·佚名："副笄加饰，祎褕有烂。"

唐·白居易："复有双幼妹，笄年未结褵。"

唐·元稹："手持凤尾扇，头戴翠羽笄。"

唐·王韫秀："笄年解笑鸣机妇，耻见苏秦富贵时。"

宋·苏轼："荆笄供脍愧搅聒，乾锅更戛甘瓜羹。"

宋·柳永："楚腰纤细正笄年。"

宋·杨万里："具叶参秖树，著簪当副笄。"

宋·刘克庄："壶范经亲授，笄年咏好逑。"

元·赵孟頫："儿年十五六，女大亦可笄。"

明·杨基："汝亦遇多难，典卖罄珥笄。"

清·袁枚："阿婆还似初笄女，头未梳成不许看。"

3. 成语

及笄年华，及笄之年。

款识："君子偕老"

3.3.8.3 秬

^{jù}

名 称：别名：黑黍、穄米、粢米、穄米、糜子米。

科属：为禾本科植物。《尔雅·释草》："秬，黑黍。秠，一稃二米。"《诗经·大雅·生民》："维秬维秠。"三国吴·陆玑《毛诗草木虫鱼疏》："秬，黑黍之大名。黑黍中有一米者，别名为秬。宗庙之祭，唯秬为重，二米嘉异之物，酿酒宜用之。"

(徐)目铜·秬

用 途：1. 药用：肉或全体入药。

功用主治：脑、尾羽、肝亦供药用。

2. 经济：五谷之一。

(徐)目铜·秠

文 化：　1. 与《诗经》物种相关诗歌，后世传承发挥

《诗经·大雅·生民》："诞降嘉种，维秬维秠，维穈维芑。恒之秬秠，是获是亩。"

译文：天赐良种秬子秠子，红米白米。秬子秠子遍地生，收割堆垛忙得欢。

《诗经·大雅·江汉》："釐尔圭瓒，秬鬯一卣。告于文人，锡山土田。"

译文：赐你圭瓒，黑黍香酒一卣。告昭先祖，赐你山川田畴。

《诗经·鲁颂·閟宫》："有稷有黍，有稻有秬。"

译文：黍谷谁先熟，稻秬哪先播。

2. 名诗佳句

战国楚·屈原《天问》："咸播秬黍，莆藋是营。"

汉·扬雄《甘泉赋》："玄瓒觩觡，秬鬯泔淡。"

汉·曹操《短歌行》："受赐圭瓒，秬鬯彤弓。"

唐·韩愈《城南联句》："玄祇祉兆姓，黑秬饏丰盛。"

唐·陆景初《奉和九日幸临渭亭登高应制得臣字》："菊花浮秬鬯，茱房插缙绅。"

宋·苏轼《景仁和赐酒烛诗复次韵谢之》："朱弦初识孤桐韵，玉瓒犹闻秬黍香。"

宋·高斯得《不浮欲卜居雪川而未决再韵趣之》："二米同一稃，何时如秬黍。"

明·刘基《听蛙》："呦咬谁辨骠儿哇，秬者乍开曳呵。"

明·唐寅《和石田先生落花诗二十首·其十八》："恻恻凄凄忧自秬，花枝零落鬓丝添。"

款 识："菊花浮秬鬯，萸房插缙绅。"（唐·陆景初）

3.3.8.4 鬯——郁金
chàng

酿出"黄流"上神坛

（张）月朔·李郁

名 称：又名郁金、黄郁。

用 途：郁金，药用。可为姜科之郁金、姜黄、莪术的块根。
其味辛苦性平，入心肺肝经，功能行气解郁，凉血破郁，
治胸肋诸痛，癫狂神昏，诸血病、黄疸。
它还是酿酒的重要材料，而且自古即有。《诗经·大雅·
江汉》："厘尔圭瓒，秬鬯一卣。"秬是黑黍，鬯就
是郁金，用它们酿的酒称之为"黄流"，用以祭祀先祖。
"厘尔"是赐给。卣是带柄的盛酒器具。《诗经·大雅·
旱麓》："瑟彼玉瓒，黄流在中。"这黄流是郁金酒。
用玉器盛上以祭神明。《诗经·大雅》是讲天子诸侯
生活的。此酒当时地位之高，非常人能及。

文 化：　　《诗经》以降，郁金吟诵极多。如，汉·朱
穆《郁金赋》："众华烂以俱发，郁金邈其无双。"
晋·左芬《郁金颂》说它"芳香酷烈，悦目欣心……
旷世弗沈。"晋·傅玄《郁金赋》说它"凌苏合
（香）之殊珍，岂艾纳之足方……万里望风"。
　　在郁金诗中流传最盛的诗歌当属唐·李白的
《客中行》："兰陵美酒郁金香，玉碗盛来琥珀
光。"此处之郁金香指郁金酒之香，而非指植物
郁金香。与此颇为相似的诗，如清·龚自珍《己
亥杂诗》："漠漠郁金香在臂，亭亭古玉佩当腰。"
　　有关郁金香的诗句还有很多，如唐·杜牧：
"画裙双凤郁金香。"唐·沈佺期："罗袖郁金
香"，宋·王安石："郁金香是兰陵酒，枉入诗
人赋咏来"。
　　上述如此多的大诗人都跟着吟诵的"郁金
香"，实则是中药"郁金"。
　　古人还曾用它作香草、染料，如明·李时珍
《本草纲目》："今人将染妇人衣最鲜明，而不
耐日炙。"

款识："黄流在中"。《诗经·大雅·旱麓》载；瑟彼玉瓒，黄流在中。其本意周人用郁金制酒，以献客及祭祀。

3.3.8.5 卣
yǒu

名称：宋·朱熹："卣，尊也。"《尔雅》："卣，中尊也。"
明·罗贯中《三国演义》："秬鬯一卣，圭瓒副焉。"
《尚书·周书·文侯之命》："用赉尔秬鬯一卣。"又卣
字始见于商代甲骨文，又作脩。《周礼·春官·鬯人》：
"庙用脩。"郑玄注："脩、脯也。"

科属：器皿，属于中国古代酒器。

文化：　　卣，是一种铜器。盛行商代跟西周时期。当时
用来装酒用。古文献和铜器铭文常有"秬鬯一卣"
的话，秬鬯是古代祭祀时用的一种香酒，卣在盛酒
器中是重要的一类，考古发现的数量很多。器形是
椭圆口，深腹，圈足，有盖和提梁；腹或圆或椭或
方，有也作圆筒形。卣的造型千奇百怪，如：卖萌
的鸮卣、沮丧的猪卣、不知所措的虎食人卣、神秘
的"微笑卣"。

　　1. 与《诗经》物种相关诗歌，后世传承发挥

　　《诗经·大雅·江汉》："王命召虎：来旬来
宣。文武受命，召公维翰。无曰予小子，召公是似。
肇敏戎公，用锡尔祉。釐尔圭瓒，秬鬯一卣。告于
文人，锡山土田。于周受命，自召祖命，虎拜稽首：
天子万年！"按：大意为周王命召虎巡抚民众，嘱
继召公伟业，赐其爵禄。赐你玉勺和美酒祭祖，赐
土地要感恩不忘。虎叩祝王万寿。

　　2. 名诗佳句

　　宋·苏轼："象胥杂沓贡狼鹿，方召联翩赐圭
卣。"宋·牟巘："绣卣使名，洪枢衔位，催缀新
班立。"宋·张栻："却立望遥岑，四序却钟卣。"
宋·朱翌："原公介厚機，中卣调秬鬯。"元·王逢：
"结交卣卓间，遗言见余烈。"明·宋濂："淬文
砺戈戟，博古陈罍卣。"明·夏煜："终宴竟忘疲，
落月斜半卣。"明·魏学洢："余响铿然落翠微，
曷若趁此含清卣。"明·徐渭："鬯卣将锡定于周，
燕颔果封终入汉。"陈三立："光怪震发庄严持，
夏殷敦卣周尊彝。"明·张羽："芳莫芳兮涧有萍，
洁莫洁兮卣之清。"

款 识：“秬鬯一卣。”出《诗经·大雅·江汉》。秬鬯乃黑黍与郁金酿酒。按图，中为青铜卣和盛开之郁金。

锦雞

3.3.9.2 翰——锦鸡

峨冠锦羽全五德

名 称：锦鸡，又名鷩雉、赤鷩、鵕䴊、采鸡、金鸡。为雉科动物红腹锦鸡。

用 途：性味功用：其肉入药。性味甘，温，微毒。功用主治温中补虚，益肝和血。食之令人聪慧。

经济：观赏，羽毛供装饰。

文 化：　　1. 与《诗经》物种相关诗歌，后世传承发挥

《诗·大雅·常武》："王旅啴啴，如飞如翰。如江如汉，如山之苞，如川之流。"按，此段言周王大军阵容强大及必胜信念。

　　2. 名诗佳句

古人赞美"锦鸡"的诗文极多，华贵妍丽的羽毛是首选。

咏颂鸡冠。唐·李颀："词人洞箫赋，公子鵕䴊冠"。明·李东阳："鵕䴊只解戎冠着。"

颂羽毛。宋·欧阳修："众彩烂成文，真色不可绘。仙衣霓纷披，女锦花綷縩。辉华日光乱，眩转目睛惫。"宋·洪适："斓斑快众采，似戏老莱衣。"

咏姿态。唐·杜牧："迥野翘霜鹤，澄潭舞锦鸡。"唐·吴融："柳渡风轻花浪绿，麦田烟暖锦鸡飞。"明·胡俨："扶桑天鸡啼一声，阳乌散彩天下晴。"

咏道德方面。宋·赵佶《题芙蓉锦鸡图》可谓诗画双绝。作为宋代院体画领军人物宋徽宗的代表作，在画中用遒劲的瘦金体写下脍炙人口的绝句："秋劲拒霜盛，峨冠锦羽鸡。已知全五德，安逸胜凫鹥。"鸡的"五德"也得以传播天下。《韩诗外传》"夫鸡乎，首戴冠者，文也；足傅距者，武也；敌在前敢斗者，勇也；得食相告，仁也；守夜不失时，信也。"赵佶以"五德"图文教化臣民。可惜自身少德，终成亡国之君。

款 识："锦上添花"。出自黄庭坚"又要涪翁作颂，且图锦上添花"。图中锦
　　　　鸡花王（牡丹）可谓绝配。

3.3.10.1 鸱——角鸮
chī

名称： 别名：猫头鹰、鸱、枭。

科属：为鸟纲鸮形目鸱鸮科角鸮属。角鸮是雕鸮属头上有角状羽束的鸮类，属于国家二级重点保护野生动物。虽然我国民间对猫头鹰有很多误解，"北方枭入家以为怪，共恶之；南中昼夜飞鸣，与鸟鹊无异。桂林人罗取生鬻之，家家养使捕鼠"，但除鼠之功不可没。

用途： 肉入药。功能主治：解毒利湿、活血止痛。主治乳蛾咽痛、泄泻痢疾、肠痛腹痛、热淋涩痛、湿热带下、蛇虫咬伤。有发汗、驱风之效。

文化：

1. 与《诗经》物种相关诗歌，后世传承发挥

《诗经·豳风·鸱鸮》："鸱鸮鸱鸮，既取我子，无毁我室。"

按，此诗言以一只失去幼鸟的母鸟口吻诉说自己过去遭受的迫害。该诗作为中国传世最早的寓言诗，后世如曹植的《野田黄雀行》、杜甫的《义鹘行》等，其源头就在此。

2. 名诗佳句

战国楚·屈原《天问》："鸱龟曳衔，鲧何听焉？"西汉·贾谊《吊屈原赋》："鸾凤伏窜兮，鸱枭翱翔。"汉·刘向《九叹·忧苦》："葛藟虆于桂树兮，鸱鸮集于木兰。"晋·陶渊明《读〈山海经〉·其十二》："鸱鹉见城邑，其国有放士。"南北朝·鲍照《芜城赋》："饥鹰厉吻，寒鸱吓雏。"唐·李白《独漉篇》："神鹰梦泽，不顾鸱鸢。"唐·杜甫《北征》："鸱鸟鸣黄桑，野鼠拱乱穴。"唐·孟郊《感怀》："鸱鸮鸣高树，众鸟相因依。"宋·王安石《鸱》："不知羽翼青冥上，腐鼠相随势亦高。"宋·苏轼《游卢山次韵章传道》："虽无窈窕驱前马，还有鸱夷挂后车。"宋·文天祥《安庆府第十三》："鸱鸮志意满，山鬼独一脚。"元·王冕《寓意十首次敬助韵·其七》："鸾凤巢枳棘，鸱鸮集琅轩。"明·刘基《感兴五首（其二）》："鸱鸮诗奏忠谁白，松柏歌成恨岂销。"清·曾国藩《次韵何廉昉太守感怀述事十六首（其一）》："何时浩荡轻鸥去？一舸鸱夷得少休。"

3. 成语

鸱鸮弄舌：比喻小人拨弄是非，得以逞强。

款 识："鸱鸮鸱鸮，既取我子，无毁我室。"（《诗经·国风·豳风》）

詩經名物風華

诗经·颂

詩經君子物風華

戊子初六汐縞
中山於園高玦
暎出蘭華
桃沒

周颂·清庙

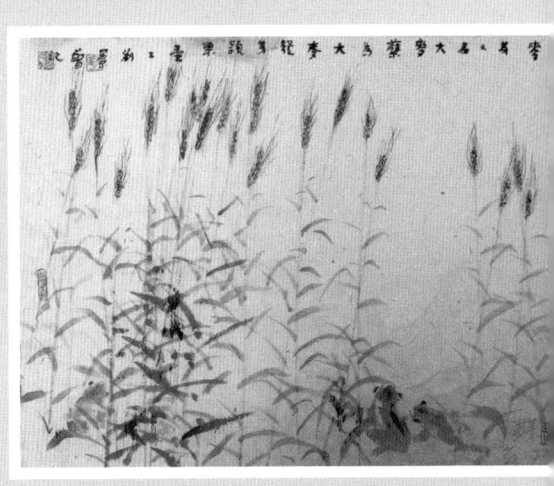

（金）目纲·鹯

4.1.9 执——鸷

名 称：名称科属：凶猛的鸟，如鹰、雕、枭等。

用 途：1.药用：参酌鹰雕。
2.文化：鸷，《说文解字》："（鸷）击杀鸟也。"《玉篇》："（鸷）猛鸟也。"《王逸注》："鸷，执也。能执伏众鸟，鹰鹯之类也"《后汉书·杜诗传》："汤武善御众，故无忿鸷之师。"唐·李贤注："鸷，击也。又凡鸟之勇，兽之猛者，皆曰鸷。"

文 化：　1.与《诗经》物种相关诗歌，后世传承发挥

《诗经·周颂·执竞》："执竞武王，无竞维烈。不显成康，上帝是皇。自彼成康，奄有四方，斤斤其明。钟鼓喤喤，磬筦将将，降福穰穰。降福简简，威仪反反。既醉既饱，福禄来反。"按，此诗乃周王祭先王的乐歌。

2.名诗佳句

战国楚·屈原《离骚》："鸷鸟之不群兮，自前世而固然。"晋张华《游猎篇》："鹰隼始击鸷，虞人献时鲜。"唐·刘禹锡《养鸷词》："养鸷非玩形，所资击鲜力。"唐·刘禹锡："翻然悟世途，抚己昧所宜。田园已芜没，流浪江海湄。鸷禽毛翮摧，不见翔云姿。衰容蔽逸气，子孑无人知。"

3.成语

猱进鸷击；鸷鸟累百，不如一鹗；鸷兽毅虫，倨牙黔口。

4.1.10.2 牟——大麦

名称：别名：大麦、麰、稑麦、麰麦、饭麦。
科属：禾本科植物大麦。

明兰·麦大

用途：1. 药用：其果实入药。功用主治：和胃宽肠，利水。治食滞泄泻，小便淋痛，水肿，汤火伤。其茎杆、发芽的颖果、幼苗亦供药用。
2. 经济：重要粮食作物。

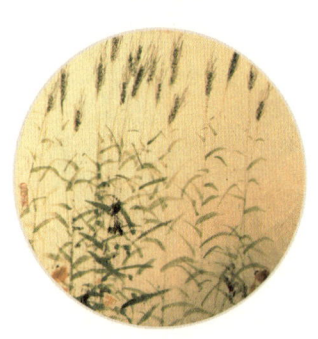

文化：　　1. 与《诗经》物种相关诗歌，后世传承发挥

《诗经·周颂·臣工》："亦又何求，如何新畬。於皇来牟，将受厥明。"按，此诗系周王重农宴会，并告诫臣工的歌词。

《诗经·周颂·思文》："思文后稷，克配彼天。立我烝民，莫菲尔极。贻我来牟，帝命率育。无此疆尔界，陈常于时夏。"按，此诗系周王祭祀上帝和后稷，祈祷丰年之歌词。

后人仿此意，如，汉·刘启："雕文刻镂，伤农事者也；锦绣纂组，害女红者也。农事伤，则饥之本也；女红害，则寒之原也。夫饥寒并至，而能无为非者寡矣。朕亲耕，后亲桑，以奉宗庙粢盛祭服，为天下先。不受献，减太官，省繇赋，欲天下务农蚕，素有畜积，以备灾害；强毋攘弱，众毋暴寡，老耆以寿终，幼孤得遂长。今岁或不登，民食颇寡，其咎安在？或诈伪为吏，吏以货赂为市，渔夺百姓，侵牟万民。"

　　2. 名诗佳句

《韩非子·六反》："游居厚养，牟食之民也。"唐·柳宗元《牛赋》："牟然而鸣，黄钟满胵。"宋·洪咨夔《春雪》："木笔侵凌碧，来牟掩映青。"宋·苏轼《章钱二君见和复次韵答之》："来牟有信迎三白，薝卜无香散六花。"宋·黄庭坚《读方言》："今年美牟麦，厨馈丰饼饦。"宋·苏颂《次韵謇侍郎天元殿门芝草》："分莳对牟首，观瑞驻华芝。"宋·舒岳祥《村庄麦饭薝笋有怀达善正仲帅初因寄袁仲素季》："因思去年时，煎牟作糜粥。"宋·苏辙《徐州送江少卿》："公来初无事，丰岁多牟麦。"宋·晁说之《喜雨一首呈司录诸公及诸先辈》："无烦钟鼓禽鱼乐，便觉来牟波浪深。"元·赵孟睢《耕织图》："皇天贻来牟，长世自兹卜。"

款识："六神曲由青蒿、辣蓼、苍耳草、赤小豆、杏仁和面粉通过发酵而成。"

詩經君物風事

周颂·臣工

4.2.5.5 箫

箫

名　称：别名：籦、箹、篴等。

科属：箫，分为洞箫和琴箫，皆为单管、竖吹，是一种非常古老的吹奏乐器。唐代以前指多管"箫"，即"排箫"。单管箫的管体一般呈圆柱形，通常有6～8个侧指孔，吹奏时，用手指按孔，可控制不同音高。多管箫为每管一音，无侧孔。排箫的称呼最初见于唐代赵璘的《因话录》，《元史》中正式称多管"箫"为"排箫"。现今单管箫，称"洞箫"。宋·朱熹《朱子语类·乐》："今之箫管，乃是古之笛，云箫方是古之箫，云箫者，排箫也。"直至宋元以后才逐渐把排箫、洞箫、横笛三者较明确地区分开来。依制作材料来分，有竹质（紫竹箫）、陶瓷（德化瓷箫）、玉（白玉箫）、金属（铁箫）、纸质（纸箫）等。

文　化：　　1. 与《诗经》物种相关诗歌，后世传承发挥

《诗经·周颂·有瞽》："有瞽有瞽，在周之庭。设业设虡，崇牙树羽。应田县鼓，鞉磬柷圉。既备乃奏，箫管备举。喤喤厥声，肃雍和鸣，先祖是听。我客戾止，永观厥成。"按，此诗为周王宗庙合颂之乐歌。盲人乐师聚集前庭上。钟架鼓架，五彩羽毛。

　　2. 名诗佳句

汉·刘彻《秋风辞》："箫鼓鸣兮发棹歌，欢乐极兮哀情多。"魏晋·阮籍《咏怀》："箫管有遗音，梁王安在哉？"南北朝·鲍照《采菱歌》："箫弄澄湘北，菱歌清汉南。"唐·李白《忆秦娥》："箫声咽，秦娥梦断秦楼月。"唐·杜牧《寄扬州韩绰判官》："二十四桥明月夜，玉人何处教吹箫。"唐·王维《欹湖》："吹箫凌极浦，日暮送夫君。"五代·李煜《临江仙·秦楼不见吹箫女》："秦楼不见吹箫女，空余上苑风光。"宋·朱熹《鹧鸪天·脱却儒冠著羽衣》："未寻跨凤吹箫侣，且伴孤云独鹤飞。"宋·李清照《孤雁儿·藤床纸帐朝眠起》："吹箫人去玉楼空，肠断与谁同倚。"宋·辛弃疾《青玉案》："凤箫声动，玉壶光转，一夜鱼龙舞。"金·元好问《摸鱼儿·雁丘词/迈陂塘·雁丘词》："横汾路，寂寞当年箫鼓，荒烟依旧平楚。"元·乔吉《水仙子·乐清箫台》："枕苍龙云卧品清箫，跨白鹿春酣醉碧桃，唤青猿夜拆烧丹灶。"元·杨果《小桃红·玉箫声断凤凰楼》："玉箫声断凤凰楼，憔悴人别后。留得啼痕满罗袖。"明·朱权《宫词》："美人犹自学吹箫。"清·龚自珍《己亥杂诗·其九十六》："少年击剑更吹箫，剑气箫心一例消。"陈独秀《本事诗》："空功秦女为吹箫，孤负天门上下潮。"

款识：画中屏风书内容为宋·柳永《望海潮·东南形胜》："千骑拥高牙，乘醉听箫鼓，吟赏烟霞。"

4.2.6.1 鲦
tiáo

名 称：别名：鲦、白鲦、参鱼、肉条鱼、鲹鱼、白漂子。
科属：鲤形目鲤科鱼类。《本草纲目》：形狭而扁，状如柳叶，鳞细而整，洁白可爱，性好群游。

用 途：1.药用：甘温无毒。功用主治：煮食，已忧暖胃，止冷泻。
2.文化：濠梁之辩：《庄子·秋水》庄子与惠子游于濠梁之上。庄子曰："鲦鱼出游从容，是鱼乐也。"惠子曰："子非鱼，安知鱼之乐？"庄子曰："子非我，安知我不知鱼之乐？"惠子曰："我非子，固不知子矣，子固非鱼也，子不知鱼之乐，全矣。"庄子曰："请循其本。子曰汝安知鱼乐云者，既已知吾知之而问我，我知之濠上也。"后人依此发挥颇多，如，唐·独孤及《垂花坞醉后戏题》："归时自负花前醉，笑向鲦鱼问乐无。"宋·苏东坡《陈伯比和回字复次韵》："骑上下山亦疏矣，鲦从容出何为哉。"

文 化： 1.与《诗经》物种相关诗歌，后世传承发挥
《诗经·周颂·潜》："猗与漆沮，潜有多鱼。有鳣有鲔，鲦鲿鰋鲤。以享以祀，以介景福。"
译文：美好漆水和沮水，多种鱼类在栖息。有那鳣鱼和鲔鱼，还有鲦鲿和鰋鲤。用来祭祀献祖先，求得福祉永绵延。
2.名诗佳句
晋·潘岳《秋兴赋》："澡秋水之涓涓兮，玩游鲦之潎潎。"唐·王维《山中与裴秀才迪书》："当待春中，草木蔓发，春山可望，轻鲦出水，白鸥矫翼，露湿青皋，麦陇朝雊，斯之不远，倘能从我游乎？"唐·李德裕《忆平泉山居，赠沈吏部一首》："从来有好鸟，近复跃鲦鱼。"宋·刘子翚《游鲦》："禹凿天门浪渺茫，游鲦也解化龙翔。"宋·李新《磁钓翁》："蓑笠不愁敝，鲦鳝何处寻。"宋·方回《送徐如心如婺源三十韵》："径纡横巨石，涧洁见游鲦。"宋·赵汝鐩《饮通幽园》："陶写岂必在丝竹，山有鸣禽水游鲦。"明·虞淳熙《横河打鱼行》："鲔鲦泣釜沸声切，犹记芦根有残穴。"

(张)目睭·鵊鸧

4.2.8.1鸧——灰头麦鸡

cāng

名 称：为鸻形目鸻科麦鸡属的中型水鸟。

用 途：1.药用：肉或全体入药。功用主治：杀虫，解蛊毒。
2.经济：多属国家二级野生保护动物。

文 化：　　1.与《诗经》物种相关诗歌，后世传承发挥
《诗经·商颂·烈祖》："约軝错衡，八鸾鸧
鸧。"译文：车衡车轴金革镶，銮铃八个鸣铿锵。
《诗经·周颂·载见》："鞗革有鸧，休有烈
光。"按，此诗是诸侯觐见并助祭周王时之乐歌。
译文：马辔铜饰光灿灿，象鸧羽毛样美丽。
　　2.名诗佳句
战国楚·屈原《大招》："内鸧鸽鹄，味豺羹只。"
战国楚·屈原《大招》："鸧鸿群晨，杂鹜鸧只。"
唐·李白《行行游且猎篇》："弓弯满月不虚发，
双鸧迸落连飞髇。"
宋·司马光《苦雨》："时闻度鸧鸹，空外自
为群。"
元·杨维桢《艾师行，赠黄中子》："金汤之
固正捣穴，快矢急落如飞鸧。"
明·刘基《为戴起之题猿鸟图（牧豯书）》："荻
花茫茫芦叶赤，前飞鸹鸧后凫鹥。"
明·高启《观军装十咏·弓》："秋风悬臂出，
何处一鸧来。"
明·王廷陈《咏怀（其二）》："独茧引六鳌，
纤缴连双鸧。"
清·王拯《春光（其二）》："梦底疏钟起何处，
夜深鸧语度空斋。"
清·余怀《效杜甫七歌在长洲县作》："呜呼
三歌兮歌思绝，鸳鸧昼叫泪成血。"

款识："秋风悬臂出，何处一鸽来。"（明·高启）

詩經名物風草

詩曹風鸤鳩鸤鳩在桑
其子在梅○梅者楳也樗
杍注布谷為喻偶也
平埔如之一
此批鸤鳩之之
一名鴶鵴唐屋夜啼
名目鶯巢常巢
鶯巢鴨化
又亦谷

周颂·闵予小子

4.3.4.1 蓼——水蓼

名 称：别名：泽蓼、辣蓼、虞蓼、柳蓼。
科属：蓼科蓼属。

用 途：1. 药用：其全草入药。功能主治：化湿行滞，祛风消肿，治痧秽腹痛，吐泻转筋，泻泄痢疾，风湿脚气，痈肿疥癣，跌打损伤。其根、果实亦供药用。
2. 经济：有辣味的草，为古代五辛之一（葱、蒜、韭、蓼、芥）。
观赏价值：《花境》："蓼辛草也，有朱蓼、春蓼、紫蓼，香蓼、木蓼、水蓼、马蓼七种。"其中，朱蓼即红蓼；春蓼即桃叶蓼，为蓼类中花期最早者；紫蓼为蓼类中花最美丽者；香蓼叶有香气，形态极美；木蓼即竹节蓼；水蓼即水蓼；马蓼即马蓼。
饲草价值：大多数蓼属植物是优良的牧草，水蓼、红蓼、等是比较重要的蜜源植物。

文 化：　　1. 与《诗经》物种相关诗歌，后世传承发挥
　　《诗经·周颂·小毖》："予其惩而毖后患。莫予荓蜂，自求辛螫。肇允彼桃虫，拚飞维鸟。未堪家多难，予又集于蓼。"
　　按，此诗乃周王悔过告庙，求贤辅佐的诗。"惩前毖后"即源于此。又，"集于蓼"乃言辛苦之意。
　　2. 名诗佳句
　　宋·陆游《好事近·湓口放船归》："两岸白苹红蓼，映一蓑新绿。"
　　宋·秦观《木兰花慢·过秦淮旷望》："红凋岸蓼，翠减汀萍，凭高正千嶂黯。便无情到此也销魂。"
　　宋·苏轼《与客游道场何山得鸟字》："归途风雨作，一洗红日燎。俄惊万窍号，黑雾卷蓬蓼。"宋·邵雍《秋怀三十六首（其一三）》："何须更问辛，愿君自食蓼。"宋·张镃《柳梢青·烟淡波平》："烟淡波平。蓬松岸蓼，红浅红深。"宋·杨万里《同次公观细陂》："莓苔依断蓼，翡翠上寒梢。"元·王实甫《紫花儿序·也不学刘伶荷锸》："绕一滩红蓼，过两岸青蒲。"
　　3. 成语
　　蓼虫忘辛、含蓼问疾、蓼菜成行、蓼虫不知苦。

款识："蓼岸有农家，诛茅成小市。"（清·许传霈句）

4.3.4.2 蜂——大黄蜂

名　称：别名：马蜂、黄蜂。明·李时珍《本草纲目》："黑色名胡蜂……大黄蜂色黄。"
科属：昆虫纲膜翅目胡蜂科大黄蜂。

用　途：其巢（露蜂房）可入药。功能主治：祛风，攻毒，杀虫。治惊痫、风痹、瘾疹瘙痒、乳痈、疔毒、瘰疬、痔瘘、风火牙疼、头癣、蜂蛰肿痛。其幼虫亦供药用。

文　化：　　1. 与《诗经》物种相关诗歌，后世传承发挥

《诗经·周颂·小毖》："予其惩，而毖后患。莫予荓蜂，自求辛螫。肇允彼桃虫，拼飞维鸟。未堪家多难，予又集于蓼。"

2. 名诗佳句

唐·李商隐《蜂》："小苑华池烂熳通，后门前槛思无穷。宓妃腰细才胜露，赵后身轻欲倚风。红壁寂寥崖蜜尽，碧帘迢递雾巢空。青陵粉蝶休离恨，长定相逢二月中。"唐·陆龟蒙《春晓》："黄蜂一过慵，夜夜栖香蕊。"唐·李商隐《二月二日》："二月二日江上行，东风日暖闻吹笙，花须柳眼各无赖，紫蝶黄蜂俱有情。"唐·李贺《残丝曲》："垂杨叶老莺哺儿，残丝欲断黄蜂归。"宋·陆游《见蜂采桧花偶作》："山蜂却是有风味，偏采桧花供蜜材。"宋·晏殊《浣溪沙·绿叶红花媚晓烟》："绿叶红花媚晓烟。黄蜂金蕊欲披莲。"宋·杨万里《腊里立春蜂蝶辈出》："残冬未放春交割，早有黄蜂紫蝶来。"明·刘基《浣溪沙·语燕鸣鸠白昼长》："语燕鸣鸠白昼长，黄蜂紫蝶草花香。"

3. 成语

蜂腰猿背、蜂营蚁队、蜂媒蝶使、蜂出泉流、撩蜂剔蝎、蜂房蚁穴、蜂拥蚁聚、蜂虿有毒、稷蜂社鼠、鼠窜蜂逝、蝶粉蜂黄、撩蜂吃螫、蜂拥而至、蛇口蜂针、蜂合豕突、狼猛蜂毒、蝶恋蜂狂。

款 识："蚕老茧成不庇身，蜂饥蜜熟属他人。"（白居易句）

（金）目鹂·鸟蟏巧

4.3.4.3 桃虫——鹪鹩
jiāo liáo

名　称：鹪、鹩、桃雀、巧妇、巧女、布母。

科属：雀形目鹪鹩科鹪鹩属小型鸣禽。

用　途：以蚊、蝇，多种昆虫幼虫为食，属森林益鸟。

文　化：
　　1. 与《诗经》物种相关诗歌，后世传承发挥
　　《诗经·周颂·小毖》："予其惩而毖后患。莫予荓蜂，自求辛螫。肇允彼桃虫，拚飞维鸟。未堪家多难，予又集于蓼。"

　　译文：我必须深刻吸取教训，作为免除后患的信条：不再轻忽小草和细蜂，受毒被螫才知道烦恼；如今才相信小小鹪鹩，转眼便化为凶恶大鸟；国家多难已不堪重负，我又陷入苦涩的丛草！

　　鹪鹩给后世诗人留下警世箴言：成王悔过，惩前毖后。防微杜渐，时刻警惕。学鹪鹩样低调生活，如，宋·苏轼的《雷州八首》："鹪鹩一枝足，所恨非故林。"努力拼搏，如明·黄佐《碧梧丹凤图为黎侍御一卿题》："君不见桃虫当日飞为雕，脊令原上啼鸥鹙。"

　　2. 名诗佳句
　　晋·陆云《从事中郎张彦明为中护军奚世都为汲郡太守客》："肇被桃虫，假翼翻飞。"晋·葛洪《抱朴子·广譬》："化鲲不凌霄，则靡殊於桃虫。"唐·白居易《我身》："穷则为鹪鹩。"唐·寒山《诗三百三首（其十）》："常念鹪鹩鸟，安身在一枝。"宋·梅尧臣《通判桃花厅》："花底有小鸟，其字曰桃虫。"元·熊禾《寄张廉》："千钧发鼷鼠，桃虫集飞鸟。"明·倪元璐《诸虫名呼被于人事因据为义者凡八物各赋一章·其二·猬》："蝮子贻蛇患，桃虫通鸟谋。"明·谢元汴《读焦桐山集赋得画堂留草本野竹淡时名寄柘乡诸友十三首·其十三》："遇雨张弧日，桃虫集蓼身。"清·陈宝琛《感春四首·其三》："忍见化萍随柳絮，倘因集蓼毖桃虫。"清·屈大均《赠友·其四》："桃虫化为雕，群飞啄九州。"清·朱鹤龄《感遇·其四》："桂蠹非一朝，桃虫生隐患。"

款识："桃虫集蓼身"（明·谢元汴句）

詩經名物風華

鶄鶄

雞刊目

睢鳩雎鳩也

䳙

颂 · 鲁颂

4.4.3.1 茆^{máo}——莼菜^{chún}

名称： 莼菜、蓴菜、凫葵、水葵、水芹、露葵、丝莼、马蹄菜、湖菜等。睡莲科莼属多年生水生宿根草本植物。

茆

用途： 1. 药用：茎叶入药。功用主治：清热，利水、消肿、解毒的功效。治热痢、黄疸、痈肿、疔疮。
2. 经济：嫩叶可供食用，莼菜胜在口感的圆融、鲜美滑嫩，为珍贵蔬菜之一。

文化：　　1. 与《诗经》物种相关诗歌，后世传承发挥

《诗经·鲁颂·泮水》："思乐泮水，薄采其茆。鲁侯戾止，在泮饮酒。既饮旨酒，永锡难老。顺彼长道，屈此群丑。"

译文：泮宫水滨，采茆备用。鲁侯驾到，饮酒相庆。畅饮美酿，盼他不老。官道两侧，俘虏跪迎。按，此诗茆登大雅之堂。为后世文人借莼菜说事的大量诗文打下伏笔。

2. 名家诗词

唐·杜甫《赠别贺兰铦》："我恋岷下芋，君思千里莼。"唐·杜甫《秋日寄题郑监湖上亭三首》："羹煮秋莼滑，杯迎露菊新。"

唐·白居易《偶吟》："犹有鲈鱼莼菜兴，来春或拟往江东。"唐·柳宗元《禅堂》："发地结菁茆，团团抱虚白。"唐·岑参《送许子擢第归江宁拜亲，因寄王大昌龄》："六月槐花飞，忽思莼菜羹。"唐·元稹《酬乐天东南行诗一百韵》："杂莼多剖鳝，和黍半蒸菰。"宋·辛弃疾《木兰花慢·滁州送范倅》："秋晚莼鲈江上，夜深儿女灯前。"宋·陆游《雨中泊舟萧山县驿》："店家菰饭香初熟，市担莼丝滑欲流。"元·黄复生《莼菜》："江湖美味牵情久，京络思归引兴长。"元·任昱《中吕·上小楼·隐居》："诸葛茅芦，陶令松菊，张翰莼鲈。"清·纳兰性德《摸鱼儿·送座主德清蔡先生》："人不识，且笑煮、鲈鱼趁著莼丝碧。"清·曹雪芹《红豆曲》："咽不下玉粒金莼噎满喉；照不见菱花镜里形容瘦。"

3. 成语

莼鲈之思、千里莼羹、鲈鱼莼菜、莼羹鲈脍。

款 识："鲈跃纯波"

4.4.4.1 牺尊

名　称： 牺樽，亦作"牺鐏"。古代酒器。作牺牛形，背上开孔以盛酒。或说于尊腹刻画牛形。

朱熹《诗经集传》："画牛於尊腹也。或曰，尊作牛形，凿其背以受酒也。"《庄子·天地》："百年之木，破为牺尊，青黄而文之，其断在沟中。"牺尊多见于春秋战国和商周时期。中国陕西和山西等处曾出土过多件牺尊。

文　化：　1. 与《诗经》物种相关诗歌，后世传承发挥

《诗经·周颂·閟宫》："秋而载尝，夏而楅衡，白牡骍刚。牺尊将将，毛炰胾羹。笾豆大房，万舞洋洋。孝孙有庆。"

按，此诗系歌颂兵伐得胜告祭祖庙之乐歌。炰，即烧，大房，盛大块肉的木器。

2. 名诗佳句

《国语·周语·中》："奉其牺象"。三国吴·韦昭注："牺，牺樽，饰以牺牛。"唐·陈子昂《暂冥君古坟记铭序》："豚鸡在奠，牺鐏若歆。"唐·欧阳詹《明水赋》："湛玉壶以无垢，入牺鐏而有待。"唐·卢照邻《中和乐九章·歌诸王第七》："星陈帝子，岳列天孙。义光带砺，象著乾坤。我有明德，利建攸存。苴以茅社，锡以牺尊。藩屏王室，翼亮尧门。八才两献，夫何足论。"宋·王安石《比部员外郎陈君墓志铭》："或断而焚，或剖以为牺尊。"宋·廖行之《又和前韵十首（其二）》："贪看繁红锦被堆，有人青眼为君开。西湖千古林和靖，还悟牺尊木质灾。"

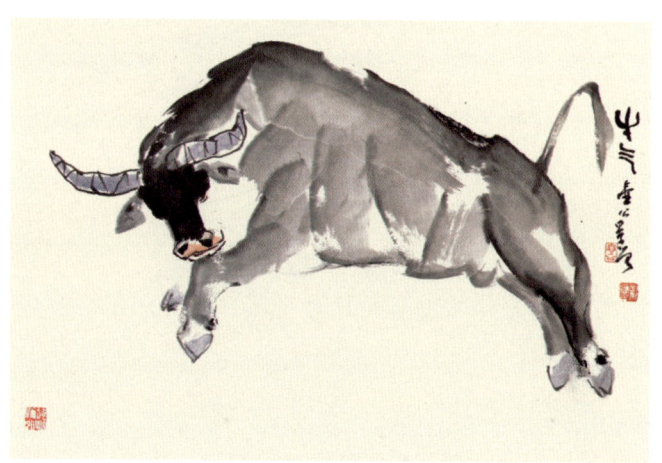

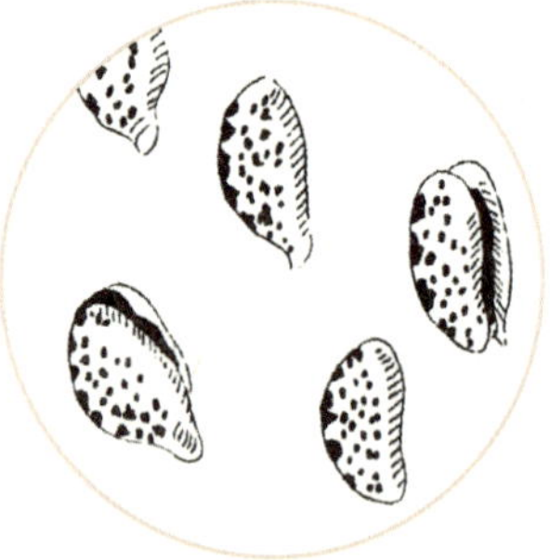

4.4.4.4 贝——紫贝

名 称：贝子，又名紫贝、文贝、贝齿。为腹足纲的（宝贝科）的螺类，紫贝则是这科类生物的通称。

用 途：性味咸、平。入脾、肝经。功能主治：清热，平肝，安神，明目。治热毒目翳、小儿斑疹入目、惊惕不眠。

文 化：紫贝是中国上古时期的货币中价值最高者。对诗文影响深远。梳理优秀诗例，感觉大多较早见于诗坛，笔下尽显华贵之气。如，《诗经·鲁颂·閟宫》：“贝胄朱綅，烝徒增增。”战国楚·屈原《九歌·河伯》：“鱼鳞屋兮龙堂，紫贝阙兮珠宫。”西汉·司马相如《子虚赋》：“罔瑇瑁，钩紫贝。”西汉·刘向《九叹》：“芙蓉盖而菱华车兮，紫贝阙而玉堂。”西汉·张衡《西京赋》：“摭紫贝，搏耆龟。”魏晋·左思《三都赋·吴都赋》：“紫贝流黄，缥碧素玉。”南北朝·庾肩吾《赛汉高庙诗》：“昔在唐山曲，今承紫贝坛。”

唐以降，诗虽不胜数，然多拟古。如：

唐·耿湋《元日早朝》：“紫贝为高阙，黄龙建大牙。”唐·李群玉《洞庭干二首》：“朱宫紫贝阙，一旦作沙洲。”宋·黄庭坚《次韵曾子开舍人游藉田载荷花归》：“珠宫紫贝阙，足此水府仙。”宋·文彦博《寄赠华清观主大师》：“飙驭狂游紫贝阁，云装醉入白银宫。”元·李泂《涉太湖》：“鸥鸟青铜镜，鱼龙紫贝宫。”元·陈孚《吴宫子夜歌》：“紫贝楼阙郁金香，暖云七十红鸳鸯。”明·薛蕙《奉同王浚川海上杂歌（三首）》：“紫贝高为云外阙，青龙盘作日边桥。”明·杨慎《会津门观江涨望小市人家戏作》：“渺渺波环紫贝，萧萧风起青蘋。”清·陈钟祥《圆津庵古藤歌》：“沿崖开作赤玉虬，绕亭结为紫贝阙。”清·陈维崧《洞仙歌·龙理侯纳姬秦淮词以赠之》：“看紫贝霞绡，海天无二。”

另有诗，偏用紫贝本来的货币功用说事，诗意贴近飘渺的上古：唐·皮日休《五贶诗·诃陵樽》：“买须能紫贝，用合对红螺。”唐·陆龟蒙《奉和袭美送李明府之任南海》：“賨税尽应输紫贝，蛮童多学佩金钩。”元·潘纯《送杭州经历李全初代归》：“黄金白璧驮西马，明珠紫贝输南船。”明·区怀年《春宵行乐词·其一》：“射阄赢紫贝，留火照青裳。”清·朱彝尊《越王台怀古》：“汉使陈觞更行乐，紫贝明犀双孔雀。”

款 识：《贝子图》 "史记载： '农工商交易之路通，而龟贝金钱刀布之币兴焉。'"

台背

4.4.4.5 台背

名 称：朱熹《诗集传》："台，鲐也。人老则背有鲐文。"故曰"鲐背"，即台背。高亨按，台背疑即鲐背，长寿老人多驼背《释名·释长幼》："九十曰鲐背，背有鲐文也。或曰黄耉，鬓发变黄也。耉，垢也。皮色骊悴，恒如有垢者也。或曰胡耉，咽皮如鸡胡也。或曰冻梨，皮有斑黑如冻梨色也。或曰齯，齯大齿落尽更生细者如小儿齿也。"

老年各段称谓大致如下：

六十：花甲，耳顺，杖乡，还历，平头甲子，耆。

七十：古稀，从新，杖国，致事，致政，悬车，耄。

八十：朝杖，耄，耋（《礼记·曲礼》"八十九十曰耋。"）。

九十：鲐背、黄耉、胡耉、冻梨，耋。

百年：期颐，人瑞。

文 化：　　1. 与《诗经》物种相关诗歌，后世传承发挥

　　《诗经·鲁颂·閟宫》："黄发台背，寿胥与试。俾尔昌而大，俾尔耆而艾。万有千岁，眉寿无有害。"

　　2. 名诗佳句

　　汉·曹植："黄吻之龀，含哺而怡。鲐背之老，击壤而嬉。"唐·韩愈："绥之则寿，挠之则散。善养命者，鲐背鹤发成童儿。"宋·王迈："欲识东岩长寿相，只看台背更方瞳。"宋·赵蕃：台背敬父老，裹头问儿童。"宋·吴泳："台背而儿齿，好德自尔康。"宋·王绅："鹤发被台背，高堂具二亲。"宋·梅尧臣："举杯更献酬，各尔祝鲐背。"明·林熙春："鹤龄逾八帙，蟠果已三偷。台背犹儿齿，晬颜尚黑头。"明·史鉴："黄耉与台背，俾尔耆而艾。天休永保之，克昌惟世世。"清·曹寅："鸠车竹马曾经处，鲐背庞眉识此生。"清·弘历："台背耸隆肩，来瞻踌路边。"清·戴亨："蚕在釜中泣，唯愿天下黄耉台背，安且燠，无冻伤。"

诗经名物风華

款 识："此图取台背疑即驼背，长寿老人多驼背之意。"

詩
經
君
物
風
華

颂 · 商颂

始原·燕

4.5.3 玄鸟——燕子

名 称：鳦，乙鸟，游波，天女，鸷鸟。

科属：鸟纲雀形目燕科。

用途：药用。《本草纲目》：主治蛊毒鬼疰，逐不祥邪气。

文 化：　　《山海经》中记载的认为玄鸟的初始形象类似燕子。《史记·殷本纪》记载禹王妃简狄吃了玄鸟之卵怀孕而生下商契。这就成为后人所谓玄鸟是商祖先这一传说的根据。（宣扬君权神授）商人以为燕子来临仲春之时，夫妻郊外求子祭祀，此时受孕，谓之"玄鸟所生"。

　　1. 与《诗经》物种相关诗歌，后世传承发挥

　　《诗经·商颂·玄鸟》："天命玄鸟，降而生商，宅殷土芒芒。古帝命武汤，正域彼四方。"按，此诗是说商王朝的先祖为上天派遣的玄鸟所生。

　　《诗经·商颂·长发》："有娀方将，帝立子生商"。称契为玄王，即玄鸟之后。

　　2. 名诗佳句

　　战国楚·屈原《天问》："简狄在台，喾何宜？玄鸟至贻，女何嘉？"唐·白居易："翩翩两玄鸟，本是同巢燕。"唐·孟郊："玉堂有玄鸟，亦以从此辞。"唐·王昌龄："黄虫初悲鸣，玄鸟去我梁。"唐·贾岛："玄鸟雄雌俱，春雷惊蛰馀。"元·赵孟頫："白鸥自信无机事，玄鸟犹知有岁华。"

入洞窺名魅偽崖系蜂蜜

参考文献

[1] 朱熹 . 诗集传 . 上海：上海古籍出版社，1980.

[2] 宣和画谱 . 杭州：杭州人民美术出版社，2012.

[3] 宣和博古图 . 上海：上海书店出版社，2017.

[4] 李时珍 . 本草纲目（金陵版排印本）. 北京：人民卫生出版社，1999.

[5] 吴其濬 . 植物名实图考 . 北京：中华书局，2018.

[6] 徐鼎 . 毛诗名物图说 . 北京：中华书局，2020.

[7] 渊在宽 . 古绘诗经名物 . 武汉：武汉大学出版社，2011.

[8] 细井徇 . 诗经名物图 . 杭州：浙江人民美术出版社，2015.

[9] 冈元凤 . 毛诗品物图考 . 济南：山东画报出版社，2002.

[10] 高居翰 . 图说中国绘画史 . 北京：生活·读书·新知三联书店，2014.

[11] 滕固 . 中国美术小史 . 唐宋绘画史 . 长春：吉林出版集团有限责任公司，2010.

[12] 高亨 . 诗经今注 . 上海：上海古籍出版社，1980.

[13] 郑午昌 . 中国画学全史 . 南京：江苏文艺出版社，2008.

[14] 潘天寿 . 中国绘画史 . 北京：中国书店出版，1988.

[15] 扬之水 . 诗经名物新证 . 北京：北京古籍出版社，1999.

[16] 高明乾、佟玉华、刘坤 . 诗经动物释诂 . 北京：中华书局，2005.

[17] 潘富俊 . 草木缘情：中国古典文学中的植物世界 . 北京：商务印书馆，2015.

[18] 江苏新医学院 . 中药大辞典 . 上海：上海人民出版社，1977.

[19] 郑金生 . 中华大典 . 医药卫生典·药学分典·药物图录总部 . 成都：巴蜀书社，2007.

[20] 傅立国 . 中国高等植物 . 青岛：青岛出版社，2012.

[21] 潘富俊 . 诗经植物图鉴 . 上海：上海书店出版社，2003.

[22] 王希明 . 青岛市野生鸟类图志 . 青岛：青岛出版社，2020.

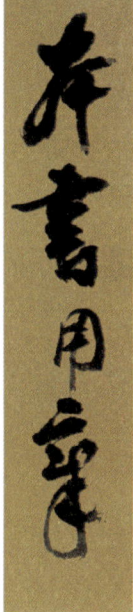

目录拼音索引

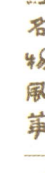

后记

本书在青岛市科学技术协会、青岛市文学艺术界联合会、青岛市卫生健康委员会和青岛市中医药管理局及领导关注指导下完成。张晋章、史义成、张浩、滕兆鹏、薛琳、于芹、刘镇和刘正，大力参与本书的整理及校审工作，在此深致谢意。